SABINE VÖHRINGER
Karl Valentin
ist tot

SABINE VÖHRINGER

Karl Valentin ist tot

Kriminalroman

GMEINER

Personen und Handlung sind frei erfunden.
Ähnlichkeiten mit lebenden oder toten Personen
sind rein zufällig und nicht beabsichtigt.

Immer informiert

Spannung pur – mit unserem Newsletter informieren wir Sie
regelmäßig über Wissenswertes aus unserer Bücherwelt.

Gefällt mir!

Facebook: @Gmeiner.Verlag
Instagram: @gmeinerverlag
Twitter: @GmeinerVerlag

Besuchen Sie uns im Internet:
www.gmeiner-verlag.de

© 2020 – Gmeiner-Verlag GmbH
Im Ehnried 5, 88605 Meßkirch
Telefon 0 75 75 / 20 95 - 0
info@gmeiner-verlag.de
Alle Rechte vorbehalten
1. Auflage 2020

Lektorat: Claudia Senghaas, Kirchardt
Herstellung: Julia Franze
Umschlaggestaltung: U.O.R.G. Lutz Eberle, Stuttgart
unter Verwendung eines Fotos von: © Andy Ilmberger / stock.adobe.com
Illustrationen: Sabine Vöhringer
Druck: CPI books GmbH, Leck
Printed in Germany
ISBN 978-3-8392-2578-3

*Für meine Familie und alle,
die München, Bayern und meine Krimis lieben.*

Es muaß was g'scheng,
weil, wenn ned boid was g'schieht,
dann passiert no was!
Karl Valentin (1882–1948)

PROLOG

Freitag, 24. Februar 2017. München. Innenstadt.

Fassungslos hielt der 17-jährige Fabian Brühl sein Zeugnis in den Händen. Die Aula begann sich um ihn herum zu drehen. Seine Finger zitterten. Durchgefallen. Wegen Deutsch. Die Erkenntnis traf Fabian wie ein Schlag. Seine Nase begann zu kribbeln. Ein Blutstropfen fiel feucht und schwer auf das Zeugnisblatt.

Der rote Fleck machte sich breit wie ein schlechtes Omen.

Man hatte den kläglichen Rest des ersten Abiturjahrgangs des Karl-Valentin-Gymnasiums mitten in der Münchner Altstadt am letzten Tag vor den Faschingsferien zur Zeugnisvergabe versammelt. Fabian nahm wie in Trance wahr, wie sich seine Mitschüler nun langsam erhoben. Hauptsache cool. Die wenigen Stimmen hallten in seinen Ohren wider.

Keiner, auch Carla nicht, kam auf ihn zu. Sie fühlte sich von ihm verraten. Und Fabian konnte sogar verstehen, warum.

Er griff nach einem Papiertaschentuch, riss ein kleines Stück ab, stopfte es in das blutende Nasenloch. Mit dem anderen Stück saugte er den Fleck auf dem Blatt auf, was nur mäßig gelang. Was würde sein Vater zu seinem Scheitern sagen? Normalerweise sah Sascha Schule nicht so eng, aber die aktuellen Umstände waren besonders.

Fabians Vater, Alexander Andreas Brühl, genannt Sascha, war Schauspieler. Der Hang zur Literatur steckte der Familie im Blut. Fabian sah die ausgezehrte Gestalt seines Vaters vor sich. Wie Sascha seinen überlangen Pony auf die Seite werfen würde. Ein Relikt aus der Jugend, obwohl sein Haar längst zu dünn dafür war. Der ehemals umjubelte Film- und Theaterschauspieler Sascha Brühl war ein gebrochener Mann. Vor wenigen Jahren hatte er sein Vermögen verloren. Dann seine geliebte Frau. Fabians Mama.

Sein Sohn war Saschas ganzer Stolz.

Und alles, was ihm blieb.

Fabian atmete tief durch, las den fettgedruckten Satz am Ende des Blattes erneut: »Der Schüler Fabian Brühl wird nicht zur Abiturprüfung zugelassen. Wir wünschen ihm für die Zukunft alles Gute.«

Zwei Sätze. Zwei Zeilen auf einem weißen Blatt Papier. Sie entschieden über sein weiteres Leben. Fabian rieb seine feuchten Hände an der Jeans. Kämpfte tapfer gegen den Drang in seiner Blase an. In den letzten zwei Jahren hatte er schon einmal wiederholt.

Seine Chance war vertan.

Und ausgerechnet für die Eichstätt, die ihn jetzt hatte durchfallen lassen, hatte Fabian sich in die Bresche geworfen. Weil er hatte verhindern wollen, dass die Meute über die Lehrerin herfiel und Rache nahm. Rache für all die kleinen Gemeinheiten, mit denen sie die Schüler tagtäglich quälte. Immer so, dass ihr nichts vorzuwerfen war.

Er hatte nicht Gleiches mit Gleichem vergelten wollen.

Doch was hatte es ihm gebracht?

Fabian wischte sich mit dem Ärmel unauffällig übers Gesicht. Seine Augen brannten. Jetzt mit Tränen erwischt zu werden wäre das Allerletzte. Dabei ging es gar nicht um ihn. Es ging um Sascha. Der Gedanke an seinen Vater brannte wie eine offene Wunde. Wo doch der Schmerz über den Tod der Mutter gerade erst zu verheilen begann.

Fabian erhob sich, als seine Mitschüler und die Lehrer den Raum verlassen hatten. Er musste kämpfen. Das war er Sascha schuldig. Der Moment der Rücksicht war vorüber. Fabian tastete nach dem Notizbuch in seiner Tasche.

Das Geheimnis. Jetzt würde er es nutzen.

Auch wenn er dabei ins offene Messer lief.

Fabians Blick streifte die Karl-Valentin-Statue am Eingang, als er die ersten Treppenstufen erklomm. Eine moderne Interpretation des Künstlers, den er verehrte und dessen Stücke er in- und auswendig kannte. Sein Vater hatte sie an diversen Theatern auf der ganzen Welt gespielt. Wie hatte Fabian als Kind gelacht, wenn Sascha den Komiker gab. Karl Valentin und Liesl Karlstadt.

Das waren schöne Zeiten gewesen.

Fabians Beine gehorchten nur widerwillig, als er sich eine Treppenstufe nach der anderen am Geländer hochzog. David auf dem Weg zu Goliath. Es roch nach Pause. Nach frischen Brezn und Orangensaft. Doch der Geruch, den er sonst so liebte, löste jetzt Übelkeit aus.

Sein Blick glitt durch die großen Außenfenster. Von hier oben konnte man die Türme der Frauenkirche durchblitzen sehen. Auf der anderen Seite führte die Josephspital- in Richtung Sonnenstraße, wo ein steter Fluss von Autos die Spuren auf dem Altstadtring wechselte.

So schnell, dass Fabian jetzt schwindelig wurde.

Seine Hände umklammerten den Lauf des Geländers fester. Er musste sich bücken. Das Geländer war tief. Es reichte ihm knapp bis zur Hüfte. Wackelte unter seinem Gewicht. Ungewöhnlich für diese sonst so perfekte Schule. Aber wann lief jemals jemand am Rand? Man schritt selbstbewusst in der Mitte. Vor allem die Lehrer. Das Geländer war nichts als eine Attrappe, die Fabian jetzt als Stütze diente.

Er nahm zwei Stufen auf einmal, den Blick starr auf die vor ihm liegenden Stufen fixiert. Plötzlich klapperten Absätze von oben.

Die Eichstätt. Ausgerechnet!

Wie ein Racheengel schwebte sie die Stufen herab, direkt auf ihn zu.

Ihr Rock flatterte, ihr üppiger Busen wippte. Ihre Blicke kreuzten sich, bevor sie auf seiner Höhe war. Fabian wich zurück vor dem Triumph in ihren Augen. Sie zog die Brauen hoch, sprach kein Wort. Erleichterung stand ihr ins Gesicht geschrieben.

Sie war froh, ihn los zu sein.

Der Geruch ihres süßlichen Parfüms umhüllte ihn noch, als sie ein halbes Stockwerk tiefer tippelte.

Sie hatte ihn ausgetrickst.

Fabian fuhr herum. »Frau Eichstätt.«

»Keine Zeit.« Das Stakkato ihrer Absätze wurde schneller.

Fabian beugte sich weit über das Geländer. Eine übermächtige Wut übermannte ihn. Er hatte nachts an einem Rap-Text gefeilt. Noch war der Text einfach, das war ihm bewusst. Kein Karl Valentin mit seinem liebenswerten Witz und seiner originellen Wortakrobatik. Es war ein Text, der verletzten wollte.

Einmal triumphieren. Einmal nicht gegen eine Gummiwand laufen.

Einmal hineinstechen, bis die Luft zischend entwich.

Ihm war heiß. Sein Herz pochte.

Fabian nahm allen Mut zusammen, kämpfte gegen das Zittern in seiner Stimme an. Dann brach der Sprechgesang aus ihm heraus. Die Worte hallten durch das leere Schulhaus. »Sei kein Kind, sei eine Maschine. Sonst kommt die

Eichstätt, die Lawine! Sie rollt dich über und macht dich platt. Sie wird vom Leid der Kinder satt.«

Fabian hörte, wie oben eine Tür aufgerissen wurde.

Dann war es totenstill.

Die Eichstätt war herumgefahren. Jetzt starrten ihre kalten Augen Fabian panisch an. Sie hatte Angst, dass er verriet, was er wusste.

Fabian beugte sich weiter über das Geländer. »Die Eichstätt denkt, sie ist genial. Labt sich dabei an deiner Qual. Doch schaust du hinter die Fassade, dann fällt die schöne Maskerade.«

Marianne Eichstätt rang nach Luft. Wurde puterrot. Die Pein stand ihr ins Gesicht geschrieben. Panische Angst, dass ihr Geheimnis aufflog. Dass ihr Ruf an der Schule zerstört sein würde.

Dass sie wieder neu anfangen müsste.

Plötzlich tat sie Fabian leid.

Er wusste, wie es sich anfühlte, wenn die Welt über einem zusammenbrach.

Etwas lief ganz falsch. Der Kloß in seinem Magen begann zu glühen. Ihr Geheimnis war ihm so egal. Alles, was er wollte, war eine Chance. Eine Chance für seinen Vater und sich.

Fabian beugte sich weit über das Geländer. Suchte nach einem rettenden Satz. Einem Scherz, der einen Ausweg bot. Doch plötzlich entglitt ihm das Zeugnisblatt. Flatterte tänzelnd nach unten.

Fabian reckte sich danach. Wollte es zurück.

Es fiel schneller. Fabian holte weit aus.

Die Bewegung war heftig. Wie ein Stoß. Er kam ins Wanken. Verlor das Gleichgewicht. Kippte. Fiel. Mit dem Kopf voran.

Fabian sah die traurigen Augen seines Vaters vor sich. Er warf ihm sein letztes Lächeln zu. Dann schlug sein Kopf auf.
Hart und endgültig in der prämierten Aula.

Das Notizbuch landete neben Fabians Körper.
»Mein Gott!«, rief Marianne Eichstätt. »Er ist tot!«

KAPITEL 1

Donnerstag, 11. April 2019. München, Sendlinger Straße. 2.00 Uhr.

Hauptkommissar Tom Perlinger fuhr mit den Augen sanft den Schwung von Christl Weixners nackter Hüfte nach. Ihr T-Shirt war nach oben gerutscht. Das Höschen glänzte weiß. Sie hatte sich ihm seitlich zugewandt. Fasziniert verfolgte Tom ihre weiblichen Rundungen vom Brustansatz über die Taille bis zu ihrem entspannten Bauch.

Unter der schimmernden Haut zeichneten sich ihre Muskeln deutlich ab. Tom liebte diese Linie, wie alles an Christl. Er würde nie genug von ihr bekommen. Und konnte nur hoffen, dass es ihr genauso ging.

Ob es am Vollmond lag, dessen Licht hell in das Dachgeschoss des Wirtshauses in der Sendlinger Straße schien und den Raum in ein geheimnisvolles Licht tauchte? Oder daran, dass es trotz des offenen Fensters so mild im Zimmer war, dass Tom jetzt zu schwitzen begann? Nachdem es vor einigen Tagen noch geschneit hatte, brach nun der Föhn mit Macht über München herein.

Tom lauschte Christls gleichmäßigen Atemzügen.

Plötzlich hörte er ihre tastenden Finger auf dem Laken.

Ihre Fingerkuppen berührten sich, dann die Hände.

Langsam streichelte Tom sich an der Innenseite von Christls Arm nach oben, bis sie näher an ihn heranrutschte. Sie warfen beide die Bettdecken zur Seite und küssten sich leidenschaftlich.

»Pille genommen?«, hauchte er in ihr Ohr.

Sie nickte, während er den Druck ihrer Zunge fester an seiner spürte.

Er erwiderte den Kuss, genoss ihren warmen Duft, ließ seine Zunge über ihr Ohr gleiten, folgte einer spontanen Idee. »Magst du sie nicht mal absetzen?«

Er zog sie dichter an sich.

Christls Kopf schnellte zurück. Sie rückte von ihm ab. Warf die dicken braunen Locken mit einem temperamentvollen Schwung über die Schulter zurück.

Ihre Augen glühten. »Was soll denn das jetzt?«

Er streichelte sanft ihren Bauch. Er wusste auch nicht, was plötzlich über ihn kam. Er, der ruhelose Bummler zwischen den Welten, der seine Zukunft noch vor wenigen Jahren als Eremit auf den Hügeln Japans oder bei seinem Vater in New York gesehen hatte. »Stell dir mal vor! Eine Mini-Christl!«

Diese wunderbare Bauchlinie kam sicher nicht daher, dass sie die Pille doch abgesetzt hatte, wie es manche Frauen einfach taten, ohne es zuzugeben. Und wie er sich insgeheim gewünscht hätte, dass sie es auch getan hätte. Diese wunderbar geschwungene Linie war eher ein Ergebnis ihrer täglichen Yogaübungen, die sie seit Kurzem so konsequent durchführte, dass sich die Muskeln perfekt definierten.

»Geh. Soll das jetzt romantisch sein?« Die Iris ihrer Augen schimmerte fast schwarz.

Der Kontrast zu ihren auffallend weißen Augäpfeln wurde durch den dichten, dunklen Wimpernkranz verstärkt. Christl stemmte sich auf die Unterarme. Sie wirkte kampfeslustig. Gleichzeitig so erschrocken, als ob Tom einen Geist freigelassen hätte.

Christl streckte ihre linke Hand weit von sich und betrachtete den funkelnden Brillanten an ihrem Verlobungsring.

Den Ring hatte Tom nach der Verfolgungsjagd auf die Motorradfahrer bei seinem letzten Fall verloren geglaubt. Als Christl seine heiß geliebte Lederjacke flicken wollte, nachdem sie bei einem Schusswechsel beschädigt worden war, musste sie das Futter auftrennen. Dabei war der Ring ganz überraschend herausgekullert. Er hatte sich durch ein kleines Löchlein in der Innentasche tief zwischen Leder und Futter gegraben. Sie hatten ihre Verlobung ein zweites Mal gefeiert. Dieses Mal mit Ring.

Tom küsste ihre Hand.

»Das ist der absolut falscheste Moment.« Christl wandte sich ab.

»Hätten Tina und Felix auf den richtigen Moment gewartet, so gäbe es Mia heute nicht.« So schnell wollte Tom nicht aufgeben. Er dachte an die kleine Familie zwei Stockwerke unter ihnen.

Der Schock war zunächst groß gewesen, als seine Nichte Tina mit 17 ein Kind erwartet hatte. Doch inzwischen war die kleine Mia drei Jahre alt. Ein richtiger kleiner Goldschatz und der Liebling der Familie. Oma Magdalena kümmerte sich um die Kleine, wenn sie nicht im Kindergarten war. Papa Felix studierte Medizin, Tina Sozialpädagogik, mit dem Ziel, als Erzieherin zu arbeiten.

Alles lief perfekt. Sie würden das auch hinbekommen.

Das war der Vorteil des Mehrgenerationenhauses, in das er nach seinem Sabbatjahr quer durch Asien zurückgekehrt war. Tom musste lächeln, als er das Eckhaus in der Sendlinger Straße wie ein Puppenhaus mit drei Stockwerken vor sich sah.

Unten das Wirtshaus, Stammhaus der Hacker-Pschorr-Brauerei. Im ersten Stock die Altwirtin Magdalena mit Tinas Familie. Im zweiten Stock die Wirte, Toms Bruder Max mit seiner Frau Hedi. Im dritten Stock schließlich der Journalist und Historiker Hubertus Lindner, der die Familie schützend umkreiste wie ein Adler das Nest. Ganz oben im Dachgeschoss: Christl und er.

Alle zusammen waren sie seine Familie. Seine Heimat. Der ruhende Pol, nach dem er sich all die Jahre in der Ferne trotz aller Abenteuerlust gesehnt hatte. Nicht zu vergessen, dass sein »Hacker-Team« auch immer wieder einen guten Tipp für ihn hatte.

Max kannte als Wirt nicht nur eine Menge Leute, sondern er war auch bestens mit den Hintergründen der alteingesessenen Münchner Familien vertraut. Er wusste das, worüber man hinter vorgehaltener Hand sprach. Hubertus dagegen war ein versierter Kenner der Bayerischen Geschichte. Tom nannte ihn in Gedanken seinen »Q«. Nur, dass Hubertus nicht mit Technik, sondern mit historischen Theorien tüftelte und daraus geschickt Parallelen zur Gegenwart zog.

Tom räkelte sich zufrieden, während Christl ihm jetzt ein müdes Lächeln schenkte. Sie sah aus, als ob sie etwas sagen wollte, brachte aber nur einen verzweifelten Augenaufschlag zustande.

Noch ein Versuch. »Wenn wir uns ranhalten, dann können die beiden zusammen spielen.«

In Gedanken sah er, wie die energische Mia eine krummbeinige, dunkel gelockte Miniaturausgabe von Christl über die Sendlinger Straße hinter sich herzog. Im Dirndl.

Christl schüttelte heftig den Kopf, machte sich frei und wollte das Bett verlassen. Tom hielt sie zurück.

Er lächelte. »Es muss ja nicht gleich sein, wenn du nicht magst.«

Sie warf ihm einen langen, prüfenden Blick zu, dem er eisern standhielt. Er verstand sie in dieser Beziehung nicht.

»Bist du auch ohne Kind glücklich mit mir?«, fragte sie ernst.

Wahrscheinlich war tatsächlich nicht der richtige Zeitpunkt. Sie mussten ein anderes Mal in aller Ruhe darüber sprechen. Mal wieder in die Berge fahren. Auf andere Gedanken kommen. Abschalten.

»Aber sicher doch, mein Schatz!« Das sollte unbeschwert klingen.

Tatsächlich schien es Christl zu beruhigen. Sie ließ es zu, als er sanft ihren Rücken zu streicheln begann.

Christl ließ sich zurück aufs Laken sinken und schmiegte sich an ihn. Tom begann, die lange Narbe quer über ihrem Oberschenkel zu liebkosen, die sich bis in den Unterbauch zog. Wie gut sie roch. Er arbeitete sich lustvoll nach oben, während sie seinen Kopf kraulte. Noch immer wirkte sie ungewöhnlich unbeteiligt und starrte in Richtung der Dachluke.

»Schau mal!«, rief sie plötzlich. »Was für eine unglaubliche Farbe der Himmel hat.«

Unwillig hob Tom den Blick. Tatsächlich glühte der Himmel in Richtung Sonnenstraße in einem feurigen Orange. Es wirkte fast bedrohlich. Doch es war Tom egal.

Er beugte sich über Christl. »Pure Leidenschaft. Wie bei mir.«

Sie lachte hell auf, als er sie in der Taille anzuknabbern begann.

»Da nicht, das kitzelt!«

Seine Hände massierten ihre Brüste. Sie räkelte sich wohlig, war wieder die Alte. Entschlossen streifte sie ihm das T-Shirt über den Kopf. Gerade, als sie sich rittlings auf ihn schwingen wollte, jaulte die Feuerwehrsirene in nächster Nähe los.

Die Feuerwache 1 an der Hauptwache war nur einen Katzensprung entfernt. Sie schraken beide heftig zusammen. Kurz darauf hörten sie, wie eine ganze Armada von Fahrzeugen ausrückte.

»Romantik scheint heute nicht das Thema zu sein«, flüsterte sie.

Tom ermunterte sie weiterzumachen. »Egal! Wir passen unseren Rhythmus an!«

Christl stöhnte immer heftiger, als er sanft die Hüften zu bewegen begann. Einige Minuten später sank sie erschöpft, aber sichtlich zufrieden neben ihn. Kaum war Tom über ihr und wollte zum Endspurt ansetzen, da heulte sein Handy los.

»Jetzt reicht's dann aber!«, brummte er. Seine Lenden brannten.

Doch das Dröhnen hielt an. Er konnte es nicht mehr ignorieren. Christl griff unter ihm zum Nachttisch und reichte ihm das Gerät.

»Diesmal war *ich* schneller«, lächelte sie.

Tom warf einen Blick auf das Display. 2.15 Uhr.

»Ja, wachsen eich Schwammerl in de Ohrwaschl?«, drang die Stimme eines Kollegen vom Kriminaldauerdienst an sein Ohr. »Keine 200 Meter von euch entfernt steht das Karl-Valentin-Gymnasium in Flammen!«

»Was hat das mit der Mordkommission zu tun?«, knurrte Tom. Zumal sie gerade an einem ungeklärten Fall saßen.

»Wie's scheint, war da noch jemand drin. Die Spurensicherung ist schon vor Ort. Und ihr habt schließlich Bereitschaft.«

KAPITEL 2

»Du siehst heute früh auch nicht besser aus als ich.« Kommissarin Jessica Starke musste lächeln, als sie Tom erblickte. Selbst im rötlichen Licht des Feuers wirkte sein Gesicht zerknautscht und sein rotblondes Haar völlig verstrubbelt. Mitten in der Nacht aus dem Bett gerissen zu werden, schien für ihn ebenfalls kein Vergnügen gewesen zu sein.

Die Atmosphäre vor Ort war gespenstig.

Noch immer zuckten orangene und schwarze Flammen tanzend an der Pergola im Innenhof der Schule hoch. Auf der Straße drängten sich mehrere Feuerwehrfahrzeuge, darunter ein Leitwagen mit Drehleiter und zwei Rettungswagen.

Feuerwehrmänner rannten hektisch umher. Kommandos tönten durch die Nacht. Die Schutzpolizei sicherte die Brandstelle weitläufig. Besondere Sorgfalt galt der Tankstelle auf der gegenüberliegenden Straßenseite. Man tat alles, um die Hitze fernzuhalten.

Der hintere Teil des Schulgebäudes war in graue Rauchschwaden gehüllt. Schaulustige drängten sich hinter den Absperrungen. Fotografen, Kameramänner, Journalisten und Blogger standen in einer Gruppe um den Pressesprecher des Präsidiums herum.

Flüchtig fiel Jessica ein älterer Mann mit langen Haaren auf, der sich an die Pressegruppe drängte. Er wirkte irgendwie aufgelöst. Wahrscheinlich ein freier Mitarbeiter einer Zeitung, der längst wusste, dass er keine Chance mehr auf Veröffentlichung und ein Honorar hatte.

»Ganz schön was los!« Tom zog die Augenbrauen hoch.
»Mayrhofer?«, fragte er dann.

»Ist vermutlich gleich ins Büro und beißt in seine erste Leberkäs-Semmel.« Jessica ließ die Tankstelle nicht aus dem Blick. Sie mochte sich nicht vorstellen, was geschehen würde, wenn es zu einer Explosion kam.

»Um kurz vor drei in der Früh?«

»Geht bei ihm immer.« Sie zuckte die Schultern. Kollege Mayrhofers Leberkäs-Semmel-Sucht war legendär.

»Und?« Tom zeigte auf das Chaos vor ihnen. Der Brandgeruch war beißend. Die Flammen wurden nach und nach eingedämmt. »Gibt es schon irgendwelche Erkenntnisse?«

Jessica trat von einem Fuß auf den anderen. »Nicht viel.«

Sie schaute zum Gruppenführer der Feuerwehr, der ihr eingebläut hatte, sich fernzuhalten. Sie würden sich noch etwas gedulden müssen. Es gab sogar eine winzige Chance, dass sie völlig umsonst hier standen und gleich nach Hause ins warme Bett zurückkehren konnten.

Doch sie glaubte nicht daran.

Einige Feuerwehrmänner und Sanitäter drangen nun mit Atemschutzmasken und Schutzanzügen ins Innere des Schulgebäudes vor. Brandfahnder und die Kollegen der Spurensicherung – angeführt von der Kommissariatsleitung Anna Maindl – folgten ihnen.

Ein überdurchschnittlich großer Mann im Anzug, der sich dem Trupp anzuschließen versuchte, aber zurückgehalten wurde, weckte Jessicas Interesse. Nach einer kurzen Auseinandersetzung schritt der Mann in Begleitung eines Feuerwehrmannes in Richtung des anderen Schulflügels, der weitgehend unbeschädigt schien. Es war, als ob er sich einen Überblick über die Ausmaße des Schadens machen wollte, den das Feuer angerichtet hatte.

Sie stupste Tom an: »Das könnte der Schuldirektor sein. Der Gruppenführer meinte, der Hausmeister hat ihn auch informiert.«

Sie beobachteten gemeinsam, wie die beiden Männer im Dunkeln verschwanden.

»Wieso warst du eigentlich vor mir hier?«, fragte Tom plötzlich.

Eine berechtigte Frage. Wäre sie aus ihrem Einzimmerapartment in der Schleißheimer Straße gekommen, hätte sie um einiges länger gebraucht als er.

Jessica seufzte und sah Tom scharf an. »Berufsgeheimnis.«

Sie hatte absolut keine Lust, ihm hier und jetzt mehr zu verraten. Tom hob die Augenbrauen und schaute wieder in Richtung des Chaos vor ihnen. Jessica atmete innerlich auf. Tom würde nicht insistieren. Er war diskret.

Sie hatte heute das erste Mal bei Benno übernachtet. Wenn Jessica es sich richtig überlegte, konnte sie froh sein, dass ihr der Einsatz das gemeinsame Frühstück mit Benno ersparen würde. Egal, ob ihre Anwesenheit nun überflüssig war oder nicht. Dieser erste Teil der Nacht war ein absolutes Desaster gewesen. Wie hatte sie nur glauben können, dass Benno, der einmal leidenschaftlich in Christl verliebt gewesen war, auf einmal *ihrem* Charme erliegen könnte?

Sie war das genaue Gegenteil von Christl. Klein, pummelig, mit einem aktuell roten Haarschopf, dem nur der überlange Pony einen gewissen Pfiff verlieh – wie ihr zumindest hin und wieder bestätigt wurde. Aber schon ihr Tonfall, der ihre Herkunft aus dem Berliner Kiez nicht verbergen konnte, prallte fast schmerzhaft auf Bennos deftiges Bairisch. Vermutlich hätte er sich trotz aller Gutmütigkeit die Bettdecke übers Gesicht gezogen, wenn sie ihn heute früh verschlafen und gut gelaunt mit »Schön' juten Tach« begrüßt hätte.

Jessica seufzte.

Warum nur hatten sie es gestern Abend nach dem Absackerbier und den Schafkopfrunden nicht bei der bisherigen Freundschaft belassen können. Warum hatten sie der langsam wachsenden Spannung ausgerechnet jetzt nachgeben müssen. Weil sie beide ausgehungert waren? Weil sie sich beide nach einem Partner sehnten? Reichte das? Wie sich im Bett gezeigt hatte, wohl eher nicht. Dabei wären ihnen peinliche Momente erspart geblieben. Sein Blick auf ihre nackten Speckringe. Ihm das Fehlen von Aufputschmitteln im entscheidenden Moment. Sie seufzte tief und hätte sich am liebsten in ein Erdloch verkrochen.

Wie sollte sie aus dieser Nummer je wieder herauskommen?

Benno war einer der Geschäftsführer des Wirtshauses. Tom und Jessica hatten es sich zur Gewohnheit gemacht, ein Feierabendbier in trauter Runde am Stammtisch gemeinsam mit dem Rest der Familie zu trinken. Jessica war inzwischen eng mit Christl befreundet. Christl konnte ja nichts dafür, dass Benno sich nicht von ihr lösen konnte. Ihr wäre vermutlich nichts lieber gewesen, als dass Benno und Jessica so glücklich waren wie Tom und sie. Jessica wusste, dass Christl sich weiterhin für Benno verantwortlich fühlte und bis heute ein schlechtes Gewissen hatte, weil sie Benno damals verlassen hatte, als Tom aus Düsseldorf zurückgekehrt war.

Jessica nahm einen Schluck von dem inzwischen kalten Pulverkaffee, den sie sich bei Benno noch schnell in ihren To-Go-Becher gefüllt hatte. Sie hatte geahnt, dass um die Uhrzeit die U-Bahn-Station Sendlinger Tor geschlossen war, wo sie auf dem Weg von Bennos kleiner Wohnung in der Lindwurmstraße vorbeigekommen war. Sie hätte einen Cappuccino bevorzugt. So schmeckte der Kaffee bitter und widerlich. Trotzdem machte er sie wach und verdrängte die störenden Gedanken.

»Komm«, meinte Tom jetzt. »Das muss der Hausmeister sein.«

Sie nickte und folgte Tom, der auf den Gruppenführer zuschritt, neben den jetzt ein zitternder älterer Mann getreten war. Der Hausmeister fiel durch sein volles dunkles Haar und seinen von grauen Fäden durchwirkten Oberlippenbart auf. Er hatte sich einen bunt gestreiften, glänzenden Morgenmantel über einen Pyjama mit langer Hose geworfen. Sein Oberlippenbart zitterte, als sie auf ihn zutraten.

Tom streckte den beiden Männern die Hand hin und stellte Jessica und sich vor. Der Gruppenführer wollte gerade zu größeren Ausführungen ansetzen, da erhielt er einen Anruf.

»Die Tankstelle!« Er hob entschuldigend die Schultern und hetzte – das Handy dicht am Ohr – davon.

Akay Özdemir, so hatte sich der Hausmeister vorgestellt, zog den Bademantel enger um die Hüften. »Mei, hätt's des jetzt braucht?«

»Sie glauben, dass noch jemand im Schulgebäude ist?« Tom bückte sich zu dem wesentlich kleineren Mann hinunter.

Akay Özdemir nickte. »Meine Frau hat Licht im Keller gesehen. Als sie nach Hause kam.«

»Wann war das?« Jessica versteckte ihr Gesicht hinter dem Kaffeebecher, als sich ihre und die Blicke des Hausmeisters auf Augenhöhe trafen. Akay Özdemir schien sie erst jetzt richtig wahrzunehmen. Vermutlich sah sie aus wie ein Nachtgespenst.

»Nach Mitternacht. Meine Frau putzt bei der Sparkasse. Als sie über den Schulhof gegangen ist, hat sie Licht im Keller gesehen. Conny Bergmüller ist oft bis spät in die Nacht hier. Sie bereitet eine Ausstellung vor.«

Sein Deutsch war perfekt. Die Sprachmelodie bairisch.

»Conny Bergmüller?«, fragte Tom.

»Die Kunstlehrerin.« Der Hausmeister nickte.

Seine Augen glänzten feucht.

»Aber von einem Brand hat Ihre Frau nichts bemerkt?«, hakte Tom nach.

Der Türke schüttelte den Kopf.

»Wie und wann ist Ihnen denn der Brand aufgefallen?« Tom stellte den Kragen seiner schwarzen Lederjacke auf. Jessica sah, dass er nur ein dünnes T-Shirt darunter trug. Für April – selbst in dieser verhältnismäßig lauen Nacht – zu wenig.

»Meine Frau hat nicht einschlafen können. Ich bin aufgewacht, weil sie mir die Nase zugehalten hat und ich keine Luft mehr bekam.«

»Sie schnarchen?«, grinste Tom.

Akay Özdemir schlug die Augen nieder und nickte.

»Als ich hellwach war, ist meine Frau eingeschlafen. Ich habe mir ein Glas Wasser in der Küche geholt und aus dem Fenster geschaut. Unsere Wohnung ist da oben.« Er zeigte mit dem Finger auf die entfernteste Ecke des Gebäudes. »Im dritten Stock. Von da oben sehen wir fast alles.«

Jessica und Tom nickten.

Der Hausmeister fuhr fort: »Ich habe meinen Augen nicht getraut. Plötzlich schossen am anderen Ende des Gebäudes Flammen nach oben. Dort, wo das Gerüst steht. Die ganze Pergola hat lichterloh gebrannt. Und das Lehrerzimmer. Dort wird gerade umgebaut. Auch im Keller war Feuer. Ich habe an Conny gedacht. Mein Gott! Ich bete zu Allah, dass sie da nicht mehr drin ist!«

Akay Özdemir schüttelte den Kopf, als ob er die Vorstellung damit verscheuchen könnte. Dann griff er in seine Tasche und holte ein großes Stofftaschentuch heraus, mit dem er sich über die Augen fuhr.

Jessica beobachtete, wie Anna Maindl in Begleitung einiger Männer mit gesenktem Kopf in großen Schritten auf sie zusteuerte.

Es sah aus, als ob sie etwas gefunden hatten.

KAPITEL 3

Denis von Kleinschmidt lehnte sich im Sitz der Limousine zurück und genoss den Service, sich nach Hause chauffieren zu lassen. Der Fahrer sprach kein Wort. Doch Denis wusste, dass der Mann ihn beobachtete. Denis griff weder nach seinem Handy noch stellte er dem Fahrer Fragen, obwohl er beides gern getan hätte.

Er riss sich zusammen.

Die dunkle Limousine rollte gemächlich über Odeons-, Wittelsbacher- und Maximiliansplatz am Stachus vorbei über die Sonnenstraße. Iwan Maslov, der große Unbekannte, der seit zwei Jahren die Hauptrolle in Denis' Kopfkino spielte, war endlich zur Realität geworden. Denis hatte soeben mit ihm zu Abend gegessen. »Gespeist« traf es wohl besser. In einem piekfeinen Restaurant in der Kardinal-Faulhaber-

Straße, unweit des Dienstsitzes des Erzbischofs von München und Freising. Im dritten Stock eines altehrwürdigen Gebäudes im extra für sie reservierten Separee.

Endlich war Denis gelungen, worauf er seit Carolyns Abgang hingearbeitet hatte. Ab heute hatte er ganz offiziell ihren Platz eingenommen. Denis drückte sich zufrieden noch tiefer in die beigen Lederpolster, strich sanft mit den Fingern über seine Glatze, die sich für sein Alter viel zu früh zeigte.

Denis hatte den Russen von seinen Fähigkeiten und seiner Loyalität überzeugt. Bei allem, was sie taten, würden sie dezent vorgehen. Alles andere war ein K.-o.-Kriterium, das hatte Maslow ihm unmissverständlich zu verstehen gegeben. Kein Wunder. Nachdem die DeuWoBau GmbH & Co. KG hatte schließen müssen, war es nun umso wichtiger, unsichtbar zu bleiben, wenn ihr Plan gelingen sollte. Das Potenzial in München war gewaltig, die Konkurrenz überschaubar. München galt als eine der sichersten Städte Deutschlands. »A gmahde Wiesn«, wie man hier so schön sagte. Ein leicht zu bewältigendes Vorhaben.

Denis hatte schließlich zugestimmt, sich nach Hause bringen zu lassen. Natürlich war ihm bewusst, dass Maslov ihm damit deutlich machen wollte, dass es für ihn ab heute kein Privatleben mehr gab. Er wollte sichergehen, dass ihm mit seinem neuen V-Mann im Ministerium für Wohnen, Bau und Verkehr, das zuvor dem Bayerischen Innenministerium untergeordnet gewesen war, nicht ein ähnliches Malheur unterlief wie mit Carolyn Wallberg.

Gestern erst hatte man sich dazu durchgerungen, die Maschinen abzuschalten. Einen Tag zuvor hatte es einen unvorhersehbaren Zwischenfall gegeben, der in der Diagnose »Gehirntod« geendet hatte. Jetzt würde sie endlich in wenigen Tagen beerdigt werden.

Carolyn hatte im Koma gelegen, seitdem sie bei Toms letztem Fall angeschossen worden war. Der Ursache dieses kleinen Zwischenfalls auf den Grund zu gehen, hatte man geflissentlich vermieden. Sonst hätte man einen Zusammenhang mit einem unerwünschten Besucher kurz zuvor festgestellt. Die Sicherheitsmaßnahmen vor Carolyns Krankenzimmer waren mit der Zeit immer lockerer gehandhabt worden. Man hatte nicht länger warten wollen. Wäre sie wieder erwacht, so wäre ihre Aussage einer Katastrophe gleichgekommen.

Denis fühlte einen Hauch von Sentimentalität, als er für einen kurzen Augenblick an die leidenschaftlichen Stunden dachte, die er mit der schönen Carolyn verbracht hatte. Den Anblick ihres nach oben gerutschten Röckchens, wenn er sie von hinten genommen hatte, würde er nie vergessen. Wenn er sich einer Frau jemals hingegeben hatte, dann ihr. Dabei war ihm bewusst gewesen, dass das umgekehrt nicht gegolten hatte. Carolyn hatte nur einen geliebt. Denis' Magen zog sich zusammen, als er an ihn dachte. Dabei hatte sie ein Kind von einem anderen gehabt. Denis zwang sich, jeden Gedanken an Carolyn zu verscheuchen. Er rieb sich die Hände. Der Fall Carolyn Wallberg war abgeschlossen. Ein für alle Mal. Ihr Platz war frei. Die Dinge kamen ins Rollen. Es galt, keine Zeit zu verlieren und alle Gefühle beiseitezuschieben.

Ein Blick aus dem Fenster sagte ihm, dass sie bald das Sendlinger Tor erreichen würden. Natürlich begab er sich auf einen schmalen Grat, das war ihm durchaus bewusst. Ab heute würde es kein Zurück mehr geben. Für einen kurzen Moment dachte er daran, wie sein weiteres Leben verlaufen würde, wenn dieses heimliche Treffen nicht stattgefunden hätte. Vielleicht war er gerade dabei, einen verhängnisvollen Fehler zu begehen.

Dennoch. Er hatte das Abenteuer, den Kick, das Adrenalin schon immer geliebt. Er war Autorennen gefahren, die steilsten Pisten hinuntergeschossen. Er hatte immer alles gegeben, doch der Erfolg und die Anerkennung waren überschaubar geblieben. Jetzt endlich war der Moment des Erntens gekommen. Was bedeutete dagegen das Risiko, das den Reiz ausmachte. Auf der einen Seite winkten Langeweile und Normalität, auf der anderen Kitzel, Geld, Erfolg und Macht.

Er musste es einfach versuchen.

Denis öffnete das Fenster einen Spalt. Die Nachtluft kühlte sein erhitztes Gesicht. Doch gleichzeitig drang plötzlich ein beißender Brandgeruch in seine Nase. Erst jetzt fiel ihm das Verkehrschaos auf, mit dem der Fahrer zu kämpfen hatte.

Was war hier los? Er richtete sich auf.

Ein Brand in bester Innenstadtlage? Ein Brandobjekt schuf nicht selten Platz für einen Neubau. Wenn ich es nicht besser wüsste, dachte Denis, könnte man denken, Maslov steckt dahinter. Aber kannte er wirklich alle Pläne, die der Russe hatte?

Als er gleich mehrere Feuerwehrautos in die Josephspitalstraße biegen sah, bat er den Fahrer, am Sendlinger Tor umzudrehen. Der Fahrer gehorchte nach kurzem Zögern. Dann schlichen sie auf der rechten Spur im Schritttempo zurück in Richtung Stachus. Kurz vor der Josephspitalstraße wies er den Fahrer an, anzuhalten und auf ihn zu warten.

Denis stieg aus.

Mit hochgeschlagenem Mantelkragen und eingezogenem Hals riskierte er es, sich einem Pulk von Schaulustigen anzuschließen.

Dann sah er, was los war.

Das Karl-Valentin-Gymnasium, die Vorzeigeschule in Eins-a-Altstadtlage, hatte gebrannt. Das Feuer war inzwischen gelöscht. Die ersten Löschfahrzeuge fuhren bereits wieder ab. Soweit er das erkennen konnte, war der gesamte äußere östliche Flügel stark beschädigt. Denis rieb sich die Hände. Das Schicksal spielte ihm geradezu gespenstisch zu. Eben noch war er mit Maslov die besten Stadtlagen durchgegangen, ohne dass sie fündig geworden wären.

Schon bahnte sich eine neue Chance an.

Denis wollte gerade zurück zur Limousine, da zuckte er zusammen. Unwillkürlich ballte er die Fäuste in der Manteltasche, zog die Schultern höher, senkte das Kinn. Er hätte es sich denken können! Denis' Pulsschlag beschleunigte sich. Das Blut dröhnte in seinen Ohren.

Da stand er. Wie Phönix, der jedes Mal aufs Neue wieder aus der Asche auferstand. Tom Perlinger!

Groß, durchtrainiert, mit schwarzer Lederjacke und seinem rot-blonden strubbeligen Haarschopf, war er in ein angeregtes Gespräch vertieft. Unverkennbar. Der Mann, der Carolyn Wallberg zum Verhängnis geworden war. Der ihnen diesen Ärger überhaupt eingebrockt hatte und Iwan Maslov schon seit dem unheilvollen Fall in Düsseldorf ein Dorn im Auge war.

Denis atmete so laut aus, dass die Frau vor ihm sich erschrocken umdrehte. »Ist was?«

»Nein, nein. Alles gut.« Denis trat den Rückweg an.

Tom Perlinger. Er stellte ein echtes Problem dar. Früher oder später musste er weg. Dann würde Denis nicht nur selbst Genugtuung finden, sondern auch in Maslovs Gunst weit nach oben rücken.

Innerlich aufgewühlt, doch nach außen hin lächelnd, ließ er sich im Schutz der Limousine in die Polster gleiten und bat den Fahrer, seine Wohnung in Thalkirchen anzusteuern.

KAPITEL 4

»Annas Miene verheißt nix Gutes.« Tom zog die Augenbrauen hoch. Das Warten hatte ein Ende. Er kannte die Chefin der Spurensicherung gut genug, um zu wissen, dass Annas nach unten gesenkter Blick und ihre weit ausholenden, zielsicheren Schritte in den klobigen Gummistiefeln und dem weißen Tyvek-Overall mit Mundschutz nur eines bedeuten konnten: Es kam Arbeit auf sie zu.

Ob Unfall oder Mord: Der Brand hatte ein Opfer gefordert.

»Grüß euch.« Anna ließ ihre tiefbraun glänzenden Augen vielsagend auf Tom und Jessica ruhen.

Sie deuteten zur Begrüßung eine Umarmung an.

Tom mochte die burschikose Anna gern, an der alles etwas zu lang geraten war. Nicht nur Haare, Arme und Beine, sondern auch Nase, Zähne und Ohren. Das verlieh ihr eine geheimnisvolle, sehr individuelle Attraktivität. Zumal ihr Lächeln so herzlich war, dass man gar nicht anders konnte, als sie zu mögen.

Anna, die ihre kleine Tochter allein großzog, hatte es sich zur Lebensaufgabe gemacht, die Spuren zu finden, die für andere unsichtbar waren. Im Mittelalter hätte man sie als Hexe auf dem Scheiterhaufen verbrannt, dachte Tom.

»Wir brauchen dringend jemanden von der Rechtsmedizin«, gab sie kurz und knapp zu verstehen.

»Ehinger müsste längst auf dem Weg sein«, meinte Jessica. »Er wurde gleichzeitig mit uns informiert.« Der Rechtsmediziner Professor Dr. Peter Ehinger, der in Straßlach südlich von Grünwald lebte, hatte den längsten Anfahrtsweg.

Damit hatten sich also die Vermutungen des Hausmeisters bestätigt. Sie waren nicht umsonst hier. Akay Özdemir sank in sich zusammen. Tom befürchtete, dass der Hausmeister einen Schwächeanfall erleiden könnte. Er rief die beiden Sanitäter, die hinter Anna herkamen und zum Krankenwagen eilten. »Seid so gut und gebt ihm was zur Beruhigung. Er soll aber bitte im Sani auf uns warten.«

Zwei Sanitäter griffen den kleinen Türken im Morgenmantel rechts und links unter den Ellenbogen und führten ihn zum Krankenwagen. Er protestierte nicht.

»Dann zeig mal, was ihr gefunden habt«, sagte Tom.

Er war erstaunt, wie schnell es gelungen war, den Brand in den Griff zu bekommen. Inzwischen hatte sich der Rauch im Inneren des Gebäudes dank des Hochdrucklüfters fast vollständig aufgelöst. Feuerwehrleute, Kollegen der Spurensicherung und der Brandfahndung inspizierten und dokumentierten geschäftig jeden Hinweis und versicherten, dass keine Gefahr von halb verbrannten Gegenständen drohte, die herabfallen konnten.

Sie konnten das Gebäude nun betreten.

Der Eingangsbereich war nahezu unversehrt. Vom Keller stieg ein beißender Geruch nach verschmortem Pressspan, Kunststoff und sonstigen Chemikalien auf.

Gut sichtbar am Eingang fiel Tom als Erstes die Karl-Valentin-Statue auf. Eine moderne Variante des Standbilds vom Karl-Valentin-Brunnen auf dem Viktualienmarkt.

»Hast du schon gesehen?«, sprach Tom Anna an.

Jemand hatte dem Künstler ein Schild um den Hals gehängt. Da der Brand nicht so weit vorgedrungen war, waren Statue und Schild unversehrt geblieben. Mit rot übermalten Zeitungsbuchstaben war ein zweizeiliger Satz auf einen Karton geklebt: »Karl Valentin ist tot.«

Der Karton – wahrscheinlich der Rücken eines Zeichenblocks – war mit durchsichtiger Plastikfolie überzogen worden. Durch zwei kleine Löcher rechts und links bohrte sich der rote Faden, an dem das Schild vom Hals des berühmten Komikers baumelte.

»Karl Valentin ist tot«, las Jessica den Text. »Was will uns das sagen?«

»Die Antwort wird die Lösung des Falls sein.« Tom betrachtete das Schild nachdenklich. Wer immer das getan hatte, hatte sich viel Mühe gegeben, um ihnen etwas zu übermitteln.

Eine sprechende Tat. Mit Karl Valentin als Sprachrohr.

»Das Schild müsst ihr bitte besonders genau auf Fingerabdrücke und sonstige Spuren untersuchen. Und den Boden rund um die Statue auch!«, rief Anna einen Mitarbeiter zu sich. »Setzt sämtliche Spezialgeräte ein.«

An Tom gewandt, fuhr sie fort: »Also so viel kann ich euch schon einmal sagen: Der Brand war kein Zufall!«

Sie blickte sich suchend in dem Basislager um, das sich die Spurensicherung in einer Nische geschaffen hatte.

Es stapelten sich weit mehr Kisten als üblich.

»Brandstiftung?«, fragte er.

Anna ging zu einer Kiste. »Ah. Hier sind sie. Wir müssen in den Keller. Der Rest der Mannschaft ist schon unten.«

Anna warf ihnen Gummistiefel hin. Ein Riesenpaar für Tom. Weit kleinere für Jessica.

»Haltet euch fest. Es ist furchtbar rutschig hier«, wies die Leiterin der Spurensicherung sie an.

Anna wirkte in dem schummrigen Licht in ihrem unförmigen Schutzanzug geradezu gespenstisch. Die Beine und Arme staksig lang, hielt sie sich am Geländer fest und stieg die Steintreppe seitlich hinab wie ein Skifahrer, der im Winter mit Skistiefeln feuchte Treppen bewältigte. Man hatte bereits Massen von Löschwasser abgesaugt. Dennoch blieb der Stein glitschig, die Treppenstufen kaum erkennbar. Tom knipste die Handytaschenlampe an und beleuchtete die Treppe.

Plötzlich rutschten seine Füße in den Gummistiefeln ab. Im Fallen spürte er einen Stich, der sich bis tief in seinen Brustraum zog. Bei unvorhergesehenen Bewegungen wie dieser schmerzte das Einschussloch in seiner Brust. Hier hatte ihn die Kugel damals im Kampf gegen Iwan Maslovs Sohn in Düsseldorf durchbohrt. Die Ärzte hatten Tom vorgewarnt. Die Vernarbungen verwuchsen sich durch den gesamten Brustkorb. Eine kürzlich überstandene Bronchitis hatte das Leiden verstärkt. Dieser Schmerz würde ihm bleiben.

Im Fallen bekam Tom den Lauf des Geländers zu fassen. Doch sein Handy polterte über zwei Stufen nach unten. Das Geländer hielt seinem Gewicht stand, worüber er heilfroh war. Im Polizeipräsidium hatten sie ein ähnliches schmiedeeisernes Modell – allerdings wesentlich niedriger. Tom bückte sich nach seinem Handy, dessen Display einen Sprung bekommen hatte. Sch… Mist!

Er schluckte das Wort hinunter, das er nicht mehr sagen wollte.

Im Keller wäre es ohne das Licht der Handytaschenlampe stockdunkel gewesen. Das Licht war ausgefallen. Tom erkannte einen langen Flur, von dem aus die einzelnen Räume nach rechts und links abgingen. Am Ende des Flurs stand ein Fenster offen.

»Das Fenster haben wir geöffnet vorgefunden«, erklärte Anna, als sie seinem Blick folgte.

Der hinterste Raum war von den mitgebrachten Tageslichtstrahlern der Spurensicherung hell erleuchtet. Sie wateten durch den feuchten Flur. Es sah wüst aus. Die Bilder an den Wänden waren zerstört, hingen schief oder waren ganz heruntergefallen. Gesprungenes Glas, schwarze Rauchspuren, Asche, geplatzte Lampen und der beißende Brandgeruch zeugten von der Feuersbrunst, die hier getobt hatte.

»Die Feuerwehr hat sich bemüht, so wenig Spuren wie möglich zu verwischen. Aber Lebensrettung hatte natürlich Priorität«, meinte Anna jetzt, als sie auf den hinteren Raum zuschritten.

Tom erkannte an der Farbe des Lichtes, dass bereits weitere Kollegen von der Spurensicherung vor Ort waren, die zum Notausgang hereingekommen sein mussten.

»Hat wohl trotzdem nicht geholfen«, stellte er fest.

Anna nickte. »Leider war die Frau schon tot, als die Männer sie fanden.«

»Dass heute an einer Schule so was überhaupt passieren kann!« Tom war ehrlich erstaunt.

Bei den heutigen Brandschutzvorschriften und einem so modern renovierten öffentlichen Gebäude war es eigentlich ein Ding der Unmöglichkeit, dass ein Brand so weit fortschritt. Selbst nachts!

Er blickte zur Decke. Wie zu erwarten, waren in regelmäßigen Abständen Brandmelder installiert. »Wieso haben die Brandmelder nicht gleich losgefunkt? Die müssen doch direkt bei der Hauptwache aufgeschaltet sein.«

Anna nickte. »Das habe ich mich auch gefragt. Ich kann es mir nur so erklären, dass die Brandmeldeanlage aus irgendeinem Grund offline war. Warum, ist noch unklar.«

»Ist die Frau verbrannt?«, fragte Jessica mit ängstlicher Miene.

Als ob sie sich auf den furchtbaren Anblick einstellen müsste, der sie gleich erwarten würde. Tom wusste, dass seine um einige Jahre jüngere Kollegin mit der ersten Konfrontation eines gewaltsam verstorbenen Menschen ihre Probleme hatte. Wohl gerade deshalb, weil sie in ihrer Jugend in Berlin Extremsituationen erlebt hatte, die ihr in solchen Momenten wieder leibhaftig vor Augen standen.

Eine Brandleiche war ihnen in ihrer gemeinsamen Zeit bisher noch nicht untergekommen. Mit Schaudern dachte Tom an die entstellten Feuerleichen, deren Anblick selbst ihm das Blut in den Adern hatte stocken lassen.

»Ich habe mich auf die Spuren konzentriert.« Anna schien ziemlich ungerührt, doch als sie bemerkte, wie Jessica zusammenzuckte, fügte sie mitfühlend hinzu: »Ich glaube nicht, dass sie an ihren Verbrennungen gestorben ist.«

Jessica hatte ihm erzählt, dass Anna und sie eine über das berufliche hinausgehende Freundschaft verband. Sie trafen sich auch privat. Auch wenn sie das im Kollegenkreis nicht an die große Glocke hängten.

Anna fuhr fort. »Ich habe mir schon einen ersten Eindruck verschaffen können. Auf Grund der Spuren gehe ich davon aus, dass der Brand im Materiallager ausbrach. Die Flammen haben sich vom Keller über die vom Winter trockene Pergola an der Innenfassade in die oberen Stockwerke ausgebreitet. Das hat der Hausmeister gesehen.«

Tom konnte sich das sehr gut vorstellen. »Von der Straße aus hätte man den Brand erst später bemerkt.«

Anna stimmte ihm zu.

»Habt ihr sonst schon etwas Wichtiges gefunden? Handy oder so?«, fragte Tom. Die letzten Anrufe zu kennen würde ihnen eine Menge erleichtern.

»Leider nicht. Nur eine Schminktasche auf der Toilette. Kein Handy.«

»Schminktasche? Hatte sie ein Rendezvous?«, fragte Jessica.

Anna zuckte mit den Schultern. »Ihre Lippen sind jedenfalls knallrot geschminkt. Auch jetzt noch.«

Sie waren nun im hinteren Zimmer angekommen. Das musste der Kunstraum sein. Er war weit mehr in Mitleidenschaft gezogen als alles, was sie bisher gesehen hatten. Auf Grund der diversen Materialien hatten die Flammen reichlich Futter gefunden. Die Überreste halb verbrannter Papiere, Pappen und anderer Materialien lagen verstreut auf Tischen und Metallschränken herum, die größtenteils offen standen. Tom fiel ein Bildertrocknungswagen auf, neben dem ein umgekippter Tisch lag. Zwei Männer der Spurensicherung wuselten um das seltsame Stillleben herum. Nahmen Proben, sicherten Spuren.

»Hier hat jemand etwas gesucht«, stellte Tom fest. Es konnte auch ein Kampf stattgefunden haben. Zahlreiche Schubladen standen offen, verkohlte Bilder und Gegenstände hingen heraus, lagen auf dem Boden davor.

Auch Professor Dr. Peter Ehinger war inzwischen angekommen. Die Kollegen hatten ihn durch die Brandschutztür zum Innenhof hereingelassen. Der große Mann mit dem weißen Haarkranz und dem grauen Schnauzbart im faltenzerfurchten Gesicht blickte melancholisch wie immer durch die dicken Gläser seiner Brille. Er stellte seinen schweren Lederkoffer ab, dem seine chronisch gebückte Haltung geschuldet war.

Sie begrüßten sich mit freundschaftlichem Handschlag.

»Hat's uns mal wieder derwischt.« Ehinger schritt auf die seltsam verkrümmt am Boden liegende tote Frau zu.

Die Frau lag in der Nähe einer Tür, die offen stand. Der Fotograf der Spurensicherung schoss, in der Hocke sitzend, Detailaufnahmen.

Tom hörte Jessica schlucken, als sie sich der Leiche zuwendeten.

Beine und Unterkörper der toten Frau zeigten in Richtung der geöffneten Tür, die ins Materiallager führte. Dorthin, wo der Brand seinen Anfang genommen hatte. Die Frau musste einen Rock und Nylonstrümpfe getragen haben, die mit der Haut an den Beinen bis über die Knie zu einer schwarz-braunen, undefinierbaren Masse verschmolzen waren.

Kein schöner Anblick.

Neben den anderen scharfen Gerüchen nahm Tom jetzt deutlich den süßlich-herben Geruch von verbranntem Fleisch wahr. Ehinger diktierte erste Erkenntnisse zu Lage und Auffindungssituation der Leiche in sein altmodisches Diktiergerät, während Tom und Jessica sich Latexhandschuhe überstreiften.

Tom verfolgte Ehingers Angaben mit.

Die Platzwunde am Hinterkopf der Frau, die er auf rund 40 Jahre schätzte. Ihr zur Seite geneigter Kopf, der wie der Oberkörper auf den ersten Blick unversehrt schien. Das sorgfältig geschminkte Gesicht mit den knallroten Lippen wirkte geradezu grotesk. Auch die Schminke konnte nicht darüber hinwegtäuschen, dass die Frau zu Lebzeiten keine Schönheit gewesen war.

»Ich frage mich, warum sie nicht geflohen ist«, überlegte Tom und zeigte auf die jetzt weit offen stehende Brandschutztür. »Es wären nur wenige Schritte gewesen.«

Ehinger fuhr unbeirrt mit seinen Betrachtungen fort.

Beim Wort »Leichenflecken« horchte Tom auf und sah sie jetzt auch. Auf der unten liegenden Wange zeichneten sich die Flecken deutlich ab. Das Rot war heller, als Tom das sonst kannte.

Ehinger sprach weiter in das Diktiergerät. »Der Tod dürfte erst vor etwas mehr als einer halben Stunde eingetreten sein. Näheres werden die Obduktion und der Abgleich mit der Spurensicherung zum Verlauf des Brandes zeigen.«

Inzwischen war es 3.10 Uhr. Als die Feuerwehr gegen 2.15 Uhr ausgerückt war, hatte die Kunstlehrerin Conny Bergmüller also demnach noch gelebt.

Als er und Christl gerade ...

So unterschiedlich konnte das Schicksal wenige Meter entfernt spielen.

»Wisst ihr schon, wer die Tote ist?«, fragte Ehinger jetzt.

»Laut Hausmeister müsste das Conny Bergmüller sein«, antwortete Jessica. Sie hielt ein Taschentuch vors Gesicht gedrückt.

Nicht nur wegen des Geruchs, dachte Tom. Sie schützt sich vor dem Anblick des unfreiwilligen Todes. Das geschminkte Gesicht wirkte unpassend und skurril. Die braunen Haare, das fliehende Kinn, die kräftige Statur, der üppige Busen. Das, was von ihrer Kleidung erhalten geblieben war, sah ungewöhnlich für eine Kunstlehrerin aus.

Da spürte Tom, dass sich jemand zwischen sie schob.

Jessica wich zur Seite.

»Mein Gott!«, ertönte eine matte Stimme neben ihm. Sie gehörte zu dem großen Mann im Anzug, den sie zuvor gesehen hatten.

»Was machen Sie hier?«, fragte Tom ungehalten. »Das ist ein Tatort!«

Der Mann hielt den Blick starr auf die Frau am Boden fixiert. »Das ist nicht Conny Bergmüller.«

Er kostete die aufkommende Spannung aus.

»Das ist meine Stellvertreterin. Also, kommissarisch. Bis der Kollege wieder da ist. Unsere Oberstufenleitung. Beides.«

Als niemand etwas sagte, fügte er hinzu: »Marianne Eichstätt.«

Also nicht die Kunstlehrerin. Hätte ihn auch gewundert.

»Und Sie sind?«, fragte Tom der Vollständigkeit halber.

»Manfred Strebel. Der Direktor dieser Schule. – Wenn man das noch als Schule bezeichnen kann.« Mit ausladender Geste umschrieb er den Raum.

Manfred Strebel war in etwa so groß wie Tom und trug einen weit geschnittenen, eleganten Anzug. Er hatte aschblondes, schütteres Haar und stahlblaue Augen. Tom schätzte ihn auf Grund seiner faltenfreien Haut auf maximal Mitte 30. Er wirkte etwas kurzatmig. Was man ihm angesichts der Situation allerdings nicht verdenken konnte.

Tom hatte erst kürzlich einen Artikel in der Abendzeitung über ihn gelesen. Dem jüngsten Schuldirektor Deutschlands war es laut des Beitrags gelungen, das Karl-Valentin-Gymnasium zu einem wahren Vorzeigegymnasium zu machen. Es hatte sogar den Europäischen Innovationspreis verliehen bekommen.

»Was hält sie in der Hand?« Jessica ließ sich neben der Leiche auf die Knie gleiten und bog mühelos die Finger von Marianne Eichstätt auf. Die Leichenstarre hatte noch nicht eingesetzt.

Jessica faltete den Briefumschlag auseinander.

Der Umschlag war an Conny Bergmüller adressiert.

Da sie nicht die Tote war, sollten sie zeitnah mit der Frau sprechen.

»Haben Sie ihre Kontaktdaten?«, fragte Tom.

»Im Büro«, sagte der Direktor.

Tom nickte Jessica zu. »Versuche, die Frau zu erreichen. Vielleicht weiß sie, was in dem Brief stand.«

Genau im Dreieck zwischen Daumen und Zeigefinger fiel Tom ein auffallend großer Leberfleck auf der rechten Hand der Toten auf.

Groß wie ein 20-Cent-Stück. Von einem weißen Rand umgeben. Jeder Dermatologe hätte zur Entfernung geraten.

»Haben Sie eine Ahnung, was Marianne Eichstätt um die Uhrzeit hier wollte?«, wandte er sich an den Direktor.

»Sie hat oft Überstunden gemacht.« Manfred Strebel hielt den Blick auf die Leiche fixiert.

Überstunden. Aha. Mit knallroten Lippen.

Ehinger wendete vorsichtig den Kopf der Toten zur Seite.

»Schaut mal!«

Jemand hatte seitlich eine dicke Haarsträhne herausgeschnitten.

»Schaut nicht so aus, als ob sie beim Frisör gewesen wär.« Tom verließ den Tatort über die Brandschutztür und trat ins Freie.

KAPITEL 5

Jessica lief über die Josephspital- und Damenstiftstraße eilig in Richtung Neuhauser Straße. Als sie in die Ettstraße einbog, beglückwünschte sie sich insgeheim dazu, dass sie Toms Vorschlag abgelehnt hatte, mit ihm zu frühstücken. Sie glaubte nicht daran, dass Marianne Eichstätt als Folge der Brandstiftung gestorben war, die nicht direkt in ihr Ressort gefallen wäre.

Sie würde sofort mit den Ermittlungen starten. Die Stunden nach einem Mord waren die wichtigsten. Noch nie war sie so zeitnah zum Todeszeitpunkt am Tatort gewesen.

Im Wirtshaus wäre sie bestimmt Benno begegnet. Das wollte sie auf keinen Fall. Auch wenn ihr der Gedanke an Max' Weißwürste das Wasser im Mund zusammenlaufen ließ. Inzwischen war es kurz vor 6.00 Uhr. Max ließ es sich nicht nehmen, seine Weißwürste selbst zuzubereiten. Das war ein Ritual.

Jessica holte sich in der Rischart-Filiale Ecke Kaufinger- und Ettstraße am Hintereingang – denn die Bäckerei und Konditorei hatte um die Uhrzeit noch geschlossen – zwei Laugenstangen und buchte sie auf das Konto Diät.

Immerhin hatte sie sich gegen ihr geliebtes Plunder- und Streuselgebäck entschieden, dessen frischer Duft betörend gewesen war. Am Nachmittag würde sie noch mal vorbeikommen. Aber sie wusste nur zu gut: Wenn sie den Morgen mit Süßem begann, dann ging es den ganzen Tag so weiter. Besonders an einem Tag mit wenig Schlaf, der arbeitsreich zu werden versprach.

Sie hatte immer wieder versucht, Conny Bergmüller zu erreichen. Doch alle Versuche waren bisher ins Leere gelaufen. Ob die Kunstlehrerin schon von dem Brand wusste? Wann stand man auf, um pünktlich zum Unterricht zu erscheinen?

War es nicht seltsam, dass ausgerechnet der Kunstraum am meisten in Mitleidenschaft gezogen und die Leiche dort gefunden worden war? Es war nicht von der Hand zu weisen, dass Conny Bergmüller etwas mit dem Brand, wenn nicht gar mit dem Mord zu tun haben konnte. Allein die Tatsache, dass sie nicht zu erreichen war, machte sie verdächtig.

Auf der anderen Seite konnte sie auch Lang- und Tiefschläferin sein. Dann würde sie sich spätestens in den nächsten einhalb Stunden melden. Der Hausmeister jedenfalls hatte in höchsten Tönen von ihr geschwärmt und war geradezu erleichtert gewesen, dass nicht sie die Tote war.

Was wiederum nicht das beste Licht auf Marianne Eichstätt warf.

Der Schuldirektor hatte ihnen noch in der Nacht die Kontaktdaten aller Lehrer und wichtigen Elternvertreter zur Verfügung gestellt. Sie würden mit allen sprechen müssen. Das Direktorat war, wie große Teile der beiden weiteren Flügel des Schulgebäudes, weitgehend unversehrt geblieben. Man war übereingekommen, dass der Unterricht am nächsten Tag stundenplangemäß stattfinden würde.

Betroffen waren im Besonderen die Kellerräume des rechten Flügels mit Kunst- und Werkräumen. Im ersten Stock das Lehrerzimmer, das Stellvertreter-Büro von Marianne Eichstätt, das Sekretariat, ein Klassenzimmer sowie das Personal- und Besprechungszimmer. Als Ausweichräumlichkeit würde die Turnhalle für den Unterricht genutzt werden. Der Direktor hatte noch in der Nacht den Stundenplan angepasst. Er wollte nicht einen Tag Schulausfall riskieren, was Jessica übertrieben fand. Wie oft waren bei ihr in Berlin Stunden ausgefallen. Hatte es geschadet? Kaum.

Es kam immer auf die Perspektive und die Ansprüche an.

Die Aufräumarbeiten waren bereits in der Nacht weit fortgeschritten. Verletzungsgefahr konnte ausgeschlossen werden. Die Schüler würden heute früh gleich am Eingang in den anderen Flügel geleitet. Außerdem würde zusätzlich zu den Sozialpädagogen an der Schule ein Kriseninterventions- und Bewältigungsteam bayerischer Schulpsychologen eintreffen. Sie würden die Kinder und das Kollegium über den Brand und über den Tod der Lehrerin informieren und psychologische Unterstützung anbieten. Zu Schulbeginn um 8.00 Uhr sollte eine Kundgebung in der großen Aula stattfinden.

Tom wollte, dass er und Jessica anwesend waren, um spontane Reaktionen aufzufangen. Wobei man allerdings davon ausgehen konnte, dass sich der Brand und der Tod der Lehrerin über das Netz längst verbreitet hatten. Jessica wollte sich gleich einen Überblick verschaffen, was inzwischen wo berichtet wurde. Trotzdem war anzunehmen, dass manche Kinder und Jugendlichen am Ort des Geschehens sehr betroffen sein würden. Eine Situation, die im Hinblick auf die Aufklärung des Verbrechens nur dienlich sein konnte.

Jessica wollte so schnell wie möglich anfangen zu recherchieren. Kommenden Montag begann ihr längst überfälliger Urlaub. Ihr Überstundenkontingent quoll über. Sie war mehr als urlaubsreif. Auch wenn sie bis gestern liebend gerne mit Benno in den Süden geflogen wäre, sie musste dringend zu ihrer Mutter nach Berlin.

Ihre liebe Mama war wieder einmal dabei, sich in den falschen Mann zu verlieben. Jessica hatte den neuen Lover bisher nicht persönlich kennengelernt, aber allen Beschreibungen nach passte er hundertprozentig ins Beuteschema ihrer Mutter. Das verhieß nichts Gutes. Dominant, faul, rechthaberisch, dem Alkohol zugeneigt und darauf aus, ihre Arbeitskraft und die des Sozialstaats für sich zu nutzen. Jessica musste ihre unverbesserliche Erzeugerin zur Vernunft bringen. Bevor sie Tatsachen schuf, die so leicht nicht rückgängig zu machen waren. Jessica hatte wenig Lust, diesem Mann Geld hinterherzuwerfen, damit er ging.

Sie dachte mit Wehmut an ihren Vater. Auch er war gegangen und nie mehr gesehen. Ihre letzte Erinnerung war – unterstützt durch ein Foto, das sie vor der Zerstörungswut ihrer Mutter gerettet hatte –, wie sie als Fünfjährige mit einem schicken Kleidchen an der Hand ihres geliebten Daddys durch den Schlossgarten in Charlottenburg spazierte und die Kaninchen beobachtete. Ihr Vater hatte sie »Chili« genannt. Weil sie so lebhaft gewesen war. Er hatte sich nie wieder gemeldet. Sie waren nach Kreuzberg gezogen und Jessica war immer runder geworden.

Ihr Kollege Korbinian Mayrhofer, den sie meist mit seinem Nachnamen ansprachen, saß tatsächlich bereits an seinem Arbeitsplatz, in den Computer vertieft, mehrere zerknüllte Silberfolien vor sich. Die Reste seines Leberkäs-Semmel-Frühstücks.

Jessica war es ein Rätsel, wie ein einzelnes Lebewesen mit solch einer Regelmäßigkeit so viele Leberkäs-Semmeln verdrücken konnte. Wie viele mochte er schon verschlungen haben? Zwei am Tag seit seinem zehnten Lebensjahr? Jetzt ging er auf die 40 zu. Er war ein Jahr älter als Tom. Im Geiste überschlug sie: 30 mal 365 mal zwei. In etwa 30 mal 700. Rund 21.000 Leberkäs-Semmeln! Dabei war er so dünn, dass seine Anzughose, die jetzt im Sitzen Hochwasser schob, um seine dünnen Fesseln schlackerte.

Mayrhofer hob nicht einmal den Blick, als sie eintrat.

Sie wusste, was das zu bedeuten hatte.

Er hatte die Zeit sinnvoll genutzt. Froh darüber, endlich wieder einen aktuellen Fall bearbeiten zu können. Tom setzte ihn sonst meist auf ungeklärte Fälle an. Seit 1986 gab es laut Innenministerium in ganz Bayern 189 davon. Es war sogar eine Spezialeinheit in Nürnberg gegründet worden, mit der sie inzwischen eng kooperierten.

Da Mayrhofer recht gut im Aufspüren von Informationen im Netz war und keinerlei Notiz von ihr nahm, schloss sie, dass er bereits auf einer Spur saß, die sie ihm jetzt abjagen musste wie der Katze die Maus. Er würde sein Wissen nicht so ohne Weiteres freiwillig mit ihr teilen. Das übliche Machtspiel.

Sie seufzte. »Grüß dich!« Es war zielführender, Mayrhofer in der bayerischen Variante zu begrüßen.

»Auch schon da!« Grimmig starrte er in den Computer, notierte etwas auf einem Zettel.

Als ob sie nicht bis eben am Tatort gewesen wäre!

Anstatt zu antworten, ließ sie surrend einen Cappuccino aus der Maschine, die Tom dem Kommissariat geschenkt hatte. Als das Zischen des Milchschaums ertönte, schoss Mayrhofers Kopf nach oben. Die kahle Fläche von seiner hohen Stirn bis zum Hinterkopf glänzte. Der Haarkranz lag dicht an, betonte die längliche Eiform seines Kopfes.

Er hob den Finger. »Machst du mir eine Latte.«

Es war keine Frage. Es war ein Befehl.

Das Spiel begann. Es war mühsam. Wie gern hätte Jessica sich einfach an den Computer gesetzt und aufs Geratewohl angefangen zu recherchieren. Zum Beispiel darüber, was bereits alles über den Brand im Netz zu finden war. Doch er würde ihr keinen Moment Ruhe gönnen. Sie nahm einen Schluck heißen Cappuccino, drückte erneut auf den Knopf. Gut, die Latte würde der Köder sein, mit dem sie der Katze die Maus abjagte.

»Und, was hast du recherchiert?« Sie lehnte sich lässig an die Tischplatte, verdeckte den Blick auf das Glas, das sich mit schaumiger Milch füllte, kam sich vor wie die Hüterin des Heiligen Grals in Form eines italienischen Heißgetränks.

Er antwortete mit einer Gegenfrage: »Hast du eigentlich schon einmal etwas von unserem Karl Valentin gehört?«

»Weil das Gymnasium nach ihm benannt ist?«

»Zum Beispiel.« Er hielt vieldeutig seinen Bleistift in die Höhe.

Jessica dachte an die Statue am Eingang der Schule, um die jemand ein Schild gehängt hatte und die eine moderne Interpretation des Karl-Valentin-Brunnens auf dem Viktualienmarkt war.

Den Brunnen kannte sie gut, weil sie gerne daran vorbeispazierte, wenn sie ihren obligatorischen Karottensaft trank. Die Bronzestatue des Künstlers war immer mit frischen Blumen geschmückt. Karl Valentin balancierte spindeldürr auf einer Weltkugel, die im Wasser des Brunnens schwamm. Er trug einen geschlossenen Regenschirm, was angesichts des Wassers lustig war. Dabei schien er über die Fragwürdigkeit der Welt und der Fragen überhaupt nachzudenken.

Etwas entfernt war auch seine Spielpartnerin Liesl Karlstadt verewigt. Die zeitlose Geliebte. Jessica empfand tiefes Mitleid mit ihr, denn sie erinnerte sie an ihre Mutter. Die hatte auch einen Selbstmordversuch aus unerfüllter Liebe hinter sich. Allerdings nicht wegen eines genialen Berufskomikers, dessen Humor zahlreiche Künstler beeinflusst hatte und der nach wie vor in der ganzen Welt großen Anklang fand. Eher wegen eines Realkomikers, der an explosiver Selbstüberschätzung litt.

»Natürlich weiß ich, wer Karl Valentin war. So eine Art bayerischer Nationalheld.« Sie verkniff sich zu sagen: A bisserl schrullig, so wie du halt auch.

»›Fremd ist der Fremde nur in der Fremde!‹«, zitierte Mayrhofer. »Das müsstest du ja verstehen. Du bist ja auch fremd. Als Preiß!«

»›Fremd ist der Fremde nur in der Fremde!‹, ist das von Karl Valentin?«, fragte sie und dachte über den Sinn des Satzes nach.

Da war was dran.

»Und was, meint dein Karl Valentin, ist ein Fremder?« Ihr fielen die momentanen Debatten ein. Das Thema war brandaktuell. Aber ich bin in München nicht mehr fremd, dachte sie.

»Fleisch, Gemüse, Obst, Mehlspeisen und so weiter.«[*] Mayrhofer grinste.

»Witzbold!« Sie schlug die Augen nach oben.

»Wieso, das hat der Karl Valentin gesagt.«

»Ich bin keine Fremde mehr, denn ich fühle mich nicht mehr fremd in München.« Jessica ließ Mayrhofers Glas Latte in der Maschine stehen, ging zu ihrem Arbeitsplatz, drückte den Knopf an ihrem Computer, der mit einem »Ping« ansprang.

»Unfremd bist du noch nicht«, protestierte Mayrhofer. »Du kennst noch nicht alles in München. Und uns Münchner schon gar nicht.« Er stand jetzt auf und bewegte sich in Richtung Kaffeemaschine.

»Wahrscheinlich hab ich schon mehr gesehen als du. Da wär ich dann vielleicht sogar weniger fremd als du!«, konterte sie.

»So ein Schmarrn! Ich bin einer der wenigen hier geborenen echten Münchner.« Mayrhofer wollte nach dem Glas greifen. Doch sie war schneller und wich aus.

»Siehst du, du als echter Münchner bist mir in keiner Weise fremd. Ich hab genau gewusst, dass du es auf die Latte abgesehen hast. Schon deshalb bin ich nicht mehr fremd. Weil ich einen Bekannten in einer bekannten Stadt habe. – Und jetzt erzähl mir endlich, was du herausgefunden hast.«

Mayrhofer sinnierte weiter. »Du meinst – um mit Karl Valentin zu sprechen: Aus Fremden sind fremde Bekannte geworden?«

Jessica nickte. »Ganz genau! – Und, was ist jetzt?«

Sie ging in Richtung des kleinen Waschbeckens und hielt die Latte demonstrativ über das Becken. Als er nicht

---

[*] Aus Karl Valentin und Liesl Karlstadt: Die Fremden.

reagierte, begann sie, das Glas zu neigen. »Entweder du legst jetzt los oder du kannst dir eine neue Latte herauslassen.«

Es war wirklich mühsam.

»Die fremde Bekannte greift zu fremden Sitten.« Er ging energisch auf sie zu, griff nach dem Glas und sie ließ es geschehen.

»Also, da ich nun schon einmal da war, hab ich halt angefangen zu recherchieren.« Er trank einen Schluck. »Es huift ja eh nix! Komisch ist das schon. Auf der einen Seite ist das Karl-Valentin-Gymnasium eine hochprämierte Vorzeigeschule. Auf der anderen Seite gehen jedes Jahr zahlreiche Schüler ab. Von den ehemals 120 Kindern der ersten Jahrgänge hat nur circa ein Drittel dort Abitur gemacht.«

»*Was*?« Jessica war überrascht. »Ein schlechter Schnitt!«

»Schon. Selbst in Bayern.«

»Woran liegt's?«

Mayrhofer hob seinen Bleistift hoch. »Heute Abend ist eine Demo auf dem Marienplatz. Da werden Eltern aus der ganzen Umgebung erwartet. Motto: ›Unsere Kinder – Opfer des Leistungsdrucks.‹ Besonders hervor tut sich ein gewisser Ulrich Anzinger. Elternbeirat im Karl-Valentin-Gymnasium. Kannst du dir das vorstellen? Eltern, die wegen ihrer Kinder auf die Straße gehen? So was war zu meiner Zeit undenkbar!«

Jessica setzte sich an ihren Computer, nahm einen Schluck Cappuccino und biss in ihre Laugenstange. Das konnte ein Ansatzpunkt sein.

Unerfüllter Ehrgeiz bis hin zu bodenlosem Hass.

In einer Schule konnten sich die Gemüter erhitzen. Das hatte sie selbst erlebt. Wenn auch in anderer Form. In Berlin waren Messerstechereien an manchen Grundschulen an der Tagesordnung gewesen. Da hätte sie sich manchmal gewünscht, dass Eltern deswegen auf die Straße gegangen wären.

Und Leistungsdruck?

Ja, den spürte sie auch. In einer Stadt wie München war der Anspruch ein anderer. Sie wischte sich verstohlen die Laugenstangenkrümel von der Jeans, die Mayrhofer sicher schon bemerkt hatte.

Dann dachte sie an ihre Cellulite und daran, als sie das letzte Mal am Starnberger See war. Die Blicke der Bikinischönheiten hatten sich angefühlt, als ob Dellen auf der Haut ein Kapitalverbrechen wären, auf das die Todesstrafe stand.

KAPITEL 6

Toms Magen knurrte. Er freute sich riesig auf ein paar Weißwürste. Warum hatte Jessica ihn nicht begleitet? Sie war sonst ganz verrückt auf Max' Weißwürste. Der Fall würde erst richtig an Fahrt gewinnen, wenn sie sicher wussten, dass Marianne Eichstätts Tod keine direkte Folge der Brandstiftung war.

Ob Jessica Streit mit Benno hatte? Dabei waren die beiden am Vorabend ausgesprochen innig gewesen. Christl hatte sich höchst zuversichtlich gezeigt, dass Benno endlich wieder eine feste Partnerin hatte. Auch Tom wäre das lieber. Ein bisschen ein schlechtes Gewissen hatte er schon. Beziehungen!

Ein Buch mit sieben Siegeln.

Als er die schwere Holztür öffnete und in das gemütlich warme Ambiente des Wirtshauses trat, war er gedanklich längst mit anderen Dingen beschäftigt. Während er ganz selbstverständlich alle zum Putzen über Nacht hochgestellten Stühle an den Tischen verteilte und sich so den Weg bis zum Stammtisch bahnte, schwirrten die Bilder des soeben Erlebten durch sein müdes Gehirn wie Traumfetzen, die sich einen Weg ins Bewusstsein gruben. Eher wirr denn geordnet schoss ihm durch den Kopf, was er über das Karl-Valentin-Gymnasium wusste.

Die Schule war zur großen Freude der Altstadtbewohner in einem ehemaligen Bürogebäude errichtet, das Gebäude aufwendig, mit großzügigen staatlichen und städtischen Mittel nach modernsten Standards renoviert worden. Eine sehr positive Initiative, um normales Leben in der Stadt zu fördern. Tom war selbst im Herzen der Münchner Altstadt groß geworden und hatte es sehr genossen. Aktuell zogen gerade Familien mit Kindern häufig aufs Land. Natürlich auch wegen der hohen Mieten, aber auch aus anderen Gründen.

Strukturen des täglichen Bedarfs waren lange Zeit rückläufig gewesen. Außerhalb der klassischen Touristenzeiten, wenn Geschäfte und Büros geschlossen waren, wirkten manche Straßen wie ausgestorben. Das war schade. Dagegen war es ausgesprochen positiv, dass ein Umdenken eingesetzt hatte. Man fing wieder an, Einkaufsmärkte, Kindergärten und Schulen in zentralen Stadtlagen einzurichten.

Erst kürzlich hatte Tom mit seiner Nichte Tina über das Karl-Valentin-Gymnasium gesprochen. Als angehende Sozialpädagogin hatte sie sich um ein Praktikum an der Schule bemüht.

Die ältere Schwester einer Kommilitonin war ihr behilflich gewesen. Tom versuchte sich zu erinnern. Hatte Tina nicht gemeint, dass die Schwester der Freundin Kunstlehrerin am Karl-Valentin-Gymnasium sei? Konnte es sich um Conny Bergmüller handeln?

Tom hoffte, Tina gleich beim Frühstück zu sehen, um sie danach zu fragen. Vielleicht hatte Jessica die Kunstlehrerin auch längst erreicht und wusste bereits, was in dem Brief stand, um dessen Umschlag sich Marianne Eichstätts Finger verkrampft hatten.

Das Thema Bildung und Schule beschäftigte die Medien als Dauerbrenner. Tom verfolgte die Diskussion interessiert.

Mit der Umstellung auf das »G 8« war die Schulzeit von bisher neun Jahren im Gymnasium über einige Jahre hinweg auf acht Jahre geschrumpft. Gleichzeitig hatte man die Lehrpläne unzureichend an die verkürzte Schulzeit angepasst. Der Druck auf Kinder, Eltern und Lehrer hatte sich enorm erhöht. Nach langem politischem Tauziehen war schließlich am 5.4.2018 im Bayerischen Landtag die Entscheidung gefallen, zum »G 9« zurückzukehren.

In Kraft treten würde die Reform allerdings erst beginnend mit den Fünftklässlern ab September 2018/19. Für die älteren Jahrgänge galt weiterhin das »G 8«. Also auch für den inzwischen zweiten Abiturjahrgang des Karl-Valentin-Gymnasiums. Tom wurde bewusst, dass die Prüfungen Anfang Mai – also in wenigen Wochen – stattfinden würden. Der Direktor stand damit vor der nicht zu unterschätzenden Aufgabe, den Schulbetrieb trotz des Brandes und der Mordermittlungen aufrechtzuerhalten.

Deswegen hatte er also heute Nacht auf die strikte Fortsetzung des Unterrichts bestanden. Der aktuelle Jahrgang stand unter Stress. Konnte die Brandstiftung aus der Richtung kommen? Sie würden sich besonders die angehenden Abiturienten anschauen müssen. Aber auch bei Kollegen und Eltern konnten sich Hass und Unmut aufgestaut haben. Allerdings so stark, dass daraus ein Mordmotiv entstand? Schwer vorzustellen. Überhaupt musste sich noch zeigen, ob – und wenn – wie der Brand und der Mord zusammenhingen.

Tom hatte oft Gespräche zwischen Familien mitbekommen, in denen sich die Erwachsenen lautstark über den steigenden Schuldruck beschwerten, während die Kinder immer mehr in sich zusammensackten.

Max und Hedi, die viele Freunde und Bekannte in unterschiedlichen Altersgruppen unter den Gästen hatten, erzählten Horrorgeschichten von Depressionen, Familienspannungen, gescheiterten Ehen und Selbstmordversuchen, weil sich die Eheleute am Schuldruck der Kinder aufrieben. Sie sollten sich umhören, wo es Probleme gegeben hatte, welche Eltern sich in letzter Zeit zum Beispiel hatten scheiden lassen.

Gleichzeitig schien sich die Elternschaft verändert zu haben. Zu Toms Zeit hatten sich Eltern kaum um den Schulalltag der Kinder gekümmert. Hatte das Kind am Ende des Schuljahres die Versetzung erreicht, war alles gut. Kommazahlen spielten keine Rolle. Die Lehrer mussten darum kämpfen, dass überhaupt jemand zum Elternabend erschien. Heute dagegen kamen oftmals nicht nur beide Elternteile, sondern sie brachten ihren Rechtsanwalt mit.

Natürlich ging alles ganz gesittet zu. Doch gefeilscht wurde um jede Zehntelnote. Ob das ein Grundproblem moderner Leistungsgesellschaften war? Der Nachwuchs musste die bestmöglichen Voraussetzungen haben. Zumindest auf dem Papier. Der Direktor konnte sicher ein Lied davon singen, mit welchen Eltern es in letzter Zeit größere Probleme gegeben hatte. Kinder, deren Versetzung gefährdet war.

In einer Gesellschaft, in der es immer weniger Leistungsträger bei steigenden Sozial- und Steuerabgaben gab, erschienen gute Abschlusszeugnisse in den Bewerbungsunterlagen vermutlich als intuitiver Überlebensgarant. Und als Heilmittel gegen die Angst vor dem drohenden sozialen Abstieg, die, wie Tom kürzlich gelesen hatte, gerade in den Mittelschichten weit verbreitet war. Er dachte an die kleine Mia.

Was kam auf das Kind zu? Musste das sein?

Für alle Beteiligten nicht einfach. Auch für die Lehrer nicht, dachte Tom. Auch sie stehen unter einem enormen Druck.

Irgendetwas lief falsch.

Während er mit seinen Freunden am Nachmittag frei durch die Straßen gestreift war, wurden die Kinder heute in Ganztagsschulen, Horten, beim Musik- und Sportunterricht bis in die späten Abendstunden verwahrt, während die Eltern arbeiteten.

Nicht selten hatten schon kleine Kinder einen Acht- bis Zehnstundentag, wie er bei Freunden mitbekommen hatte.

War das der Sinn der Sache? Wie das wohl die Lehrer sahen?

Wie hatte sich Marianne Eichstätt im Lehrerkollegium und bei der Elternschaft positioniert? Immerhin war sie stellvertretende Direktorin gewesen. Das rief nicht selten Neider aus den eigenen Reihen hervor.

Tom näherte sich jetzt dem Stammtisch. Alle Stühle waren aufgestellt. Das morgendliche Fitnesstraining absolviert.

Der herrliche Duft frischer Weißwürste zog ihm in die Nase.

»Heut bist aber früh dran!«, begrüßte ihn Max. Er trug wie immer neuerdings Hut. Schon in der Früh. Ob ihm das lichter werdende Haar zu schaffen machte? An der hinteren Krempe lugte das Ende seines Zopfes heraus. Das Markenzeichen des innovativen Wirtes in dritter Generation eines der renommiertesten Wirtshäuser der Stadt.

Max balancierte seelenruhig einen Topf mit heißem Wasser und den Weißwürsten mit der linken Hand, während die rechte schlaff herunterhing. Diese bleibende Verletzung hatte Max Tom zu verdanken. Sie erinnerte Tom stets an ihre tiefe Verbundenheit. Obwohl sie Halbbrüder waren und nicht den gleichen Vater hatten.

Max' Vater war schon Jahre zuvor bei einem dubiosen Skiunfall – und wie sich bei Toms erstem Fall in München gezeigt hatte, durch fremde Hand – ums Leben gekommen. Nach Jahren der Enthaltsamkeit hatte sich Wirtin Magdalena auf eine Liaison mit einem amerikanischen Offizier eingelassen, aus der Tom hervorgegangen war.

Lange Zeit hatte seine Mutter Tom verschwiegen, wer sein Vater war. Heute stand Tom in engem Kontakt mit seinem alten Herrn. John Cohen hatte eine verantwortungsvolle Stelle im New York Police Department bekleidet. Bevor er durch einen Schuss querschnittgelähmt und dann pensioniert worden war.

Der 18-jährige Max hatte dem vierjährigen Tom das Leben gerettet. Max hatte den kleinen Bruder in letzter Sekunde zurückgehalten, als der vom zweiten Stock aus auf das Dach des Wirtshauses hatte klettern wollen, das wegen Renovierungen eingerüstet gewesen war. Dabei war Max gestürzt und hatte sich das rechte Ellenbogengelenk so zertrümmert, dass es zeitlebens steif bleiben würde.

Max stellte mit der Linken den Topf so schwungvoll auf den Tisch, dass heißes Wasser überschwappte. Teller, Besteck, süßer Senf und ein voller Korb Brezn standen griffbereit. Tom nahm sich eine Brezn. Sie war lauwarm, außen knusprig, innen weich. Er biss hinein. Köstlich!

»Magst a Weißbier dazu?«, fragte Max und schob den Hut zurück. Tom kannte seinen Bruder. Wenn Max gleich in der Früh so freundlich war, dann war etwas im Busch. Besser auf der Hut sein.

»Bist du verrückt! Ich komm grade von einem Einsatz. Hast du nichts gehört heute Nacht?«

»Doch. Da war was.« Max rieb sein Kinn und fischte zwei Stück Weißwürste auf seinen Teller.

»Das Karl-Valentin-Gymnasium hat gebrannt. Eine Tote.«

Max schnitt die Weißwurst einmal längs an und streifte die Haut ab. »Ja, Kruzitürken! Gibt's denn gar keine Ruh' mehr in dieser Stadt. – Ich hab schon geglaubt, du könntest uns heute in der Küche zur Hand gehen. Der Consti hat grad angerufen. Aus dem Krankenhaus. Vom OP-Tisch. Gallensteininfektion. Müssen sofort entfernt werden. Er fällt die nächsten Tage aus. Der Tobi ist im Urlaub. Gran Canaria. Keine Chance. Der Hubi ist krankgeschrieben, weißt ja. Beinbruch. Der Azubi ist in der Schule. Selbst der Benno hat heute früh überraschend um Urlaub gebeten. Musst ich ihm abschlagen. Wir sind ausgebucht. Fünf Veranstaltungen – wie soll denn das gehen ohne Koch!«

Hatte er es doch gewusst. Max hatte ein Problem.

»Du schaffst das, mein Lieber. Hast schon ganz andere Dinge hinbekommen!« Tom schlug seinem Bruder auf die Schulter. Dann angelte er zwei Stück Weißwürste aus dem heißen Wasser und schob ein Stück Brezn in den Mund.

Max stöhnte und scrollte durch die Kontaktliste seines Handys.

Tom biss das Ende einer Wurst ab und zuzelte gerade genüsslich das helle Brät heraus, als Hubertus mit seinem Rauhaardackel Günter zu ihnen an den Tisch trat. Die grauen kurzen Haare des Journalisten und Historikers standen wie die Stoppeln einer Bürste vom Kopf ab.

»Griaß eich!«

Und an Tom gerichtet: »Bist du aa scho wach?«

»Notgedrungen.«

Hubertus horchte auf.

Während Tom seine zweite Weißwurst verspeiste und großzügig süßen Senf aufstrich, brachte er die beiden auf den aktuellen Stand. Er sprach gerade über das Schild, das um die Karl-Valentin-Statue am Eingang gebaumelt war.

»Karl Valentin ist tot!« Hubertus schüttelte den Kopf. »Das wär ja direkt schon wieder ein Krimititel.«

»Das waren noch Zeiten, als du nur Journalist und Historiker warst! Da konnte man mit dir noch ganz normal reden. Das hier ist Realität, Hubertus. Blanke Realität! Kein Krimi!«

Hubertus' Neugier war geweckt, das war nicht zu übersehen. Er hatte mit seinem zweiten Krimi einen viel beachteten Bestseller gelandet und war fest entschlossen, mit dem dritten noch weiter nach oben zu rutschen.

»Der Karl Valentin wird sowieso nie sterben.« Hubertus kaute sorgfältig, während Max ihm zustimmend zulächelte.

Tom sah auf seine Uhr. Eigentlich musste er los.

Aber wenn Hubertus mal am Reden war, sollte er die Chance nutzen. Zumal Hubertus wegen seiner zahlreichen Lesungen in ganz Deutschland schlecht greifbar war, wenn man ihn brauchte.

Es lief mal wieder alles anders als geplant. Aber warum sollte er sich nicht anhören, was Hubertus über Karl Valentin zu sagen hatte, während er auf Ehingers Anruf wartete. Der alte Freund hatte versprochen, ihn gleich zu informieren, sobald er wusste, ob der Tod der Lehrerin eine Folge des Brandes war.

Und Hubertus' Ausführungen hatten Tom bisher immer weitergeholfen. Egal, wann er die Hintergrundinformationen einsetzen konnte.

KAPITEL 7

Christl hatte schlecht geschlafen. Toms Frage nach einem Kind war ihr nicht aus dem Kopf gegangen. Sie wollte endlich Gewissheit haben.

Gleich nachdem Tom gegangen war, hatte sie die Visitenkarte herausgesucht, die der Oberarzt im Krankenhaus in Passau ihr nach dem Unfall anvertraut hatte.

Kurz nach der Diagnose.

Er hatte ihr eingeschärft, in München regelmäßig zur Kontrolle zu gehen. Der Kollege in der Filserbräugasse gleich hinterm Marienplatz sei eine Koryphäe auf dem Gebiet, hatte er gemeint. Wenn ihr jemand helfen könne, dann er. Christl hatte den Rat des besorgten Arztes wohlwissend in den Wind geschlagen.

Seit Jahren war sie bei keinem Gynäkologen mehr gewesen. Die Pillenpackung, die Tom für die aktuelle hielt, war eine Uraltversion. Unter normalen Umständen hätte sie ihn nie getäuscht. Sie hatte ihn auch nicht belogen. Es war seine Interpretation der leeren Packung im Badezimmerschrank, dass sie die Pille nahm.

Sie hatte ihm allerdings auch nicht widersprochen.

Aus Angst, ihn zu verlieren.

Hastig trank sie die zweite Tasse Cappuccino aus und band ihre Haare zu einem dicken Pferdeschwanz. Sie mochte es nicht, wenn ihr die Haare ins Gesicht fielen. Als sie fertig war, betrachtete sie ihren Verlobungsring. Der Blick auf den lupenreinen, feinweißen Diamanten war ihr zu einer lieb gewonnenen Gewohnheit geworden. Als ob der Ring ihr mit seinem Funkeln helfen könnte, die richtige Entscheidung zu treffen.

Der Ring war wunderschön. In der gleichen Art gearbeitet wie der Platinanhänger, den Tom von seinem Vater geschenkt bekommen hatte und den er an einer feingliedrigen Kette um den Hals trug. Während in Toms Anhänger ein Drache eingraviert war, war Christls Ring bis auf den Diamanten und die Inschrift schlicht gehalten.

Christl nahm den Ring ab und ließ die beiden eingravierten Worte auf sich wirken: »Für immer«. Ihre Hände zitterten. Entweder, sie hatte zu viel Kaffee getrunken. Oder der bevorstehende Termin schlug ihr in seiner zu erwartenden Endgültigkeit auf den Magen.

Sie würde heute nicht unten mit Max frühstücken. Jeglicher Hunger war ihr vergangen. Sie trank einen Schluck Wasser, um den bitteren Geschmack aus ihrem Mund zu spülen. Wenn sie die Sache heute nicht anging, dann würde es immer schwerer, der Wahrheit ins Gesicht zu sehen.

Sie musste wissen, woran sie war.

Sie hatte keinen Termin bei dem Gynäkologen. Sie würde pünktlich zur Öffnung der Praxis gleich hinter dem Marienplatz vor der Tür stehen. Als Notfall und mit der Empfehlung aus Passau vertraute sie darauf, angenommen zu werden.

Selbst auf eine lange Wartezeit war sie vorbereitet.

In der Ludwig-Maximilian-Universität bei Professor Jonathan, ihrem Doktorvater, hatte sie sich entschuldigt. Vor Semesterbeginn gab es eine Menge zu tun. Das Konzept für einen großen Projektauftrag und die dafür notwendigen Drittmittel musste stehen, bevor die Studenten gegen Ende des Monats zurückströmten. Die Promotion gab ihr Zeit, sich über ihre berufliche Zukunft klarzuwerden. Christl wollte sich selbstständig machen. Allerdings fehlte ihr im

Moment die zündende Idee, womit, so sehr sie sich auch den Kopf zerbrach.

Der Professor hatte Christl von Anfang an bei ihren Plänen unterstützt, das Studium wieder aufzunehmen. Nachdem sie es zehn Jahre zuvor abgebrochen hatte. Nach dem furchtbaren Unfall, bei dem ihr Bruder Daniel ums Leben gekommen war.

Christl hatte wie durch ein Wunder überlebt. Sie war aus dem brennenden Wagen gerettet worden, der wenige Sekunden danach explodiert war. Für Daniel jedoch war jede Hilfe zu spät gekommen. Die wahre Unfallursache war bis heute nicht geklärt. Ebenso wenig wie die Frage, warum ihr Bruder einen ungesicherten Benzinkanister im Kofferraum transportiert hatte, der die Explosion ausgelöst hatte.

Die Ermittlungen waren eingestellt worden.

Christl war Max und seiner Frau Hedi, der besten Freundin ihrer Mutter, bis heute dankbar, dass die Wirte sie nach dem Unfall bei sich aufgenommen hatten wie eine dritte Tochter. Christl hatte erst ausgeholfen und war schließlich zur Restaurantleiterin aufgestiegen. Sie war nicht glücklich, aber zufrieden gewesen. Auch mit Benno, der sich rührend um sie gekümmert hatte.

Als Tom allerdings 2014 plötzlich wieder vor der Tür gestanden hatte, hatte er ihr mühsam aufgebautes Gefüge ins Wanken gebracht. Sie kannten sich von Kindesbeinen an. Irgendwann, als Christl ein pubertierender Teenager gewesen war, war aus der Freundschaft Liebe geworden, die durch den tragischen Unfall und Toms Wechsel nach Düsseldorf abrupt geendet hatte. Tom hatte nie den wahren Grund für die Trennung erfahren. Christl konnte sich nur damit entschuldigen, dass sie wie betäubt gewesen war, als sie nach dem Unfall im Krankenhaus aufgewacht war.

Als sie sich dann plötzlich – nach Jahren ohne Kontakt – gegenübergestanden hatten, waren alle Gefühle zwischen ihnen sofort wieder erwacht. Die alte Verbundenheit. Die explosive Leidenschaft. Nachdem sie sich auf dramatische Weise wiedergefunden hatten, lebten sie seitdem gemeinsam in Toms Dachgeschosswohnung.

Christl war sicher, dass sie das nicht gekonnt hätte, wenn es ihr nicht gelungen wäre, die Vergangenheit fest unter Verschluss zu halten.

Alle Wege standen ihnen offen. Sie waren glücklich. Aber Christl wusste, dass Tom – ausgerechnet er, der eher den Eindruck eines unabhängigen Abenteurers machte – mit dem Verlobungsring und seinem Antrag den nächsten Schritt gehen wollte.

Vielleicht war es ihm selbst noch gar nicht bewusst. Doch Christl hatte beobachtet, wie er mit der kleinen Mia umging. Sie war sich sicher, dass er sich danach sehnte, eine eigene kleine Familie zu haben. Die Vergangenheit kehrte mit voller Wucht zurück. Vielleicht war es ein Fehler gewesen, sich erneut auf eine Beziehung einzulassen.

Sie hatte ihm ihr Geheimnis und das volle Ausmaß ihrer Verletzungen nie anvertraut. Er kannte ihre Narbe am Oberschenkel. Mehr sah man von außen nicht.

Was hatte ihr der Arzt im Krankenhaus damals empfohlen: »Lesen Sie die Biografie von Frida Kahlo. Dann fühlen Sie sich nicht so allein. Und vergessen Sie nie: Sie sind noch jung. Der medizinische Fortschritt in den nächsten Jahren wird gewaltig sein.«

Sie hatte die Biografie der mexikanischen Malerin verschlungen und Tränenfluten dabei geweint. Mit dem Zuklappen des Buches hatte sie das Thema erfolgreich verdrängt. Fest verschlossen.

Irgendwo in der hintersten Kammer ihres Herzens.

Bis heute Nacht.

Christl stand resolut auf. Sie musste mit dem Hund raus. Tom und sie hatten den Beaglerüden Einstein bei Toms letztem Fall von seiner Jugendfreundin Julia geerbt.

Einstein stand bereits schwanzwedelnd im Flur.

»Komm, Alter!« Christl legte Einstein die Leine an und warf den Trenchcoat über. Sie schlich mit dem freudig erregten Hund eilig die Steintreppen hinunter, während sie den typischen Geruch des Treppenhauses in sich aufsog, den sie so liebte.

Es war der Geruch eines Hauses, das zwei Weltkriege, einen Brand und etliche Renovierungen überlebt hatte. Das Stammhaus der Hacker-Pschorr-Brauerei, die heute zu Paulaner gehörte.

Seit mehreren Generationen der Sitz der Familie Hacker.

Sorgsam darauf bedacht, weder Hubertus noch sonst jemanden zu treffen, um nicht in Erklärungsnöte zu kommen, nahm Christl Einsteins Leine kürzer. So sehr sie es auf der einen Seite genoss, in diesem Mehrgenerationenhaus über dem Wirtshaus zu leben – eingebettet in Toms Familie, die auch ihre eigene geworden war –, so sehr war sie sich auf der anderen Seite bewusst, dass Tom und sie dadurch Teil des Ganzen waren. Ein wirkliches Privatleben gab es nicht. Der Rhythmus wurde bestimmt vom Wirtshaus, dem schlagenden Herzen der Familie. Stetiges Chaos. Doch oft auch wärmender Ofen, der reine Behaglichkeit und ein liebevolles Zuhause verhieß.

Christl kam an der Tür von Tina, Felix und Mia vorbei, die bei der Altwirtin Magdalena lebten. Christl hielt inne.

War es wirklich zu früh, um sich jemandem anzuvertrauen?

Sie dachte daran, wie verzweifelt Tina gewesen war, als sie mit Mia schwanger gewesen war. Plötzlich sehnte sich Christl danach, mit Tina zu sprechen. Tina würde nicht nur Christl verstehen. Sie war auch eng mit Tom verbunden.

Christl blieb vor der Tür stehen. Sie hoffte, dass sie ihre spontane Idee später nicht bereuen würde. Doch wenn sie jetzt keine Fakten schuf, würde sie wieder kneifen.

Also drückte sie entschlossen auf den Klingelknopf.

Zu ihrer Überraschung öffnete nicht Tina, sondern ihr afrobayerischer Mann Felix, die dreijährige Mia auf dem Arm. Das Weiß seiner Augen glänzte mit dem Rasierschaum auf den Wangen um die Wette, bildete einen wunderbaren Kontrast zu seiner sonst kaffeebraunen Haut und seinen tiefschwarzen Rastalocken.

»Hi, Felix. Ist Tina da?« Christl hielt Einstein zurück, der sofort in die Wohnung zog.

»Sorry. Sie hat bei der Schwester einer Freundin geschlafen. Conny Irgendetwas. Kunstlehrerin am Karl-Valentin-Gymnasium. Tina ist ganz begeistert von ihr. Diese Conny hat ihr den Praktikumsplatz verschafft. Tina kommt erst nach der Uni. Sorry, bin spät dran ...« Felix lächelte sie entschuldigend an.

»Alles klar.« Christl war fast froh, Aufschub zu bekommen.

»Wünsch dir was.«

Die kleine Mia warf Christl eine Kusshand zu. Sie gab die Kusshand zweifach zurück.

Dann fiel die Tür ins Schloss.

Unschlüssig betrachtete Christl den funkelnden Ring an ihrem Finger und zog den Gürtel des Trenchcoats enger, als sie mit Einstein auf die bereits belebte Sendlinger Straße trat.

Sie fröstelte, obwohl es ein sonniger Tag zu werden versprach. Als sie durch die Fenster der Gaststube blickte und Tom mit Max und Hubertus am Stammtisch sitzen sah, schlich sie schnell vorbei, um unerkannt zu bleiben.

KAPITEL 8

Tom entschied sich, doch noch zwei weitere Stück Weißwürste und eine dritte Brezn zu verdrücken, während er auf Hubertus' Antwort wartete. Wer wusste schon, wann er heute wieder etwas zu essen bekommen würde. Nahrung war das beste Mittel gegen den Schlafmangel, der ihn im Laufe des Tages sicher übermannen würde.

Hubertus blickte ins Weite. Das tat er immer, wenn er nach den richtigen Worten suchte. »Der Karl Valentin ist unsterblich.«

»Das Sahnehäubchen vom ›Typisch Bayerisch‹ halt.« Max hob seinen Hut wie in stillem, respektvollem Gedenken.

Hubertus fuhr sich über seine kurzen grauen Haarstoppel. »Ein Kind, das nie erwachsen wurde. Oder ein Erwachsener, der das Kind in sich bewahrt hat. Das Menschliche, das Unverdorbene, das Originelle.«

»Hast du ihn denn gekannt?«, wollte Tom von Hubertus wissen. Tom hatte die Lebensdaten des Komikers nicht im Kopf.

»Er ist in dem Jahr gestorben, in dem ich geboren bin.«
»1948?«
»Genau.«
Tom schoss die Zahl geradezu ins Bewusstsein. So ein Sch... Mist! Er wollte ja nicht mehr fluchen!

Wie hatten sie das nur vergessen können!

Hubertus hatte am Samstag Geburtstag. Einen runden noch dazu. 70 Jahre! Sie waren sich alle einig gewesen, Hubertus zu seinem Ehrentag mit einem Fest zu überraschen. Wie sollten sie das jetzt schaffen? Innerhalb von zwei Tagen! Mit einem aktuellen Fall.

Max zog den Hut in die Stirn, rollte mit den Augen und biss die Zähne zusammen. Seine Lippen formten die Worte: »Kein Koch!«

Tom hob Schultern und Daumen, ohne dass Hubertus es bemerkte. Sie mussten. Egal, wie.

»Dann hat der Karl Valentin in seinen besten Jahren den Krieg miterlebt.« Tom nahm den Gesprächsfaden wieder auf, während Hubertus seinen Gedanken nachhing.

Hubertus wandte sich an Max. »Es ist zwar noch früh, aber zur Weißwurscht passt halt am besten a Weißbier.«

»Ich bring dir eins.« Max stand auf und stellte wenig später ein volles Weißbierglas mit herrlich weißer Schaumkrone vor Hubertus, der begeistert trank und sich dann den Schaum vom Mund wischte.

»Also, in aller Kürze: Der Karl Valentin wurde 1882 in der Au geboren. Der Familie ging's finanziell recht gut. Nach der Schule hat er Schreiner gelernt, wollte dann aber Volkssänger werden. So nannte man das damals.«

»War er ein guter Schüler?«, wollte Tom wissen.

»Es waren wohl eher seine kreative Frechheit, seine Bastelbegabung und sein musikalisches Talent, die ihn ausgezeichnet haben. Ich hab mal die Karl-Valentin-Biografie von der Monika Dimpfl gelesen, die mir sehr gut gefallen hat. Gut ausgekommen ist er mit seinem Zitherlehrer. Damals wurden die Kinder in der Schule ja noch richtig verprügelt. ›Preußische Disziplin‹ nannte man das. Der Karl Valentin muss einmal halb totgeschlagen worden sein. Sozialpädagogen gab's zu der Zeit keine.«

Tom lächelte über Hubertus' Anspielung auf Tinas Berufswunsch.

»Der Vater vom Karl Valentin ist überraschend gestorben, als der Bub eines seiner ersten Gastspiele in Nürnberg gegeben hat. Er musste dann mit seiner Mutter die Möbelspedition weiterführen. Zu der Zeit hatte er schon eine Geliebte, das ehemalige Dienstmädchen, die Gisela. Die Speditionsfahrzeuge waren ein willkommenes Liebesnest«, grinste Hubertus und fuhr fort: »Er hat sie später geheiratet und zwei Töchter mit ihr gehabt. Die ältere ist bei ihren Eltern aufgewachsen. Die jüngere bei Gisela und ihm.«

»Und die Liesl Karlstadt?«

»Die war offiziell seine Spielpartnerin. Aber alle Welt hat gewusst, dass sie auch sein ›Gspusi‹ war. Selbst die Gisela. Die beiden Frauen sind sich mal auf der Sonnenstraße begegnet und mit Regenschirmen aufeinander los. Als die Leute stehen geblieben sind, meinte der Karl Valentin, der auch dabei war: ›Wir machen einen Film.‹«

Max und Tom lachten.

»Nix für die Hedi!« Max drehte an seinem Hut, während Tom dachte, dass auch mit Christl in so einem Fall nicht zu spaßen war.

»Bevor er erfolgreich geworden ist und die Liesl Karlstadt kennengelernt hat, hatte er eine finanzielle Durststrecke, die man sich elender wohl kaum vorstellen kann. Die

Möbelspedition wurde für rund 6.000 Reichsmark verkauft und das Geld unter Valentin und seiner Mutter aufgeteilt. Seine Engagements waren schlecht bezahlt. Er investierte in einen Musikapparat, den das Publikum nicht hören wollte. In der Zeit muss er mit seinem langen dürren Körper ein richtiges Hungergespenst gewesen sein. Außerdem hat er zeitlebens unter Asthma gelitten und war ein furchtbarer Hypochonder, der übrigens auch unter Lampenfieber litt.«

Tom wusste, dass Hubertus vor großen Lesungen aufgeregt war.

Hubertus trank wieder einen Schluck und wischte sich den Schaum vom Mund. »Aber er hat sich durchgebissen. War er vorher schon beliebt, so ging's dann mit der Liesl Karlstadt erst richtig aufwärts. Die beiden haben Gastspiele in Berlin, der Schweiz und in Österreich gegeben, obwohl der Karl Valentin am liebsten in München war. Er hat erst eine Wohnung in der Kanalstraße, später eine am Mariannenplatz gehabt. Außerdem hat er ein Haus in Planegg gekauft, das der Familie im Krieg das Überleben gesichert hat. Damals hat er auch ein halbes Jahr als *Raubritter* auf der Grünwalder Burg verbracht und neben dem Brotjob als Burgwächter, den er dringend brauchte, seine Studien betrieben. In der Zeit entstand das bekannte Lied: ›Ja so warn's, ja so warn's, ja so warn's, die alten Ritterleut‹ ... Es beginnt mit ›In Grünwald, im Isartal, glaubt es mir, es war einmal ...‹«

»Und was hat ihn so einzigartig gemacht?« Tom schluckte das letzte Stück seiner dritten Brezn herunter, während ihm das Lied als Ohrwurm im Kopf herumkreiste.

»Seine Kunst ging weit über das Volkstümliche hinaus. Wer ist sich nicht schon einmal vorgekommen wie der Buchbinder Wanninger? Eines meiner Lieblingsstücke. Genauso ist es doch. Wenn du was von den Ämtern oder sonstigen

Institutionen oder Großfirmen willst, dann läufst du von Pontius bis Pilatus. Genau wie in Kafkas ›Das Schloss‹.«

»Das erleb ich jeden Tag. Nicht nur, wenn ich etwas verkaufen, sondern sogar, wenn ich etwas kaufen will! Du wirst von einem zum anderen verbunden«, sagte Max.

Hubertus fuhr fort: »Der Valentin fand Beachtung bei namhaften Künstlern. Er hat Bertolt Brecht zu seiner ersten Aufführung in den Kammerspielen verholfen. Samuel Beckett sagte über ihn: ›Wir haben viel und voll Trauer gelacht.‹ Er hat erfolgreiche Komiker wie Loriot und Gerhard Polt beeinflusst und war ein früher Vertreter der Expressionisten und Dadaisten.«

Das hatte Tom nicht gewusst. »Und wie stand er zu den Nazis?«

Die hatten schließlich ab den 1930er-Jahren eine entscheidende Rolle in München gespielt.

Hubertus nahm seine Brille ab und lehnte sich zurück. »Dazu gibt es lustige Anekdoten. Eine habe ich mir gemerkt. Hitler hätte den Karl Valentin wohl gern für seine Zwecke eingespannt. Als es zu einem Treffen kam[*], war dem Karl Valentin die Brisanz der Begegnung sofort bewusst. Um jeglichen Gesprächen aus dem Weg zu gehen, hat er einfach den Komiker gespielt. Wartet mal, die Beschreibung habe ich mir aus der Biografie gemerkt. Ich fand sie einfach zu genial! Seite 211, wenn ich mich nicht täusche.«

»Du bist echt der Hammer.« Tom schüttelte den Kopf. Hubertus' fotografisches Gedächtnis war ihm ein wundersames Rätsel und legendär.

Hubertus legte den Zeigefinger an den Mund und dachte einen Moment angestrengt nach, bevor er zitierte. »Er legte sich wegen einer kleinen Schnittverletzung am Finger wie

---

[*] Monika Dimpfl, Karl Valentin. Biografie. S. 211.

zur Operation auf den Speisezimmertisch, ließ den Finger viel zu dick verbinden und hörte dann mit einem Kochlöffel als Stethoskop einen Bronzeakt von Joseph Torak ab.‹«
Hubertus strahlte.

»Er hat sich dumm gestellt.« Tom hatte ein ähnliches Verhalten einmal bei einem hochintelligenten Zeugen erlebt.

»Genau. Von einem Clown würde niemand ein politisches Bekenntnis erwarten. Bei Hitler war er damit durch. Allerdings auch mit seinen Engagements. Er hat nie wieder einen Fuß auf den Boden bekommen.«

»Bedeutet?«

»Der Krieg und der Schrecken der Nachkriegszeit haben ihn und seine Familie voll getroffen. Sein Stück ›Die Erbschaft‹ wurde schon vor Kriegsbeginn wegen ›Elendstendenzen‹ verboten. Darin ging es um ein Paar, das am Ende nichts als einen Kerzenstummel besitzt. So etwas durfte im Dritten Reich nicht sein.«

»Verstehe.« Tom wurde nun einiges klar.

Er erinnerte sich an einen anderen Fall. »Damit konnte das Gymnasium auch nach ihm benannt werden. Erinnert ihr euch daran, als Otto Beisheim, der Gründer der Metro, seinen Namen dem Tegernseer Gymnasium angeboten hat? Die damals zutage geförderten Nazi-Verbindungen in seiner Jugend haben einen Eklat ausgelöst. Trotz der großzügigen finanziellen Spende, die damit verbunden gewesen wäre, hat man sich in Tegernsee gegen die Namensnennung entschieden.«

Max und Hubertus nickten.

»Und die Liesl Karlstadt?«

»Nicht ohne eine gewisse Tragik. Es war irgendwann ein schwieriges Verhältnis geworden. Die Liesl hat 1935 versucht, sich das Leben zu nehmen, und ist in die Isar gesprungen. Der

Karl Valentin hat sie geliebt, aber er ist nicht zimperlich mit ihr umgegangen. Zum Beispiel hat er Geld von ihr geliehen und in unrentable Unternehmen investiert. Er hat ein Panoptikum, ein Kuriositätenkabinett, in der Sonnenstraße eröffnet.«

»Ein Kuriositätenkabinett?« Max horchte auf.

»So was gibt es heute nur noch auf dem Oktoberfest. Der Karl Valentin dachte, das würde ein Riesenerfolg werden. Wurde aber ein totaler Flop und das Geld war weg. Es gibt einen wirklich tollen Film, den solltet ihr euch anschauen. ›Liesl Karlstadt und Karl Valentin‹. Regie: der wunderbare Jo Baier. Produziert von der Bavaria auf dem Filmgelände in Grünwald. Hannah Herzsprung spielt die Liesl Karlstadt. Johannes Herrschmann, der übrigens erst drei Wochen vor Drehbeginn gefunden wurde, den Karl Valentin. Da kommt die Beziehung zwischen den beiden perfekt zum Ausdruck. Und auch der Charakter vom Karl Valentin. Eben das, was ich meine, wenn ich sage, dass der Karl Valentin ›das Kind in sich erhalten hat‹.«

Toms Handy klingelte.

Ehinger von der Rechtsmedizin.

Er sagte nur drei Worte. »Keine Brandfolge. Mord.«

Von einem Moment auf den anderen fühlte sich Tom aus Hubertus' behaglichem Geschichtenerzählen gerissen.

Ein Blick auf die Uhr ließ ihn zusammenschrecken.

Wenn er sein Team noch vor Schulbeginn sprechen wollte, musste er los. Zwar konnte Tom sich den Sinn des Schildes »Karl Valentin ist tot« noch immer nicht erklären, aber sein Hintergrundwissen zu dem großen bayerischen Komiker war nun aktuell.

Max rief ihm nach: »Vergiss nicht, Tom: ›Feuer fängt mit Funken an.‹ Auch ein Zitat von Karl Valentin. Pass auf dich auf, Kleiner!«

Als Tom wenig später von der Sendlinger Straße in die Hofstatt trat, vibrierte sein Handy in der Brusttasche seiner schwarzen Lederjacke.

Jessica hatte eine Nachricht in den polizeiinternen Messenger ihrer Teamgruppe gestellt. Der Messenger war nach dem Anschlag im OEZ im Juli 2016 als Pilotprojekt erst in München und dann nach und nach flächendeckend in ganz Bayern eingerichtet worden.

Vorher hatten Jessica und er über WhatsApp kommuniziert, obwohl diese Form der Kommunikation gegen die strengen Regeln des Polizeipräsidiums verstoßen hatte. Doch sie war die schnellste und hatte ihnen beiden geholfen, Leben zu retten. Im Gegensatz zu Mayrhofer war das Tom und Jessica immer Grund genug gewesen, gegen die offizielle Ansage daran festzuhalten, wenn Informationen keinen Aufschub duldeten.

Inzwischen waren alle Mitarbeiter, inklusive der Streife, mit iPhones 7 ausgestattet worden und konnten sich jederzeit binnen Minuten in Gruppen oder bilateral über den Messenger ähnlich wie vorher per WhatsApp vernetzen, Bilder versenden und über neueste Erkenntnisse austauschen.

Das war ausgesprochen hilfreich.

»Kunstlehrerin Conny Bergmüller nicht erreichbar«, las Tom in der Gruppennachricht, die auch Mayrhofer bereits gelesen hatte, wie das Häkchen signalisierte. Ihr Dreierteam war damit auf dem gleichen Kenntnisstand. Das sparte wertvolle Zeit.

Es konnte viele Gründe geben, warum Conny Bergmüller sich nicht zurückmeldete, dachte Tom und beschleunigte seine Schritte.

Er wollte nicht gleich das Schlimmste annehmen. In der Schule konnte sie kaum noch sein. Feuerwehrmänner,

Brandfahnder und die Spurensicherung hatten das Gebäude bis in die hinterste Ecke aufs Gründlichste durchkämmt. Konnte sie etwas mit dem Brand und dem Mord an Marianne Eichstätt zu tun haben?

Oder war sie auf der Flucht?

Eine weitere Frage drängte sich Tom auf. Oder war der Brand überhaupt nur gelegt worden, um den Mord an Marianne Eichstätt zu vertuschen? War er nur zu früh entdeckt worden?

KAPITEL 9

Als Tom im Polizeipräsidium in den Paternoster sprang, war es kurz nach sieben. Jetzt musste er sich beeilen. Seine Lenden schmerzten noch immer. »Samenstau« nannte man das wohl. Dazu kam das Adrenalin, das ihn jedes Mal durchströmte, wenn es darum ging, einen neuen Fall anzupacken.

Mayrhofer war bereits voll in seinem Element, als Tom die Tür zum Büro bewusst heftig aufriss. Es hatte sich bewährt, Mayrhofer gleich in der Früh deutlich zu machen, wer der Chef war.

Das sparte Machtkämpfe während des Tages.

Tatsächlich schreckte die lange, knochige Gestalt zusammen, als Tom mit einem lauten »Grüß euch!« eintrat. Im nächsten Moment blitzte Triumph in Mayrhofers Augen auf. Er lehnte sich im Stuhl nach hinten und drehte seinen Bleistift. »Ah, der Chef!«

Nach kurzer Pause fügte er hinzu. »Der Weißbauer hat angerufen.«

Was zu erwarten war, ergänzte Tom in Gedanken.

Polizeipräsident Xaver Weißbauer würde einen Teufel tun und Tom direkt anrufen. Tom blickte zu Jessica. Sie linste durch die langen roten Ponyfransen vom Computerbildschirm hoch und rollte mit den Augen.

Seit dem letzten Fall pflegte Weißbauer hauptsächlich über Mayrhofer zu kommunizieren, den er als getreuen Diener seines Herrn entlarvt hatte. Außerdem war Mayrhofers Cousine, Dr. Gertrude Stein, die neue Staatsanwältin. Weißbauer schätzte diese familiäre Verbindung. Wie Mayrhofer und die mit einem selten trockenen Humor gesegnete Staatsanwältin wirklich zueinander standen, hatte der Polizeipräsident nämlich bisher glücklicherweise noch nicht durchblickt. Sonst hätte er sich anders verhalten.

Tom ging zu der Hochleistungs-Kaffeemaschine, die er dem Team spendiert hatte, und ließ seelenruhig drei Cappuccini heraus. Der Duft der starken Bohnen machte ihn augenblicklich wach.

»Lass mich raten, was Weißbauer wollte.« Er tat, als ob er angestrengt nachdenken müsste. »Das Kultusministerium hat Kontakt aufgenommen. Den Ball flach halten, bitte. Der Brand hat nur virtuell stattgefunden. Eine Leiche im Keller? Ja, wer sagt denn bitte so was? Alles Fake News. Aber, Leute, was den Täter anbelangt, da gilt: Machts amoi weida, morgn in da Früah is d' Nacht rum!«

Wer Tom kannte, der hörte den triefenden Sarkasmus. Weißbauer hatte beim letzten Fall schon versucht, ihn aus dem Rennen zu hebeln. Tom würde bei diesem Fall keinerlei

Angriffsfläche bieten und sich nicht irritieren lassen. Aber er musste auf starken Gegenwind gefasst sein, das wurde ihm klar. Mayrhofer stand in den Startlöchern. Er würde nichts lieber tun, als Toms Posten einzunehmen. Und in Weißbauer hatte er jetzt einen Verbündeten gefunden.

Jessica grinste. »Wie will Weißbauer den Täter dann der Presse verkaufen? Ich meine, von einem Fall, den es gar nicht gibt.«

»Da wird ihm schon was einfallen.« Tom rührte drei Löffel Zucker in seinen Cappuccino. Er wusste nur zu gut, wie sicher sich Xaver Weißbauer durch den Dschungel der bayerischen Politik lavierte.

Mayrhofer war anzusehen, wie enttäuscht er darüber war, dass sein Feuerwerk verpufft war. Schweigend nahm er den Cappuccino entgegen, den Tom ihm jetzt reichte, obwohl er sonst auf seiner Latte Macchiato bestand. Tom nahm es innerlich lächelnd zur Kenntnis.

Die erste Schlacht war geschlagen.

Jetzt konnten sie ans Arbeiten gehen.

Jessica freute sich sichtlich über den frischen Aufputscher.

»Leute, wir müssen uns ranhalten. Jessica, wir müssen vor 8.00 Uhr an der Schule sein. Dann sehen wir die ersten Reaktionen der Kinder und Eltern. Also, was habt ihr inzwischen herausgefunden?« Tom blickte auf die große Uhr über der Kaffeemaschine.

Jessica informierte ihn über die geplante Eltern-Demo auf dem Marienplatz. Dann ging sie zur Wand, die komplett mit einer Whiteboard-Folie beklebt war. Schwungvoll zog sie drei große Spalten und schrieb »to-do«, »in progress« und »done« darüber.

Die Folie konnte beschrieben und abgewischt werden. Jessica hatte entgegen ihrer bisherigen Arbeitsweise darauf beharrt, dass sie ihre Fälle visualisierten, worauf Tom schließlich eingegangen war. Neben dem Whiteboard hatte er von einem innovativen Software-Freund einen Tipp zu einer Projektleitungsmethode bekommen, die sie bei diesem Fall das erste Mal ausprobieren würden.

Die Methode sah vor, die einzelnen Aufgaben bei einem offenen Brainstorming auf große bunte Post-its zu schreiben und in die erste Spalte zu kleben. Jeder nahm sich das Post-it zur Bearbeitung vor, das ihm am meisten lag, und schob es in die Spalte »in progress«.

Nach Bearbeitung wanderte das Post-it in die Spalte »done«. So waren immer alle auf dem Laufenden und konnten sich gezielt zu den einzelnen Punkten austauschen. Es war nicht zu übersehen, wie euphorisch Jessica an die Arbeit ging. Mayrhofer dagegen blieb verhalten. Toms Software-Freund hatte ihn ausdrücklich vorgewarnt, dass die Methode nicht für jeden geeignet sei. Während die einen nicht genug Aufgaben erledigen konnten, hielten sich andere geschickt zurück. Mayrhofer gehörte eindeutig zur letzteren Spezies.

Jessica hielt bereits einen Stapel beschriebene Post-its in der Hand, die sie nun der Reihe nach in die erste Spalte klebte.
- Wer hat einen Vorteil vom Brand?
- Wie hängt die Tote mit dem Brand zusammen?
- Warum war Marianne Eichstätt so spät in der Schule?
- Marianne Eichstätts Umfeld / Familie / Freunde / Kollegen
- Spurensicherung Wohnung Marianne Eichstätt
- Eltern-, Schüler-, Lehrerbefragung
- Probleme an der Schule / Eltern-Demo / Elternsprecher
- Gespräch Schuldirektor
- Conny Bergmüller

»Conny Bergmüller« hatte sie fett unterstrichen.

Tom nickte. »Sehr gut.«

Er nahm das Post-it zur Eltern-, Lehrer-, Schülerbefragung und klebte es mit dem Hinweis (J/T = Jessica / Tom) versehen in die Progress-Spalte. »Wir verschaffen uns einen ersten Eindruck. Wahrscheinlich werden wir eine SOKO brauchen. Die Schule hat inzwischen über 1.000 Schüler. Jeder Einzelne kann einen wichtigen Hinweis haben.«

»Eine SOKO für einen Fall, den es gar nicht gibt?« Jessica lächelte spöttisch. »Was das kostet! Weißbauer wird nicht begeistert sein.«

»Huift nix!« Tom stellte seine Cappuccinotasse neben die Maschine.

Mayrhofer nahm sich das Post-it zum Umfeld von Marianne Eichstätt und klebte es betont lässig in Spalte zwei. »A bisserl was hab ich schon recherchiert. Die Marianne Eichstätt ist aus einem kleinen Dorf in der Oberpfalz. Östlich von Weiden. Richtung tschechische Grenze. Verheiratet. Ihr Mann arbeitet als Projektleiter in einem größeren Handwerks- und Bauunternehmen. Sie hat die Woche über in München gewohnt und war am Wochenende unten. Der Mann ist gut vernetzt. Auch in den einschlägigen Kreisen.«

»Wie meinst denn jetzt das?« Tom war überrascht über Mayrhofers Eifer.

»Es gab da mal einen Skandal mit einer drogenabhängigen Minderjährigen.« Mayrhofers Augen glänzten. »Straßenstrich. Tschechien-Import.«

»Das war wahrscheinlich der Grund, warum Marianne Eichstätt sich nach München hat versetzten lassen«, schloss Jessica messerscharf.

»Okay«, meinte Tom. »Geh der Sache weiter nach, Mayrhofer. Halt dich aber nicht zu lang bei dem Thema auf.«

Er kannte Mayrhofer gut genug, um zu wissen, dass anzügliche Schmuddelgeschichten sein Lieblingsthema waren.

»Wir brauchen auch Infos zu ihren Eltern, Geschwistern. Vermögenssituation. Wer profitiert von ihrem Tod? Alibis. Außerdem müssen die Angehörigen verständigt werden. Frag dich vor Ort durch. Vielleicht gibt es einen Kollegen, der einen direkten Draht zur Familie hat. So eine Nachricht zu überbringen braucht Gespür.«

Tom sah auf das Whiteboard. Da er wusste, dass Mayrhofer im Gegensatz zu ihm lieber im Büro als draußen ermittelte, nahm er ein weiteres Post-it.

Tom schrieb M darauf und ergänzte: – Zeitungsberichte zusammentragen.

»Versuche, mehr über die Schule und diese Demo herauszufinden. Schick uns die Namen und Adressen der Eltern vom Karl-Valentin-Gymnasium, die bei der Demo involviert sind.«

»Besonders auf sich aufmerksam gemacht hat ein Ulrich Anzinger. Elternbeirat.« Mayrhofer hielt einen Ausdruck hoch.

»Sehr gut!« Tom nickte ihm anerkennend zu.

»Der frühe Vogel fängt den Wurm.« Mayrhofer grinste in die Runde. Er liebte Plattitüden.

»Obduktion ist um 12.00 Uhr.« Jessica warf einen Blick auf ihr Handy und die Nachricht, die sie soeben von Ehingers Assistentin erhalten hatte. »Außerdem ist die Spurensicherung gerade in der Wohnung von Marianne Eichstätt angekommen. Sie hat ein Einzimmerapartment in der Landwehrstraße.«

»Gut, von der Schule aus gehen wir dann direkt zu Ehinger in die Nussbaumstraße. Das passt perfekt.« In Gedanken ergänzte Tom: Falls nötig, schauen wir in Marianne Eichstätts Apartment vorbei.

»Obduktion statt Mittagessen«, seufzte Jessica.

»Das holen wir später nach.« Tom erntete zu seiner Überraschung nicht wie sonst begeisterte Zustimmung.

Jessica wich seinem Blick aus.

»Weißt du, was mit Benno ist?«, fragte er. »Er wollte sich heute krankmelden.«

»Keine Ahnung.« Jessicas roter Pagenkopf mit dem überlangen Pony verschwand hinter dem Computer.

»Komm, wir müssen los.« Tom hatte schon den Türgriff in der Hand. Die Lederjacke hatte er nicht einmal ausgezogen.

Jessica blickte auf ihr Smartphone. »Noch immer kein Lebenszeichen von Kunstlehrerin Conny Bergmüller.« Jessica schien alarmiert. »Sie müsste längst wach sein.«

Mit Schwung warf Jessica sich ihr knalllila Cape um, das mehr an ein Zelt als an ein Kleidungsstück denken ließ. Jeder Modeberater hätte ihr davon abgeraten, denn es verdeckte komplett ihre Taille und ließ sie noch runder wirken. Außerdem stand es in einem schreienden Kontrast zu ihrem tizianrot gefärbten Haarschopf. Sie griff nach dem Notizbuch und steckte es in ihre Handtasche, deren Fassungsvermögen Toms Wanderrucksack bei Weitem übertraf.

»Schreib Conny Bergmüller zur Fahndung aus«, rief Tom Mayrhofer zu. »Als Erstes soll ihre Wohnung gecheckt werden. Falls sie da nicht ist, brauchen wir einen Durchsuchungsbefehl. Wir müssen sie finden. Und zwar schleunigst. Wo wohnt sie?«

»Barerstraße«, Mayrhofer tippte auf dem Computer herum. »Direkt bei den Pinakotheken.«

Im nächsten Moment vibrierte Toms Handy. Eine Nachricht. Tom erstarrte. Das Letzte, womit er gerechnet hätte.

Claas Buchowsky, sein ehemaliger bester Freund und Kollege, meldete sich. Sofort spürte Tom den schmerzhaften Stich, der ihn damals durchzuckt hatte, als Claas ihn im Stich gelassen hatte und Tom von der Kugel durchbohrt worden war.

Die Narbe in seiner Brust begann zu pochen.

Nach seiner Zeit als verdeckter Ermittler war Claas jetzt Leiter der Stabsstelle der Abteilung SO beim BKA in Wiesbaden. SO stand für Schwere und Organisierte Kriminalität.

Tom und Claas hatten in Düsseldorf zusammengearbeitet, wo Claas nach wie vor lebte. Er hatte sich weder von der längsten Theke der Welt noch vom Karneval trennen wollen, obwohl beides auf den ersten Blick nicht so recht zu dem seit einiger Zeit sehr zurückgezogen lebenden Mann passen wollte.

Als Claas und Tom damals in Düsseldorf den Sohn von Iwan Maslov hatten festnehmen wollen, war Tom schwer verletzt worden und Claas spurlos verschwunden. Bis er überraschend in München wieder aufgetaucht war und sie sich plötzlich gegenübergestanden hatten.

Nach diesem Treffen waren entscheidende Fragen zwischen ihnen offengeblieben, die noch immer zwischen ihnen standen. So wusste Tom bis heute nicht, auf wessen Seite Claas wirklich stand. Das Gerücht von einem Maulwurf im Team hatte sich damals hartnäckig gehalten. Tom konnte Claas nicht verzeihen, dass der ihn fast zwei Jahre in dem Glauben gelassen hatte, tot zu sein. Tom hatte täglich um Claas getrauert. Bei ihrem letzten Treffen hatte sich Claas nach wenigen kryptischen Andeutungen weitere Fragen strikt verbeten.

Er bräuchte Zeit, hatte er gemeint.

Zeit wofür, hatte Tom sich gefragt. Seitdem zermarterte er sich das Gehirn darüber, was sein Freund ihm verschwieg.

Es musste etwas sein, das so erschütternd war, dass es Claas die Sprache verschlagen hatte. Und Tom wurde das Gefühl nicht los, dass er in direktem Zusammenhang damit stand. Schließlich hatte Tom damals in Düsseldorf monatelang im Koma gelegen und keine Erinnerung mehr daran, was nach dem Schusswechsel passiert war.

»Muss dringend mit dir reden. Bin um 20.00 Uhr in München«, las Tom. Wut stieg in ihm auf.

Wenn Claas wirklich kam, dann würde Tom ihn diesmal nicht gehen lassen, ohne die ganze Wahrheit zu erfahren. Und wenn er Claas gewaltsam dazu zwingen musste.

Erst als seine Gefühle wieder in der Balance waren, wurde Tom bewusst, was Claas' Ankunft in München zu bedeuten hatte.

Sicher hatte er vom Brand des Gymnasiums über den internen Ticker gelesen. Claas war nach wie vor hinter ihrem alten Bekannten Iwan Maslov her, der wie ein raubgieriges Insekt sein Netz über die bayerische Hauptstadt spann. Das Karl-Valentin-Gymnasium lag in Eins-a-Lage in der Münchner Altstadt.

Ein Sahnestückchen für Maslovs kriminelle Machenschaften.

Der Brand konnte ihm nur zupasskommen. Wobei Maslov es sicher bedauerte, dass das Gebäude nicht bis auf die Grundmauern abgebrannt war. Gut, dass Tom heute Nacht darauf bestanden hatte, Sicherheitsleute vor dem Haupteingang der Schule zu positionieren. »Feuer fängt mit Funken an«, schoss ihm der Spruch von Karl Valentin durch den Kopf.

Es wäre nicht das erste Mal, dass auf einen Brand der nächste folgte.

Tom ließ Jessica stehen und betrat wortlos sein Büro. Er zog das Schulterholster unter der Lederjacke an und steckte seine Dienstwaffe ein. Die Waffe zeichnete sich kaum ab. Tom war entschlossen, demjenigen, der Funken sprühte, Feuer entgegenzusetzen.

KAPITEL 10

Jessica wäre lieber in ihren apfelgrünen Mini gestiegen, doch Tom bestand darauf, dass sie zu Fuß gingen.

Sie kam mit Mühe hinterher, als Tom mit Riesenschritten durch die Innenstadt und das Hackenviertel jagte. Sie flogen geradezu durch die Kaufinger-, Eisenmann- und Damenstiftstraße und bogen schließlich in die Josephspitalstraße ein. Es war ein Glück, dass ihnen abseits der belebten Touristenwege im weniger bekannten Teil des Hackenviertels kaum jemand entgegenkam.

Keine sechs Minuten hatten sie für die Strecke gebraucht. Jessica war restlos außer Atem. Ihr Herz pochte.

Zwei Häuser vor der Schule lehnte sie sich schwer atmend an eine Hauswand und kämpfte gegen das beißende Stechen in ihrer linken Seite an. »Puh! Frühsport.«

Sie war Tom dankbar, dass er sich das »Das-solltest-du-öfter-tun« verkniff und stattdessen mit den Achseln zuckte. »In der Stadt bist du zu Fuß oder mit dem Rad am schnellsten unterwegs.«

Neben ihnen jaulte ein Mercedes-Modell aus dem letzten

Jahrtausend in einer Parklücke auf. Der Porsche Cayenne in der zweiten Reihe hupte ungeduldig. Die Frau am Steuer fuchtelte wild mit den Armen. Jessica befürchtete, dass sie den Mercedes, der mühsam ausparkte, touchieren könnte. Der ältere Mann am Steuer mit den überlangen, auf eine Seite geworfenen Haaren bemühte sich sichtlich, das Auto zum Laufen zu bringen.

Er wirkte nervös, drehte wie wild am Steuerrad, würgte den Motor ab. Schließlich gelang es ihm, stotternd aus der Parklücke zu rangieren. Das Auto hinterließ eine Benzinwolke. Jessica hielt sich die Nase zu. Trotzdem tat ihr der Mann irgendwie leid.

Er hatte völlig hilflos und verloren gewirkt.

»Den hab ich gestern Abend schon gesehen.« Tom ließ den Mercedesfahrer nicht aus dem Blick. »Bei der Journalistengruppe.«

»Wollte vielleicht an mehr Infos kommen, um seinen Beitrag verkaufen zu können.« Jessica hob ratlos die Schultern.

Ihr war der Mann auch aufgefallen.

Der Mercedesfahrer hob entschuldigend die Hand im Rückspiegel, was die Frau im Cayenne heftig fuchtelnd quittierte. Doch plötzlich schien sie den Mann zu erkennen. Ihre Gesichtszüge wurden weich.

Sie ließ die Scheibe herunter und brüllte dem Auto hinterher: »Sascha! Warte! Hab dich nicht erkannt!«

Doch der Fahrer reagierte nicht. Mit einem Satz ruckelte der Mercedes in Richtung Sonnenstraße davon. Tatsächlich hatte sich hinter der Frau inzwischen eine Schlange hupender Autos gebildet.

Ein Kind nach dem anderen entstieg einem SUV oder einem sonstigen voluminösen Automodell.

Das Mädchen aus dem Cayenne – sie mochte elf bis zwölf Jahre alt sein und in die sechste oder siebte Klasse gehen – rief ihnen zu: »Das war der Sascha Brühl, der Schauspieler. Übrigens: Unsere Schule hat heute gebrannt. Wir haben aber nicht schulfrei.«

»Dann sehen wir uns jetzt gleich in der Schule«, lächelte Tom ihr zu.

»Wieso? Bist du ein neuer Lehrer?«, wollte das Mädchen wissen.

»Wir sind von der Polizei.« Tom zeigte auf Jessica und sich und stellte sie beide vor.

»Wegen der Frau Eichstätt?«, wollte das Mädchen wissen.

Das hat sich ja mal schnell herumgesprochen, dachte Jessica. Scheinbar war nicht nur sie beim Morgenkaffee bereits im Internet unterwegs. Sondern ein Großteil der Bevölkerung.

»Genau! Hast du sie gekannt?« Tom machte einen Schritt auf das Kind zu und ging in die Hocke.

In dem Moment senkte sich die Beifahrerscheibe des Cayennes. Die Fahrerin beugte sich über den Beifahrersitz. Jessica fielen ihre extrem dunklen Schatten unter den Augen auf.

»Lassen Sie meine Tochter in Ruhe!«, fauchte die zierliche Blonde barsch.

Jessica zückte ihren Ausweis.

Die Frau hatte inzwischen wendig eingeparkt und stieg aus. Jessica vermutete, dass Tom die Unterhaltung mit dem Mädchen fortsetzen wollte. Der Ton der Mutter hatte ihm sicher missfallen. Da konnte er ungemütlich werden. Also schob sie sich schnell dazwischen.

Ein teurer Duft umwehte die Frau.

»Sie wissen, dass es heute Nacht im Karl-Valentin-Gymnasium gebrannt hat?«, fragte Jessica.

»Stand ja alles im Internet. Dann stimmt es also?«
Jessica nickte.
»Auch das mit Marianne Eichstätt?« Die Frau spielte mit ihrem Schlüsselbund.
»Leider ja.« Jessica dachte an die Leiche und die übel zugerichteten Beine der Toten.
Die Stimmung zwischen ihnen wurde vertrauter.
»Ich habe es nicht glauben können. Das ist ja furchtbar.« Spontan streckte die Blonde Jessica die Hand hin. »Petra Anzinger.«
»Leonie Anzinger«, stellte sich die Tochter vor.
»Jessica Starke.«
»Tom Perlinger.«
»Ach, *der* Tom Perlinger?«, fragte Petra Anzinger. Ihre Augen weiteten sich.
»Genau der.« Jessica antwortete an Toms Stelle.
Als Bruder eines bekannten Wirtes und Hauptkommissar, der die bisher spektakulärsten Fälle in München gelöst hatte, hatte Tom es zu einer gewissen Berühmtheit gebracht.
In Petra Anzingers Blick mischten sich Anerkennung und ... Angst?
Anzinger, dachte Jessica. Wo hatte sie den Namen schon einmal gehört?
Tom fiel es zuerst ein. »Ihr Mann ist im Elternbeirat.«
Petra Anzinger reagierte irritiert. »Tut das etwas zur Sache?«
»Er wurde im Zusammenhang mit der Demo heute Abend in einem Zeitungsartikel zitiert. Schön, Sie kennenzulernen.«
Wie praktisch, dachte Jessica. Daran konnte man anknüpfen.
Petra Anzinger dagegen bemühte sich augenscheinlich um Souveränität. Vermutlich ging ihr gerade durch den Kopf, dass das kein glücklicher Zufall war. »Ja, mein Mann ist im Elternbeirat.«

»Wir würden Ihrer Tochter gern ein paar Fragen stellen, Frau Anzinger«, schaltete Tom sich ein.

»Leonie schreibt heute eine Mathe-Schulaufgabe.«

»In der dritten Stunde«, verkündete Leonie und wirkte nicht glücklich dabei.

»Eine Schulaufgabe?«, fragte Jessica tonlos. Mathe war zwar ihr Lieblingsfach gewesen, trotzdem überraschte sie die Antwort.

In welchem Verhältnis stand eine Mathe-Schulaufgabe zu der Aufklärung des gewaltsamen Todes einer Lehrerin, die sowohl die Mutter als auch die Tochter gekannt hatten?

»Die Kinder werden sicher erst einmal psychologisch betreut. Ich denke, danach wird man die Geschehnisse in den einzelnen Klassen aufarbeiten.« Jessica wollte bei der Mutter Verständnis für die aktuelle Situation wecken.

Es war ein Unterschied, ob man vom Tod eines Menschen im Internet las oder direkt damit konfrontiert wurde. Für die Kinder würde das Geschehen in den Räumen der Schule deutlich an Prägnanz gewinnen. Auch wenn es für ihre Ermittlungen von Vorteil war, persönlich hätte Jessica es besser gefunden, die Schule einen Tag zu schließen.

»Seien Sie sich da mal nicht so sicher.« Petra Anzinger verzog skeptisch das Gesicht. »Dass Mathe wegen Marianne Eichstätts Tod verlegt wird, meine ich.«

»Der Tod eines Menschen ist ein einschneidendes Ereignis. Da wird man doch nicht gleich zur Tagesordnung übergehen.« Jessica hatte ihren vertrauensvollen Ton angeschlagen.

Erst jetzt wurde ihr bewusst, dass sie es geradezu als fahrlässig empfand, den Schulbetrieb wieder aufzunehmen, ohne erste Anhaltspunkte zu haben. Sicher, man hatte die Sicherheitsvorkehrungen erhöht. Zwei Beamte bewachten den Haupteingang. Aber wer sagte denn, dass es sich nicht um eine wie auch immer geartete Art von Anschlag handelte. Um einen Verrückten, der eine Rechnung offen hatte und jederzeit wieder losschlagen konnte? Diesmal vielleicht nicht nachts, sondern am helllichten Tag, wenn Tausend Kinder in der Schule waren! Sie wussten noch nicht einmal, ob Marianne Eichstätts Tod überhaupt etwas mit dem Brand zu tun hatte.

Inzwischen strömten zahlreiche Kinder und Jugendliche in Richtung des Haupteingangs an ihnen vorbei. Die Brandspuren waren im Eingangsbereich deutlich zu sehen. Die Schüler unterhielten sich lautstark über die Geschehnisse, mutmaßten, waren neugierig und echauffierten sich in der für Jugendliche typischen Weise darüber, nicht schulfrei zu haben.

Tom hatte sich längst aus der Hocke erhoben. Er schenkte Petra Anzinger ein charmantes Lächeln. »Wie war denn die Marianne Eichstätt so? Ich meine, als Lehrerin?«

»Über Tote soll man nichts Schlechtes sagen.« Petra Anzinger warf ihrer Tochter einen warnenden Blick zu. »Beeil dich, sonst kommst du zu spät. – Es tut mir leid, ich muss weiter. Unsere ältere Tochter liegt im Krankenhaus.«

»Oh. Das tut mir leid! Was hat sie denn?« Jessica fand die Frau inzwischen wesentlich sympathischer als am Anfang. Hinter der harten, zierlichen Fassade verbarg sich ein verletzlicher Mensch.

»Danke. Das tut nichts zur Sache. Ich verlasse mich darauf, dass Sie sich an die Regeln halten. Ich denke, da muss ich Ihnen nichts erzählen. Die Kinder dürfen nur mit Einwilligung der Eltern befragt werden. Es ist nicht wegen Ihnen. Wir haben schon genügend Probleme. Ich will es meinem Kind nicht noch schwerer machen, als es sowieso schon ist.«

Was sollte das jetzt heißen?

Frau Anzinger beobachtete, wie ihre Tochter die Schultasche schulterte und in Richtung Eingang davonschlenderte.

»Besuchen Sie die Demo heute am Abend! Vielleicht erfahren Sie da mehr. – Pfiat Eahna!«

»Danke. Ebenfalls.« Jessica war perplex.

Sie nahm sich fest vor, die Demo nicht zu verpassen.

Petra Anzinger umkreiste ihr Auto und nahm hektisch einen Anruf an, noch bevor sie die Autotür aufriss.

»Nein«, hörte Jessica die Frau ins Telefon stöhnen. Sie wurde ganz blass. »Bitte warten Sie, bis ich da bin. Mein Mann! Ist er informiert?«

Die Autotür fiel zu.

Jessica vermutete, dass es um die Tochter im Krankenhaus ging.

Petra Anzinger parkte verstört aus. Sie schien für nichts und niemanden mehr Augen zu haben.

»Ich hoffe, es ist nichts Ernstes mit ihrer Tochter.« Jessica drehte sich zu Tom.

»Das sah nicht gut aus«, stimmte Tom ihr zu.

Wenig später begrüßten sie die Sicherheitsbeamten am Haupteingang. Anders als Jessica das von ihrer Schule kannte, stand das Eingangsportal nicht sperrangelweit offen, sondern war zu.

Das schien üblich zu sein. Jedes Kind hielt eine Karte an ein Erkennungssystem, woraufhin die Tür sich öffnete. Ein Lehrer kontrollierte die Eintretenden.

»Ein Hochsicherheitstrakt!« Tom zog die Augenbrauen hoch. Vermutlich dachte er dasselbe wie Jessica.

Der Brandherd hatte sich im Materiallager im Keller entzündet. Wie war der Brandstifter eingedrungen? Er musste entweder einen Schlüssel oder eine solche Karte gehabt haben. Oder er war eingelassen worden.

Außerdem interessant, dass sich Schulen zu einer Art Gated Community zu entwickeln schienen. Schade eigentlich!

»Dann mal rein ins Vergnügen.« Tom drückte auf den Klingelknopf. Der Türspion war fest auf sie gerichtet. Der Öffnungston surrte erst, als Tom den Ausweis an die Linse hielt.

»Wir sollten unsere kleine Freundin nicht aus den Augen verlieren.« Tom steckte den Ausweis zurück in die Innentasche seiner Lederjacke, als das Stimmengewirr aus der Aula sie wenig später umfing.

Jessica sah, dass er die Dienstwaffe trug.

Dann beobachtete sie, wie die kleine Leonie sich mit eingezogenen Schultern ganz nach vorne zu einer Gruppe Mädchen setzte, während eine kleine, schlanke Frau am Mikro energisch darum kämpfte, sich Gehör zu verschaffen.

Plötzlich überfiel Jessica das untrügliche Gefühl, dass der Fall weit komplexer zu werden drohte, als sie ursprünglich vermutet hatte.

Und dass sich darin eine große Tragik verbarg.

KAPITEL 11

Tom stach die lange, elegante Gestalt des Direktors sofort ins Auge, nachdem sie das Schulhaus betreten hatten. Manfred Strebel stand etwas abseits der Menge, die sich in der offenen Aula versammelt hatte.

Sie hatten den Direktor in der Nacht bereits ausführlich befragt, doch es gab neue, drängende Fragen. Tom wäre am liebsten direkt auf ihn zugestürmt. Aber er entschied, dass es klüger war, sich bis zum Ende der Versammlung zu gedulden.

Einen Moment zog Tom in Erwägung, sich mit Jessica zu den vom Ministerium geschickten Krisenhelfern zu gesellen. Sie würden vorgestellt und miteinbezogen werden. Es wäre eine Möglichkeit, als Ansprechpartner bei der gesamten Schüler- und Lehrerschaft auf einen Schlag präsent zu sein.

Doch als er dem Sprachtonus und den Sätzen der Psychologen folgte, kam er schnell zu dem Schluss, dass eine Zusammenarbeit zum jetzigen Zeitpunkt ihre Befragungen wohl eher verkomplizieren würde. Sie taten besser daran, fürs Erste inkognito zu bleiben. Sollten sie die SOKO wirklich brauchen, so würden sie im entscheidenden Augenblick jederzeit auf die Hilfe der Psychologen zurückgreifen können.

Im Gegensatz zum übrigen Lehrerkollegium und den Kindern, die den Krisenhelfern zuhörten, wirkte der Direktor gelassen.

Betont einfühlsam erläuterten die Psychologen den Brand und den Tod der Lehrerin. Vervollständigt wurde das Team durch drei weitere Mitarbeiter, die hinter den Psychologen aufgereiht standen. Noch immer zog sich der durchdringende Brandgeruch bis in die Aula und erinnerte an die gespenstischen Stunden nach Mitternacht.

Die Kinder zeigten sich betroffen, wenn auch wenig überrascht über die Neuigkeiten. Sie waren über die Sozialen Netzwerke längst auf dem Laufenden. Auch die Lehrer wirkten informiert. Einige Lehrer hatten sich in stiller Anteilnahme sogar schwarz gekleidet. Tom fiel eine ältere Dame auf, die immer wieder ihr Taschentuch zückte und sich über die Augen tupfte. Dabei blieb unklar, ob ihr Marianne Eichstätts Tod oder die gesamte Situation nahegingen.

Unweit davon tuschelten drei Jugendliche miteinander.

Oberstufenschüler. Stellvertretende Direktorin und Oberstufenleitung! Tom dirigierte Jessica unauffällig hinter die Gruppe. In diesem Alter verfügten Teenager über eine ausgeprägte eigene Sichtweise. Auf der anderen Seite wägten sie ihre Äußerungen in den seltensten Fällen nach taktisch und strategisch klugen Gesichtspunkten ab.

Die Psychologin ging gerade darauf ein, dass der Brand leider nicht auf einen Unfall zurückzuführen sei. »Es handelt sich nach aktuellem Stand eindeutig um Brandstiftung. Warum Marianne Eichstätt gestorben ist, können wir allerdings noch nicht sagen.« Mit strenger Miene blickte die Psychologin um sich, als ob sie den Täter damit veranlassen könnte, die Hand zu heben. Ihre diplomatische Ausdrucksweise erinnerte Tom an Weißbauers Presseauftritte.

»Was treibt sich die Eichstätt auch nachts in der Schule herum!«, flüsterte einer der drei Oberstufenschüler seinen Freunden zu. Ein großer Junge mit dichtem braunem Haarschopf, die Hände in den Taschen seiner Jeans, deren Po fast in den Kniekehlen hing.

Der Kumpel rechts von ihm, ein Brillenträger mit intelligenten blauen Augen und einem leichten Flaum auf den Wangen, grinste und flüsterte. »Eine Sorge weniger.«

»Weiß man, ob was Besseres nachkommt?«, gab der Dritte leise zu bedenken. Ein blonder Struwwelpeter, der etwas kleiner als die beiden anderen war und links von dem Jungen mit der Hängejeans stand.

»Schlechter kann's kaum werden«, warf der nun gedämpft zurück.

Die drei Jungs lachten verhalten.

Die beiden Psychologen hatten sie trotzdem bemerkt, schickten strafende Blicke in ihre Richtung und tauschten ein paar Sätze aus.

Ein Mann aus dem Krisenteam machte sich eine Notiz.

»Tja, schon wieder aufgefallen, Alter«, flüsterte der blonde Struwwelpeter.

»Unsereins fällt immer auf«, der Große mit der Hängejeans warf seine braunen Haare mit einem Schwung zurück. Die Jugendlichen blickten starr nach vorne, während sie sich leise weiter unterhielten.

»Immerhin war die Eichstätt bei uns nur mit halber Kraft Oberstufenleitung. Die hätte uns doch alle reingerissen wie damals den Fabian, wenn ihr die Stellvertretung mehr Zeit gelassen hätt.« Der Brillenträger rückte sein Gestell zurecht. »Ich glaub ja bis heute nicht, dass der Fabi sich umgebracht hat. Er wollte doch den Escape Room mit seinem Papa bauen. Das wär der Knaller geworden. Da bringt man sich doch nicht um.«

»Du hast gut reden! Du brauchst dir da ja wohl mal am wenigsten Sorgen um deine Noten machen«, der Hängejeansträger schnaubte verächtlich.

»Kann ja nicht jeder so ein Womanizer sein wie du!« Der Brillenträger rümpfte die Nase und verschränkte die Arme vor der Brust. »Es gibt auch Menschen, die sich weniger auf ihr Aussehen, sondern ganz und gar auf die Kraft ihres Gehirns verlassen müssen.«

Der Hängejeansträger fuhr sich durch den braunen Haarschopf.

Der Bebrillte nahm die Brille ab und putzte die Gläser am Bund seines Pullovers. »Nicht der Fabi! Mit so einem coolen Vater! Wer hat schon einen Schauspieler als Vater? Der Sascha hätte sich schon wieder eingekriegt. Das wär der coolste Escape Room von ganz München geworden.«

»Der Sascha war ja übrigens heute früh hier«, meldete sich der Struwwelpeter zu Wort. »War stinkwütend und hat ganz schön randaliert. Der Strebel hat ihn glatt rauswerfen lassen. Kurz bevor die Psychologen angerückt sind. Der Sascha hat ihm noch gedroht. ›Das wirst du mir büßen!‹, hat er geschrien. Ich hab's genau gehört.«

»Und weswegen?«, wollte der Bebrillte wissen.

»Hab ich nicht mitbekommen.« Der Struwwelpeter zuckte mit den Schultern.

»Er wird ihm die Schuld an Fabis Tod geben. Ist doch klar.« Der Bebrillte schien sich an etwas festzubeißen.

Tom notierte sich in Gedanken: *Fabian*. Und *Sascha Brühl*. Der ältere Herr, den er in der Nacht für einen Journalisten gehalten hatte und der ihnen gerade vor der Schule begegnet war? Er war also der Vater von Fabian. Fabian Brühl. Und Fabian war tot.

Tom rief sich die Schlagzeilen der letzten Monate ins Gedächtnis.

Er konnte sich nicht erinnern, etwas über einen toten Schüler gelesen zu haben. Ein Ansatzpunkt, dem nachgegangen werden musste!

Tom tippte den Sicherheitscode ein, um sich im Messengerdienst einzuloggen. Mist! Irgendwie kam er heute nicht ins System. Entweder er hatte sich vertippt oder es wurde gerade etwas aktualisiert. Das kam selten vor. Aber wenn, dann war es bescheuert!

Eine unnötige Zeitverzögerung.

Jessica kramte in ihrer Tasche hörbar nach ihrem Büchlein. Tom legte seinen Zeigefinger an den Mund.

Sie erfuhren mehr, wenn sie weiter inkognito blieben.

»Jetzt mal im Ernst: Habt ihr Conny schon gesehen? Wo ist unser heißer Feger, Alter? Sie müsste doch ausflippen! Der ganze Keller ausgebrannt. Zahlreiche Bilder zerstört! Die Arbeit von Monaten für die Katz! Warum ist sie nicht da?« Der Bebrillte rechts stellte sich auf Zehenspitzen, um die Menge zu überblicken.

Der Struwwelpeter nickte missmutig. »Ein Jammer um mein letztes Werk! Das war so was von geil. Da hätt ich glatt 15 Punkte drauf bekommen. Das hat die Conny mir versprochen.«

»Lass das mit dem ›heißen Feger‹! Das ist so was von out und hört sich außerdem despektierlich an. So ist Conny nicht. Das weißt du ganz genau!« Der Große mit der Hängejeans zischte etwas zu laut und gab seinem bebrillten Kumpel einen harten Schubs.

»Sorry. Wollte deine Gefühle nicht verletzen, Alter. Hast ja recht. Überhaupt! Stellt euch vor, wenn *sie* jetzt Oberstufenleitung wird! Das wär geil!« Der Bebrillte erhob sich auf Zehenspitzen, um besser sehen zu können.

»Da ist der Strebel doch nie dabei!« Auch der Hängejeansträger erhob sich auf die Fußballen, was ihn so groß werden ließ, dass er die Menge mühelos überblickte.

»Ich wette, der ist auch scharf auf sie.« Der Bebrillte musterte den Schuldirektor und dann seinen gut aussehenden Hängejeansfreund. »Aber auf Greise steht sie ja bekanntlich nicht. Wer wüsste das besser als du!«

»Du bist nur eifersüchtig, dass sie immun gegen deine Intelligenz ist.« Der Große fischte sein Handy aus der hängenden Gesäßtasche.

Der Bebrillte brummte etwas in seinen kaum vorhandenen Bart.

Der Hängejeansträger scrollte sich durch seine Nachrichten. »Die Conny ist einfach die coolste Lehrerin, die wir je hatten. Ich kapier nicht, wo sie bleibt. Sie würde uns in so einem Moment doch nie im Stich lassen!«

Die beiden anderen Jungs stimmten ihm zu.

Der Bebrillte wurde ungeduldig und hob sich immer wieder auf die Zehenspitzen. »Tut sich wenig da vorne. Wie auch immer. Bei den Lehrern steht sie definitiv nicht. Unten im Kunstraum kann sie nicht sein. Nee, Jungs. Conny Bergmüller ist wie vom Erdboden verschluckt. Sonst hätten wir sie längst entdeckt. Müssen wir uns Sorgen machen?«

Der Hängejeansträger musterte seinen Kumpel nachdenklich. »Ich frag mich, was die Eichstätt in Connys Keller wollte.«

»Ihr die Augen auskratzen«, meinte der Struwwelpeter. »Die Eichstätt hat doch kein gutes Haar an der Conny gelassen.«

»Läuft Connys Ausstellung eigentlich schon?« Der Bebrillte dachte parallel und suchte nach tieferen Zusammenhängen.

Tom gratulierte ihm in Gedanken. Intelligentes Bürschchen. Seine Fragen waren auf dem Punkt.

Der coole Große fischte sein Handy erneut aus der tief hängenden Gesäßtasche, die Tom mit einer gewissen Sehnsucht begutachtete. Wieso hatte sich diese Hosenmode eigentlich nur bei Teenagern durchgesetzt? Es musste schön sein, wenn nichts drückte. Wie auf Kommando spürte er wieder den ziehenden Schmerz im Unterleib. Reine Psychologie, schalt er sich.

Tom schaute dem großen Jeansträger über die Schulter. Er scrollte gekonnt mit einer Hand erst durch seinen Kalender, dann durch seinen Chatverlauf mit Conny Bergmüller. Die Kommunikation zwischen den beiden war intensiv. Ein Herz-Emoji schmückte Connys Namen. Bevor Tom erkennen konnte, von wann die letzte Nachricht stammte, wurde der Handyschirm schwarz.

»Nächste Woche.« Stirnrunzelnd schickte der Hängejeansträger seinen Blick erneut suchend in die Runde. »Sie *muss* hier sein.«

»In den Sachen von der Conny rumgeschnüffelt wird sie haben, die Eichstätt. Die war doch eifersüchtig wie Sau!« Jetzt hatte sich der Struwwelpeter wieder eingeschaltet.

Der Bebrillte nickte. »Habt ihr auch gehört, dass sie sich richtig rausgeputzt haben soll, die Eichstätt? Muss krass ausgesehen haben. Halb verkohlt und voll geschminkt.«

Der coole Große warf mit einem Schwung seinen vollen Haarschopf nach hinten und ließ dann mit der Geste eines Geheimnisträgers sein Handy in der Gesäßtasche versinken. »Was meint ihr, für wen sie sich so aufgebrezelt hat?«

Sein Kumpel zog die Augenbrauen so weit hoch, dass sie weit über den Rand der Brille ragten, und blickte den Direktor an. »Tja, für wen wohl?«

»Klar, Alter!« Der Hängejeansträger nickte wissend.

»Für wen?« Der Struwwelpeter hinkte seinen beiden Freunden intellektuell hinterher.

Der Bebrillte packte den Struwwelpeter sanft am Oberarm, um ihn sprichwörtlich unter seine Fittiche zu nehmen. »Alter! Das weiß doch inzwischen die ganze Schule!« Er schüttelte den Kopf.

»Sie stand auf den Strebel. Wär die Conny jetzt tot, dann gäb's keinen Zweifel, wer es war. Die Eichstätt ist doch geplatzt vor Eifersucht!«

Bei dem Struwwelpeter, der auffällig hübsch, aber jünger als seine Freunde war, schien es klick zu machen. »Und er? Man kann ja viel über ihn sagen, aber der Mann hat doch Geschmack! Die alte Tante!«

Seine Finger formten ein eindeutiges Zeichen, während er den Kopf zwischen die Schultern zog.

Dabei trat er einen Schritt zurück und Tom auf den Fuß.

»Au!« Damit hatte Tom nicht gerechnet.

Der Sportschuhabsatz des Teenagers hatte Toms kleinen

Zeh, der wegen einer Erfrierung bei einer Bergtour besonders empfindlich war, getroffen und war dann schmerzhaft abgerutscht. Der überraschte Blick des Jungen wanderte von Jessica zu Tom, wieder zu Jessica und zurück. Schließlich blieb er auf Toms Brusthöhe hängen.

»'tschuldigung!« Verlegen trat der Struwwelpeter von einem Fuß auf den anderen. Er suchte ganz offensichtlich nach einer Möglichkeit, seine Freunde zu warnen. »Coole Lederjacke, Alter.«

»Passt schon. Danke.« Tom nickte ihm freundlich zu.

Ertappt.

Damit war dieses überaus interessante Hörspiel dann wohl an sein Ende gekommen.

Die Köpfe der beiden anderen flogen herum, als sie Toms tiefen Bariton hörten. Sie musterten ihn und Jessica interessiert. Der Hängejeansträger hatte in Tom sofort den Rivalen ausgemacht.

Er schob seine Hände tief in die Taschen und blähte den Brustkorb auf. »Und wer seid ihr?«

Während Jessica ihr Notizbuch zurück in die Tasche gleiten ließ, zückte Tom lächelnd seinen Ausweis, ohne ihn aus den Augen zu lassen. Obwohl der Junge hochgewachsen war, überragte Tom ihn um einige Zentimeter. An der Stelle von Vorteil.

Die drei Jungs erschraken.

Dumm gelaufen. »Kriminalpolizei?«

»Wir sind auf der Suche nach Conny Bergmüller. Genau wie ihr.«

»Ganz schön fies angeschlichen!« Es klang herausfordernd, doch nicht aggressiv. Der Hängejeansträger nickte den beiden anderen zu. Tom deutete es als: Los, wir machen uns vom Acker, Jungs. Und zwar dalli.

Tatsächlich setzten sich die drei nach einem knappen »Wir müssen dann« in Bewegung. Tom hielt es für unklug, sie jetzt aufzuhalten. Sie würden sie sich später einzeln vorknöpfen. Sie mussten mehr über diesen Fabian und seinen Vater Sascha Brühl herausfinden.

»Ciao dann!« Der Struwwelpeter drehte sich noch einmal um. Er hob zum Abschied schüchtern die Hand. Nicht, ohne der Jacke einen melancholisch schmelzenden Blick zuzuwerfen.

»Man sieht sich!« Tom zeigte den Top-Daumen.

Er beobachtete, wie die drei in Richtung Toilette verschwanden. So alt wie die drei Jungs war Tina gewesen, als sie ihm unter Tränen anvertraut hatte, dass sie schwanger war. Es ist nicht einfach, jung zu sein, dachte Tom. Er erinnerte sich selbst gut an die Zeit, als seine Gefühle wild von einer in die andere Richtung ausgeschlagen hatten. Trotzdem hatten sie soeben ein paar interessante Dinge erfahren. Der Hängejeansträger hatte also ganz offensichtlich ein besonders gutes Verhältnis zu seiner Kunstlehrerin Conny Bergmüller.

Steckte da mehr dahinter?

Wusste er, wo sie jetzt war?

Marianne Eichstätt dagegen war bei der Unterhaltung nicht gut weggekommen. Und was sollte die Anspielung auf den Direktor?

Das Gemurmel wurde lauter, als die Psychologin darauf hinwies, dass jeder, der besonders traurig sei, sich an sie wenden solle. Ebenso alle, die etwas zu Marianne Eichstätt oder dem Brand beobachtet hätten, das von Interesse sein könnte, ergänzte ihr Kollege. Sie wären im Raum der Sozialpädagogen zu finden.

Tom bat Jessica, sich in Sichtweite des Raumes aufzuhalten.

»Du meinst jetzt nicht, dass ich die Kinder abfangen soll, die psychologische Betreuung suchen?«, fragte sie ungläubig.

»Die Wahrheit ist der beste Psychologe«, antwortete Tom gelassen.

Er bemerkte, dass viele Augenpaare immer wieder verstohlen den Schuldirektor fixierten, der unverändert Haltung zeigte. Die Versammlung löste sich unter vielstimmigem Gemurmel auf.

Während Jessica sich an die Fersen des Krisenteams heftete, beobachtete Tom weiter den Direktor. Er bedankte sich formvollendet bei den Krisenhelfern.

Tom überlegte, ob er den drei Jungs auf die Toilette folgen sollte, entschied dann aber, erst den Direktor ins Kreuzverhör zu nehmen, als er plötzlich den Hängejeansträger in Richtung Haupteingang davonschleichen sah. Tatsächlich schleichen.

Der Junge zückte seine Karte und verließ eilig das Schulgebäude.

Mit welchem Ziel, fragte sich Tom und suchte Manfred Strebel. Doch der Direktor war in der Menge untergetaucht. Er hatte vermutlich weniger Lust auf eine Unterhaltung mit Tom als umgekehrt.

KAPITEL 12

Jessica folgte dem Krisenteam, das sich in den Raum der Sozialpädagogen begab, möglichst unauffällig. Auch wenn sie Toms Vorschlag, gesprächswillige Kinder vor der Tür abzupassen, nicht gerade begrüßte, musste sie ihm insgeheim recht geben.

Es war eine Chance.

Das Problem – und dessen war sie sich durchaus bewusst – bestand darin, dass sie mit ihrem knalllila Cape alles andere als unsichtbar war. Vielmehr fiel sie auf wie ein Paradiesvogel in ... nun ja, eben einer Lehranstalt. Keine ideale Voraussetzung, diese Einsicht hatte sich Jessica als elementare Erkenntnis aus ihrer eigenen Schulzeit bewahrt. Im Gegensatz zu damals war sie jetzt nicht in der Pubertät und auf Provokation aus. Also schälte sie sich umständlich aus ihrem Umhang. Obwohl es nicht wirklich warm war.

Die großen Fenster strahlten Kälte aus.

Das Krisenteam hatte die Tür weit offen stehen lassen.

Nun machte sich einer daran, ein Plakat mit Tesafilm an der Außenseite der Tür zu befestigen.

»Willkommen«, stand in großen Druckbuchstaben darauf.

Ob das half?

Jessica ließ sich auf dem ihr am nächsten stehenden Stuhl nieder und gab sich den Anschein einer Mutter, die auf ein Gespräch mit einem Lehrer wartete. Das Cape legte sie sich über die Oberschenkel und starrte den Gang entlang.

Kein Mensch zu sehen.

Sie seufzte. Genau so hatte sie sich das vorgestellt! Natürlich kam niemand. Wer trippelte schon freiwillig zu einer

Befragung. Wie hatten die Psychologen sich das gedacht? Weinende Kinder, die sie trösten mussten? Da war man wohl im Lehrbuch von beliebteren Protagonisten ausgegangen. Jessica rief sich die Gesichter bei der Versammlung vor Augen. Sie erinnerte sich an kein einziges trauriges Gesicht. Was wohl aus der kleinen Leonie geworden war? Ob sie ihre Mathearbeit schrieb? Jessica rechnete die Stunden und Pausen seit Schulstart hoch.

Nicht mehr lange und der Gong zur dritten Stunde würde ertönen.

Jessica schrieb eine Nachricht an Mayrhofer, der sofort reagierte. Marianne Eichstätts Mann hatte ein Alibi. Er war bis spätabends mit Kunden unterwegs gewesen. Diese Spur hatte sich also bereits zerschlagen. Marianne Eichstätts Eltern waren auf dem Weg nach München. Der Ehemann würde nach langem Hin und Her gegen Abend eintreffen. Auch bezeichnend. Besonders groß konnte die Liebe nicht gewesen sein. Jessica antwortete, dass sie bei der Befragung der Angehörigen dabei sein würde.

Sie wollte gerade aufstehen und sich ein anderes Betätigungsfeld suchen, als zwei Mädchen schnatternd über den Gang zu den Toiletten liefen. Jessica dachte an ihre eigene Schulzeit. Wie hatten ihre Freundinnen und sie sich immer gefreut, wenn es ihnen gelungen war, sich zu zweit während des Unterrichts aufs Klo zu stehlen.

Das eine Mädchen war Leonie.

»Unsere kleine Freundin«, hatte Tom sie genannt.

Jessica merkte plötzlich, dass ihre Blase von den drei Cappuccini drückte. Also folgte sie den beiden Mädchen, die jede in einer Kabine verschwanden, aber weiter in einer Tour miteinander über Belanglosigkeiten »ratschten«, wie man das in Bayern so treffend nannte. Jessica schloss sich an, als die beiden die Blase leerten, so fiel das Geräusch nicht weiter auf.

»Meine Eltern haben schon wieder gestritten«, sagte Leonie gerade.

»Warum?«, fragte das andere Kind.

»Weil mein Papa die ganze Nacht nicht zu Hause war. Außerdem will meine Mama nicht, dass mein Papa bei dieser Demo mitmacht.«

»Warum?«

»Sie meint, dann wird alles noch schlimmer. Er meint, nur so kann man was verändern. Wenn man auf die Straße geht. Wenn man seine Meinung sagt. Wenn man sich wehrt. Drückeberger und Feiglinge hätten wir schon genug. Er will nicht, dass ich auch so ende wie Carla.«

»Ist deine Schwester immer noch im Krankenhaus?«

»Gestern Nacht ist sie auf die Intensivstation verlegt worden. Papa hat sogar geweint. Er sah ganz schlimm aus heute früh. Er hat mir so leidgetan. Er sagt, er war die ganze Nacht bei ihr. Er hat Angst, dass Carla stirbt. Und die Mama hat trotzdem mit ihm geschimpft.«

»Meinst du auch, dass sie stirbt?«, fragte das andere Mädchen.

»Wenn ich noch in der Grundschule wäre, dann würde ich sagen: Nein. Weil sie nicht zu der Eichstätt in den Himmel will.« Leonies Stimme klang trotzig. Doch Jessica hörte das Zittern heraus.

Und die Beherrschung, nicht loszuweinen.

»Da sind ja noch andere im Himmel.«

»Das war ein Spaß!« Leonie drückte die Spülung.

»Hat sich aber nicht so angehört. Hast du Angst?«

»Ein bisschen schon.«

Die Mädchen wuschen sich still die Hände.

Dann klappte die Tür zu.

Jessica musste sich beeilen, wenn sie Leonie abfangen wollte. Sie lief den beiden hinterher. »Leonie!«

Leonie fuhr herum. Jetzt, ohne Jacke und im grellen Licht des Schulflurs, fiel Jessica erst auf, wie blass und elend das Mädchen aussah.

»Ich hab sie nicht besonders gemocht. Du?«, sagte die Freundin gerade.

Jessica überlegte, wie sie es anstellen konnte, mit Leonie allein zu reden, und entschied sich für die Wahrheit.

Zumindest für die halbe.

Sie streckte der Freundin die Hand hin. »Hallo, ich bin Jessica Starke. Ich würde mich gerne mit Leonie unterhalten. Könntest du dem Lehrer ausrichten, dass sie bei den Sozialpädagogen ist?«

Eine Lüge. In der Not.

Das Mädchen lächelte freundlich. »Ja, gerne. Gehören Sie auch zu den Psychologen?«

Natürlich hatte das Mädchen Jessica zuvor nicht beim Krisenteam gesehen.

»So ungefähr.« Jessica warf sich freundlich lächelnd das Cape über den Arm.

»Okay. Bis später, Leonie. Tschüss.« Die Freundin winkte verlegen und entfernte sich über den langen Gang.

Leonie hatte den Kopf schuldbewusst gesenkt. »Meine Mama hat ja gesagt, ich soll nicht mit Ihnen sprechen. Und dass man nichts Böses über Tote sagen darf.«

»Ich weiß. Aber ich hab dich eben auf der Toilette mit deiner Freundin gehört. Und ich hatte den Eindruck, dass du sehr traurig bist.«

Leonie schien bestürzt. »Mein Papa sagt, das ist gar keine Karl-Valentin-Schule. Der Karl Valentin tät sich im Grab umdrehen, wenn er das sehen würde. Der hatte nämlich auch Kinder. Und Enkel. Und die hat er sehr geliebt. Er hat die Kinder verstanden, meint mein Papa, weil er im Herzen selbst ein Kind geblieben ist. Und hier, hier sind wir Kinder keine Kinder, sondern Erwachsene. Genau umgedreht. So wie die Carla. Die ist jetzt so erwachsen, dass sie vielleicht schon bald sterben muss.«

»Was ist denn mit der Carla?« Aus Angst, dass das Kind in Tränen ausbrechen könnte, traute Jessica sich nicht, direkt zu fragen, was die Schwester hatte.

»Sie wird immer dünner.«

»Warum?«

»Vielleicht auch wegen dem Fabian.« Das Mädchen zuckte die Schultern.

»Was war denn mit dem Fabian?«

»Er ist tot. Aber die Carla glaubt nicht, dass er sich umgebracht hat.«

»Und warum soll er sich umgebracht haben?«

»Weil seine Mama an Weihnachten gestorben ist. Bei dem Attentat in Berlin. Auf dem Christkindlmarkt. Sie wissen schon. Als der Laster über den Christkindlmarkt gerast ist. Seine Mama war dort, weil sie Klassentreffen gehabt hat. Sie hat früher in Berlin gewohnt.«

Jessica konnte sich nur zu gut erinnern. Weihnachten 2016. Elf Menschen waren damals gestorben, 55 verletzt worden. Der Gedanke daran trieb ihr noch heute die Tränen in die Augen.

Es war ihr erstes Jahr in München gewesen. Aber sie hatte sofort all ihre Freunde in Berlin angerufen, um sich zu vergewissern, dass es ihnen gutging. Die kleine Tochter einer Freundin war damals ums Leben gekommen. Die Stadt hatte unter Schock gestanden. Jessica mochte sich nicht ausmalen, wie sie sich gefühlt hätte, wenn jemand aus ihrer Familie, ihre Mutter oder ihre Schwester, dem Attentat zum Opfer gefallen wäre.

Und dieser Fabian hatte seine Mutter verloren. Wie schrecklich. Seine Mutter war zu einem Fest gefahren, hatte sich Zeit freigeschaufelt, um alte Freunde wiederzusehen. War aufgeregt und glücklich gewesen. Und dann – von einem Moment auf den anderen – tot. Das Leben der Familie hatte sich für immer verändert. Fabian hatte sich nicht einmal von seiner Mutter verabschieden können.

»Und deine Schwester hat nicht geglaubt, dass der Fabian sich umgebracht hat, weil seine Mama gestorben ist?«

»Irgendwie nicht. Obwohl er sehr traurig war.«

»Was meint sie denn, warum er gestorben ist?«

»Sie hat gemeint, dass er irgendetwas über die Eichstätt gewusst hat, was der gar nicht gefallen hat. Und die Eichstätt, die war damals auch auf der Treppe. Einmal, bevor sie ins Krankenhaus gekommen ist, ist die Carla zu mir ins Bett geschlüpft und hat gesagt, dass sie immer an den Fabi denken muss. Und ob die Eichstätt ihn vielleicht sogar über das Geländer geschubst hat.«

Das hörte sich für Jessica wie die überschäumende Fantasie eines Kindes an. »Hattest du die Frau Eichstätt denn auch mal?«

»Ja. Letztes Jahr. In Französisch.«

»Hast du sie gemocht?«

»Ich bin immer an dem Tisch bei den Schlechten gesessen. Einmal musste ich sogar dumm, dümmer, am dümmsten steigern.«

Jessica verstand nicht recht. »Wie – an dem Tisch bei den Schlechten?«

»Die, die Einser und Zweier schreiben, die sind am guten

Tisch gesessen. Und die, die Dreier und Vierer schreiben, am schlechten.«

Jessica glaubte nicht recht zu hören. »Und die mit den Fünfern?«

»Noch mal an einem anderen Tisch. Aber meistens waren sie eh nicht da. Sie mussten aus dem Zimmer, weil sie gestört haben. Mit denen hat die Eichstätt immer nur geschrien. Im nächsten Jahr waren sie nicht mehr an unserer Schule. Sondern auf der Realschule, einem anderen Gymnasium oder einer Privatschule.«

Leonie stellte sich auf Zehenspitzen, damit sie näher an Jessicas Ohr kam. »Sobald die Carla gesund ist, gehe ich auf eine andere Schule.«

Jessica schnappte nach Luft und schaute sich sprachlos in dem Gebäude um. Ein topmodernes Gebäude. Eine Schule, die weithin bekannt war und deren Konzept Geschichte schrieb. Aber wenn das Kind recht und keine blühende Fantasie hatte, war die Form der Pädagogik haarsträubend. *Dumm, dümmer, am dümmsten.*

Und alles andere als zeitgemäß.

»Aber am meisten hat mich gestört«, fuhr das Kind fort, nachdem die Schleusen geöffnet waren, »dass die Eichstätt wollte, dass wir unsere Freunde verpetzen. Wer gepetzt hat, der ist dann drangekommen, wenn er gelernt hat. Und wer nicht, dann, wenn er nichts wusste.«

Jessica schluckte. Das hörte sich nach Stasi-Methoden an. Konnte das sein? Sie wollte gerade zur nächsten Frage ansetzen, als ein junges Mädchen über den Gang auf sie zugelaufen kam.

»Leonie!«, rief sie. »Deine Mama hat angerufen. Sie holt dich gleich ab. Zu deiner Schwester ins Krankenhaus. Es geht ihr nicht gut.«

Leonies Augen weiteten sich vor Schreck. Sie folgte der

auffallend hübschen und jungen Sekretärin, die zum Minirock und ellenlangen Beinen Boots trug.

Jessica rief Mayrhofer an und bat ihn, mehr über Carla Anzinger und Fabian Brühl herauszufinden.

Dann verließ sie die Schule.

Froh, der Tristesse entkommen zu sein, die in den Räumen lag und die, wie es ihr schien, nicht einmal etwas mit den aktuellen Ereignissen zu tun hatte, sondern tief in den modern renovierten Wänden saß.

KAPITEL 13

»Herr Strebel! Ich muss Sie bitte dringend sprechen.«

Der Schuldirektor streckte Tom ausdruckslos die Hand entgegen.

Manfred Strebel sah frisch geduscht, wenn auch etwas übernächtigt aus. »Kaum zu glauben, dass wir uns erst vor wenigen Stunden hier getroffen haben. Kommen Sie, wir gehen in mein Büro.«

Tom folgte dem Mann, der mit seinen langen Beinen locker zwei Stufen auf einmal hätte nehmen können, aber in aller Ruhe eine nach der anderen selbstbewusst in der Mitte der Treppe erklomm.

Wieder wunderte sich Tom über das Geländer.

»Wir haben das gleiche schmiedeeiserne Geländer im Polizeipräsidium. Obwohl das Gebäude um einiges älter ist als dieses. Unser Geländer ist auch um einiges tiefer als Ihres.« Tom passte sich dem Schritt des Direktors an.

Ein bisschen Small Talk konnte nicht schaden, um den Mann entspannter werden zu lassen. »Einmal ist mir ein Straftäter entwischt, hinter dem ich jahrelang her war, weil er einfach über das Geländer gesprungen ist. Zwischen erstem Stock und Parterre.«

Tom lachte. Natürlich war er hinterhergehechtet und hatte den Mann, der unverletzt geblieben war, sofort wieder gefasst. Konsequenzen aber hatte das keine nach sich gezogen.

Das Geländer war nach wie vor viel zu tief.

»Bei uns pflegt niemand zu entwischen.« Der Direktor konterte mit einem Anflug von Humor.

Tom sprang spielerisch in den Stütz. »Trotzdem ist Ihres wesentlich höher. Da könnte keiner so leicht drüberhüpfen.«

»Vorsicht bitte!« Manfred Strebel legte eine Hand auf Toms Unterarm. »Wir wollen das Schicksal nicht herausfordern. Unsere aktuellen Probleme reichen voll und ganz. Im Rahmen der Umfunktionierung zur Schule wurde das gesamte Gebäude kernsaniert. Auch das Geländer. Obwohl wir das Design belassen haben. Es passt hervorragend, finden Sie nicht?«

»Durchaus.« Tom bückte sich und betrachtete es genauer. »Ah, dachte ich es mir doch. Dieses Geländer wurde im Nachhinein erhöht. Man sieht die Schweißnaht deutlich.«

»Verständlicherweise muss ein Schulgebäude besonderen Anforderungen entsprechen«, antwortete der Direktor.

»Trotz aller Sicherheitsvorkehrungen kam es zu dem gestrigen Brand.« Tom betrat das Büro des Direktors, der ihm die Tür weit geöffnet hielt. Zuvor hatten sie das Sekretariat durchquert. Eine der beiden Sekretärinnen, die junge Hübsche mit dem Minirock und den Boots, würde ihnen gleich etwas zu trinken bringen.

»Genau darüber zerbreche ich mir seitdem den Kopf.« Der Direktor bat Tom, ihm gegenüber an einem kleinen runden Tischchen Platz zu nehmen. Der Raum war nicht sonderlich groß. Aber durch die hohe Fensterfront bot er einen freien Blick über den Innenhof und in die Klassenzimmer.

»Das nenne ich Transparenz.« Tom pfiff überrascht durch die Zähne.

Sprachlos ließ er sich auf der harten Sitzfläche eines dreibeinigen Designholzstuhls nieder. Von seinem Büro aus hatte der Direktor seine gesamte Lehrerschaft hervorragend im Blick. Wie die Lehrer das wohl fanden? Ob man sich daran gewöhnte, unter ständiger Beobachtung zu stehen? Am unbeschwertesten gingen vermutlich die Schüler damit um.

Manfred Strebel schien seine Gedanken zu erraten.

Er lachte. »Die Transparenz gilt für beide Seiten. Umgekehrt würde es auch auffallen, wenn ich mit den Füßen auf dem Tisch den ganzen Tag Fast Food in mich hineinstopfen würde.«

Tom dachte an die hübsche junge Sekretärin und daran, dass ihm noch andere Varianten einfielen. Was auch mit der gestörten Liebesnacht zusammenhängen konnte.

Er kam zum Thema zurück.

»Die Schule ist ein Hochsicherheitstrakt. Wieso stand ausgerechnet gestern Abend die Tür offen?«

Das hatte Spurenchefin Anna Maindl noch in der Nacht herausgefunden. Die Tür des Haupteingangs, angeschlossen an ein hochsensibles Kartenschließsystem, war mit einem Stein offen gehalten worden.

»Wenn ich das wüsste, glauben Sie mir!« Der Direktor hob die langen Arme in einer sprachlosen Geste.

»Wer außer Ihnen hat einen Schlüssel?«

»Alle Lehrer und der Hausmeister.«

»Auch Mitglieder des Elternbeirates?«

»Nein. Es gibt drei Ersatzschlüssel. Im Falle des Bedarfs erhalten sie einsatzbedingt einen Schlüssel. Alle Schlüsselvergaben sind sorgfältig dokumentiert.«

»Ehemalige Lehrer?«

»Sie denken an einen Racheakt?«

»Gibt es denn eine Person, der Sie das zutrauen würden?«

»Nein. Aber wer schaut schon in die Köpfe der Menschen.« Manfred Strebel trat an die Fensterfront.

Tom konnte sich gut vorstellen, dass das zu seinen Gewohnheiten gehörte. Prompt fühlte sich der Lehrer im gegenüberliegenden Klassenzimmer ertappt. Ein kurzer Blick und er sortierte nervös seine Unterlagen, bevor er ein Kind an die Tafel rief.

Auch eine Form von »Big Brother is watching you«, dachte Tom.

In dem Moment erschien die Sekretärin mit den Heißgetränken. Sie war wirklich auffallend hübsch. Lange haselnussbraune Haare, saphirblaue Augen. Der kurze Rock stand ihr hervorragend. Die Boots betonten die langen, schlanken Beine.

Das Mädchen war eine Augenweide.

Der Direktor wandte sich ihr zu: »Melanie, bitte suchen Sie die Schlüsselliste heraus und machen Sie eine Kopie für den Kommissar.«

Hauptkommissar, dachte Tom, sagte es aber nicht. »Wir brauchen bitte auch die Kontaktdaten aller Schüler und Eltern. Auch aller Ehemaligen und Beurlaubten, zurückgehend bis zum Schulstart. Die Elternbeiräte und Ehrenämter bitte gesondert vermerkt.«

Melanie lächelte Tom zu.»Gerne.«

Tom reichte ihr seine Visitenkarte und bedankte sich.

»Melanie Knaabe, eine Schülerin aus dem vorherigen Abiturientenjahrgang, die ein Praktikum bei uns absolviert.« Manfred Strebel waren Toms anerkennende Blicke nicht entgangen.

Der Direktor schenkte sich Tee ein und reichte Tom Zucker, der mehrere Löffel davon in seinen Cappuccino häufte, nachdem er den ersten Schluck getrunken hatte. Wenig Geschmack, dafür extrem stark.

Aha, dachte Tom, daher so jung.

Bisher waren ihm eher erfahrene Damen mit einer gewissen beruhigenden Mütterlichkeit in Schulsekretariaten begegnet. Im nächsten Moment fragte er sich mit dem ihm angeborenen Misstrauen, ob der Direktor etwas mit seiner Ex-Abiturientin hatte. Tom hätte sich das eher vorstellen können als mit Marianne Eichstätt. Nicht auszuschließen, aber es stand aktuell nicht zur Debatte.

Trotzdem, irgendein Geheimnis trug der Mann mit sich.

»Die Frage nach der Brandmeldeanlage hat sich inzwischen geklärt.« Manfred Strebel nahm einen Schluck Tee. »Der Hausmeister kam heute früh sehr kleinlaut auf mich zu. Wegen der Bauarbeiten im Lehrerzimmer hatte er die Anlage gestern ausgeschaltet. Die Wände werden dort abgeschliffen. Dabei entsteht sehr viel Staub. Die Anlage hätte Daueralarm geschlagen. Da für heute weitere Arbeiten geplant waren, hat er sie über Nacht ausgelassen.«

Was für ein Zufall, dachte Tom. Deshalb war der Hausmeister so aufgelöst gewesen. Er hatte sich eine Mitschuld am Brand gegeben.

Vermutlich hatte jemand genau das in seinem Kalkül gehabt. »Der Täter musste sich also bestens ausgekannt haben.«

»Sie gehen nicht von einem Zufall aus?«

»Ein bisschen viel Zufall, finden Sie nicht?«

Der Direktor nickte und stellte die Teetasse ab.

Tom fielen die gold- und silberfarben glänzenden Pokale auf dem Sideboard hinter dem Schreibtisch auf.

Auch ein Schachspiel stand dort.

Er stand auf. »Wir haben kein Handy bei Marianne Eichstätt gefunden. Auch keine Handtasche. Nur einen Autoschlüssel.«

»Marianne hatte natürlich wie jeder inzwischen ein Handy. Wobei ich Ihnen nicht einmal sagen kann, welche Marke. Ein Auto besaß sie – soweit ich weiß – auch. Sie kam allerdings meist zu Fuß. Von der Landwehrstraße bis hierher ist es ja nicht weit. Sie hatte ein Riesenglück, ein Apartment gleich um die Ecke zu finden.«

Das leuchtete ein. In der letzten Nacht schien sie dennoch mit dem Auto gefahren zu sein. Warum?

»Spielen Sie Schach?«, fragte Tom unvermittelt.

Bei zahlreichen Befragungen und Verhören hatte Tom diese Taktik immer wieder angewandt. Ablenkungsmanöver. Wenn es um ein geliebtes Hobby ging, ging das Gegenüber meist darauf ein – und verriet unbewusst seine innere Anspannung.

Der Direktor lehnte sich entspannt zurück. Er fühlte sich sicher auf dem Terrain. »Während meiner Schul- und Studienzeit war ich Mitglied im Bayerischen Schachbund.«

Er streckte die langen Beine unter dem Tischchen aus, verschränkte die Hände vor dem Bauch. Seine Augen blieben wachsam.

Tom nahm einen der polierten Pokale zur Hand. »2009 haben Sie die Internationale Bayerische Schachmeisterschaft gewonnen!«

Der Direktor neigte bescheiden lächelnd den Kopf zur Seite. »Am Tegernsee!«

»Kompliment.« Tom nickte anerkennend. Er hatte das eine oder andere Mal mit Christls Bruder Schach gespielt. Daniel war von klein auf im Verein gewesen war und hatte Tom haushoch geschlagen. Wenn Tom sich richtig erinnerte, hatte Daniel auch den einen oder anderen Titel geholt.

Tom stellte den Pokal wieder ab, trat an die Fensterfront und lancierte einen Angriff. »Wie standen Sie eigentlich zu Marianne Eichstätt?«

»Wie gesagt war sie meine Stellvertreterin. Natürlich gab es da jeden Tag eine Menge zu besprechen.«

»Persönlich und menschlich, meine ich.«

»Sie war wie alle meine Lehrer hier eine herausragende Pädagogin. Sonst hätte ich sie nicht eingestellt. Immer korrekt. Immer zuverlässig. Ehrgeizig. Sie brachte alle Voraussetzungen mit, um den Stellvertreterposten wahrzunehmen. Die Stelle war ausgeschrieben. Sie hat den Zuschlag erhalten. Ich habe sogar darüber nachgedacht, zukünftig zwei Stellvertreter einzusetzen.«

»Was ist mit Ihrem eigentlichen Stellvertreter?«

»Er hat sich für ein Jahr beurlauben lassen, um seine Frau nach China zu begleiten. Er hätte sich neu beworben und damit einverstanden gezeigt, mit Marianne in einer Art Doppelstellvertretung zusammenzuarbeiten.«

»Wissen Sie sicher, dass er im Moment in China ist?«

»Ja. Wir haben erst vor Kurzem miteinander telefoniert.«

Sie würden das überprüfen. Wenn dem so war, hatte der Mann ein Alibi. Die Möglichkeit, dass Marianne Eichstätt als unliebsame Konkurrentin ausgeschaltet werden sollte, schied damit aus.

Ganz so banal war der Grund ihres Todes wohl nicht.

Während Tom in die plötzlich eingetretene Stille horchte, beobachtete er die gegenüberliegenden Klassenzimmer. Es war faszinierend, in mehreren Räumen gleichzeitig eine Unterrichtsstunde zu verfolgen. Während in einem Raum Frontalunterricht stattfand, liefen die Schüler in einem anderen kreuz und quer durcheinander, arbeiteten in Gruppen oder beugten sich bei einer Prüfung tief über ihre Hefte.

Trotz der Vorkommnisse lief der Unterricht ganz geregelt weiter.

»Zurück zu Marianne Eichstätt. Ihr Mann lebt in der Oberpfalz. Sie führte eine Wochenendbeziehung.«

Manfred Strebel ließ sich Zeit mit seiner Antwort. »Das erlaubte ihr, sich während der Woche voll und ganz auf ihre Tätigkeit hier zu konzentrieren. Nur so war sie in der Lage, dieser Doppelfunktion gerecht zu werden. Sie hat viele Überstunden gemacht.«

Ruhig und gelassen gesellte sich der Direktor neben Tom – wie um das Gesagte mit der Größe und Autorität seines gesamten Körpers zu unterstreichen.

Die Teetasse auf der Untertasse in Strebels Hand blieb ruhig.

»Ihre Kollegin war auffällig geschminkt. Sie hat sich für jemanden schick gemacht. Wen hätte sie nachts um die Uhrzeit in der Schule erwarten können?« In Gedanken ergänzte Tom: Für wen hat sie die Tür aufgelassen?

Der Direktor schaute Tom direkt in die Augen. »Wenn Sie dabei an mich denken, muss ich Sie enttäuschen. Und auch sonst kann ich mir niemanden vorstellen.«

Wenn der Mann log, dann log er verdammt gut, dachte

Tom, während der Lehrer schräg unten im Klassenzimmer sich wieder der Klasse zuwandte.

Noch vor einigen Jahren hätte Tom den aalglatten Direktor schonungslos unter Druck gesetzt. Doch inzwischen war er klüger. Es wäre sinnlos, weiter zu insistieren. Bisher wusste Manfred Strebel wohl nichts von dem Gerücht. Das war gut so. Tom würde Anna Maindl bitten, Marianne Eichstätts Apartment gezielt auf Spuren des Direktors hin zu untersuchen.

»Gut«, antwortete Tom. »Vielleicht hat die Spurensicherung inzwischen weitere Erkenntnisse.«

Die Spannung zwischen ihnen knisterte.

»Und Conny Bergmüller? Sie ist wie vom Erdboden verschluckt. Oder hat sie sich inzwischen bei Ihnen gemeldet?«

»Nein.« Manfred Strebel schüttelte den Kopf. »Ich kann mir das auch nicht erklären. Sie hat bisher nicht einen Fehltag. Sie hat sich nicht entschuldigt.«

»Seit wann ist sie an der Schule?«

»Seit diesem Schuljahr. Eine sehr engagierte und ehrgeizige Kollegin und echte Künstlerin. Sie bereitet parallel eine Ausstellung in einer Galerie vor.«

»Ich brauche alle Informationen, die Sie über die Ausstellung haben.«

Der Direktor gab den Arbeitsauftrag an das Sekretariat weiter.

»Wir fahnden nach ihr. Wie standen die beiden Frauen zueinander?« Tom trank den Cappuccino nicht aus. Trotz Zucker war er zu bitter.

»Wie Kolleginnen zueinander stehen. Nun, ich glaube nicht, dass sie eng miteinander befreundet waren. Dazu sind die beiden zu unterschiedlich. Aber sie hatten einen kollegialen Umgang.« Der Direktor nahm einen Schluck Tee und schielte auf seine teuer aussehende Armbanduhr.

Tom betrachtete den Mann genauer. Mit seiner Größe, seinem Auftreten und seiner trockenen Überlegenheit war Manfred Strebel für manche Frauen sicher nicht uninteressant. Ein Kontrollfreak sicherlich, das schloss Tom aus der Fensterfront.

Aber es sollte ja Frauen geben, denen das gefiel.

Ob Marianne Eichstätt der Typ gewesen war? Oder war Tom den Spekulationen eines Teenagers aufgesessen?

»Sind Sie verheiratet?«

»Meine Lebensgefährtin ist leider verstorben.«

»Das tut mir leid. Wann war das?«

»Am 11.11.2017.« Die Augen des Direktors bekamen einen traurigen Glanz.

»Krankheit?«, fragte Tom mitfühlend.

»Ein Unfall.« Strebels stahlblaue Augen nahmen einen Anflug von Trauer an.

Tom nahm sich vor, Mayrhofer auf den Unfall anzusetzen. »Damit haben Sie – wie Marianne Eichstätt – viel Zeit, sich ganz der Schule zu widmen.«

Manfred Strebel hatte mit langen schlanken Fingern ein Stück Würfelzucker in den Rest seines Tees gerührt und anschließend genussvoll den Löffel abgeschleckt. Jetzt sprang er auf.

Der Teelöffel fiel herunter.

Manfred Strebel bückte sich nicht danach. »Ich weiß nicht, Herr Perlinger, was Sie von mir wollen. Ja, die Schule ist mein Leben. Das Gebäude wurde nach meinen Plänen renoviert. Mein pädagogisches Konzept zu 100 Prozent übernommen. Der Aufbau einer solchen Schule ist kein Kinderspiel. Doch bisher lief alles bestens. Schauen Sie sich die aktuellen Elternumfragen an. Die Eltern sind zufrieden. Wir führen den zweiten Jahrgang ins Abitur. Wir haben Anfragen aus China, Osteuropa und von überall auf der Welt. Dabei sind wir keine Privatschule. Trotzdem kann ich mich nicht zufrieden zurücklehnen. Eine Schule, der Umgang mit jungen Menschen, fordert jeden Tag aufs Neue höchsten Einsatz. Mariannes Tod und der Brand gestern bedeuten einen herben Rückschlag für uns.«

Während der Schuldirektor gesprochen hatte, hatte Tom sich wie nebenbei nach dem Teelöffel gebückt und ihn auf dem kleinen Besprechungstisch abgelegt. Hatte er sich je gefragt, wie der Mann in so jungen Jahren bereits so erfolgreich die Leiter der Hierarchie erklommen hatte, dann war es ihm nun klar.

Strebel konnte überzeugen.

»Wissen Sie eigentlich von der Demo heute Abend?«, fragte Tom.

Manfred Strebel trank den Rest des zuckrigen Tees aus der Tasse. »Sie können es *nie* jedem recht machen.«

Tom hatte nicht wirklich das Gefühl, viel erfahren zu haben.

Zum Schluss befragte er Manfred Strebel nach seinem Alibi am vorangegangenen Abend. Der gab bereitwillig Auskunft und reichte Tom einen Zettel mit dem Namen einer Nachbarin, die seine Aussage bestätigen konnte.

Sie verabschiedeten sich.

Doch bevor Tom sich zur Tür wandte, bat er den Direktor, einen Blick in Marianne Eichstätts Büro sowie in ihr Fach im Lehrerzimmer werfen zu dürfen. Er nutzte Strebels Ablenkung, um den Teelöffel unauffällig vom Besprechungstisch in die Tasche seiner schwarzen Lederjacke gleiten zu lassen, und verließ den Raum.

Vor der Tür hüllte Tom den zierlichen Edelstahllöffel vorsichtig wie ein rohes Ei in eine kleine Plastikhülle. Seine

Beute würde er anschließend Anna Maindl übergeben. Ein frischer Löffel mit unzerstörtem Eiweiß. Die Zellen würden hervorragend auswertbar sein.

Alles Weitere würde sich finden.

Dann folgte er der hübschen Ex-Abiturientin Melanie, die ihn mit wackelndem Hintern in Marianne Eichstätts Büro führte.

Es war weit weniger transparent als der Rest des Gebäudes.

KAPITEL 14

Nur langsam kam Conny Bergmüller zu sich. Sie wollte die Augen öffnen. Doch das ging nicht. Eine zentnerschwere Last drückte auf ihre Lider.

Wie in dem Alptraum, der sie immer wieder heimsuchte. Wie oft war sie schweißgebadet in der Nacht aufgewacht. Im Traum musste sie ganz dringend aufstehen. Doch so sehr sie sich auch anstrengte, ihre Augenlider waren so unbeweglich wie verschlossene Garagentore. Sie versuchte sie mit aller Kraft zu heben. Sie ließen sich keinen Zentimeter bewegen, waren nicht nur verschlossen, sondern wie mit Sekundenkleber verklebt. Wenn die Panik sie erfasst hatte, blind zu sein, wachte sie meist schweißgebadet auf. Unfassbar glücklich darüber, dass es nur ein Traum gewesen war.

Gleichzeitig voller Angst, dass der Traum wiederkommen könnte.

Doch heute war irgendetwas anders. Sie war bereits wach.

Ihr Kopf war leer. Er schmerzte kaum.

Sie versuchte sich zu erinnern. Aber zuerst wollte sie sehen. Sie sortierte ihren Körper. Nahm Kontakt zu ihren Armen auf. Wollte sie bewegen. Es ging nicht. Ihre Handgelenke waren gefesselt.

Langsam nahm sie die einzelnen Glieder ihres Körpers wahr.

Sie lag auf der Seite. Unter einer Decke. Nackt bis auf Büstenhalter, Tanga-Slip und Socken. Ihre Handgelenke waren am Rücken verschnürt. Fest. Aber nicht so fest, dass die Fesseln in ihr Fleisch schnitten und das Blut abklemmten. Sie tastete mit den Fingern nach dem Band. Der Spielraum reichte gerade dazu aus, dass ihr rechter Zeigefinger die Fessel berührte.

Ein schmales Plastikband. Mit kleinen welligen Widerständen.

Sie hatte es selbst oft eingesetzt. Zum Verschnüren von Materialien. Fasziniert von diesem einfachen Mechanismus, der ein Zurück unmöglich machte.

Kabelbinder.

Wie oft hatte sie zum Spaß versucht, einen Binder im Nachhinein zu lockern und wieder zu öffnen. Aussichtslos. Eine Schere oder ein Messer mussten her. Panik erfasste sie.

Auch ihre Fußgelenke waren mit Kabelbindern verschnürt.

Connys Gehirn begann zu rotieren, um die Situation zu erfassen. Sie lag auf einer Matratze. Dünner Schaumstoff. Weich. Sie drückte ihre Wange gegen den Bezug. Baumwolle. Neu.

Jetzt, da sie mit der Wange über die Baumwolle schabte, spürte sie auch den fest um ihre Augen gebundenen Stoff, der ihre Haare festhielt. Darüber ein Klebeband. Es zog und schmerzte, sobald sie den Kopf bewegte. Deshalb konnte sie nichts sehen.

Conny schluchzte auf. Erst jetzt spürte sie den Knebel im Mund.

Das einzelne Haar, das zwischen Knebel und Mund geraten war, kribbelte auf ihrer Zunge. Wenn es noch tiefer rutschte, würde es einen Brechreiz auslösen. Sie begann heftig zu schlucken. Wohlwissend, dass es genau das Falsche war. Ihr Atem ging stoßweise. Sie kämpfte gegen die aufkommende Panik und den Brechreiz an. Sie wollte nicht ersticken! Sie zwang sich zur Ruhe.

Atmete ein und ganz langsam wieder aus.

Eins, zwei – ein. Eins, zwei, drei, vier – aus.

Als sie den Rhythmus gefunden hatte, versuchte sie, das Haar mit der Zunge vor zu den Zähnen zu bugsieren und an das Stück feuchten Stoff zu kleben, das ihr den Mund verschloss. Es war ein harter Kampf, den sie nach einer Ewigkeit für sich entschied.

Schließlich konnte sie sich erschöpft wieder auf die Gesamtsituation konzentrieren. Aktuell hatte sie die Knie angezogen. Conny versuchte, die Beine auszustrecken. Sie stieß mit Zehen und Scheitel, oben und unten, an einen Widerstand. Durch ihre Socken konnte sie das Material am Fußende nicht ertasten. Aber sie wollte die Socken nicht ausziehen. Es war zwar nicht kalt, aber unbekleidet wie sie war, fror sie selbst unter der Decke. Sie litt ohnehin unter kalten Füßen. Wäre sie erst einmal ohne, würde sie die Socke nicht wieder überstreifen können.

Conny drehte sich so, dass ihre Finger, die an unterschiedliche Materialien gewöhnt waren, mehr herausfinden konnten. Wo immer sie auch lag, sie hatte in der Breite nur einen Spielraum von etwas mehr als einem halben Meter. In der Länge vielleicht drei Mal so viel. Rund 1,50 Meter. Bei ihrer Körpergröße von rund 1,75 Metern würde das auf Dauer mehr als unbequem werden.

Ihre Hände auf dem Rücken näherten sich der Seite. Stäbe. Ihre Fingerkuppen tasteten sich an einem Stab hoch und runter, erkundeten den Zwischenraum, so weit ihre Lage es erlaubte. Holz.

Connys Gehirn begann fieberhaft zu arbeiten.

Wo war sie? Worin lag sie? Unkontrolliert fuhr sie immer wieder mit den Händen an den Stäben auf und ab, bis sie plötzlich die Lösung durchzuckte. Ein Kinderbett.

Sie lag in einem Kinderbett. Hoffnung durchströmte sie wie ein Löffel Zucker nach langem Fasten.

Ein Kinderbett in einem Zimmer. Kein Sarg unter der Erde.

Conny warf sich auf den Rücken. Die Decke fiel zur Seite. Sie nahm den Schwung mit, um sich zum Sitzen aufzurichten. Bong. Ihr Kopf knallte schmerzhaft gegen einen harten Widerstand. Sie prallte zurück auf die Matratze. Blieb einen Moment wie benommen liegen. Fühlte die Beule auf der Stirn wachsen. Hätte sie gerne berührt. Kämpfte wieder mit dem Haar in ihrem Mund, das nach hinten gerutscht war.

Sie begann zu schlottern und zu wimmern.

Die Erkenntnis war ernüchternd.

Sie war gefangen und sie hatte keine Ahnung, wo und warum.

KAPITEL 15

Jessica war noch ganz benommen von dem Gespräch mit der kleinen Leonie, als sie um 12.00 Uhr im Institut für Rechtsmedizin in der Nussbaumstraße auf Tom traf.

Ehinger hatte gebeten zu warten. Sie hatten sich gegenseitig auf den aktuellen Stand gebracht. Dr. Gertrude Stein, die Staatsanwältin, war noch nicht eingetroffen. Sie standen in dem kleinen Wartebereich vor Ehingers Untersuchungszimmer, wo es intensiv nach den Putzmitteln der Rechtsmedizin roch. Selbst den scharfen Chemikalien gelang es nicht, den unterschwelligen Leichengeruch zu vertreiben.

Jessica versuchte jetzt, Mayrhofer zu erreichen, um zu erfahren, ob er schon weitere Details über Carla Anzinger und Fabian Brühl herausbekommen hatte. Als Mayrhofer loslegte, schaltete Jessica das Handy auf halblaut und informierte Mayrhofer, dass Tom zuhörte.

Mayrhofer schniefte durch das Handy. »Ich war noch mitten bei der Recherche zum Ehemann von der Eichstätt, als du angerufen hast. Da wirst du staunen. Das ist nämlich hochinteressant, auf was ich da gestoßen bin.«

»Im Moment interessiert uns vor allem Carla Anzinger.« Jessica konnte den bestürzten Gesichtsausdruck der Sekretärin nicht vergessen, als sie das Mädchen abgeholt hatte.

Typisch für ihn, sprach Mayrhofer nur Jessica an. »Geduld, Geduld, Frau Kollegin. Also, ich hab schnell den Fabian Brühl dazwischengeschoben. Der war ja der Sohn vom Sascha Brühl. Dem Schauspieler. Weißt schon, der, der bei solchen Kreuzfahrtfilmen den Sonnyboy gespielt hat.«

Tom verzog den Mund. »Sonnyboy« nannte die Presse ihn gern. Ein kleiner Seitenhieb von Mayrhofer.

Bei Kreuzfahrt und Schauspieler dachte Jessica eher an Schnulzenheini. Doch sie verbiss es sich und unterbrach Mayrhofer nicht. Auch Tom zeigte sich überraschend beherrscht.

»Der Fabian Brühl, der hat sich im Februar 2017 das Leben genommen. Im Karl-Valentin-Gymnasium.«

Jessica kämpfte gegen ihre Ungeduld an. »Das wissen wir bereits. Wir brauchen Details. Was steht in den Zeitungen?«

»Ja schau, das ist komisch. So gut wie nichts. Nothing. Rien. Nada. Niente. Ich bin sie alle durch. Nur ein kleiner Nachruf. Viel über den Sascha Brühl. Über die eng aufeinanderfolgenden Schicksalsschläge. Muss früher Riesengagen gezogen haben. Hat sich mit falschen Anlagen übers Ohr hauen lassen. Soll ich da weiter ins Detail gehen?«

Tom schüttelte den Kopf.

Jessica verneinte.

Mayrhofer fuhr fort. »Als der Sascha mit seiner Frau und seinem Sohn aus seinem Haus in Grünwald rausmusste, ist er mit seiner Familie zu seiner Schwester in die Altstadt gezogen. Die bewohnt mit ihrem Mann eine größere Eigentumswohnung im Färbergraben. Muss alles ziemlich eng sein. Aber ein Dach über dem Kopf. Der Junge ist aufs Karl-Valentin-Gymnasium gegangen. Doch damit nicht genug. Dann ist die Frau vom Sascha Brühl bei dem Attentat auf dem Christkindlmarkt in Berlin ums Leben gekommen. Wisst schon, was ich meine. Stand auch nur in einer Zeitung. Wurde ja kaum etwas bekannt über die Opfer damals. Ja, und zu guter Letzt hat sich der Sohn kurz vor dem Abi das Leben genommen. War nicht zur Prüfung zugelassen. Da steht nicht mal, welches Gymnasium.«

»Mehr, als ein einzelner Mensch ertragen kann.« Jessica schüttelte den Kopf. Es war unglaublich, was der Mann durchgemacht hatte.

Da konnte man durchaus auf blöde Gedanken kommen, austicken, Amok laufen, wenn der richtige Aufhänger kam.

Tom schaltete sich ein. »Der Schuldirektor ist gut vernetzt. Schaut euch seine Vita an. Der war mal im Kultusministerium. Der wollte natürlich nicht, dass der Selbstmord von Fabian die Runde macht. Schlechte PR für die neue Schule.«

Jessica verstand.

»Lass dir alle Akten zum Fall Fabian Brühl geben. Was macht der Vater heute? Wer hat den Fall damals bearbeitet? Gibt es irgendwelche Ungereimtheiten? Macht Sascha Brühl die Schule für den Tod seines Sohnes verantwortlich?« Tom hatte Jessicas Handy übernommen. »Das wäre ein handfestes Rachemotiv.«

»Ihr wisst schon, dass mein Schreibtisch überquillt! Bisher hab ich nur eine dünne Akte gefunden. Deutet alles auf Selbstmord hin.«

Tom überhörte Mayrhofers Einwand. »Such weiter, Mayrhofer. Es muss mehr geben. Geh in die Asservatenkammer. Hat Ehinger den Fabian Brühl obduziert?«

»Der Ehinger war damals im Urlaub. Der Franzl war verantwortlich. Die Obduktion wurde von einem Assistenzarzt durchgeführt, der heute schon nicht mehr da ist. Polizeiliche Untersuchung: K 11. Der alte Neuhaus war zu der Zeit noch im Amt. Der ist ja inzwischen pensioniert. So viele Fälle, wie der gelöst hat.«

Jessica hörte, wie Tom aufstöhnte.

Sie wusste, dass er vom Franzl nicht viel hielt. Und auch Hauptkommissar Neuhaus hatte am Ende nachgelassen.

»Was hast du sonst über den Fabian herausgefunden?«, fragte Tom.

»Es gibt einen einzigen Eintrag bei Instagram. Zwei Jahre sind im Netz eine lange Zeit. Die meisten Kids posten ja täglich. Da sind die Beiträge längst überschrieben, gelöscht oder tauchen nicht mehr auf. Der Beitrag ist von der Carla Anzinger. Nach der sollt ich ja auch schauen. Die hat seitdem nichts mehr gepostet. Aber ihr Account ist noch aktiv. Ihr letzter Eintrag: das Grab vom Fabian Brühl am Südfriedhof. Direkt neben der Pschorr-Grabstätte. Der Text: …«

Es raschelte, als Mayrhofer seine Notizen durchwühlte. »Sorry, Fabi. Ich war nicht für dich da. Ich werde mir das nie verzeihen. Du wolltest nicht sterben. Zu keiner Zeit. Vielleicht wärst du noch am Leben, wenn wir zu zweit gewesen wären. Ich hätte dich beschützt. #aufewigdein #scheißschule #daslebenistungerecht #allesschweine #ichwilldiewahrheit #todistbesseralsleben.«

Tom nickte anerkennend. »Mayrhofer, du weißt, ich tu's gern, aber selten. Ich muss dich loben. Gute Arbeit. Grab weiter. Melde dich sofort, wenn dir etwas auffällt, was nicht auf Selbstmord hindeutet.«

Mayrhofer reagierte nicht auf Toms Lob.

Jessica würde die Beziehung zwischen den beiden nie verstehen. Mayrhofer konnte Tom einfach nicht verzeihen, dass er den Posten bekommen hatte, auf den der ein Jahr ältere Mayrhofer sich größte Hoffnungen gemacht hatte. Die beiden kannten sich aus der Schulzeit und waren damals schon erbitterte Konkurrenten gewesen. Zumindest von Mayrhofers Seite aus. Jessica fiel es schwer, die Chancen einzuschätzen, die er realistischerweise gehabt hätte. Vor drei Jahren war Mayrhofers Cousine, Dr. Gertrude Stein, noch nicht

Staatsanwältin gewesen. Aus Weißbauers Sicht konnte das durchaus etwas verändern.

Tom hingegen war völlig immun gegen Mayrhofers Sticheleien, Machtkampfherausforderungen und – wann immer sich die Chance bot – Fallstricke. Tom rechnete Mayrhofer hoch an, dass der ihm im Alten Hof das Leben gerettet hatte. Jessica vermutete, es war ein Reflex gewesen, den Mayrhofer im Nachhinein aufs Heftigste bereute.

Tom dagegen sah nur das Positive.

Wieder Triumph in Mayrhofers Stimme. »Übrigens, Perlinger, Weißbauer hat erfahren, dass dein alter Freund Claas Buchowsky im Anmarsch ist. Buchowsky soll sich bei ihm melden, sobald er in München ist. Unverzüglich! Und allein!«

Jessica sah, wie sich bei Tom bei dem Namen Claas eine steile Falte zwischen den Augen bildete.

Auch sie ließ der Name nicht unberührt. Ihr Herz schlug schneller, als sie daran dachte, wie sich der gut aussehende Claas unter falschem Namen bei Rischart an sie herangemacht und ihr wichtige Informationen entlockt hatte. Sie kämpfte dagegen an zu erröten und drehte sich schnell weg, als sie Toms Blick auf sich spürte.

Claas Buchowsky war damals sogar so weit gegangen, sich mit ihr zu verabreden, um noch mehr herauszufinden. Und sie war so blöd gewesen, zu glauben, dass der Mann, der aussah wie ein Model, mehr von ihr wollte. Sogar die unterschiedlichen Augenfarben – eine Iris braun, eine grün – taten seiner Anziehungskraft keinen Abbruch, sondern ließen ihn noch interessanter wirken.

Jessica wischte die lästigen Gedanken beiseite. Sie würde einer Begegnung geschickt aus dem Weg gehen. Sie war ja auf der Demo heute Abend. Auf keinen Fall würde sie sich die Blöße geben und sich erneut seinem Charme ausliefern. Bestimmt war er wieder auf aktuelle Informationen aus, die Tom vor ihm geheim halten wollte.

Mayrhofer wartete.

Jessica übernahm wieder. »Was hast du zu Carla Anzinger recherchiert? Warum ist sie im Krankenhaus?«

»Keine Auskunft. Patientengeheimnis.«

Tom klinkte sich ein. »Was hat die Fahndung nach Conny Bergmüller ergeben?«

»Nichts!«

»War die Spusi in der Wohnung von Marianne Eichstätt?«

»Sie hat die Wohnung gesichert, wurde aber weggerufen. Bombenalarm. Dringlichkeitsstufe 1. Die ganze Truppe sucht nach einem potenziellen Attentäter. Alles andere muss warten.«

»Was? Die Spuren bei Marianne Eichstätt sind noch nicht gesichert? Das darf doch wohl nicht wahr sein!«

Tom rollte mit den Augen. »War jemand in der Wohnung von Conny Bergmüller?«

»Die Streife. Nothing, rien, nada, niente, nichts.«

»Adresse?«, fragte Tom.

»Sie ist vor Kurzem umgezogen. Wohnt jetzt in einer WG am Altstadtring. Zwischen Stachus und Lenbachplatz. Hausnummer folgt.«

»Okay, Mayrhofer. Wir hören.« Jessica legte auf.

Ehinger steckte den Kopf zur Tür herein. »Also, Leute. Tut mir leid. Gertrude kann erst um 13.00 Uhr. Mir tät die Stunde, offen gestanden, auch gut. Ich weiß, ihr seid Land unter. Aber ich muss dringend noch etwas klären. Dann müsst ihr nicht noch einmal antanzen. Würde es euch etwas ausmachen, erst zu Mittag zu essen?«

Jessica wollte Einspruch erheben.

Doch Tom winkte ab. »Passt, Ehinger. Ausnahmsweise. Allerdings haben wir was gut bei dir!«

»Du doch immer, mein Lieber. Habt ihr. Danke. Bis in einer Stunde dann.« Damit verschwand sein Kopf hinter der schweren Tür, hinter der die Gerüche noch intensiver waren.

Jessica konnte sich nur wundern. Normalerweise mochte Tom es gar nicht, wenn sein Zeitplan fremdbestimmt wurde. Sein mittäglicher Hunger war legendär.

»Und jetzt?«

»Jetzt gehst du ins Krankenhaus und findest mehr zu Carla Anzinger heraus. Und ich schau mich derweil in der Wohnung von Conny Bergmüller um. Wir treffen uns in einer Stunde wieder hier. Und danach lad ich dich bei uns zum Mittagessen ein.«

KAPITEL 16

Tom lief von der Nußbaum- über die Sonnenstraße in Richtung Stachus. Erst jetzt fiel ihm auf, dass der Tag bisher hielt, was er versprochen hatte. Der Föhn bescherte der Stadt sonnig-warme Frühlingstemperaturen.

Trotzdem zog Tom seine schwarze Lederjacke nicht aus.

Sie war wie eine zweite Haut und glich jede Temperatur perfekt aus.

Mayrhofer hatte inzwischen die Hausnummer sowie die

Namen der anderen WG-Bewohner geschickt. Auch die Adressliste der Schüler und Eltern war eingegangen.

Es gab eine seltsame Übereinstimmung.

Der Schüler Lars Hohenlohe wohnte an der gleichen Adresse wie Conny Bergmüller. Bei Conny Bergmüller stand in der Datei noch ihre alte Adresse in der Barerstraße vermerkt.

Doch sie war zu Lars gezogen.

Die Streife hatte die neue Adresse im Rahmen der Fahndung von einer Nachbarin in der Barerstraße erhalten, die mit Conny Bergmüller gut befreundet war. Die Kunstlehrerin war zum 1. April umgezogen.

Sie hatte ihren Mietvertrag in der Barerstraße allerdings nicht gekündigt, sondern die Wohnung an Airbnb vermietet, was eigentlich verboten war. Die Nachbarin schaute vor Ort regelmäßig nach dem Rechten, koordinierte die Termine der Putzfrau und empfing neue Mieter gegen ein geringes Entgelt. Sie war in großer Sorge, nachdem sie erfahren hatte, dass Conny vermisst wurde, und hatte die neue Adresse verraten.

Angeblich hatte Conny Bergmüller sich für die neue Wohnung entschieden, weil sie näher an der Schule lag – nur wenige Hundert Meter entfernt – und weil die beiden anderen Bewohner sie inspirierten. Die befanden sich allerdings gerade auf einer Asienreise. Ein Reisejournalist und eine Fotografin. Die Nachbarin hatte sich bestens ausgekannt und bereitwillig Auskunft erteilt.

Tom, der empfindlich auf Autolärm reagierte – weswegen er es sehr begrüßte, dass die Sendlinger Straße inzwischen zur Fußgängerzone umfunktioniert worden war –, fragte sich, was einen Menschen dazu bewog, an einen der verkehrsreichsten Plätze Münchens zu ziehen.

Befanden sich gegenüber wunderschöne Gebäude im neubarocken Stil des unweit entfernt liegenden Justizpalastes, so war das Haus, für das Conny Bergmüller sich entschieden hatte, ein schmuckloser Zweckbau nach Bauart der 60er-Jahre. Die ersten vier Stockwerke wurden von Dienstleistungsunternehmen wie Kanzleien und Beratungsgesellschaften genutzt.

Erst in den oberen Etagen befanden sich Privatwohnungen.

Tom betrachtete gerade die Häuserfront, als sein Handy wild zu vibrieren begann. Seine Nichte Tina. Er hatte sie um Rückruf gebeten, weil er wissen wollte, ob ihr der Name Conny Bergmüller etwas sagte.

»Hi, Tinchen. Alles klar?«

»Schon. Aber ich hab gerade im Netz gelesen, dass es heute Nacht im Karl-Valentin-Gymnasium gebrannt hat. Im Kunstraum. Ich bin beunruhigt wegen Conny.«

»Du kennst sie also?«

»Ja, klar. Conny Bergmüller ist die Schwester einer Freundin. Sie hat mir den Praktikumsplatz im Karl-Valentin-Gymnasium verschafft. Wir haben uns gestern getroffen und wir haben uns verquatscht. Dann hab ich sogar bei ihr übernachtet.«

»Du hast bei ihr übernachtet?« Tom war sprachlos.

Tina sprudelte los. »Ja. So etwas habe ich seit Mias Geburt nicht mehr gemacht, weißt du ja. Wir hatten sofort die gleiche Wellenlänge. Eine tolle Frau. Und eine erstklassige Pädagogin. Sieht übrigens auch super aus. Weißt du, so lange blonde Korkenzieherlöckchen wie ein Engel. Super Karma. Lebt in einer WG. War gestern aber außer uns niemand da. Ich bin jetzt absolut sicher, dass ich mich für das richtige Studium entschieden habe. Ich bin auch grade in der Uni. Muss auch gleich wieder in die Vorlesung. Referat. Wichtig.«

»Wann hast du sie das letzte Mal gesehen?«

»Ja, das war komisch. Also wir haben gestern Abend lange geratscht. Sie hat einen Rotwein aufgemacht. Wir haben uns auf die Terrasse gesetzt. Musik gehört. Es war ja so ein lauer Abend. Die Terrasse geht nach hinten raus. Auf diesen begrünten Innenhof vom Lenbachplatz. Weißt du, da, wo ein Teil des Amtsgerichts untergebracht ist. Da hast du einen super Blick in Richtung Frauenkirche und Altstadt. Über die Dächer Münchens. Die Terrasse ist mit ein Grund, warum Conny in die Wohnung gezogen ist. Ein Traum. Ich bin dann aber trotzdem irgendwann furchtbar müde geworden. Bin ja keinen Wein mehr gewohnt. Conny hat angeboten, dass ich bei ihr schlafe. Sie hat mir das Sofa in ihrem Atelier hergerichtet. Ich hab noch nie in einem Atelier geschlafen. Felix war einverstanden und ich war auf der Stelle wie weggebeamt.«

Tom konnte sich das gut vorstellen. Tina hatte schon immer und überall schlafen können. Oder war etwas im Wein gewesen?

»Hab mir zum Glück gestern noch den Wecker gestellt. Sonst hätte ich heute früh total verschlafen. Kennst mich ja. Bin um 7.00 Uhr aufgestanden. Wir wollten zusammen frühstücken. Das hatten wir am Abend so verabredet. Aber Conny war nicht da. Sie war wie vom Erdboden verschluckt. Hab mich total gewundert. Das hat überhaupt nicht zu ihr gepasst. Ohne eine einzige winzige Nachricht.«

»Hast du versucht, sie auf dem Handy zu erreichen?«

»Ja. Aber stell dir vor, es hat irgendwo in ihrem Zimmer geklingelt. Sie hat es nicht mitgenommen. Auch komisch. Wer geht denn heute noch ohne Handy aus dem Haus? Die meisten gehen damit ja sogar aufs Klo! Ich hab nachgeschaut. Aber es lag nicht auf dem Tisch oder so. Das Klingeln kam aus einer Schublade. Ich wollte ihre Sachen nicht durchwühlen. Außerdem war es dann schon spät. Ich hab mich für die Uni fertig gemacht, schnell mit Felix geredet, Mia einen Kuss durchs Telefon geschickt und Conny einen Zettel geschrieben. Hab sie zu uns eingeladen. Bisher hab ich aber noch nichts gehört.«

»Sie ist verschwunden. Wir wissen weder wann noch warum. Sie ist zur Fahndung ausgeschrieben.«

»Zur Fahndung? Ich mach mir echt Sorgen! Zum Glück ist sie nicht die Tote, die ihr im Kunstraum gefunden habt. Steht ja inzwischen alles im Netz.«

»Hoffen wir, dass sie nichts mit der ganzen Sache zu tun hat.«

»Du meinst doch nicht, dass Conny hinter dem Brand und dem Mord stecken könnte?«

»Ich hob scho Pferde vor Apotheken kotzen sehng.« In solchen Momenten griff Tom gern auf den Lieblingsspruch seines Bruders Max zurück.

»Das glaub ich nie und nimmer. So ein Typ ist sie nicht.« Tina klang voller Überzeugung.

»Hat sie sonst noch etwas Wichtiges gesagt?«

Stille.

Tina dachte nach.

»Wenn du mich so fragst. Vielleicht schon. Sie hat mir Schülerarbeiten auf dem Handy gezeigt. Von einem Jungen, der vor ihrer Zeit an der Schule war. Sie ist beim Aufräumen auf seine Werke gestoßen. Die ersten Bilder waren ganz düster. Sie meinte, die Mutter des Jungen wäre kurz zuvor gestorben. Bei dem Attentat auf dem Christkindlmarkt in Berlin. Er hat es gezeichnet. Alles ganz dunkel und bedrohlich. Aber schon zwei Wochen später sind seine Bilder wieder heller geworden. Sie meinte, selten hätte sie eine solche Entwicklung gesehen.

Der Junge war ausgesprochen talentiert. Er hatte einen enormen Lebenswillen. Man sah den Bildern regelrecht an, wie er sich aus eigener Kraft aus einer schweren Krise hochgearbeitet hatte. Aber trotzdem hat er sich dann vor dem Abitur das Leben genommen. Sie hat mich gefragt, ob ich mir das vorstellen könne. Sie nicht. Und ich konnte es auch nicht.«

»Fabian Brühl«, sagte Tom.

»Ja, genau. So hat der Junge geheißen. Conny meinte, sie hätte da so ihre Vermutungen. Sie hat Kontakt zu Fabians Vater aufgenommen, weil sie ihm die Werke seines Sohnes überreichen wollte. Sie hätte sie auch einfach wegwerfen können. Aber sie war zu dem Schluss gekommen, dass sie mit ihm über ihren Verdacht reden musste. Sie hat gehofft, ihm helfen zu können, die Wahrheit herauszufinden.«

»Was für einen Verdacht hat sie denn gehabt?«

»Sie hat gemeint, sie wolle erst sicher sein, dass sie mit ihrer Vermutung richtigliege. Ein Gerücht sei schnell in die Welt gesetzt. Und man wisse nie, welchen Schaden es anrichten könne. Deswegen hat sie mir nichts gesagt. Ich hab das verstanden und nicht weiter nachgehakt.«

»Verstehe.« Es wäre ja auch zu schön gewesen.

»Sie hat von einem weiteren Bild gesprochen. Das wollte sie sogar mit zur Ausstellung nehmen. Aber irgendwie hat sie Ärger mit einer Kollegin bekommen. Die wollte das nicht.« Tina schwieg und fuhr gleich darauf fort: »Marianne Eichstätt! Mensch! Ist das nicht die Tote?«

»Genau.«

»So hieß die Kollegin, mit der Conny im Clinch lag. Jetzt erinnere ich mich wieder an den Namen. Meinst du, das hängt zusammen?«

»Könnt gut sein.« Es war ein Anhaltspunkt. »Hast du das Bild gesehen?«

»Ja. Es war auch von diesem Fabian Brühl. Wieder düsterer. Ziemlich skurril. Harte Kontraste. Viel Rot und Schwarz. Kantig aneinandergesetzt. Dominante Linie. Wie ein expressionistisches Gemälde aus der Gruppe um Ernst Ludwig Kirchner. Die Brücke. Die haben so gemalt. Kenne ich noch aus dem Kunst Additum. Auf dem Bild war eine Menge drauf. Im Hintergrund war die Frauenkirche zu sehen. Aber auch der Bahnhof. Ein junges Mädchen. Ein Mann.

Im Vordergrund zwei kostümierte Figuren. Ein weiblicher Harlekin, ein Mann mit Eselsmaske. Beide nackt. Sah aus, als ob sie gerade Sex hatten. Ach ja, und ganz an der Seite diese bekannte Silhouette vom Karl Valentin. Sozusagen als Betrachter. An eine Art Geländer gelehnt. Wirklich sehr vielschichtig und irgendwie ganz das moderne und alte München vereint. Kein Wunder, dass Conny es für die Ausstellung wollte. Dieser Fabian war echt talentiert.«

Und war trotzdem nicht fürs Abitur zugelassen gewesen, dachte Tom. Was hatte Fabian Brühl da beobachtet? Konnte es mit seinem und Marianne Eichstätts Tod zusammenhängen?

»Danke, Tinchen. Du hast mir sehr geholfen.«

»Da fällt mir ein, Christl wollte mich sprechen. Felix meint, es hat sich dringend angehört. Weißt du, um was es geht?«

»Keine Ahnung.« Tom spürte sofort wieder den Druck in der Leiste.

»Ich muss jetzt.« Der Geräuschpegel um Tina hatte sich erhöht.

»Alles Gute für dein Referat.«

»Danke. See you. – Und halt mich auf dem Laufenden über Conny.«

»Soweit möglich.«

Als das Gespräch beendet war, bat Tom Mayrhofer, Kontakt zu Alexander Andreas Brühl, genannt Sascha, aufzunehmen und ihn für 15.00 Uhr aufs Präsidium zu bestellen.

»Da treffen die Eltern von der Marianne Eichstätt ein.«

»Wirklich von Interesse ist der Ehemann.« Tom dachte an das Bild, das Tina eben beschrieben hatte.

Münchner Hauptbahnhof, junges Mädchen. Das passte hervorragend zu Mayrhofers Entdeckung über Marianne Eichstätts Ehemann. »Es gab da mal einen Skandal mit einer drogenabhängigen Minderjährigen. Straßenstrich in Weiden.« Hatte der Ehemann nach dem Skandal einfach die Location geändert und seine Aktivitäten nach München verlegt? Auf der anderen Seite war die Rotlichtszene rund um den Münchner Hauptbahnhof inzwischen fest in der Hand von Toms altem Bekannten Iwan Maslov.

»Der kommt erst morgen. Die Eltern kümmern sich um alles.«

Tom hatte sich fest vorgenommen, nicht mehr zu fluchen.

Sch… Mist!

Er erwägte, Jackl Eichstätt unverzüglich ins Präsidium zu bestellen. Entschied sich dann aber dafür, den Ball flach zu halten.

Nicht, dass der Mann – noch bevor sie mit ihm geredet hatten – verschwand wie Conny Bergmüller.

Man wusste nie.

KAPITEL 17

Jessica hatte sich darauf eingestellt, dass es nicht einfach werden würde. Doch sie war fest entschlossen, mehr über den gesundheitlichen Zustand von Carla Anzinger herauszubekommen.

Es gab zwei Möglichkeiten. Entweder sie wies sich von Anfang an als Kriminalbeamtin aus oder sie verzichtete erst einmal darauf. In beiden Fällen galt für die Ärzte die Schweigepflicht. Also gab sie sich den Anschein der Knuddel-Nachbarin von gegenüber und fragte am Empfang freundlich, wo sie Carla Anzinger finden könnte, die gestern als Patientin eingeliefert worden war.

Die Dame hinter der Glasscheibe zeigte sich freundlich, voller Anteilnahme und nannte ihr durch ein monoton klingendes Sprachrohr ohne große Umstände die Station. Jessica war heilfroh, dass sie sich nicht outen oder in ein Netz von Lügen hatte verstricken müssen, was einen echten Gewissenskonflikt und eine Menge Ärger bedeutet hätte.

Carla Anzinger war in die Universitätsklinik München eingeliefert worden, deren Haupteingang sich nur wenige Meter entfernt von der Rechtsmedizin ebenfalls in der Nußbaumstraße befand. Tom hatte es also gut mit Jessica gemeint und ihr den Job mit dem kürzeren Fußweg überlassen. Aber vermutlich hatte er ihr auch die höhere Einfühlsamkeit zugetraut, um ans Ziel zu gelangen. Jessica registrierte, dass die Klinik neben einer Abteilung für Allgemeine, Unfall- und Wiederherstellungschirurgie auch eine für Psychiatrie und Psychotherapie beherbergte.

Jessica begab sich also durch die kahlen weißen Krankenhausflure mit dem typischen Geruch nach Krankheit und Desinfektionsmittel in Richtung Treppe und der Station, auf der das Mädchen lag. Leider ließ der Stationsname auf keine zugehörige Erkrankung schließen. Jessica öffnete, schnaufend von den Treppenstufen, die Milchglastür und wandte sich dem Schwesternzimmer zu. Eine schlanke Frau mittleren Alters in hellgelber Schwesternkleidung mit sächsischer Sprachmelodie nahm sie freundlich in Empfang.

»Zu Carla Anzinger? Das tut mir leid. Die liegt nicht mehr bei uns. Ist jetzt auf Intensiv. Drei Stockwerke höher. Aber ob Sie zu ihr dürfen? Fragen Sie am Eingang! Ihre Familie ist bei ihr. Ich habe sie eben kommen sehen.«

Mit gemischten Gefühlen erklomm Jessica die weiteren Treppenstufen. Wie würde die Familie reagieren? Sie konnte sich gut vorstellen, dass Petra Anzinger ihr sofort die Tür weisen würde. Wenn sie wenigstens an ein kleines Präsent gedacht hätte. Noch bevor sie am Ende der Treppe angekommen war, hörte Jessica aufgeregte Stimmen. Sie lehnte sich an das Geländer und zückte instinktiv ihr Handy, um etwas in der Hand zu haben.

Ein Mann bedrängte einen Mediziner im weißen Kittel, der entschuldigend die Schultern hob. »Wir können ihr im Moment nur Infusionen geben und hoffen, dass sich ihre Organe wieder erholen. Tut mir leid, Herr Anzinger. Glauben Sie mir, wir tun alles für Ihre Tochter.«

Ulrich Anzinger, mittelgroß und sportlich, mit welligen dunklen, von grauen Fäden durchzogenen Haaren, sah mit seinen Bartstoppeln und den das fahle Gesicht dominierenden Augenbrauen verzweifelt aus. Er drehte sich von dem Arzt weg, wischte sich mit dem Ärmel seines grünen Parkas über die roten Augen.

Ulrich Anzinger weinte.

»Alles, was wir jetzt tun können, ist, Carla neue Perspektiven zu geben. Sie muss kämpfen. Ihr Überlebenswille muss siegen. Sie muss einen Sinn im Leben sehen. Im Moment ist sie einigermaßen stabil. Lassen Sie uns zuversichtlich sein. Gehen Sie nach Hause, Herr Anzinger. Legen Sie sich hin. Gönnen Sie sich einen Moment Ruhe. Es ist niemandem geholfen, wenn Sie zusammenklappen. Ihre Frau ist jetzt da, wenn etwas sein sollte, was ich im Moment nicht glaube.«

»Ruhe. Sie sind gut. Bei mir brennt die Hütte. Ich bin Freiberufler.«

»Das ist jetzt alles nebensächlich.«

»Da haben Sie recht.«

»Wenn ich Ihnen einen Rat geben darf: Nehmen Sie Ihre kleine Tochter mit.«

Jessica hielt es für klüger, ein paar Stufen nach unten zu gehen. Vielleicht hatte sie Glück und Ulrich Anzinger würde sich mit Leonie zurückziehen. Dann könnte sie versuchen, Petra Anzinger zu bewegen, sie ein paar Worte mit Carla sprechen zu lassen, sobald es deren Zustand erlaubte.

Jessica schlich die Stufen wieder nach unten, stellte sich an ein Fenster und gab weiter vor zu telefonieren. Sie konnte auf den belebten Platz vor dem Sendlinger Tor und auf die Lindwurmstraße blicken. Wenn sie sich streckte, konnte sie das Haus erkennen, in dem Benno wohnte. Unwillkürlich dachte sie an die Nacht zurück. Benno hatte nicht versucht, sie zu erreichen. Und auch sie hatte ihrerseits keinen Anlauf unternommen, Kontakt zu ihm aufzunehmen.

Sie duckte sich noch tiefer in die Nische, als sie Schritte auf der Treppe und die helle Stimme von Leonie hörte. Jessica dachte an ihr knalllila Cape! Es war unverwechselbar. Sie konnte nur hoffen, dass es Leonie nicht auffiel. Jessica war überzeugt, dass Ulrich Anzinger nicht positiv auf ihre Anwesenheit reagieren würde.

Sie atmete erst dann tief durch, als die Schritte leiser wurden und sie die beiden wenig später die Straße überqueren sah. Mit schnellen Schritten lief sie die Treppe in den obersten Stock hinauf. Die Intensivstation war räumlich, organisatorisch und personell vom Rest des Krankenhauses abgetrennt.

Jessica wandte sich diesmal direkt am Eingang an den diensthabenden Arzt und zeigte ihm ihren Ausweis. Er bat sie zu warten.

Als er zurückkam, meinte er, Petra Anzinger hätte einem Besuch zugestimmt.

Jessica musste ihre Hände desinfizieren, bekam Überzieher für ihre Schuhe sowie einen weißen Schutzanzug, der sie stark an die Anzüge der Spurensicherung erinnerte. Nach einem kurzen Schrecken vor dem Hintergrund schlechter Erfahrungen mit Einheitsgrößen atmete sie innerlich auf, dass die weiße Hülle so großzügig geschnitten war, dass sie mit ihren weiblichen Rundungen den dünnen Stoff nicht sprengte.

Alle Wände waren gefliest und es roch noch stärker nach Desinfektionsmittel als im restlichen Teil des Gebäudes.

Gelassen und mit langen Schritten führte der junge Arzt sie durch den langen weißen Krankenhausflur zu Petra Anzinger, die ebenfalls im Schutzanzug im Vorraum eines Patientenzimmers vor einer Trennwand mit Sichtfenster stand.

Dahinter kämpfte ihre Tochter Carla ums Überleben.

Verkabelt und an zig Apparate angeschlossen.

So bleich und dünn in weißen Laken, dass nur die dunklen langen Haare erkennen ließen, dass dazwischen ein menschliches Wesen lag.

Jessica musste unwillkürlich an die Bilder der KZ-Häftlinge denken, die sie in der Gedenkstätte in Dachau tief berührt hatten. Carla war so hohlwangig, dass die Knochen über der weißen Haut spannten und sich um die Augen und an den Wangen dunkle Vertiefungen bildeten.

Der Schlauch einer Infusion verschwand unter der Bettdecke.

»Sie schläft.« Petra Anzinger sprach gedämpft, obwohl kein Laut durch die Glasscheibe dringen konnte. »Wir können nur hoffen, dass sie durchkommt.«

»Ich habe gehört, wie die Sekretärin Leonie in der Schule gesucht hat. Ich habe mir große Sorgen gemacht.« Jessica stellte sich neben die Frau. Gemeinsam beobachteten sie, wie sich Carlas Bettdecke mit jedem Atemzug ein wenig hob und senkte.

»Wir wissen nicht, was wir noch tun können.«

»Was hat sie?« Jessica entschied sich, ganz offen zu fragen, obwohl sie einen Verdacht hatte. Aber sie hatte gelernt, dass es den Betroffenen guttat, die Wahrheit auszusprechen und ihr so ins Gesicht zu sehen.

»Magersucht. Alarmstufe drei. Sie wurde gestern Abend wegen akutem Organversagen eingeliefert. Seitdem bekommt sie Infusionen. Wir müssen abwarten, wie ihr Körper reagiert. Mein Mann war heute Nacht bei ihr. Ich habe es erst am Morgen erfahren. Er hat mich geschont. Ich wusste nicht, dass es so schlimm ist.«

Jessica befürchtete, Petra Anzinger würde in Tränen ausbrechen, was sie sehr gut verstanden hätte. Jessica konnte sich nur vage vorstellen, wie es sein musste, sein Kind in so einem Zustand vorzufinden. Welche unglücklichen Umstände und psychischen Nöte hatten das Mädchen dazu veranlasst, sich für diesen Weg zu entscheiden?

»Seit wann?«

»Sie kämpft seit über zwei Jahren damit. Richtig schlimm wurde es erst nach Fabians Tod. Ihr Freund. Er hat sich im Februar 2017 das Leben genommen. Carla hat seitdem im Therapie-Zentrum hier in der Sonnenstraße gelebt. In einer WG. Die Therapie sieht vor, dass die Mädchen sich gegenseitig stützen. Es ging aber stetig weiter bergab.«

»Und die Schule?«

Petra Anzinger schüttelte den Kopf.

»Welchen Abschluss hat sie jetzt?« Jessica wusste selbst nicht, warum ihr das gerade im Augenblick wichtig erschien.

»Realschule. Hätte sie die Zehnte im Ausland verbracht wie viele ihrer Freunde, dann hätte sie heute nicht einmal den. Aber glauben Sie mir, das ist jetzt unser geringstes Problem.«

Jessica warf einen Seitenblick auf Petra Anzinger, um zu prüfen, ob sie die nächste Frage stellen konnte. »Was ist passiert?«

»Das haben wir uns immer wieder gefragt. Heute glaube ich, dass viel zusammenkam. Die Pubertät und alles, was damit zusammenhängt. Aber auch die Schule und der Leistungsdruck waren einfach zu viel. Sie ist nicht die Einzige. Die Mädchen haben sich gegenseitig angesteckt.«

Jessica konnte sich das gut vorstellen. »Im Karl-Valentin-Gymnasium?«

Petra Anzinger nickte langsam. »Wir wohnen hier ganz in der Nähe. Mitten in der Stadt. Wir haben uns sehr gefreut, als das Karl-Valentin-Gymnasium fertig war. Keine Frage, dass sie dahin gehen sollte. Ein schönes und modernes Gymnasium. Sie ist in der Siebten als ältester Jahrgang eingestiegen. Doch ab da hatte sie praktisch keine freie Minute mehr. Der erste Wermutstropfen war die Ganztagsschule. Carla hat vorher mit Begeisterung getanzt. Es ging sich zeitlich nicht mehr aus. Sie musste das Tanzen aufgeben und die Angebote annehmen, die die Schule bot.«

Jessica bemühte sich, Petra Anzinger nicht zu unterbrechen.

»Natürlich hatten die Kinder die Hausaufgaben nicht, wie von der Schule geplant, fertig, wenn sie am Abend nach Hause kamen. Schöne Theorie. Aber die Kinder konnten sich nach sechs bis acht Stunden Schule einfach nicht mehr konzentrieren. Sie haben Quatsch gemacht. Wollten mal Kind sein. Das ist doch normal, oder?«

Jessica nickte stumm.

Petra Anzinger fuhr fort: »Carla war von 8.00 bis 17.00 Uhr in der Schule. Danach musste sie Hausaufgaben machen. Stand eine Schulaufgabe oder Ex an, haben wir oft bis spät in die Nacht hinein gelernt. Können Sie sich das vorstellen?«

Eigentlich konnte Jessica das nicht. Das war bei ihr anders gewesen.

Petra Anzinger lachte auf. »Einmal ging es in Sozialkunde um die Kinderarbeitszeit in Ländern der Dritten Welt. Wie ungerecht das sei. Carla hat sofort nachgerechnet und herausgefunden, dass ihr Alltag wesentlich mehr Arbeitsstunden umfasst.«

Das war schockierend. Was sollte Jessica darauf sagen? Hatte es am Ehrgeiz der Eltern gelegen? Oder war das ein Zeitphänomen?

»Dabei ist Carla ein wirklich intelligentes Mädchen. Die Lehrer haben uns das in jedem Gespräch bestätigt. Trotzdem hat es meistens nur zu einer Drei gereicht. Wenn überhaupt. Für uns war das okay. Aber Carla ist ehrgeizig. Sie war jedes Mal so verzweifelt, dass ich sie über Tage hinweg mühsam wieder aufrichten musste.«

Petra Anzinger versank schweigend in der Erinnerung.

Jessica wusste, dass das Bayerische Schulsystem als besonders streng galt. »Meinen Sie, dass das Karl-Valentin-Gymnasium sich hier von anderen Gymnasien in Bayern unterscheidet?«

Petra Anzinger erwachte aus ihren Gedanken. »Ja. Davon bin ich überzeugt. Es gibt solche und solche. Haben Sie die Pokale im Eingangsbereich gesehen? Die Lehrer an dieser Schule werden von einem überbordenden Ehrgeiz getrieben. Die Kinder mussten von Anfang an perfekt sein. Die Kommentare von Marianne Eichstätt hätten Sie einmal lesen sollen! Ich weiß, man soll nichts Böses über Tote sagen. Trotzdem. Die Kommentare, die sie den Kindern unter die Schularbeiten geschrieben hat, waren hanebüchen. Formuliert wie die Anklageschrift einer Rechtsanwältin, die einen Straftäter davon überzeugen will, dass er keine Chance hat.«

Jessica schluckte.

Petra Anzinger lachte bitter auf. »Damit hat sie die Kinder systematisch fertiggemacht. Die Neugierde und den Spaß am Lernen durch schieres Leistungsdenken verdorben. Und sie ist nicht die Einzige. Es ist der Ton, der an der Schule herrscht. Politisch korrekt. Ohne Gefühl. Nur die Leistung zählt. Man will dort keine Kinder, sondern Erwachsene. Der Karl Valentin hätt sich im Grab umgedreht, wenn er gewusst hätt, dass die Schule seinen Namen trägt.«

Jessica dachte an den Direktor.

Wenn es so war, wie Petra Anzinger sagte, dann trug er als Schulleiter entscheidenden Anteil an der Philosophie. Manfred Strebel hatte einen extrem korrekten und hochprofessionellen, aber keinen unsympathischen Eindruck bei ihr hinterlassen.

Etwas war unlogisch an Petra Anzingers Argumentation. »Und Leonie? Wieso haben Sie Leonie auf die gleiche

Schule geschickt, wenn Sie bei Carla so schlechte Erfahrungen gemacht haben?«

»Sie wollte unbedingt dorthin. Weil ihre große Schwester da ist. Ihre Freundinnen hinwollten. Der kürzeste Weg. Wir dachten manchmal, vielleicht liegt es doch an Carla. Obwohl wir von vielen Eltern Ähnliches hörten. Aber nur hinter vorgehaltener Hand. Bei den Elternabenden schweigen immer alle brav. Sagt mal jemand etwas Kritisches, wird er mit überkorrekten Argumenten in die Ecke gedrängt und vor allen lächerlich gemacht. Dann folgen umfangreiche Elternbriefe in bestem Amtsdeutsch. Der Strebel kann seine Herkunft nicht verleugnen. Aber wissen Sie, was fehlt? Etwas, was für Kinder das Wichtigste ist, dass sie gedeihen können.«

Jessica schaute die Frau fragend an.

»Das Herz. Das Herz fehlt.« Petra Anzinger nickte sich selbst zustimmend zu. »Mein Mann meinte, wenn Leonie schon auf diese Schule will, dann will er diesmal selbst Verantwortung im Elternbeirat übernehmen. Schließlich wird die Schule auch von unseren Steuergeldern mitfinanziert. Dann soll sie auch für und nicht gegen unsere Kinder arbeiten. Er dachte, er könnte etwas in den Köpfen ändern. Für eine Pädagogik begeistern, die auf Neugierde und Interesse, Miteinander und Freude am Lernen basiert.«

Petra Anzinger lachte bitter auf. »Weit gefehlt. Beim zweiten Anlauf wurde er dann endlich gewählt. Man hat von Schulseite aus alles getan, um seine Wahl zu verhindern. Ganz subtil. Versteht sich. Seit diesem Jahr ist er nun im Elternbeirat.«

»Und? Hat es geholfen?«, fragte Jessica mitfühlend.

»Im Gegenteil. Er wird von allen Seiten ausgegrenzt. Leonies mündliche Noten sind durchgehend um eine Note gesunken. Im Grunde will man uns nicht mehr an der Schule. Obwohl man das natürlich nie offen sagen würde.«

»Wie reagiert Ihr Mann?«

»Wissen Sie ja. Er hat die Demo heute Abend mitorganisiert. Aber wozu? Unser Kind kämpft ums Überleben!«

Nun brach Petra Anzinger in Tränen aus.

Jessica legte die Hand auf ihren Unterarm und führte die verzweifelte Frau zu der Stuhlreihe an der Wand.

Sie setzten sich beide.

»Und nach Fabians Tod wurde es noch schlimmer?«

»Davor dachten wir, es wäre überstanden. Pubertät und so. Deswegen sehe ich erst in der Rückschau so klar. Carla hatte sich an die Schule und den Druck gewöhnt. Kinder sind anpassungsfähig. Dann hat Fabian diesen furchtbaren Schicksalsschlag erlebt. Nur wenige Monate zuvor. Seine Mutter. Sie wissen, was ich meine?«

Als Jessica nickte, fuhr Petra Anzinger fort.

»Carla hat ihm geholfen, wieder auf die Beine zu kommen. In der Schule ist man mehr oder weniger darüber hinweggegangen. Sollte ja auch nicht an die große Glocke gehängt werden. Christkindlmarkt und Attentat und so. Keine gute PR. Trotzdem, Fabian war stark. Er hat sich innerhalb kürzester Zeit aus dieser Krise herausgekämpft. Ich hab den Sascha bewundert. Unglaublich, wie er es geschafft hat, sich und dem Jungen neuen Lebensmut zu geben.«

Einige Lichter der Überwachungsapparate an Carlas Bett blinkten auf. Die Kurve auf dem Hauptmonitor zeigte deutlich stärkere Ausschlagungen nach oben und unten.

Petra Anzinger fiel es nicht auf. Sie war tief in der Vergangenheit versunken. »Irgendetwas muss dann kurz vor den Faschingsferien passiert sein. Carla hat es mir bis heute nicht erzählt. Es gab einen Riesenstreit zwischen Carla und Fabian. Sie hat ihm versprochen, niemandem etwas zu erzählen. Auch mir nicht. Sie wissen, wie Jugendliche da sind.

Kurz darauf haben sie sich getrennt. Carla hat aufgehört zu essen. Ihre Noten gingen den Bach runter. Und Fabian? Der hat sich das Leben genommen.«

»Wie genau ist das eigentlich passiert?«

Gerade als Petra Anzinger antworten wollte, schlugen die Apparate in Carlas Zimmer Alarm. Ein hoher Piepton schrillte durch den Flur. Das rote Licht über der Tür zu Carlas Zimmer flammte auf. Eine Gruppe von Ärzten stürzte herbei und in das Zimmer des Mädchens.

Petra Anzinger hinterher.

Doch die Mutter wurde von den Medizinern zur Seite gedrängt.

»Elektroschock. Alle weg vom Bett. Eins. Zwei. Drei.«

Erschrocken zuckte Jessica zusammen, als der junge dünne Körper, der jetzt außer einem weißen Krankenhaushemd unbedeckt war, dreimal hintereinander unter der Wucht des elektrischen Schlags nach oben geworfen wurde.

Jessica zog sich diskret zurück, als die Maschine einen durchdringenden Ton ausstieß und Carlas Herzton wieder da war.

Jessica bat die Schwester im Schwesternzimmer, Petra Anzinger ihre Visitenkarte mit der Bitte um Rückruf auszuhändigen.

Dann begab sie sich in Richtung Rechtsmedizin, um der Obduktion beizuwohnen.

KAPITEL 18

Tom stand vor der fest verschlossenen Haustür des Gebäudes, in dem die Kunstlehrerin Conny Bergmüller wohnte. Ihren Namen fand er auf keinem Klingelschild. Dafür die der anderen Mitglieder der Wohngemeinschaft, die Mayrhofer ihm genannt hatte.

Die Autos rasten dreispurig an ihm vorbei über den Altstadtring.

Erst jetzt wurde ihm bewusst, dass er wieder einmal sehr spontan gehandelt hatte. Da er keinen Schlüssel besaß, musste Tom auf einen alten Trick zurückgreifen, um in das Haus zu gelangen. Er drückte auf den Klingelknopf eines Beratungsunternehmens.

»Einwurfeinschreiben für Frau Wiedemann.« Die Nachbarin der WG. »Ich müsste bitte an den Briefkasten.«

Sofort ertönte der Öffnungston.

»Bitte vergessen Sie nicht, die Tür wieder zu schließen«, antwortete eine freundliche Frauenstimme. »Sie glauben gar nicht, wer hier alles ein stilles Plätzchen sucht.«

Einmal im Haus, klapperte Tom zur Sicherheit mit den Briefkästen, öffnete und schloss die Haustür und machte sich dann auf leisen Sohlen an den Aufstieg in den siebten Stock. Ganz oben.

Parallel googelte er den Namen des Schülers, der ebenfalls an dieser Adresse gemeldet war. Lars Hohenlohe. Er hatte bereits einen Verdacht und war gespannt, ob er damit richtiglag. Kaum war er auf dem Instagram-Profil des Jungen gelandet, bestätigte sich Toms Vermutung.

Lars Hohenlohe war der große Hängejeansträger mit dem braunen Haarschopf, der in der Aula mit seinen Freunden vor Tom und Jessica gestanden hatte. Das erklärte wiederum, warum Conny Bergmüller ihre alte Adresse nicht aufgegeben hatte. Ob man in der Schule Bescheid wusste? Dass die – er las Conny Bergmüllers Geburtsdatum in der Liste nach – 28-jährige Lehrerin mit dem rund zehn Jahre jüngeren Schüler zusammenlebte? In einer WG wohlgemerkt.

Außerdem, auch dessen vergewisserte er sich, wurde Lars Hohenlohe am 5. Mai 18 Jahre alt.

Sicher nicht das Bild nach außen, das man erwarten würde. Auch wenn die Kombination seit Emmanuel und Brigitte Macron salonfähig war, hätte man meinen können. Warum hatten die beiden nicht bis zu Lars' Geburtstag oder dem Abitur gewartet? Wie Lars' Eltern wohl die wie auch immer geartete Beziehung sahen? Ob sie auf dem Laufenden waren? Selbst seinen Freunden gegenüber hatte Lars nicht erwähnt, ob Conny heute Nacht zu Hause gewesen war, was er ja wissen musste.

Tom ging davon aus, dass sie nicht eingeweiht waren.

Nun stand er vor der Wohnung. Da man im Falle von Conny Bergmüller zum derzeitigen Zeitpunkt von keiner Straftat ausgehen konnte, hatten sie keinen richterlichen Beschluss erwirken können, der Tom nun das Betreten der Wohnung gestattet hätte. Sie brauchten erst handfeste Indizien. Die hoffte Tom in der Wohnung zu finden.

Sollte Conny Bergmüller tatsächlich entführt worden sein – aus welchem Grund auch immer –, dann befand sie sich mit Sicherheit in akuter Lebensgefahr.

Tom besah sich das Türschloss und stellte zufrieden fest, dass die Wohnungstür nur zugezogen und nicht verschlossen war. Mühelos gelang es ihm, mit seiner von derlei Aktivitäten ramponiert aussehenden Kreditkarte die Stahlzunge des Schlosses geräuschlos beiseitezuschieben und die Tür lautlos zu öffnen.

Tom streifte vorsichtig seine Latexhandschuhe über und schob breite Gummibänder über seine Turnschuhe, um keine Spuren zu hinterlassen. Dann tastete er sich mucksmäuschenstill durch den langen Flur, in dem es ungelüftet roch. Schon bei den ersten Schritten war er sich darüber im Klaren, dass er nicht allein in der Wohnung war.

Aus dem hinteren Zimmer drangen Geräusche, als ob jemand Schränke und Schubladen aufriss und etwas suchte.

Gegenstände fielen zu Boden.

Möbel wurden verrückt.

Tom griff ganz automatisch nach seiner Walther PPK. Die Dienstwaffe lag sicher in seiner Hand. Er war froh, weiterhin sein vertrautes Modell nutzen zu dürfen. Lange würde er allerdings nicht mehr daran festhalten können. Man hatte sich an höherer Stelle für die SFP9 entschieden. Sicher war das neue Modell von Heckler & Koch auch eine gute Wahl. Doch Tom war mit seiner Walther PPK seit Jahren eng verwachsen.

Er liebte es ganz und gar nicht, die Waffe zu wechseln.

Tom war bewusst, dass er sich rechtlich auf gefährlichem Terrain bewegte. Er war nicht befugt, das zu tun, was er gerade tat. Er würde die Waffe nur im absoluten Ernstfall einsetzen. Doch das Gespräch mit Tina hatte den Eindruck in ihm verstärkt, dass Gefahr im Verzug war. Obwohl es »Gefahr im Verzug« jetzt offiziell gar nicht mehr gab, da mittlerweile rund um die Uhr ein Staatsanwalt und ein Richter greifbar waren. Trotzdem. Wie sollte er sich in diesem Augenblick eine Genehmigung holen?

Theorie und Praxis drifteten mal wieder weit auseinander.

Plötzlich ertönte der Klingelton eines Handys. Tom kannte ihn nur zu gut. Der Suchton, den Christl auch häufig aktivierte, wenn sie ihr Smartphone suchte, weil sie nicht wusste, wo sie es abgelegt hatte.

Eine Schublade wurde knarzend aufgezogen.

Alle Zimmer gingen vom Flur symmetrisch nach rechts und links ab. Die Türen standen offen. Links war Tom bereits an drei Schlafzimmern vorbeigeschlichen. Der letzte Raum musste das Badezimmer sein. Rechts zeigten die Zimmer auf den Hinterhof, mit Zugang zu der sich über die komplette Breite der Wohnung erstreckenden Terrasse. Tom hatte das Wohnzimmer, die Küche und eine Art Atelier passiert.

Dahinter lag der Raum, aus dem die Geräusche kamen.

Die Einrichtung war sehr reduziert, unkonventionell. Eine Mischung aus modern und Vintage. Das hinterste rechte Zimmer, aus dem die Geräusche drangen, musste Conny Bergmüller gehören. Jetzt konnte sich Tom auch erklären, wie der Unbekannte eingedrungen war.

Über die Terrasse.

Falls es sich dabei um Conny Bergmüller selbst handelte, musste sie längst wissen, dass sie gesucht wurde.

Unter normalen Umständen hätte sie sich längst gemeldet. Außer, sie war doch nicht so unschuldig wie gedacht.

Tom schlich bis zur Tür. Im Gegensatz zu den anderen Türen war diese nur angelehnt. Wie sollte er seine Anwesenheit erklären, wenn die andere Person rechtmäßig in der Wohnung war? Einen Moment überlegte er, sich durch das Atelier über die Terrasse anzuschleichen und sich erst zu vergewissern, wer der Eindringling war und welche Gefahr von ihm ausging, bevor er ins Zimmer stürmte.

Doch plötzlich begann Toms Handy heftig zu vibrieren. Er hatte versäumt, es auf lautlos zu stellen. Sch… Mist! Die oder der Unbekannte musste das Geräusch gehört haben.

Im Zimmer kam hektisch Bewegung auf. Eilige Schritte. Die Terrassentür wurde aufgerissen.

Tom preschte vor und schrie: »Stehen bleiben! Polizei!«

Doch der Eindringling lief bereits über die Terrasse, hechtete über die niedrige Gartendekoration und drängte in die Nachbarwohnung, die ihm bereitwillig geöffnet wurde. Tom hatte einen Blick auf den Hinterkopf erhascht. Jetzt war ihm klar, mit wem er es zu tun hatte. Er ärgerte sich, dass er nicht gleich darauf gekommen war.

Kopfschüttelnd steckte er die Waffe zurück ins Holster.

Er konnte sich denken, was der Eindringling gesucht und gefunden hatte. Conny Bergmüllers Handy. Es war die wichtigste Spur, um die verschwundene Lehrerin zu finden.

Tom setzte sich in Trab. Er musste Lars Hohenlohe fassen.

Warum war der Junge geflohen? Aus reiner Panik? Oder aus schlechtem Gewissen? Wäre er abgebrühter, dann hätte er Tom wegen seines Eindringens sogar belangen können. Schließlich wohnte Lars in der Wohnung. Oder war der Junge gemeinsam mit Conny in das Verbrechen involviert? Hatte er Spuren verwischen wollen?

KAPITEL 19

Christl war zum zweiten Mal an diesem Tag auf dem Weg zu Professor Dr. Bernhard Clemens. Privatdozent und Gynäkologe in der Weinstraße.

Bei ihrem ersten Besuch hatte die Sprechstundenhilfe mit der überquellenden grauen Haarpracht, die ihr wie die heilige Hildegard von Bingen persönlich vorkam, von der zahlreiche Bücher in einem Schaukasten direkt am Empfang standen, sie nur mitleidig angelächelt. Nein, spontan wäre kein Termin möglich. Aber sie hätte Glück, um 13.00 Uhr hätte jemand abgesagt und der Herr Professor würde heute durcharbeiten.

Also hatte Christl sich freigenommen und zu Hause am Computer gesessen. Nun lief sie zum zweiten Mal an diesem Tag über den belebten Marienplatz. Da sie vor lauter Aufregung nicht mehr hatte ruhig sitzen können und nun zu früh dran war, entschied sie, bei Hugendubel noch ein bestelltes Buch abzuholen.

Es war immer wieder überraschend, wie viele Leute sich auch außerhalb der Touristensaison im Stadtzentrum aufhielten. Gerade erst löste sich die Menschenmenge auf, die den Schäfflertanz um 12.00 Uhr beobachtet hatte. Das Glockenspiel im Rathaus gehörte nach wie vor zu einem der Hauptanziehungspunkte der Münchner Altstadt. Christl kannte die einzelnen Programme des Glockenspiels auswendig.

Jetzt, im April, war Walze vier dran. Im Wechsel kamen die Lieder »Jetzt gang i an's Brünnele«; »Wohl auf Kameraden, auf's Pferd, auf's Pferd«; »Schäfflertanz 2. Teil« und

»Die letzte Rose« zum Einsatz. Jedes Mal ein Riesenspektakel. Christl wurde sich bewusst, wie privilegiert sie war, mitten in der Münchner Altstadt zu leben.

Als sie ihr Buch besorgt hatte, begab sie sich mit flauem Magen in die Weinstraße, stieg die ächzenden Holztreppen hoch und läutete. Sofort öffnete sich die Tür. Christl gab ihre Versichertenkarte ab, füllte sämtliche Anmeldeformulare aus und wurde für einen Moment ins Wartezimmer gebeten.

Wieder betrachtete sie ihren Ring. Funkelte er? Ja, er strahlte und blinkte, dass sie gar nicht wegschauen mochte. Seufzend ließ sie den Blick durchs Wartezimmer schweifen. Mit ihr saßen drei weitere Frauen in dem nach Lavendel duftenden Bereich, von der jede auf ihre Weise an eine andere Art Kräuterfee erinnerte, die sich mit Ökoschuhen in der Stadt verlaufen hatte.

Ob sie hier richtig war?

Laut der Urkunden und der umfangreichen Bibliothek hatte sich der Professor nicht nur auf Frauenheilkunde spezialisiert, sondern er kombinierte verschiedenste Verfahren wie Umweltmedizin und Naturheilkunde zu einem ganzheitlichen, individuellen Therapieansatz. Dabei spielten die Lehren dieser Hildegard von Bingen eine entscheidende Rolle. Der Name sagte Christl nichts. Ob sie auf die Kraft einer Heiligen angewiesen sein würde? Die Schulmedizin würde sie vermutlich von vornherein als hoffnungslosen Fall abstempeln und man würde ihr zur künstlichen Befruchtung mit Leihmutter oder gleich zur Adoption raten. Trotzdem wollte sie den Besuch so schnell wie möglich hinter sich bringen.

»Frau Weixner, bitte.«

Der Professor war schätzungsweise Mitte 50 und so groß, dass er den Kopf gewohnheitsmäßig unter dem Türstock einzog. Er besaß lange Gliedmaßen und die sommersprossige, zur Trockenheit neigende Haut der Rothaarigen. Nachdem er sie flüchtig gemustert und die Umkleide gezeigt hatte, bat er sie auf den gynäkologischen Stuhl.

Die Untersuchung ging zügig und bis auf einen kurzen Moment schmerzlos vonstatten. Christl brachte ihn auf den aktuellen Stand der bisherigen Diagnose. Der Professor tastete sie ab, zog die Stirn in Falten, sprach kein Wort und beantwortete keine ihrer Fragen, bis sie schließlich aufgab. Sie konnte nur hoffen, dass das Patientengespräch ausführlicher ausfiel. Nachdem Christl sich flink wieder angezogen hatte, saßen sie sich an einem überdimensionalen, dunkel gebeizten barocken Holzschreibtisch gegenüber, der etwas Majestätisches ausstrahlte.

Professor Clemens räusperte sich mehrere Male, während er weit vornübergebeugt handschriftlich seine Erkenntnisse in der neu angelegten Patientenkarte notierte und gelegentlich durch die Halbbrille grübelnd zu ihr aufblickte. »Ja, die Eisenstange hat Ihren linken Eierstock zertrümmert. Daran besteht kein Zweifel. Auch die Verletzung der Gebärmutter damals muss gravierend gewesen sein. Die Vernarbungen sind jedoch gut verheilt. Im wievielten Monat waren Sie, als der Unfall geschah?«

Er schaute sie nüchtern durch die Brillengläser an.

Christl schluckte und verbot sich, ihren funkelnden Ring zurate zu ziehen. Der Professor war ganz offensichtlich ein Mann, der schnell und ohne emotionale Verrenkungen auf den Punkt kam.

Ja, sie hatte ihr Baby damals verloren.

Das Baby, von dem Tom nie erfahren hatte.

Die Abgeklärtheit des Professors half ihr, die Schleusen zu öffnen, die sie die ganze Zeit fest unter Verschluss gehalten hatte.

»Sechzehnte Woche.«
»Mhm.«
Er musste nichts sagen. Sie wusste selbst, dass es bereits ein richtiger kleiner Mensch gewesen war. Auch wenn man ihrem Bauch noch nicht angesehen hatte, dass sie ein Kind unter dem Herzen trug.

Einen Jungen.

Sie blinzelte die Tränen weg.

»Wie schätzen Sie den rechten Eierstock ein?« Sie hatte als Teenager monatelang an einer schweren Eierstockentzündung laboriert. Seit dem Unfall war ihre Periode ganz ausgeblieben. Demzufolge ging sie davon aus, dass auch der zweite Eierstock seinen Dienst versagte.

Auch wenn er jetzt ihre ganze Hoffnung war.

»Wir müssen abwarten. Es würde helfen, wenn ich Einsicht in die komplette Krankenakte hätte.«

Das war verständlich. Sie gab ihre Einwilligung. Der Professor würde also Kontakt zu dem damals behandelnden Arzt in Passau aufnehmen. Ein ehemaliger Kommilitone.

Der Professor schielte zu seiner Armbanduhr. Er wirkte wieder abwesend und flüchtig. Trotzdem konnte sich Christl dem Sinn seiner nun folgenden Worte nicht verschließen.

»Zusätzlich entscheidend erscheint mir Ihre psychische Situation.« Sein ernster Blick aus der Halbbrille unterstrich die Bedeutung seiner Worte. »Sie haben bei dem Unfall einen Schock erlitten, Ihren Bruder und Ihr Baby verloren. Haben Sie das je richtig aufgearbeitet? Diese Blockade muss gelöst werden.«

Sie schluckte.

Er nickte.

Dann überreichte er Christl formlos die Visitenkarte eines Psychologen, mit dem er kooperierte, und verschrieb ihr eine besondere Art Globuli. Außerdem wollte er einen Hormontest durchführen, für den sie einen neuen Termin vereinbaren sollte, was sie tatsächlich wie in Trance tat.

Das Gespräch hatte sie zurückversetzt an den Tag, als ihr Leben von einem Moment auf den anderen seine Richtung änderte.

Als Christl wieder auf die Straße trat, stach ihr die Titelseite der AZ in einem Zeitungskasten in der Weinstraße ins Auge. »Karl-Valentin-Gymnasium in Flammen«, stand dort in großen roten Lettern.

Deshalb die Feuerwehr, dachte Christl.

Toms neuer Fall. Sie griff wie gebannt nach einer Zeitung.

Ein halbseitiges Foto zeigte im Hintergrund einen Feuerwehrmann im Profil beim Löschen der Schule. Im Vordergrund füllte das Porträt eines Mannes gut ein Drittel des Bildes.

Der Mann kam Christl irgendwie bekannt vor.

Aber woher? Wer war das?

In ihrem Hinterkopf kam irgendetwas ins Rollen. Doch sie wusste nicht, was. So mussten sich Demenzkranke fühlen. Sie kramte verwirrt in ihrer Tasche nach Kleingeld, warf es in den Kasten und verschlang im Laufen gierig die Bildunterschrift.

»Schuldirektor Manfred Strebel erschüttert ...«

Manfred Strebel. Den Namen hatte sie auch schon einmal gehört oder gelesen. Aber wo? Von Tina? Wegen des Praktikums?

Christl klemmte die Zeitung unter den Arm und lief zurück nach Hause, während sie weitergrübelte. Sie würde Tom am Abend fragen. Auf keinen Fall wollte sie ihm von dem Besuch beim Frauenarzt erzählen.

Sie genoss die Sonnenstrahlen, die ihr Gesicht wärmten, als sie von der Weinstraße auf den Marienplatz trat. Dort hob sie die Hand und ließ ihren Ring in der Sonne funkeln.

Jedes Aufblitzen schenkte ihr ein bisschen mehr Zuversicht.

Obwohl der Verstand und die Medizin dagegensprachen.

KAPITEL 20

Tom hatte während seiner Schulzeit den Sieg beim Staffellauf der Bundesjugendspiele regelmäßig zugunsten seines Teams entschieden. Er war von Kindesbeinen an ein herausragender Läufer gewesen. Dieses Talent bekam nun auch Lars Hohenlohe zu spüren, als er aus dem Aufzug trat, um das Gebäude blitzschnell über den Hinterausgang zu verlassen.

Tom hatte damit gerechnet.

Vielleicht hatte auch die Hängejeans den Jungen daran gehindert, sein Potenzial voll auszuschöpfen. Tom packte den Schüler ansatzlos an seiner Jacke, wie er es auch mit jedem Erwachsenen in der gleichen Situation getan hätte, und hielt ihn fest, während er gegen den stechenden Schmerz in seiner Brust ankämpfte.

Das Laufen hatte an den Vernarbungen gezerrt.

»Stopp!«

Der Junge fuhr zusammen. Bei seiner Größe wurde er vermutlich selten angegriffen. »Scheiße, Alter!«

»Seh ich anders.« Tom hielt dem Jungen seine Handfläche hin. »Das Handy, bitte.«

Lars warf den dunklen Haarschopf mit einem Schwung nach hinten und drückte Tom ein Handy in die Hand. Schwarz und hüllenlos nackt, sah es nicht aus wie das einer Frau. Tom musste sich eingestehen, dass seine Frage doppeldeutig gewesen war. Der Junge hatte ihm automatisch sein eigenes Smartphone überreicht. Auch brauchbar.

»Conny Bergmüllers auch, bitte.«

Der Junge fragte nicht weiter nach, griff in die tief sitzende Tasche seiner Hängejeans und förderte ein Handy in weißer Hülle mit goldenem Aufdruck zutage, das Tom in eine Beweismitteltüte gleiten ließ. Der Bildschirm war schwarz.

»Gut.«

»Der Akku ist leer. Gleich ausgegangen, als ich es gefunden habe. Connys Handycode kenne ich nicht.« Der Junge vergrub die Hände tief in den Taschen.

Dann fuhr er sich durch die Haare und war bemüht, sein cooles Image wiederherzustellen, was ihm sichtlich schwerfiel.

Eine akute Fluchtgefahr bestand nicht.

Die Überheblichkeit vom Morgen dagegen war restlos von ihm abgefallen. »Was passiert jetzt?«

Tom überlegte.

Wenn der Junge wirklich gemeinsam mit der Kunstlehrerin etwas mit dem Brand und dem Tod von Marianne Eichstätt zu tun hatte, dann war er ein hervorragender Schauspieler.

Er würde das am ehesten herausfinden, wenn er sich ungezwungen mit Lars unterhielt. Das Präsidium würde den Jungen nur einschüchtern oder schlimmstenfalls dazu anstacheln, die Muskeln spielen zu lassen. Das Adrenalin von Pubertierenden in Stresssituationen war unberechenbar. Im Moment hatte Tom den Überraschungseffekt auf seiner Seite. Den galt es zu nutzen.

»Ich muss in die Rechtsmedizin in die Nussbaumstraße. Nicht weit von hier. Lass uns gemeinsam einen Spaziergang dorthin machen.«

Lars nickte.

»Was dagegen, wenn ich dich duze?«, fragte Tom.

Lars schüttelte den Kopf.

Umgekehrt würde Tom Lars das Du nicht anbieten. Solange der Junge das akzeptierte und in keine ablehnende Haltung verfiel, wollte Tom diesen Vorteil für sich nutzen.

»Weißt du, wo Conny Bergmüller ist?«

Lars zuckte die Schultern und verneinte.

»Gut, dann verlasse ich mich darauf, dass du dich im Anschluss auf direktem Weg ins Präsidium begibst und das zu Protokoll gibst. Wir fahnden nach ihr und werden früher oder später deine Fingerabdrücke brauchen. Wenn sie nicht bald auftaucht, muss die Wohnung auf Fremdspuren untersucht werden. Deine und die Fingerabdrücke der anderen Bewohner müssen wir ausschließen können.«

Auch zu den beiden anderen Bewohnern würden sie Kontakt aufnehmen müssen. Der Junge schien das zu verstehen.

Trotzdem wollte Tom absolut sicher sein. »Noch mal, Lars. Hast du etwas mit Conny Bergmüllers Verschwinden zu tun?«

Auch wenn Tom sich diesbezüglich inzwischen fast sicher war, wollte er Lars' Reaktion sehen.

»Ich mach mir, verdammt noch mal, Sorgen um sie!« Lars hob in einer verzweifelten Geste beide Hände. Auch wenn

Lars auf die 18 Jahre zuging, in diesem Moment bewegte er sich verloren zwischen Kindheit und Erwachsenwerden.

»Genau das tue ich auch.« Tom legte beschwichtigend die Hand auf den Unterarm des Jungen und lenkte ihn in Richtung Ausgang.

Sie traten auf den belebten Altstadtring und setzten sich in Richtung Stachus in Bewegung.

Lars vergrub düster die Hände in den Taschen der Hängejeans.

»Wann hast du Conny das letzte Mal gesehen?« Tom gab das Tempo vor. Er musste laut sprechen, damit Lars ihn im Mittagsverkehr auch verstehen konnte.

»Gestern Abend. Ich bin gegangen, bevor ihr Besuch kam. Sie wollte nicht, dass wir zusammen gesehen werden. Eine Freundin ihrer Schwester. Conny wollte ihr bei irgendetwas helfen.«

»Habt ihr gestritten?«

»Ja.«

»Die Freundin der Schwester ist übrigens Tina. Meine Nichte.«

»Krass, Alter!« Lars blickte ihn überrascht an.

»Und wo hast du übernachtet?«

»Wo wohl? Bei meinen Eltern. In Bogenhausen. Bin mit den Öffentlichen hingefahren. Hab einen Korb dreckiger Wäsche mitgenommen, damit es nicht so auffällt. Ich hatte mir fest vorgenommen, erst am Wochenende zurückzukommen. Außer, Conny hätte mich angerufen.«

»Ihr seid zusammen?«

Lars' Gesicht spiegelte Überraschung. Dabei musste Tom dem Brillenträger vom Morgen recht geben. Lars war ein Womanizer. Das schien ihm allerdings nicht wirklich bewusst, was ihn wiederum sympathisch machte.

Die braunen Augen des Jungen bekamen einen traurigen Schimmer. »Conny ist die Frau meines Lebens. Aber sie sieht das anders. Sie will keine Beziehung mit einem Schüler. Eigentlich ist sie überhaupt nicht spießig! Aber wenn es um uns geht, dann knickt sie ein.«

Lars schien froh, mit jemandem offen über seine Gefühle zu seiner Kunstlehrerin sprechen zu können.

Tom musste schmunzeln. »Die Frau deines Lebens, aha.«

Am Stachus wären sie fast mit einem älteren Ehepaar zusammengeprallt, das mit vollen Tüten aus der Neuhauser Straße kam.

Tom konnte sich gut vorstellen, dass die Situation für Conny Bergmüller nicht ganz einfach war. Auch er hatte sich als Jugendlicher zu einer Lehrerin hingezogen gefühlt, auch wenn die nie etwas davon erfahren hatte. »Seit wann wohnt Conny hier?«

»Seit knapp einem Monat.«

»Wieso ist sie in die Wohnung gezogen?«

Ganz schön mutig von Conny Bergmüller.

»Das ist etwas kompliziert. Die Wohnung gehört meinen Eltern. Meine Schwester ist Reisejournalistin und wohnt dort mit ihrem Freund. Der Freund und Conny sind seit Langem eng befreundet. Also ganz platonisch. Studienkollegen. Er ist Fotograf. Für mich ist die Wohnung auch ideal. Deshalb hab ich auch ein Zimmer bekommen. Conny war von Anfang an total begeistert von dem Atelier. Da meine Schwester und ihr Freund auf Weltreise sind, ist Conny eingezogen, um sich um alles zu kümmern.«

Lars lachte höhnisch auf. »Mein Vater hat sicher auch darauf spekuliert, dass sich das positiv auf meine Note im Kunst Additum auswirkt und damit auf meinen Abischnitt.

Obwohl er das nie zugeben würde. Denn Vitamin B haben wir ja nicht nötig.«

»Und an dein Liebesleben hat keiner gedacht?« Den kleinen Seitenhieb konnte Tom sich nicht verkneifen.

»Für meine Eltern bin ich wahrscheinlich noch gar nicht geschlechtsreif.« Erneut ein höhnisches Lachen.

Sie mussten blind sein. Wie wohl die meisten Eltern.

»Wann hast du die Wohnung gestern verlassen?«

»Gegen 19.00 Uhr.«

»Und danach nichts mehr von ihr gehört?«

»Um 23.00 Uhr hat Conny geschrieben, dass Tina bei ihr übernachtet. Sie wollte vorbauen, dass ich nicht nach Hause komme. Sie wollte einfach nicht, dass es die Runde macht, dass wir zusammen wohnen. Dabei hätten wir so coole Partys schmeißen können!«

»Und dann?«

»Kurz nach 2.00 Uhr kam eine WhatsApp von ihr. Die hab ich aber erst heute früh gelesen. Ich hab gestern Nacht mit meinem alten Sandkastenfreund ein paar Bierchen gekippt. Danach war ich völlig platt. Bin sofort ins Bett. Muss gegen 1.00 Uhr gewesen sein.«

Tom gab Lars sein Handy zurück.

Der fand Connys WhatsApp auf Anhieb und zeigte sie Tom.

»Hurra, hurra, die Schule brennt. Kein Witz! Ich fahr da jetzt hin. Ausgerechnet mein Kunstraum!!! Alle Bilder verbrannt! Kurz vor der Ausstellung! Conny.«

Sendezeit: 2.10 Uhr.

Etwa zu dem Zeitpunkt war die Feuerwehr ausgerückt. Wer hatte Conny informiert? Der Hausmeister? Dann hatte sie ihm nicht geantwortet, denn er war ja davon ausgegangen, dass sie die Tote war. Oder er hatte gelogen.

Der Hausmeister musste noch einmal gecheckt werden. Wer sonst könnte sie benachrichtigt haben? Über die Handydaten wäre das einfach herauszubekommen. Aber sie hatten bisher keinen Beschluss! Es war zum Verrücktwerden.

Solange sie den nicht hatten, durften sie weder den Telefonanbieter kontaktieren noch versuchen, das Handypasswort zu knacken. Schade, dass Lars das Passwort nicht kannte. Mit ein paar schnellen Klicks hätten sie sonst gewusst, wer Conny informiert hatte. Selbst mit Beschluss würde das Knacken des Passwortes eine aufwendigere Angelegenheit werden. In manchen Fällen war es sogar unmöglich.

Wenn es zu kompliziert wurde, bevorzugte Tom lieber einen schneller zum Ziel führenden Weg.

»Weißt du, bei welchem Telefonanbieter Conny ist?«
»So ein Billiganbieter.«
»Deutsch?«
»Keine Ahnung.«

Tom seufzte. Wenn sie bei keinem deutschen Anbieter war, würde auch das Anzapfen der Telefonverbindungen eine kleine Wissenschaft werden und konnte Monate dauern.

Lars wollte Tom sein Handy zurückgeben. Wahrscheinlich dachte er, dass es beschlagnahmt war. Doch Tom winkte ab.

Er war sich inzwischen sicher, dass Lars weder mit dem Brand noch mit Connys Verschwinden etwas zu tun hatte. Auch für die Tatzeit des Mordes an Marianne Eichstätt hatte er ein Alibi, das allerdings noch überprüft werden musste. Trotzdem gab es keinen Grund, das Handy des Jungen einzukassieren.

Selbst Connys Handy durfte Tom nicht so einfach einbehalten. Mit dem, was er jetzt erfahren hatte, rutschte sie allerdings von der Verdächtigen- auf die Opferliste.

Auch sie hatte ein Quasi-Alibi für die Tatzeit.

Als Opfer wurde die Gefahr, in der sie sich befand, von Sekunde zu Sekunde größer. Tom würde die Staatsanwältin bei der Obduktion hinsichtlich des Beschlusses ansprechen. Er hasste Bürokratie. Auch wenn sie die Rechte der Bürger schützte, verhinderte sie oftmals schnelle Hilfe. Was wog schwerer, wenn man es gegeneinander aufwog? Schwer zu beantworten.

Ihm jedoch war der direkte, unbürokratische Weg lieber.

Etwas ließ Tom keine Ruhe. »Sie schreibt: ›Ich fahr da jetzt hin.‹ Wie meint sie das? Mit dem Auto?«

»Mit dem Rad. Conny hat kein Auto.«

Wie sie da liefen – beide sehr groß und im Gleichschritt –, hatte sich eine gewisse Verbundenheit zwischen ihnen eingestellt.

Entgegenkommende Passanten wichen ihnen aus.

Tom sah sich um. Er hatte Conny Bergmüller längst gegoogelt. Eine hübsche, moderne junge Frau mit lebhaften Gesichtszügen und einem sportlichen Körper. Ihr unübersehbares Erkennungs- und Wahrzeichen aber waren ihre Haare. Eine Mähne voll goldblonder kleiner Korkenzieherlöckchen, die sich in unterschiedlichen Längen und mit störrischem Eigenleben voluminös bis weit über die Schultern ergoss. Dazu braune Augen. Mit ihrer Größe – sicher fast 1,75 Meter – wäre sie Tom in der Nacht am Tatort aufgefallen.

»Entweder hat sie sich kurzfristig anders entschieden oder sie ist heute Nacht aus irgendeinem Grund nicht in der Schule angekommen«, überlegte Tom laut.

Sie hatten den Stachus bereits hinter sich gelassen. Nun blickte er zurück. Der Platz mit dem kreisrunden, riesigen Springbrunnen war zur Straße mit einer Kette gesichert, die an schmale Eisenpfosten gespannt war. Zahlreiche Fahrräder waren an die Pfosten gekettet.

»Das habe ich mir auch gedacht. Deswegen war ich auch in der Wohnung. Ich dachte, vielleicht hat sie etwas für mich hinterlassen. Aber nichts. Sie ist wie vom Erdboden verschluckt!« Lars hob verzweifelt die Hände.

»Welche Strecke, meinst du, ist sie gefahren? Und was für ein Rad hat sie?«

»Ein stahlblaues Herrenrennrad. War ein Geschenk von einem Exfreund. Conny meint, damit wär sie in der Stadt am schnellsten.«

Das sah Tom auch so. Wenn er Conny Bergmüller richtig einschätzte, dann bevorzugte sie den schnellsten Weg und setzte sich über Verkehrsregeln, falls nötig und möglich, hinweg. »In der Nacht wird sie nicht über die Maxburgstraße gefahren sein. Zu dunkel und unbelebt. Eher hier, wo wir jetzt gehen. Auf dem Bürgersteig, auf der falschen Straßenseite, am Stachus entlang. Je nach Tempo hat sie zwischen fünf bis zehn Minuten gebraucht.«

Lars nickte.

Tom knuffte den Jungen in den Oberarm. »Komm.«

Sie trabten zurück zum Stachus. Dort durchkämmten sie die an den Pfosten angeketteten Räder, bis Lars schließlich aufschrie: »Alter! Hier ist es! Das ist Connys Rad.«

»Super! Klasse, Lars. Nichts berühren. Ich ruf sofort die Spurensicherung.«

Mit etwas Glück würde es gelingen, ein paar brauchbare Spuren zu sichern, den bescheuerten Beschluss würden sie nachreichen. Blieb zu hoffen, dass die Truppe wieder einsatzbereit und nicht weiter mit dem Bombenalarm beschäftigt war. Damit hatten sie das letzte Lebenszeichen von Conny Bergmüller gefunden.

Was war danach passiert? Warum hatte Conny ihr Fahrrad hier angekettet und war nicht bis zur Schule geradelt?

»Hat Conny einen Freund?«

Die Antwort kam widerwillig über Lars' Lippen. »Sie trifft sich häufig mit dem Galeristen, der auch die Ausstellung organisiert.«

»Hast du mit ihm schon gesprochen?«

Lars nickte. »Bei ihm ist sie nicht. Er macht sich auch Sorgen.«

»Hast du seine Kontaktdaten?«

Als Lars sie ihm geschickt hatte, gab Tom die Daten an den Messenger weiter und bat Mayrhofer, Kontakt zu dem Galeristen aufzunehmen und jemanden von der Spurensicherung hierherzuschicken. Sie konnten ja nicht alle im Einsatz wegen des Bombenalarms sein!

Dann fiel Toms Blick unwillkürlich auf den U-Bahn-Eingang.

Die Frau konnte auch beschlossen haben, in die nächste U-Bahn zu steigen. Vielleicht hatte sie plötzlich genug von allem gehabt. Wollte einfach nur noch weg. Ihren Freunden auf die Weltreise folgen. Schließlich hatte sie kurz zuvor erfahren, dass die Werke für ihre Ausstellung, auf die sie seit Jahren hingearbeitet hatte, verbrannt waren. Alle die Bilder, die ihr so viel bedeutet hatten, dass sie dafür ganze Tage und Nächte geopfert hatte, waren vom Feuer verschluckt und unwiderruflich zerstört worden. Hatte sie eine Sinnkrise gehabt?

So war es Tom jedenfalls vor Jahren ergangen, als er erfahren hatte, dass sein Freund Claas verschwunden war. Er war vom Krankenhaus direkt zum Flughafen gefahren und hatte den nächstmöglichen Flug nach Irgendwo gebucht.

Daraus war ein Jahr quer durch Asien geworden.

Mit wem außer Lars hat Conny Bergmüller in der Nacht noch telefoniert, nachdem Tina eingeschlafen war, fragte sich

Tom. Er drückte gegen Connys Handy in seiner Brusttasche und hoffte, dass es ihnen rechtzeitig mehr verraten würde.

Dann blickte er dem hoch aufgeschossenen Jungen mit der Hängehose nach, der jetzt durch das Karlstor in Richtung Polizeipräsidium lief. War er doch zu nachsichtig mit Lars gewesen? Seine erste große Liebe blieb unerfüllt. Conny Bergmüller war mit einem anderen zusammen.

Eifersucht war eines der stärksten Motive überhaupt. Auch wenn der Junge traurig und besorgt, aber keinesfalls wütend wirkte. Aber stille Wasser waren ja bekanntlich tief.

KAPITEL 21

Jessica fühlte sich wie erschlagen, als sie zum zweiten Mal an diesem Tag in der Rechtsmedizin ankam. Die Eindrücke aus dem Krankenhaus, die abgemagerte Carla und das Schicksal der gesamten Familie Anzinger hatten ihr schwer zugesetzt.

In Berlin hatte sie Menschen kennengelernt, die tatsächlich hungerten. Straßenkinder, die sich über einen Kanten Brot freuten. Carla dagegen verweigerte jeden Bissen Nahrung freiwillig. Wie zur Selbstbestrafung. Aber wofür?

Weil sie ihren eigenen Ansprüchen nicht gerecht wurde? Dabei hatte sie das große Glück, eine Familie zu haben, die sie liebte. Ein kleine Schwester, die sie brauchte. Auch Geld- oder Existenzprobleme schienen die Familie nicht zu plagen.

Luxusprobleme, verglichen mit den existenziellen Nöten, die Jessica aus ihrer Heimatstadt kannte.

Trotzdem. Leid war relativ. Und von außen schwer einschätzbar.

Wenn sie von ihrem Mitgefühl für die Anzingers absah, dann musste Jessica sich eingestehen, dass die Familie weder gut auf Marianne Eichstätt noch auf die Schule zu sprechen war. Sie hatte ein Motiv.

Und noch etwas hatte Jessica in Erfahrung gebracht, was zumindest Ulrich Anzinger in ein anderes Licht rückte. Es war ihr nämlich gelungen, auf dem Krankenhausflur einen der unerfahrenen Assistenzärzte abzufangen. Der junge Arzt hatte Nachtdienst gehabt. Auf ihre Frage, von wann bis wann der Vater im Krankenhaus bei seiner Tochter gewesen sei, hatte er brav Auskunft erteilt.

So hatte Jessica erfahren, dass Carla gestern gegen 19.00 Uhr ins Krankenhaus eingeliefert worden war. Ihr Vater war gleich darauf erschienen und hatte das Krankenhaus gegen 21.00 Uhr verlassen, als Carla eingeschlafen war. Gegen 1.00 Uhr hatte sich Carlas Situation alarmierend verschlechtert. Man hatte sie auf die Intensivstation verlegt, die im obersten Stock baulich vom Rest des Krankenhauses abgetrennt war. Der junge Arzt hatte sogar das Nachtprotokoll zurate gezogen. Ulrich Anzinger konnte gegen 1.30 Uhr erreicht werden. Er war gegen 2.00 Uhr im Krankenhaus eingetroffen und geblieben, bis ihn die Ärzte bei der Morgenvisite um 7.00 Uhr nach Hause geschickt hatten. Ab 8.00 Uhr hatte seine Frau bei der Tochter gewacht.

Entscheidend war also, was Ulrich Anzinger zwischen 21.00 Uhr und 2.00 Uhr gemacht hatte. Genau die relevante Zeit, in der der Brand gelegt und die Lehrerin getötet worden war. Das Krankenhaus lag nur einen Katzensprung vom

Tatort entfernt. Ulrich Anzinger hatte also sowohl Motiv als auch Gelegenheit gehabt, den Brand zu legen, als auch den Mord zu begehen. Jessica hatte seine Verzweiflung und seinen Hass deutlich gespürt. Starke Negativ-Gefühle, die sich gegen das System und konkret gegen die Institution richteten, die er für den Zustand seiner Tochter verantwortlich machte.

Obwohl Jessica wusste, dass jegliche Emotionen ihren objektiven Blick trüben konnten, war ihr diese Erkenntnis sehr unangenehm, denn sie empfand Mitleid mit der Familie. Vielleicht auch wegen der kleinen Leonie, die sich ganz ungewollt in ihr Herz geschlichen hatte.

Tom telefonierte, als Jessica in den Warteraum der Rechtsmedizin trat. Auch Staatsanwältin Dr. Gertrude Stein war jetzt vor Ort.

Mit ihren gut frisierten blonden Haaren und den giftgrünen Augen sah die Staatsanwältin wie immer ausgesprochen attraktiv und jugendlich aus. Irgendwie gelang es der Frau trotz ihres robusten Lebenswandels als Kettenraucherin und als bekennende Alkoholkonsumentin, alle Anti-Aging-Regeln ad absurdum zu führen.

Dieses unverwüstliche Schlachtross sah um Jahre jünger aus, als sie tatsächlich war. Unterstrichen wurde ihre Erscheinung durch ihre erschreckend tiefe, rauchige Stimme. Ein Andenken an eine lebensgefährliche Kehlkopferkrankung, die sie gut überstanden hatte.

Sie begrüßte Jessica mit den herzlichen Worten: »Mitgenommen sehen Sie aus, Kindchen. Sie sollten mehr für Ihre Gesundheit tun.«

Na bravo. Das sagte die Richtige. Jessica schluckte und dachte an ihren täglichen Karottensaft. Aber wahrscheinlich hatte Gertrude recht. Jessica ließ die Dinge trotz ihrer offensichtlich guten Polsterung noch immer viel zu nah an sich heran. »Danke. Alles okay.«

»Wenn der Herr dann fertig ist, können wir loslegen. Ehinger wartet schon.«

Jessica konnte nur ahnen, welchen inneren Kampf es für Dr. Gertrude Stein bedeuten musste, in den heiligen Hallen der Rechtsmedizin auf ihre geliebten Zigaretten zu verzichten. Selbst die Kehlkopferkrankung hatte sie nicht von dieser Sucht befreien können. Ein Grund, warum Gertrude bei der Obduktion regelmäßig auf das Tempo drückte.

Tom schob sein Handy in die Hosentasche. »Wir haben gerade am Stachus das Fahrrad von Conny Bergmüller gefunden. Die Spurensicherung ist vor Ort.«

»Ohne Beschluss?«, fragte Gertrude.

»Müssen wir nachreichen.«

»Und diese Bergmüller? Immer noch wie vom Erdboden verschluckt?« Die Staatsanwältin riss die Tür zum Untersuchungsraum weit auf.

»Leider. Das verkompliziert die Sache.« Tom ließ ihr den Vortritt.

Eine Wolke süßlich-bitterer Gerüche, vermischt mit desinfizierendem Alkohol und starken Putzmitteln, wehte ihnen entgegen, als sie den hohen Raum mit viel Edelstahl betraten.

Jessica schlug unwillkürlich den Kragen ihres Capes hoch und drückte ihre Nase dagegen. Auf so gut wie nüchternen Magen war der schwere Geruch noch weniger zu ertragen.

»Gut, es gibt die unwahrscheinliche Möglichkeit, dass Conny Bergmüller sich abgesetzt hat«, räumte Tom gerade ein. »Aber ich bin überzeugt, dass ihr gestern Nacht etwas zugestoßen ist. Kurz nachdem sie ihr Rad abgeschlossen hat.«

»Sie hat ihr Rad abgeschlossen?«, krächzte Gertruds Stimme überrascht.

Als Tom nickte, setzte sie ein nachdenkliches Gesicht auf.

»Das deutet darauf hin, dass sie jemanden getroffen hat, den sie kannte.«

»Sehe ich auch so«, stimmte Tom ihr zu. »Wir brauchen Einblick in ihre Handydaten.«

Gertrude versprach, sich zeitnah um einen Beschluss zu kümmern.

Jessica mochte die Staatsanwältin mit ihrem schrulligen Verhalten und dem trockenen Humor.

Und auch Tom betrachtete die Frau mit wohlwollendem Respekt.

Obwohl sie Mayrhofers Cousine war und Tom bei seinem letzten großen Fall gehörig den Kopf gewaschen hatte, weil es zu dieser tödlichen Schießerei am Alten Hof gekommen war. Im Gegensatz zu Tom und Jessica war die Staatsanwältin der Meinung, der Showdown hätte vermieden werden können. Tom und auch Jessica dagegen waren überzeugt, dass ohne ihren beherzten Einsatz damals weitere Menschen ums Leben gekommen wären.

Außerdem hatte die Staatsanwältin – wie auch Polizeipräsident Xaver Weißbauer – Druck von ganz oben bekommen, weil es wieder nicht gelungen war, das kriminelle Netzwerk rund um Ivan Maslov auszuhebeln. Im Gegenteil. Claas war als verdeckter Ermittler aufgeflogen. Auch dafür versuchte man Tom intern die Schuld und den schwarzen Peter zuzuschieben.

Doch der zeigte sich dessen gänzlich ungerührt.

Als Jessica den Rechtsmediziner jetzt in seinem weißen Kittel an der Stirnseite des Edelstahltisches startbereit sah, fiel ihr plötzlich ein, an wen er sie mit seinem grauen Riesenschnauzbart erinnerte. An den ehemaligen Verteidigungsminister Peter Struck. Aufgrund des gleichen Vornamens hätte sie früher darauf kommen können.

Ehinger zog nun das weiße Leichentuch mit einem gekonnten Schwung von Marianne Eichstätt ab. Die Frau lag unbekleidet und schutzlos vor ihnen. »So, meine Lieben. Wir haben die Zeit seit heute Nacht bestens genutzt. Mein Kollege schreibt bereits den Bericht, der euch mit allen Details zeitnah übermittelt wird.«

Jessica atmete innerlich auf, als sie die regelmäßigen, aber groben Stiche wahrnahm, mit denen der Brustkorb der Frau vernäht worden war. Ihr würde das Schlimmste erspart bleiben.

Der Leichnam war bereits wieder verschlossen.

Die leblose Hand mit dem kreisrunden schwarz-braunen Leberfleck in der Größe eines 20-Cent-Stückes lag direkt vor Jessica.

Sie fröstelte.

»Wir sind ganz Ohr«, brummte Dr. Gertrude Stein. Sie kramte eine Zigarette aus ihrer Tasche und steckte sie – ohne sie anzuzünden – in den Mund.

Ehinger zog die buschigen Augenbrauen hoch und begann dann mit den klaren, kurzen Sätzen, die seinen Sprachstil auszeichneten. »Wir konnten den Todeszeitpunkt sehr genau bestimmen. Mussten ihn allerdings nach vorne korrigieren. Der Tod trat gegen 2.00 Uhr ein. Sie ist erstickt. Aber dazu später.«

Jessica war gemeinsam mit der Feuerwehr um 2.15 Uhr vor Ort gewesen. Eine Viertelstunde zuvor war die Frau erst verstorben.

Ehinger zeigte auf jeweils zwei kreisförmige rot-blaue Flecken an der Innen- und Außenseite der sonst milchigweißen Oberarme der toten Lehrerin. Dann strich er die kräftigen braunen Haare beiseite und wies auf eine dicke Beule an der rechten Kopfseite. Im Anschluss hob er die leblosen Hände.

Ihre Handrücken hatten sich violett gefärbt.

»Abwehrverletzungen an Oberarmen und Handrücken. Eine Beule seitlich am Kopf. Eine Gehirnerschütterung. Eine Fraktur am linken Fuß. Die erspare ich euch im Detail.«

»Hat sie mit jemandem Streit gehabt?«, fragte Tom.

Natürlich hatte Tom bereits zahlreichen Obduktionen beigewohnt und kannte sich bestens aus. Außerdem hatte er – wie Jessica wusste – die wichtigsten Fachbücher zur ärztlichen Leichenschau im Regal stehen. Bisher weigerte sie sich erfolgreich, sich dieser Nachtlektüre zu widmen, und bevorzugte konsequent Liebesromane.

Ehinger nickte. »So sieht es aus. Die Verletzungen sind rund eine halbe Stunde vor ihrem Tod entstanden. Sie könnte gestoßen worden sein, sich gewehrt haben, wieder gestoßen worden und unglücklich gefallen sein. Dabei hat sie sich die Fraktur am Fuß zugezogen, die wir wegen der Verbrennungen nicht gleich gesehen haben. Die Gehirnerschütterung dürfte zu einer kurzzeitigen Bewusstlosigkeit geführt haben.«

»Hat sie den Brandstifter überrascht?«, fragte Jessica.

»Das herauszufinden ist eure Aufgabe.« Ehinger musterte sie kühl. Jessica biss sich auf die Lippen. Sie wusste, dass er sie für ungeduldig hielt und vorschnelle Kommentare verabscheute.

»Allerdings habe ich bereits den vorläufigen Bericht der Spurensicherung vorliegen, den ihr auch auf eurem Schreibtisch finden werdet. Anna war wieder sehr fleißig und hat sich den Rest der Nacht um die Ohren geschlagen. Diese

Beule stammt von einer scharfen Kante am Bildertrocknungswagen im Kunstraum. Er stand an der Wand zum Materiallager. Die Bremsen waren nicht festgestellt. Die Ecke konnte klar identifiziert werden. Hautpartikel und Haare. Sie ist gefallen, der Wagen ist weggerutscht. Dabei wurde ein hochgestellter Tisch von einem Sideboard gerissen, der ihr auf den Fuß geknallt ist. Der Brandherd dagegen war im Materiallager. Er muss gegen 1.00 Uhr ausgebrochen sein.«

»Spricht dafür, dass sie dem Brandstifter begegnet ist.« Jessica stand die Situation klar vor Augen. »Der Streit und der Brand waren ja fast zur gleichen Zeit.«

Struck – beziehungsweise Ehinger – sah Jessica durch die dicken Brillengläser, die seine Augen noch größer wirken ließen, streng an.

Jessica korrigierte sich. »Sie hat also mit jemandem Streit gehabt. Es muss aber nicht der Brandstifter gewesen sein, auch wenn das in etwa zur gleichen Zeit war.«

»Bitte lest den Bericht, bevor ihr eurer Fantasie freien Lauf lasst.« Ehinger machte eine kurze Pause, um sich neu zu sammeln.

»Der Sturz war also nicht an der Stelle, an der wir sie gefunden haben?«, fragte Tom. »Wie kam sie dahin?«

Ehinger nickte. »Nach dem Streit hat sie noch fast eine Stunde gelebt.«

»Und der Brand hat so lange vor sich hin geschwelt? Ohne dass sie etwas mitbekommen hat?« Tom wirkte ungläubig.

Jessica verstand gut, was er meinte. Warum hatte die Frau trotz gebrochenem Fuß nicht alles gegeben, um den Flammen zu entfliehen?

»Jetzt kommt das Überraschende. Sie hatte K.-o.-Tropfen im Blut. Auch als Liquid Ecstasy bekannt. In jedem Baumarkt erhältlich. GHB = Gammahydroxybuttersäure und GBL = Gamma-Butyrolacton. Hätten wir die Leiche später obduziert, dann hätten wir die Substanzen unter Umständen gar nicht mehr nachweisen können.«

»Hut ab, Ehinger«, sagte Tom und klopfte dem alten Freund auf die Schulter, »auch für deine Nachtschicht.«

»Keine Ursache. – Die K.-o.-Tropfen muss sie verabreicht bekommen haben, kurz nachdem sie aus der Ohnmacht erwacht ist.«

»Zur Stärkung?«, fragte Jessica ungläubig.

Sofort traf sie wieder Ehingers strafender Blick, der ihr durch Mark und Bein fuhr. Die Sympathie, die sie für ihn empfand, war eindeutig einseitig.

»Gegen 1.30 Uhr.«

Dr. Gertrude Stein fasste zusammen. »Also unter uns Proseccoschwestern und -brüdern: Es deutet alles darauf hin, dass Marianne Eichstätt eine Stunde vor ihrem Tod Streit mit jemandem hatte. Sie fiel hin, war wahrscheinlich bewusstlos, hatte Schmerzen im Fuß, die auch ihre Bewegungsfähigkeit einschränkten. Danach hat ihr jemand K.-o.-Tropfen verabreicht. Ob dieselbe Person oder jemand anderes, bleibt dahingestellt. Von den Tropfen war sie so benommen, dass sie nicht vor dem Feuer geflohen ist.«

»So ist es.« Ehinger nickte ernst.

»Wie schnell wirken denn solche Tropfen?«, wollte Jessica wissen. Sie würde sich nicht einschüchtern lassen.

»Je nach körperlicher Verfassung beginnt die Wirkung nach zehn bis 20 Minuten. Die Gehirnerschütterung hat den Prozess beschleunigt. Außerdem deutet der Mageninhalt darauf hin, dass die Frau ihre letzte Nahrung rund acht Stunden vor ihrem Tod eingenommen hat. Gegen 16.00 Uhr. Zusätzlich war die Dosierung der Tropfen extrem hoch.

Unter normalen Umständen hätte sie etwas merken müssen. Sie hat die Tropfen mit Cola light zu sich genommen. Die Spusi hat einen halb verkohlten Recup-Becher gesichert, in dem Spuren der Tropfen nachgewiesen werden konnten. Die Wirkung dürfte spätestens zehn Minuten nach der Einnahme eingesetzt haben. Eher früher. Kurz darauf ist sie erstickt. Wegen der Tropfen hat sie nicht reagiert, als das Kohlenmonoxid aus dem Materiallager durch den Türspalt in den Kunstraum gedrungen ist.«

»Trotzdem bleibt die Frage, warum sie den Raum nicht verlassen hat, bevor ihr jemand die Tropfen verabreicht hat«, hakte Jessica nach.

»Sie musste sich erst einmal unter dem Tisch befreien. Dann hat sie die Schmerzen im Fuß bemerkt.« Tom schien sich in Marianne Eichstätts Lage zu versetzen.

»Und dann kam jemand und hat ihr eine Cola angeboten«, ergänzte Gertrude Stein trocken. »Hätten Sie da Nein gesagt?«

Jessica bestimmt nicht. »Wenn es jemand gewesen wäre, dem ich vertraut hätte und von dem ich mir Hilfe erhofft hätte.« Sie dachte nach. »Doch die Cola hat sie nur noch benommener gemacht.«

»Jemand, von dem sie sich Hilfe erhofft hat, hat ihr den Todesstoß versetzt«, folgerte Tom. »Wenn wir wissen, wer ihr zu Hilfe kam, haben wir ihren Mörder.«

Aber nicht zwangsläufig den Brandstifter, dachte Jessica.

»Übrigens«, meinte Ehinger. »Sie hatte am Nachmittag, wie es aussieht, mehr oder weniger einvernehmlichen Sex.«

»Wie?« Tom trat näher an die Tote heran.

»Wir haben kleine Verletzungen im Vaginalbereich gefunden.«

»DNA?«, fragte Tom.

Ehinger hob die knochigen Schultern. »Natürlich nicht.

Kondom. Nicht einmal fremde Hautschuppen am Körper. Sie muss danach geduscht haben. Es muss allerdings ganz schön zur Sache gegangen sein. Auf Grund der Verletzungen würde ich sagen, Sex von hinten. Ziemlich brutal.«

»Trotzdem einvernehmlich?« Jessica fiel es schwer, sich das vorzustellen.

»Sonst wären die Verletzungen heftiger. Ja.« Ehinger nickte.

Tom nahm Blickkontakt zu ihr auf. »Wenn ihr Mann gestern nicht in München war, hat es einen Nebenbuhler gegeben.«

Jessica fragte sich, wie es die Frau zu einem Ehepartner und einem Lover geschafft hatte. »Das erweitert die Motivlage.«

»Mensch, Ehinger«, zog Tom den Rechtsmediziner auf. »Kannst du uns nicht mal was liefern, was die Sache vereinfacht, statt sie zu verkomplizieren?«

»Das wäre gerade Ihnen auf Dauer zu langweilig, Tom«, schaltete sich Gertrude ein.

»Wie kam es eigentlich zu den Verbrennungen an den Beinen?«, wollte Jessica wissen.

»Anna und ich haben uns hierzu bereits abgestimmt und unsere Ergebnisse zusammengeführt. Marianne Eichstätt muss an dem Platz, an dem wir sie gefunden haben, bewusstlos zusammengebrochen sein. Dort ist sie kurz darauf erstickt.

Die Kohlenmonoxid-Entwicklung im Materiallager war ob der unterschiedlichen Farben, Öle und sonstigen Materialien extrem. Anna hat in ihrem Bericht darauf hingewiesen, dass die Materialien nicht sachgemäß gelagert waren. Das hat den Schwelbrand mit dieser hohen Konzentration an tödlichen Gasen begünstigt.

Erinnert ihr euch, dass die Tür zum Materiallager offen stand? Und auch das Fenster im Flur? Beides muss jemand absichtlich geöffnet haben, um das Feuer durch die plötzliche Sauerstoffzufuhr richtig zum Ausbruch zu bringen. Die Flammen haben dann vom Materiallager auf den Kunstraum übergegriffen. Marianne Eichstätt lag mit den Beinen zur Tür zum Materiallager. Das Feuer griff sofort auf ihre Nylonstrümpfe über. Ihr Körper wäre bis zur Unkenntlichkeit verbrannt, wenn die Feuerwehr nicht so schnell vor Ort gewesen wäre. Dann wäre es wesentlich schwieriger geworden, den Hergang zu rekonstruieren.«

»Der oder die Täter hat oder haben nicht damit gerechnet, dass der Hausmeister nicht mehr einschlafen konnte, nachdem seine Frau ihn geweckt hat.« Tom rieb sich nachdenklich das Kinn, während er die Leiche anstarrte.

»Aus Tätersicht lief der Mord alles andere als optimal«, ergänzte Jessica und sah Tom an.

»Eure Chance.« Gertrude tippe mit ihrer Zigarette in die Luft. »Er oder sie wird Fehler machen, Kinder. Verlasst euch darauf. – So, und jetzt geh ich erst einmal eine rauchen.«

»Und wir zum Essen.« Tom zückte sein Handy. »Ich geb schon mal die Bestellung auf. Was willst du?«

Jessica seufzte. Sie hatte einen Riesenhunger. So groß, dass selbst der Gedanke an Benno sie nicht davon abhalten konnte, Tom zu begleiten. »Gemüsestrudel.«

»Bist du neuerdings Vegetarier?«

»Nee, aber der Appetit auf Fleisch ist mir gerade vergangen.«

Zusätzlich drückte ihr der Gedanke an Benno auf den Magen. Egal wie er sich verhalten würde, sie würde sich selbstbewusst zeigen. Sie hatte sich nichts vorzuwerfen. Trotzdem sah sie mit Bangen dem Moment entgegen, wenn sie sich bei Tageslicht gegenüberstanden.

»Und vergesst nicht die abgeschnittenen Haare!«, rief Ehinger ihnen nach. »Postmortal.«

KAPITEL 22

Als sie im Wirtshaus ankamen, stand das Essen bereits appetitlich dampfend am Stammtisch bereit. Obwohl es für ein klassisches Mittagessen schon recht spät war, war die Gaststube gut besucht.

Tom konnte kaum in Worte fassen, wie gut es ihm tat, in die behagliche Atmosphäre des Wirtshauses zu kommen. Sich auf etwas Warmes im Bauch zu freuen. Neue Energien zu tanken und die Welt da draußen für einen Moment hinter sich zu lassen.

Jessica hatte ihm auf dem Weg von Carlas Magersucht berichtet. Ulrich Anzinger erschien auch Tom verdächtig. Laut Petra Anzinger gab es an der Schule weitere Mädchen und Jungen, die an Magersucht oder Bulimie litten. Auch hatte es einen weiteren Selbstmordversuch gegeben. Ein Mädchen in der Klasse über Leonie hatte versucht, sich in der Sportumkleide mit Tabletten das Leben zu nehmen. Wie tragisch! Sie würden alle diese Eltern als Erste ansprechen.

»Karl Valentin ist tot«, das Schild ging Tom nicht aus dem Sinn. Er hatte den Eindruck, der Bedeutung dieser Worte näherzukommen. Er musste unbedingt noch einmal mit Direktor Strebel sprechen. Gehörten solche psychischen Auswüchse an einem bayerischen Gymnasium zur Tagesordnung? War es diesem oft heraufbeschworenen ominösen Zeitgeist zuzuschreiben? Dann war an diesem System etwas falsch.

Oder stank der Fisch vom Kopf her, wie man volkstümlich so sagte? Dann mussten sie sich den Direktor schleunigst vorknöpfen. Sein Alibi überprüfen. Als Tom gegen 2.30 Uhr am Tatort gewesen war, hatte Jessica ihn auf den Schulleiter aufmerksam gemacht.

Aber wo war der Zusammenhang zu Conny Bergmüllers Verschwinden? Vorausgesetzt, dass sie nicht tatsächlich in den nächstbesten Flieger oder Zug gestiegen war.

Allerdings hatte Mayrhofer im Rahmen der Fahndung alle Flughäfen und Bahnhöfe mit Sorgfalt checken lassen. Dank Dr. Gertrude Stein war die Einsicht in Conny Bergmüllers Kredit- und EC-Karten-Bewegungen im Schnellverfahren genehmigt worden.

Nichts. Keine Abbuchungen, Überweisungen oder Barabhebungen in den letzten beiden Tagen. Das sprach gegen ein Verreisen. Außer diese Conny verfügte über geheime Geldquellen, von denen sie nichts wussten.

»Habt ihr euer Kochproblem in den Griff bekommen?« Tom schob sich auf die Eckbank und freute sich auf seinen Jägerbraten.

Max brütete mit weit von sich gestreckten Beinen über dem Reservierungsbuch und hob jetzt den Hut zum Gruß. »Hedi und Magdalena sind eingesprungen. Außerdem konnte mein Spezi Franzl über das Netzwerk des Hotel- und Gaststättenverbands auf die Schnelle drei Aushilfen organisieren.«

Tom verschwand in der Küche, gab seiner Mutter einen Kuss und begrüßte seine Schwägerin.

Die beiden Frauen waren in ihrem Element.

»Super! Magdalenas Gemüsestrudel ist legendär!«, freute sich Jessica, als Tom zurückkehrte.

»Da bin ich froh, wenn das der Grund ist. Und nicht, weil du jetzt auch mit zu den Leuten gehörst, die nur noch Fleisch essen, wenn der Metzger am Abend zuvor mit der Sau auf dem Sofa g'sessn und mit ihr den Tatort g'schaut hat.« Max steckte sich seine Pfeife an, während er die Tür zum Innenhof öffnete.

Seine Pfeife war eine von den meisten Gästen geduldete Gewohnheit, die sich der Wirt nach dem Mittagessen schlecht verkneifen konnte.

»So weit kommt's noch!«, lachte Jessica.

»Ist Benno auch da?«, fragte sie Tom leise, sobald er neben ihr saß.

Doch Max hatte sie gehört. »Der hat jetzt zum Glück doch auf seinen Urlaubstag verzichtet. Ist aber grade beim Einkaufen. Hat sich regelrecht drum gerissen, als er gehört hat, dass ihr kommt. Obwohl das sonst nicht zu seinen Lieblingsbeschäftigungen gehört. Gibt's was, was ich wissen müsst?«

Jessica senkte den Kopf und biss die Lippen fest aufeinander.

Tom schaltete sich schnell ein. Max mochte es gar nicht, wenn seine Mitarbeiter wegen privater Probleme von der Arbeit abgehalten wurden. Er hob seine Apfelschorle und stieß mit Jessicas halb vollem Glas an. »Alles gut, Max. Sag mal, kennst du den Sascha Brühl? Mit vollem Namen …«

»Alexander Andreas Brühl. Wer kennt den nicht?« Max beugte sich zu Tom. »Du weißt doch, wie verrückt die Hedi und die Magdalena auf diese Kreuzfahrtserien sind. Wie oft hab ich auf mein Fußballspiel verzichten müssen, weil sie den Sascha bewundern wollten. Wenn der Brühl meiner Hedi vor 20 Jahren begegnet wär, dann hätt ich alt ausgeschaut, das glaubst aber.«

Tom lachte, während Jessica sich weiter in ihren Strudel vertiefte. Sie aß sichtlich mit Genuss.

Fast zärtlich schnitt Tom das nächste Stück seines Jägerbratens an. »Du weißt von seinen Schicksalsschlägen?«

»War ja nicht zum Nicht-Mitbekommen. Der Sascha Brühl wohnt jetzt gar nicht weit von hier. Im Färbergraben 33. Bei seiner Schwester. Wenn man aus der Hofstatt kommt, direkt um die Ecke bei der alten Post. Die Schwester ist die Freundin einer Freundin von der Hedi. Muss ziemliche Haare auf den Zähnen haben. Unter uns gesagt.«

»Liegt auf dem Weg zum Polizeipräsidium.« Tom stupste Jessica an. »Wir gehen gleich im Anschluss bei ihm vorbei.«

»Um 15.00 Uhr kommt er aufs Präsidium.« Jessica warf einen Blick auf ihr Handy. »Mayrhofer versucht nonstop, mich zu erreichen.«

»Schreib ihm, dass wir in einer guten halben Stunde da sind. Bis dahin soll er die Füße stillhalten. Wir sagen Sascha Brühl unkompliziert Guten Tag. Vielleicht kann er sich den Gang aufs Präsidium sogar sparen. Das ist ihm sicher auch lieber.«

Jessica informierte Mayrhofer und las die Nachricht aus dem Messenger vor. »›Der Galerist weiß nicht, wo Conny Bergmüller ist. Er macht sich Sorgen. Kommt ins Präsidium.‹«

»Den Sascha Brühl findet ihr wahrscheinlich im Keller.« Max schob seinen Hut zurück und besserte eine Stelle im Reservierungsbuch aus.

»Wurde der ausquartiert?« Tom aß zügig seinen Teller leer.

»Sagt dir Färbergraben 33 denn nichts?« Max betrachtete Tom wie ein großer Bruder, der den kleinen darauf hinweist, dass er vergessen hat, seine Hausaufgaben pflichtgemäß zu erledigen.

»Sollte es?« Tom nahm sich vor, sich nicht ärgern zu lassen.

Max hielt ihm sein Smartphone hin. Wikipedia-Eintrag. »Karl Valentin eröffnete einen Grusel- und Lachkeller im Färbergraben 33.«

»Sieh mal einer an.« Grusel- und Lachkeller! Was sollte denn das sein? Tom schob den letzten Bissen Jägerbraten in den Mund, nahm eine Serviette und wischte sich über die Lippen.

»Und was macht jetzt der Sascha Brühl im Keller? Den Grusel- und Lachkeller wieder flott?«

»So in etwa. Er konzipiert einen Escape Room. Zu Ehren von Karl Valentin. Hat Hedi von der Freundin. Die Schwester dachte an eine Kooperation mit uns. Nicht uninteressant.«

Jessica hängte ihr Cape um. »Und was ist ein Escape Room?«

Tom wusste es auch nicht.

Max lehnte sich zufrieden zurück und klappte sein Reservierungsbuch zu. »Sagt euch ›Geocaching‹ was?«

Geocaching. Klar. Tom hatte bereits bei verschiedenen Bergtouren Schätze in der Natur gejagt. Die Bewegung hatte noch vor ein paar Jahren einen richtigen Hype ausgelöst.

Max fuhr fort. »Der Trend ist vergleichbar. Es gibt Leute, die richten ihre Reisen auf die Escape Rooms aus, die sie in den betreffenden Städten vorfinden. Allein in München gibt es inzwischen über zehn solcher Firmen mit insgesamt 49 Räumen.«

»Gab es da nicht vor Kurzem eine Tragödie in Polen?« Jetzt fiel es Tom wieder ein. »Fünf 15-jährige Mädchen sind ums Leben gekommen, weil ein Feuer ausgebrochen ist und die Mädchen nicht aus den Räumen kamen.«

Max nickte. »Genau. So funktioniert das. Eine Gruppe wird in einen Raum eingeschlossen und kommt erst raus, wenn sie die dort versteckten Aufgaben und Rätsel gelöst hat. Wird zum Beispiel gerne von Firmen als Teambildungs-Workshop genutzt.«

»Und der Sascha Brühl will in der ehemaligen Ritterspelunke vom Karl Valentin einen solchen Escape Room eröffnen?« Tom dachte darüber nach, dass Sascha Brühl sich mit dem Thema Brandschutz dann sicher bestens auskannte. Denn es war davon auszugehen, dass die Sicherheitsvorkehrungen in Deutschland bei der Eröffnung eines solchen Unternehmens weit strikter waren als in Polen.

Sascha Brühl, der Brandschutzexperte.

»Eine geniale Idee!« Max war neuen Ideen gegenüber meist sehr aufgeschlossen. »Der Escape Room soll unter dem Motto ›Karl Valentin‹ stehen. Der Sascha Brühl hat früher an diversen Theatern den Karl Valentin gespielt. Besonders brilliert hat er in ›Die Orchesterprobe‹. Es gibt sogar eine Aufzeichnung davon.«

»Organisier mir die!«, bat Tom seinen Bruder. Es war erstaunlich, wie Max sich in das Thema eingelesen hatte. Innerlich musste Tom grinsen. Sein Bruder wollte Hubertus mal wieder in nichts nachstehen.

Tom fragte sich, was für ein Mensch dieser Sascha Brühl war. Auf die kurze Begegnung am Morgen konnte er sich keinen Reim machen. Er erinnerte sich daran, was der blonde Struwwelpeter gesagt hatte.

Sascha Brühl hatte in der Schule randaliert. Der Direktor hatte ihn verständlicherweise hinauswerfen lassen. Starke Emotionen waren im Spiel. Sascha Brühl kannte sich nicht nur in Sachen Brandschutz aus, sondern er war auch ein versierter und passionierter Karl-Valentin-Kenner. Doch die Erwartungen an die gleichnamige Schule hatten sich für ihn ebenso wenig erfüllt wie für die Familie Anzinger. Ihn hatte es sogar noch tragischer getroffen. Sein Sohn war tot. Beide Familien kannten sich. Petra Anzinger hatte Sascha freundlich begrüßt. Carla war mit Fabian befreundet gewesen.

Diesem Ansatzpunkt mussten sie nachgehen. Und zwar schnell.

Eilig griff Tom nach seiner schwarzen Lederjacke auf der Bank, als ihm noch etwas einfiel. »Wie lief eigentlich Tinas Referat?«

Max war irritiert. »Die Tina ist noch nicht da.«

Komisch. Tina war normalerweise immer um die Mittagszeit zurück. Sie aß genauso gern wie der Rest der Familie.

Tom scrollte durch seine WhatsApp-Meldungen. Tatsächlich. Eine Nachricht von Tina. Wie hatte er die nur übersehen können. »Hi Tom, mir ist noch etwas eingefallen. Conny hatte noch einen sehr komischen Brief bekommen. Der hatte sie ziemlich irritiert.«

Tom versuchte auf der Stelle, Tina zu erreichen. Doch ihr Telefon war abgestellt. Musste er sich Sorgen machen? Sollte er Mayrhofer direkt bitten, ihr Handy orten zu lassen?

Sie würde ausflippen, wenn sie es erfuhr.

Er war beunruhigt, obwohl es eigentlich keinen Grund dafür gab. Oder doch? Tina war bei Conny Bergmüller gewesen. Wenn Conny entführt worden war, dann hatte sie vielleicht etwas gewusst, was der Entführer nicht verraten wissen wollte. Wenn er Conny beobachtet hatte, dann hatte er Tina gesehen und konnte vermuten, dass Conny ihr sein Geheimnis preisgegeben hatte.

Tom schrieb umgehend: »Tina, bitte melde dich sofort!«

KAPITEL 23

Conny hatte das volle Ausmaß ihrer Situation erfasst. Sie lag gefesselt und geknebelt, mit Büstenhalter, Slip und Socken bekleidet in einem Kinderbett, das mit einem tonnenschweren Deckel versiegelt war.

Ihr Bewegungsradius war ernüchternd. Nicht einmal ein Quadratmeter. Es war ihr gelungen, die Decke wieder so über ihren Körper zu drapieren, dass sie zumindest nicht auszukühlen drohte. Sie war froh um ihre Haare, die Schultern und Nacken wärmten. Aber sie musste dringend aufs Klo. Gleichzeitig brannte ihre Kehle vor Trockenheit. Ihre Situation war erbärmlich.

Sie verbat sich, dem Drang in ihrer Blase nachzugeben.

Ruhig atmen.

Sie musste über einen Fluchtweg nachdenken. Sie musste hier raus. Egal wie. Bevor sie sich eingenässt hatte. Bevor sie verdurstet war. Bevor die Klaustrophobie sie fest in ihren Fängen hielt und nie wieder loslassen würde.

Bevor das Ungeheuer kam, das sie hier halb nackt festhielt.

Was hatte man mit ihr vor? Warum hatte man sie ausgezogen?

Seit sie wieder bei Bewusstsein war, grübelte sie darüber nach, was geschehen war. Doch ihre Erinnerung hörte auf, als sie mit Tina am Mittwochabend auf der Terrasse gesessen hatte. Einer der ersten warmen Frühlingsabende mit Föhn. Der herrliche Blick auf die Altstadt, Theatiner- und Frauenkirche im Blick. Der gute Wein. War etwas im Wein gewesen? Wohl kaum.

Sie hatte ihn selbst gekauft und geöffnet.

Trotzdem. Alles, was danach geschehen war, lag in einem dichten Nebel. So etwas hatte sie noch nie erlebt. Selbst nicht in ihren wildesten Jahren. Sie hatte vieles ausprobiert. Doch sie hatte immer gewusst, wann sie wo und mit wem gewesen war. Das ungläubige Staunen ob der Leere in ihrem Kopf war wie die große Schwester der Ohnmacht, aus der sie erwacht war. *Im falschen Film.*

War sie missbraucht worden? Noch immer benommen und unter Schock, horchte sie in ihren Körper hinein. Sie war noch nie missbraucht worden, deshalb konnte sie sich nur vage vorstellen, wie es sein musste. Im Moment brannte jeder Zentimeter ihres Körpers und ihrer Haut vor Anspannung. Ganz zu schweigen von dem sich nun einstellenden Dröhnen in ihrem Kopf, der das Bett in ein Karussell verwandelte. Sie konnte nicht mit Sicherheit sagen, was geschehen war, aber ihr Vaginalbereich war zumindest nicht brutal verletzt.

Das hätte sich anders angefühlt.

Egal was passiert war, sie wollte sich nicht unterkriegen lassen.

Mit großer Kraftanstrengung rollte Conny sich auf den Rücken. Stemmte entschlossen die angewinkelten Knie gegen den Deckel. Wie bei dem Fitnessgerät, mit dem sie die Rundungen ihrer Pobacken als Teenager trainiert hatte. Der Deckel bewegte sich, hob sich an. Minimal. *Immerhin.* Gerade so viel, dass sie sich den kleinen Finger in dem Spalt zwischen Deckel und Bett hätte einklemmen können, wenn es ihr denn gelungen wäre, dorthin zu kommen. Sie stöhnte auf.

Ein kleiner Spalt, der jetzt ihre ganze Hoffnung war.

Schwer atmend ließ sie die Oberschenkel auf die Matratze zurücksinken. Ein dumpfes Poltern, als der Deckel den Spalt wieder verschloss. Conny gönnte sich einen Augenblick Ruhe.

Beim nächsten Anlauf wollte sie höher kommen.

Und wenn es ihr gelingen würde, den Deckel zu verrutschen? Sich über das Gitter zu rollen. Das Bett zu verlassen. Den Stoß der Landung nach dem Fall würde sie verkraften. Sie würde sich auf dem Rücken abrollen. Dann könnte sie den Raum auf dem Boden robbend erkunden. Irgendetwas finden, um die Kabelbinder zu durchtrennen. Sich die Binde von Augen und Mund reißen. Ein Fenster, eine Tür suchen. Wasser trinken. Aufs Klo gehen.

Die Hoffnung war wie ein Lichtstrahl, der sofort wieder erlosch.

Die Gedanken kreisten rasend hinter ihrer Stirn. Auf weniger als einem Quadratmeter. In einem schwarzen Loch. Sie versuchte, die Augenbinde abzustreifen. Es misslang. Sie hyperventilierte. Bekam kaum Luft. Das Haar in ihrem Mund wurde wieder lebendig. Der Knebel saß unbarmherzig eng.

Sie war gefangen!

Vor Erschöpfung rollte sie zur Seite, blieb regungslos liegen. Fühlte sich wie ein totes Pferd in der Box eines Shetlandponys. Um das Rauschen des Blutes in ihren Ohren zu dämpfen, drückte sie die Schläfe fest in die Matratze.

Sie schreckte erst auf, als eine Tür ins Schloss fiel.

Die Haustür?

Ruhig.

Conny traute sich kaum zu atmen. Ein Geräusch, als ob etwas Schweres über den Boden geschleift würde. Ein Keuchen. Erkannte sie das Schnaufen? Erkannte sie den Rhythmus der Schritte? Die Aura des Menschen, der ihr das angetan hatte? Waren das eine oder zwei Personen? Mann oder Frau? Sie konnte es nicht mit Sicherheit sagen. Gesprochen wurde nicht. Sie lauschte noch angestrengter.

In jedem Fall hatte sie das untrügliche Gefühl, dass Wer-immer-das-war wusste, dass sie hier war.

Conny zog die Decke über den Büstenhalter. Sofort waren die Waden entblößt. Sie rollte sich ein wie ein Embryo, vergrub das Gesicht mit unter der Decke. Sog den Duft des Kinderbettes ein. Auch der Geruch ließ keine Erkenntnis zu. Das Holz. Der Bezug.

Alles neu. Ein unbenutztes Kinderbett.

Dazu auserkoren, ihr Sarg zu sein?

Doch warum? Was hatte sie getan? Was war geschehen?

Conny biss fest auf den Knebel in ihrem Mund. Spürte, wie der Speichel ihn durchnässte. War froh, dass das Haar nicht im Gaumen kitzelte. Zwang sich, sich abzulenken. Unsichtbar zu werden.

Versuchte, sich zu erinnern.

Ihre Ausstellung. Die Bilder! Etwas war mit den Bildern. Was? Was war mit den Bildern? Feuer. Wie aus dem Nichts tauchten Flammen auf ihrer Netzhaut auf. War sie in ein Feuer geraten? Lag sie im Krankenhaus? Lag sie im Koma? Fühlte man sich so, wenn man zwischen Leben und Tod schwebte? War alles Einbildung?

Dann müsste sie auf sich aufmerksam machen. Es war jemand gekommen. Man musste wissen, dass sie bei Bewusstsein war. Dass sie etwas mitbekam. Dass ihr Geist funktionierte.

Conny stemmte sich auf die Unterarme. Der Spielraum der Kabelbinder an den Händen ließ die Bewegung kaum zu. Die Plastikbänder schnitten jetzt fest in die Handgelenke. Gerade wollte sie gegen den Knebel in ihrem Mund anschreien, da erkannte sie, dass etwas nicht stimmte. Kabelbinder im Krankenhaus? *Nein.*

Ein unterdrücktes Wimmern entfuhr ihrer Kehle. Sie

zwang die Panik nieder. Ließ die Laute tiefer rutschen. Bis der Bass ihrer Stimmbänder das Weinen einfing und ihr Brustkorb vibrierte.

Da. Eine Jalousie wurde heruntergelassen. Ein Schlüssel im Schloss gedreht. Ein Lichtschalter ein- und ausgeschaltet.

Ein Wasserhahn lief. Wo war sie? War sie in einer Wohnung?

Sie schob den Kopf unter der Decke hervor. Staunte, wie ihr Köper nach Sauerstoff verlangte. War froh um die Luft, die ihr keiner nahm.

Dann ging die Tür auf. Zögerlich. Leichte Schritte. Gummisohlen auf Parkett. Ein Ächzen, als ob ein Fenster geöffnet wurde.

Ein kühler Luftzug. Jemand vor ihrem Bett. Sie hielt den Atem an.

Nie zuvor hatte sie sich so schutzlos gefühlt.

KAPITEL 24

Gut gesättigt und frisch gestärkt, liefen Tom und Jessica voller Elan durch die Hofstatt. Jessica hatte Mühe, mit Tom Schritt zu halten. Sie war heilfroh, dass sie Benno nicht begegnet war.

Wieder einmal wunderte sich Jessica, wie viele Menschen um diese Zeit durch die Münchner Innenstadt flanierten, als hätten sie nichts zu tun. Woher kam das ganze Geld, das in alle die bunten Tüten umgesetzt wurde, die diese Menschen gut gelaunt mit sich herumtrugen?

Irgendetwas machte sie falsch. Sie arbeitete. 39 Stunden die Woche. Mit Überstunden 70. Trotzdem reichte das Geld gerade für die notwendigsten Anschaffungen aus.

»Da ist es.« Tom drückte die Klingel unterhalb des Türschildes von Familie Horst Kirschner. Elfriede Kirschner hieß die Schwester von Sascha Brühl, wie sie von Max erfahren hatten. Alexander Andreas Brühl war als Bewohner nirgends genannt. Weder bei Familie Kirschner noch im Keller. Auch von einem Escape Room war nichts zu erkennen. Allerdings war der Platz für ein Schild vorgesehen. Ein elektrisches Kabel stach in unzulässiger Weise aus der Wand heraus.

Jessica fragte sich, wie der ehemalige Schauspieler seine Post zugestellt bekam. Vielleicht hatte er ein Postfach.

Die Postbank-Filiale lag nur wenige Schritte entfernt.

»Mir kaffa nix.« Eine Stimme krächzte barsch und unfreundlich aus der Sprechanlage.

»Wir wollen nix verkaufen, Frau Kirschner. Wir wollen zu Ihrem Bruder, bitte.« Tom beugte sich zum Lautsprecher hin.

»Mit wem hab ich die Ehre?«

»Hauptkommissare Tom Perlinger und Jessica Starke.«

Der Einfachheit halber hatte Tom ihren Dienstgrad erhöht.

»Der Bruder vom Max Hacker?« Der Klang der Stimme wurde augenblicklich um das ihr mögliche Höchstmaß freundlicher.

Jessica grinste. Wahrscheinlich wäre Elfriede Kirschners Umfeld überrascht, dass sie zu so einer Freundlichkeit überhaupt fähig war.

»Genau der.«

»Ja, wissens, ich dad Eahna scho aufmacha, aber grad is schlecht. Und der Sascha, der is eh need da!«

»Finden wir Ihren Bruder im Keller?«

Jessica war immer wieder erstaunt, wie mühelos es Tom gelang, einen weiblichen Drachen um den Finger zu wickeln.

»Ich mach Eahna auf. Dann könnens sejlba schaun.«

Der Türöffner summte. Tom stemmte sich gegen die Haustür.

Jessica drehte sich durch Zufall in Richtung der Straße. Da. »Tom! Warte. Sascha Brühl. Er haut ab.«

»Was?«

Der hagere Mann mit den geschmeidigen Bewegungen und den überlangen Haaren musste den Hinterausgang genutzt haben. Er schloss gerade die Tür seines moosgrünen alten Mercedes auf und warf hastige Blicke zu ihnen herüber.

Tom setzte ansatzlos zum Spurt an.

Jessica versuchte erst gar nicht, hinterherzujagen.

Es wäre vergebens gewesen.

Gerade, als Tom bei dem moosgrünen alten Mercedes angekommen war, drückte Sascha Brühl das Gas durch. Mit einem Riesensatz fuhr das Auto an. Tom klammerte sich an der Hintertür fest und hielt das Tempo über die gesamte Länge des Färbergrabens, der zum Glück eine Einbahnstraße war.

Die Fußgänger wichen erschrocken aus. Jessica betete, dass Tom nicht stolpern und unter die Räder kommen möge.

Erst als Sascha Brühl einem Auto die Vorfahrt nahm, in den Oberanger bog, beim Zebrastreifen fast eine alte Frau mitgenommen hätte und voll beschleunigte, wurde Tom zur Seite weggeschleudert.

Die Reifen quietschten ohrenbetäubend, als das Auto um die Kurve fuhr. In letzter Sekunde ließ Tom den Griff los, stürzte und schrammte einige Meter über den Asphalt.

Jessica beobachtete, wie Tom sich mit schmerzverzerrtem Gesicht an die Brust griff. Sicher schmerzte die alte Wunde wieder. Er hatte vor Kurzem an der gleichen Stelle eine Entzündung gehabt.

Doch binnen weniger Sekunden stand er wieder auf, stützte sich auf die Oberschenkel und erholte sich fluchend von seinem Schock.

Jessica atmete auf. Glücklicherweise hatte sie sich das Nummernschild gemerkt. Sie gab Mayrhofer die Daten durch, während sie Tom entgegenlief.

»So ein Idiot!« Tom streifte die Hände an der Jeans ab. Seine Handflächen waren schmutzig und knallrot aufgeschürft. Die Jeans über beiden Knien gerissen.

»Gott sei Dank ist dir nichts passiert, Tom. Das war knapp. Es ist nur eine Frage der Zeit, bis die Streife ihn fasst.« Sie klopfte Tom den Straßenstaub von der Lederjacke.

Da stach plötzlich Benno mit vollen Tüten vom Viktualienmarkt her um die Ecke. Er musste Toms Verfolgungsjagd beobachtet haben.

»Mal wieder nicht derwischt?« Bennos Gesicht glühte vor nicht zu übersehender Schadenfreude.

Jessica hätte wetten können, dass Benno nur deshalb die Straßenseite gewechselt hatte, um Tom diesen Kommentar entgegenschleudern zu können.

Unterschwellig hatte Benno Tom nie verziehen, dass er ihm Christl ausgespannt hatte. Es musste Benno jedes Mal einen Stich versetzen, die beiden zusammen zu sehen. Da sie oben in der Dachgeschosswohnung lebten, war das häufig der Fall. Jede Begegnung ließ bei Benno vermutlich alte Wunden aufbrechen. Obwohl Jessica es die ganze Zeit über vermutet hatte und sich ihrer Gefühle Benno gegenüber nicht sicher war, gab ihr die Erkenntnis einen Stich.

»Aber versucht!« Tom zog seelenruhig seine Lederjacke aus und untersuchte sie auf weitere Schäden.

Das Leder am rechten Ellenbogen war abgeschabt.

Mit schwarzer Lederpflege würde die Stelle zu reparieren sein. Christl würde diesmal ihre handarbeitstechnischen Fähigkeiten nicht unter Beweis stellen müssen.

Benno schaute mit seinen melancholischen braunen Bernhardineraugen konsequent an Jessica vorbei. So sehr sie auch danach suchte, ihr fiel keine unverfängliche oder gar originelle Bemerkung ein, um der Begegnung die Spannung zu nehmen.

»Dann macht's mal gut.« Benno setzte seinen Weg fort.

»Was sollte jetzt das?«, fragte Tom.

»Er hat dir nie verziehen, dass du ihm Christl weggenommen hast.« Und er ist verdammt einsam, dachte Jessica, als sie der rundlichen Statur des Restaurantchefs nachblickte.

Aber sie würde ihm nicht helfen können. Alles, was sie erreichen konnte, war, mit ihrer Freundschaft die Wogen zu glätten und eine Ansprechpartnerin für Benno zu sein. Allerdings wäre sie dazu nur in der Lage, wenn sie ihre eigenen Eitelkeiten hintenanstellte.

Tom zog seine Lederjacke wieder an. »Damit ist Sascha Brühl auf der Liste der Verdächtigen nach oben gerutscht.«

Jessica war noch so in ihre Gedanken über Benno, ihre Beziehung und ihre Zukunft vertieft, dass es ihr schwerfiel, einen Zusammenhang herzustellen.

»Aber wieso sollte Sascha Brühl Conny Bergmüller entführen? Sie war noch gar nicht an der Schule, als sein Sohn sich das Leben nahm. Er wird sie kaum dafür verantwortlich machen können. Außerdem scheint sie eher zu den beliebteren Lehrern zu gehören.«

»Ich werde das Gefühl nicht los, dass wir es hier mit mehreren Fällen zu tun haben, die alle ineinandergreifen.« Tom legte nun wieder sein übliches rasantes Tempo vor, dem Jessica mühevoll hinterherstolperte.

»Das würde natürlich einiges erklären.« Sie zog das Cape enger um ihre Schultern. »Vielleicht gewinnen wir neue Erkenntnisse aus dem Bericht der Spurensicherung. Die Eltern von Marianne Eichstätt müssten inzwischen auch vor Ort sein.«

Jeder in seine Gedanken vertieft, nahmen sie erneut den Weg über den Färbergraben in Richtung Löwengrube, um den Menschenmengen auf dem Marienplatz zu entgehen.

Jessica fragte sich, ob sie in Sachen Männer das Schicksal ihrer Mutter teilte. Der Apfel fiel bekanntlich nicht weit vom Stamm. War es tatsächlich nur verletzte Eitelkeit, weshalb ihr Bennos Verhalten so wehtat? Oder verbarg sich mehr dahinter? Hatte sie wirklich geglaubt, sie könnten zusammenpassen und eine glückliche Beziehung führen?

Eines war jedenfalls sicher. Auf keinen Fall wollte sie sich der Blamage einer erneuten Begegnung mit Toms Freund Claas aussetzen.

»Wann kommt eigentlich Claas heute an?«, fragte sie Tom.

»Er wollte gegen 20.00 Uhr hier sein.« Tom warf einen Blick auf sein Handy.

»Da bin ich bei der Demo. Bleibt er länger?«

»Claas hängt seine Pläne nie an die große Glocke.«

Jessica hoffte, dass Claas keinen längeren Aufenthalt vorgesehen hatte.

KAPITEL 25

Im Präsidium stießen sie im Eingangsbereich auf die völlig aufgelösten Eltern von Marianne Eichstätt. Das noch rüstige Ehepaar in seinen Sechzigern war völlig verzweifelt.

Die weinende Mutter wollte zuerst ihre Tochter sehen. Sie konnte nicht glauben, was geschehen war. Sie schickten die Eltern zunächst in die Rechtsmedizin in der Nussbaumstraße. Sie sollten danach zur Befragung zurückkehren und alles zu Protokoll geben, was im Zusammenhang mit dem Tod ihrer Tochter relevant erschien.

Die Mutter schien erleichtert, dass der Schwiegersohn erst am nächsten Tag eintreffen würde. Ganz offensichtlich wollten sie ein Zusammentreffen vermeiden.

Warum, fragte sich Tom.

Er verspürte das dringende Bedürfnis, für einen Moment in seinem Büro allein zu sein, denn er wollte mit Christl und Tina telefonieren und dann den Bericht der Spurensicherung in Ruhe durcharbeiten.

In seinem Büro trat Tom als Erstes wie gewohnt ans Fenster. Er liebte den Blick auf die Neuhauser Straße und die Front der Jesuitenkirche St. Michael. Deshalb war sein Arbeitszimmer verhältnismäßig spartanisch eingerichtet. Der Blick aus dem Fenster war die Quelle seiner Inspiration. Er schenkte ihm Ruhe und erinnerte ihn an die zurückgezogenen Monate, die er während seines Sabbatjahres in einem Zen-Kloster in Japan verbracht hatte.

Die Michaelskirche vor seinem Fenster war ein frühes und ganz besonders schönes Barockgebäude aus dem

16. Jahrhundert, dem die Vorläuferschaft der Renaissance noch anzusehen war. Die Kirche stand für ihn als Symbol für die Beständigkeit des Lebens und dessen positive Kraft. In all dem Wirrwarr von Verbrechen und Tod, das ihn täglich umgab, bildete sie das Gegengewicht zu all dem oftmals erschütternd Negativen, das Tom nicht unberührt ließ.

Christl hörte sich ungewohnt fremd an, als er sie nach mehrmaligem Läuten endlich am Telefon hatte. Sie zeigte sich überrascht über seinen Anruf. Normalerweise meldete er sich nie, sobald er das Haus verlassen hatte. Auch sie hatte sich längst abgewöhnt, ihn tagsüber erreichen zu wollen.

»Alles klar bei dir?«, fragte Tom.

Beim Klang ihrer Stimme stand ihm unvermittelt die gestörte Liebesnacht wieder vor Augen. Er spürte ein Ziehen im Unterbauch. »Ich vermisse dich!«

Christl lachte hell auf. »Ich weiß schon, warum!«

»Mach dich nicht lustig über mich.«

»Soll ich Mitleid zeigen?«

»Das wäre angebracht. – Übrigens: Claas kommt heute Abend. Er müsste schon im Zug sitzen.«

»Übernachtet er bei uns?«

»Ich hab keine Ahnung, wie sich der Abend entwickelt. Er ist beruflich hier.«

»Wegen des Brandes im Karl-Valentin-Gymnasium?«, fragte Christl überrascht, während sie Einstein ermahnte, ruhig zu sein. Der Beagle hatte sich angewöhnt, bei jedem Anruf und Besuch nach einem Gutti zu verlangen.

»Scheint so.«

»Ist er immer noch hinter Iwan Maslov her?«

»Bei Claas ist die Jagd nach Maslov zur Obsession geworden.« Tom dachte an sein letztes Gespräch mit Claas.

Und daran, dass man in den diversen LKAs und selbst beim BKA davon ausging, dass es einen Überläufer in den eigenen Reihen gab. Und daran, dass er seinen alten Freund Claas nach dessen Verschwinden nicht wiedererkannt hatte.

»Du glaubst doch nicht, dass der Brand etwas mit Maslov zu tun hat?«, fragte Christl ungläubig. Sie war wie immer neugierig und kam direkt auf den Punkt.

»Genau dazu erhoffe ich mir weitere Erkenntnisse. Wir verfolgen inzwischen zahlreiche Spuren. Bisher ergebnislos.«

»Bist du beunruhigt wegen Claas?«

Das war er wohl. »Ich frage mich, wie er sich verhalten wird. Ob er so kühl und abweisend ist wie beim letzten Mal. Oder ob er mir endlich erzählt, was wirklich los war damals.«

Tom hatte Claas' gequälten Gesichtsausdruck nicht vergessen, als der Freund ihn gebeten hatte, ihm Zeit zu geben. Tom hatte deutlich gespürt, dass Claas ihm etwas vorwarf.

Doch er hatte keine Ahnung, was.

»Wenn er Zeit braucht, dann lass sie ihm. Ich bereite das Gästezimmer vor.« Christls Stimme klang resolut. »Egal, wann ihr kommt, er hat ein Bett bei uns.«

»Das ist lieb. Du brauchst nicht auf uns zu warten.«

»Okay. Männerabend. Kein Thema. Tina müsste übrigens gleich kommen.« Christl lachte. »Dirndlrunde.«

»Gibt's was Wichtiges?«, fragte Tom betont gleichgültig.

Aber er konnte Christl nichts vormachen, sie hatte ihn sofort durchschaut. Sie antwortete kurz angebunden. »Wenn's so wäre, wüsstest du es.«

Ihm fiel noch etwas ein. »Hubertus hat am Samstag Geburtstag.«

Christl stöhnte auf. »Das haben wir alle total vergessen!«
»Kümmerst du dich mit Hedi und Magdalena drum?«
»Aye, aye, Sir. Mal wieder an die Frauen delegiert! Ich hab zwar keine Ahnung, wie wir das hinkriegen sollen, aber wir sind ja bekanntermaßen Naturtalente im Improvisieren.«

Tom atmete erleichtert auf. Wenn Christl die Sache in die Hand nahm, dann war Hubertus' Geburtstag so gut wie gerettet. »Tina soll mich bitte unbedingt anrufen.«

»Sag ich ihr. Tschüss. Bis heute Nacht. Ich liebe dich.«

»Ich dich auch.«

Tom spürte eine tiefe Dankbarkeit, als er aufgelegt hatte. Nach dem abrupten Ende ihrer Beziehung vor Jahren und nach all den zahlreichen Liebschaften und Affären, die er zwischenzeitlich erlebt hatte, war die Tiefe ihrer Beziehung wie ein Wunder. Wenn er es nicht selbst erlebt hätte, hätte er nicht geglaubt, dass Vertrauen und Leidenschaft täglich wachsen konnten. Mit Christl konnte er sich vorstellen, woran er mit keiner Frau zuvor jemals gedacht hatte. Eine Familie zu gründen.

Tom schob den Gedanken an ihre abweisende Reaktion am Morgen beiseite und wandte sich seinem bis auf den Bericht der Spurensicherung leeren Schreibtisch zu. Er überflog ihn in gewohnter Routine. Anna hatte ihn noch abschließen können, bevor sie zu dem Bombenalarm gerufen worden war.

Tom wollte sich gerade den Überblick vornehmen, in dem die Spurensicherung sich auf die relevanten Bereiche konzentriert hatte, da klingelte sein Telefon.

Polizeipräsident Xaver Weißbauer.

»Tom.«

Familie Weißbauer und Familie Hacker kannten sich als alte Münchner Traditionsfamilien seit Generationen. Als

Kind hatte Tom den Polizisten mit dem höchsten Dienstgrad der Münchner Polizeibehörde mit »Onkel Xaver« angesprochen.

Seit dem letzten Fall war ihr Verhältnis gestört. Jetzt klang Weißbauers Stimme wie ein Hilferuf.

»Was gibt's, Weißbauer?« Da er schlecht bei »Onkel Xaver« hatte bleiben können und ihm »Xaver« ohne Onkel schwer über die Lippen kam, hielt Tom sich im bilateralen Gespräch an den Nachnamen, wie es in Bayern durchaus üblich war. Während Weißbauer bei Tom geblieben war.

»Tom, ich bitte dich, bei diesem Fall leiser aufzutreten als beim letzten. Das Kultusministerium sitzt mir im Nacken.«

»Was zu erwarten war ...« Tom drehte sich mit dem Stuhl zum Fenster und nahm sich fest vor, sich nicht aufzuregen. Er würde – so wie der Polizeipräsident es normalerweise bei ihm machte – Weißbauer eiskalt abtropfen lassen.

Er hatte jetzt keine Zeit für lange Diskussionen.

»Ich möchte, dass kein schlechtes Licht auf die Schule fällt, haben wir uns da verstanden, Tom?«

»Logisch.«

Weißbauer seufzte. »Das letzte Mal konnte ich deinen Kopf noch aus der Schlinge ziehen. Ein zweites Mal weiß ich nicht, ob mir das gelingt.«

Tom verkniff sich ein Lachen. Er wusste sehr wohl, dass Weißbauer nicht von seinem, sondern von Weißbauers eigenem Kopf sprach – und dass er Toms hineingesteckt hatte, um seinen eigenen herauszuziehen.

»Weißbauer, sei mir nicht bös, ich hab den Bericht von der Spusi vor mir liegen. Uns rennt die Zeit davon ...«

»Noch was, Tom.«

»Ja.«

»Der Claas Buchowsky.«

»Ja.«

»Wir wissen, dass es irgendwo in dem Netzwerk rund um Iwan Maslov einen Maulwurf gibt. Nicht ausgeschlossen, dass er es ist.«

»Soll er deshalb als Erstes zu dir kommen?«

Weißbauer überhörte die Zweideutigkeit.

»Es ist durchaus vorstellbar, dass Maslov hinter dem Brand des Gymnasiums steckt. Eins-a-Innenstadtlage. Könnte seine Kragenweite sein. Pass auf, was du von euren Ermittlungen an Claas weitergibst.«

Als ob er auf die Idee nicht schon selbst gekommen wäre.

»Wenn Maslov dahintersteckt, dann weiß Claas mehr als wir.«

Weißbauer schwieg für einen Moment. »Einen Gruß zu Hause, Tom. Hab gehört, die Magdalena kocht aktuell bei euch.«

Das hatte sich schnell rumgesprochen. Tom richtete seinerseits Grüße aus. Dann legten sie auf.

Beim Blick auf Sankt Michael wurde Tom das Gefühl nicht los, dass Weißbauer ihm deutlich hatte zu verstehen geben wollen, dass in diesem Fall Maslov der Zieltäter war. Damit wäre das Kultusministerium fein raus und es würde kein schlechtes Licht auf die Schule fallen, wie Weißbauer sich ausgedrückt hatte.

Tom konnte sich nur wundern.

Er nahm wieder den Bericht zur Hand. So gern er die entscheidenden Knotenpunkte gelöst hätte, um Maslovs kriminelles Netzwerk zu sprengen, so sicher war er, dass Weißbauer falschlag, nachdem er die ersten Seiten der Aufzeichnungen gelesen hatte. Es rollte ein größeres Problem auf sie zu, daran gab es keinen Zweifel.

Obwohl am Abend vor dem Brand wie üblich die Putzkolonne durch das Schulgebäude gezogen war, fanden sich in sämtlichen Räumen massenhaft Bodenspuren und Fingerabdrücke, die Schülern und Lehrern zuzuschreiben waren. Die Spurensuche an einem so frequentierten Platz wie in einer Schule bot eine wahre Fundgrube.

Mit der Gefahr, vor lauter Bäumen den Wald zu übersehen.

Um sämtliche Personen auszuschließen, die sich täglich in der Schule aufhielten, hätten sie alle Fingerabdrücke der rund 1.200 Personen abnehmen müssen. Beim momentanen Arbeitsaufkommen, das immer wieder durch Überraschungen wie die aktuelle Bombendrohung angereichert wurde, ein schier unmögliches Unterfangen. Außerdem war die Wahrscheinlichkeit groß, dass der oder die Täter aus den eigenen Reihen kamen.

Anna pflegte die einzelnen Besonderheiten mit dem Bericht der Rechtsmedizin abzugleichen und dann kompakt und formlos auf einer Extraseite mit den ihr wichtig erscheinenden Fakten aufzuführen.

Mit dieser Methodik kam Tom hervorragend zurecht.

Tatbestand: Brandstiftung / Mord
Tatort: Karl-Valentin-Gymnasium, Herzog-Wilhelm-Straße
Tatzeit: 11.04.2019, ab 1.00 Uhr

1. BRANDSTIFTUNG
Durch einen oder mehrere unbekannte Täter wurde ein Brand im Keller des Karl-Valentin-Gymnasiums gelegt.
Tatort: Materiallager im Keller.

Zusammenfassung
Materiallager
- Sämtliche Brandmelder der ganzen Schule wegen Bauarbeiten im Lehrerzimmer ausgeschaltet.
- Brandherd: Materiallager, ein Stapel Bilder in einem geöffneten Materialschrank.
- Schwelbrand von 1.00 Uhr bis 2.00 Uhr. Entwicklung giftiger Dämpfe, die sich durch den Türschlitz in den Kunstraum ausbreiten.
- Spuren: zurückgelassene, abgebrannte Streichhölzer. Gängige Marke. – Keine Brandbeschleuniger.
- Rückstände von Bier.
- Speichelreste. DNA in keiner der Datenbanken (Nationale Datenbank Deutschland, Interpol, Europol).

Kunstraum
- Gegen 2.00 Uhr Sauerstoffzufuhr. Durchzug. Ausbreitung des Feuers.
- Öffnung Fenster im Materiallager, in Richtung Pergola.
- Öffnung Tür zum Kunstraum.
- Öffnung Flurfenster
- Zahlreiche Schuh- und Fingerabdrücke.
- Putzdienst 2 x pro Woche. Nicht am Vorabend.
- Über den Boden verstreute Blätter und Materialien.
- Geschädigte lag im Feuerkanal.

Brand von Pergola und Lehrerzimmer
- Flammen greifen vom offenen Fenster im Materiallager auf die trockene Pflanzenpergola im Innenhof, die bis ins Lehrerzimmer rankt.
- Reste von einem Handy neben der Pergola im Hof gesichert.

- Zum Entzünden des Handys kam Brandbeschleuniger (Benzin, beliebige Tankstelle) zum Einsatz.
- Könnte Handy des Opfers sein. Rest von Handyhülle passt zu Autoschlüsselanhänger.
- Keine Datensicherung möglich. SIM-Karte zerstört.
- Spur von Benzinkanister-Abdruck. Fabrikat nicht erkennbar.
- Spuren von Serotonin (Antidepressivum).

Brand im Lehrerzimmer
- Gekippt stehendes Fenster wegen Lüftung nach Bauarbeiten.
- Vorhang fängt Feuer. Der Brand breitet sich durch herumliegende Baumaterialien rasant aus.

2. MORD
Geschädigte: Marianne Eichstätt, geb. am 10.09.1980 in Weiden.
Wohnhaft: Landwehrstraße, München.
Todeszeitpunkt: 11.4.2019, gegen 2.00 Uhr.
Familienstand: verheiratet.
Ehemann: wohnhaft in Weiden in der Oberpfalz.

- Opfer hatte vermutlich zwischen 12.30 und 14.30 Uhr Geschlechtsverkehr. Geringe vaginale Verletzungen. Mit Kondom. Einvernehmlich. Keine fremde DNA, keine fremden Hautpartikel. -> Liegt nahe, dass Opfer danach geduscht hat.
- Spurensicherung der Wohnung noch nicht möglich. Zeitnah angesetzt.
- Farbspuren an den Händen (identisch mit Bildern im Auto).
- Ohnmacht nach tätlichem Angriff, Verletzung am Fuß, Beule am Kopf.

- Todesursache: Kohlenmonoxid-Vergiftung, giftige Dämpfe von Plastik, Pappen, Bastelmaterialien, Farben, Ölen aus dem Materiallager.
- Postmortale Verbrennungen an den Beinen.
- An der Seite herausgeschnittene Haare, einzelne Haare am Tatort.
- Zerknüllter Briefumschlag in der Hand des Opfers. Adressat Conny Bergmüller. Kein Absender. Reste von zugehörigem, handschriftlich verfasstem Brief in Mülleimer gesichert. Text nicht reproduzierbar. Spuren von Parfüm/ Marke Jo Malone, an Umschlag und Brief.
- Opfer hat weder Tasche noch Handy bei sich.
- Opfer ist stark geschminkt (Schminkutensilien im Sanitärraum).
- Auto (grauer Opel Corsa) in der Josephspitalstraße in der Nähe der Schule geparkt. Diverse gemalte Schülerbilder und Fingerabdrücke der Halterin gesichert. Bilder in der Asservatenkammer.

Tatort
- Recup-Becher mit Spuren von Coca-Cola Light LGHB = Gammahydroxybuttersäure und GBL = Gamma-Butyrolacton.
- Ein Teil der Flüssigkeit verschüttet.
- Schlecht erkennbarer Schuhabdruck von rechtem Sportschuh auf aufgeweichtem Blatt, Männerschuh, Größe 43, Marke nicht erkennbar.
- DNA und Fingerspuren des Opfers am Becher.
- Spuren von Serotonin (Antidepressivum) im Umkreis des Opfers.
- Spuren von Erde (werden noch genauer analysiert).

Tom stutzte. Dann hatte die Spurensicherung den Wagen von Marianne Eichstätt bereits gefunden und untersucht. Das war gut. Die Schülerbilder würde er sich sofort gemeinsam mit Jessica anschauen. Konnte es sich um die Bilder handeln, von denen Tina gesprochen hatte? Die Bilder von Fabian Brühl mit der Szene am Hauptbahnhof?

Die Spuren in Marianne Eichstätts Apartment mussten dringend gesichert werden. Es war ein schweres Versäumnis, dass das nicht längst geschehen war. Wenn Marianne Eichstätt ihre Handydaten auf dem Computer gesichert hatte, würden sich daraus wichtige Erkenntnisse ergeben. Sie mussten dringend wissen, wer der Handyanbieter war und ob und bei wem sie ihre Cloud sicherte, um die Sichtung der Daten anzukurbeln.

Außerdem könnten sich in der Wohnung Hinweise auf den Liebhaber finden. Vorausgesetzt, es handelte sich nicht um ihren Mann, der ihr einen Besuch aus Weiden abgestattet hatte. In diesem Fall konnte er zur Tatzeit durchaus in München gewesen sein. Sie würden sein Alibi bis ins kleinste Detail prüfen müssen.

Mehr als interessant war auch der Hinweis auf die Spuren des Antidepressivums. Sie konnten sowohl zum Täter als auch zum Opfer gehören. Hatte Marianne Eichstätt Antidepressiva eingenommen?

Nicht zu unterschätzen war das Indiz der abgeschnittenen Haare. Wer machte so etwas? Das wies auf einen psychisch gestörten Täter hin.

Ein Täter, der eine Trophäe mitnahm.

Ein Täter, der schon öfter getötet haben konnte.

Ein Täter, dessen Tat über das Rationale hinausging.

Konnte er aus den Reihen der Eltern kommen?

Tom gab sofort einen Suchauftrag mit den Stichworten

»Feuer, Brand, Haare« in die polizeiinterne Suchmaske ein. Im ersten Moment war er ergebnislos. Es bedurfte einer umfangreichen Recherche, um dieser Spur nachzugehen.

Er würde einen Hinweis auf dem Whiteboard hinterlassen.

3. WEITERE SPUREN
Eingang
- Offene Eingangstür trotz Schließanlage.
- Im Umfeld der Karl-Valentin-Statue zahlreiche Bodenspuren, Fußabdrücke, DNA (Haare), Fingerabdrücke (Lehrer und Schüler, Wischspuren).
- Reste von Bier. Speichelreste.
- Zwei unterschiedliche DNA. Beide unbekannt.
- Eine identisch mit DNA im Materiallager / Brandherd.
- Eine identisch mit DNA im Kunstraum / Streitstelle.

Karl-Valentin-Statue mit Schild »Karl Valentin ist tot«
- Untergrund: Pappe = Zeichenblockkarton, mit Folie kaschiert. Keine Fingerabdrücke.
- Katzenhaare.
- Befestigung: Roter dicker Zwirn. Bastelbedarf. Unauffällig.
- Beschriftung: Roter wasserfester Faserschreiber, Bürobedarf.
- Rückstände von Bier. Speichelreste. DNA unbekannt.
- Eine identisch mit DNA im Kunstraum / Streitstelle.

Kunstraum / Fundort der Leiche
- Raum verwüstet.
- Zahlreiche halb verbrannte Bilder und Materialien sichergestellt.

- Private Unterlagen von Conny Bergmüller im Schreibtisch (Asservatenkammer).
- Parfüm / Marke Jo Malone.

Streitstelle
- Tisch umgestürzt, Blutflecken, DNA des Opfers.
- Rückstände von Bier. Speichelreste. DNA unbekannt / Identisch mit DNA auf Schild.
- Katzenhaare.

Toms Kopf schwirrte nach der Lektüre des Berichts. Auf den hinteren Seiten waren chemische Zusammensetzungen und viele weitere Details aufgelistet. Er war Anna dankbar für die vereinfachte Übersicht. Sie deckte sich weitgehend mit den Angaben, die sie bei der Obduktion erhalten hatten. Dennoch ergaben sich neue Ansatzpunkte, die er gleich mit Jessica und Mayrhofer durchgehen würde.

Bevor er zur Teambesprechung ging, schaute er bei der unterbesetzten Spurensicherung vorbei und gab endlich den Teelöffel mit Manfred Strebels DNA sowie Conny Bergmüllers Handy ab.

Anna Maindl hatte dunkle Ringe unter den Augen und war gerade am Gehen. »Morgen ist als Erstes die Wohnung von Marianne Eichstätt dran. Versprochen.«

Tom dankte ihr und wünschte ihr einen schönen Abend.

Den hatte sich die Chefin der Spurensicherung redlich verdient.

KAPITEL 26

Christl war am Nachmittag tatsächlich eingeschlafen. Das passierte ihr selten. Selbst als Kind hatte sie es gehasst, Mittagsschlaf zu halten. Dementsprechend gerädert war sie aufgewacht, als Toms Anruf sie geweckt hatte. Ein Blick auf ihren funkelnden Ring am Finger half ihr in die Realität zurück.

Sie hatte geträumt. Der Besuch beim Arzt und das Plakat mit den Flammen vor dem Schulgebäude hatten sie zurückversetzt zu dem schrecklichen Unfall, der das Leben ihres Bruders beendet und ihres verändert hatte. Sie hatte den Abend erneut durchlebt.

Eigentlich hätte es ein glücklicher Abend werden sollen.

Es hatte etwas zu feiern gegeben. Ihr Bruder, zwei Jahre älter als sie, hatte ein entscheidendes Schachturnier gewonnen.

Sie waren beide sehr unterschiedlich gewesen. Während Christl es geliebt hatte, mit ihrem fränkischen Papa Musik zu machen und sich in zwielichtigen Clubs mit ihm die Nächte mit Schafkopfen um die Ohren zu schlagen, war ihr Bruder bereits in jungen Jahren Mitglied des niederbayerischen Schachvereins geworden und hatte mit seinem strategischen Denken brilliert.

An diesem Abend hatte das Halbfinale zur Internationalen Bayerischen Schachmeisterschaft stattgefunden. Christl hatte das Spiel leider verpasst. Obwohl sie Daniel fest versprochen hatte zu kommen. Doch sie hatte am späten Nachmittag einen Termin bei ihrem Frauenarzt in Passau gehabt.

Der Arzt war überraschend zu einem Notkaiserschnitt gerufen worden und Christl hatte länger warten müssen als gedacht. Als sie dann endlich an der Reihe gewesen war, war die Untersuchung sehr ausführlich ausgefallen und hatte in einem privaten Gespräch geendet, das für sie zu diesem Zeitpunkt entscheidend gewesen war. Wenn sie damals gewusst hätte, was Stunden später geschehen würde, dann hätte sie sich den Arztbesuch gespart.

Sie hatte sich später nie verziehen, Daniel versetzt zu haben.

Die Bindung zwischen ihnen war von klein auf besonders stark gewesen. Ihre Mutter hatte die meiste Zeit in der Apotheke verbracht, während der geliebte Vater mit mittelklassigen Bands für wenig Geld übers Land gezogen und in den Augen der Mutter immer tiefer gesunken war. Je schlechter die Ehe ihrer Eltern lief, umso stärker hatten sich Daniel und sie aneinandergeklammert.

Das Halbfinale war etwas ganz Besonderes gewesen. Denn so sehr es Daniel auch in seinem Studium an Ehrgeiz fehlte, so wichtig war es ihm, bayerischer Schachmeister zu werden.

Daniel hatte wie ihre Mutter Pharmazie studiert. Doch er hatte sich ernsthaft mit dem Gedanken getragen umzusatteln und sich bereits für ein Duales Studium an der Polizeihochschule Sulzbach-Rosenberg beworben. Nur Christl war über seine Pläne informiert. Am nächsten Tag hätte der Eignungstest stattgefunden. Daniel hatte sich seine krause schwarze Mähne stutzen lassen. Ausschlaggebend für seine Entscheidung war die steigende Kriminalität im grenznahen Raum gewesen. Irgendetwas hatte ihn sehr aufgebracht.

Aber er hatte Christl nicht verraten, was.

Daniel hatte das Halbfinale gewonnen. Auch ohne ihr Zutun. Das war im Nachhinein ein Trost gewesen. Er war mit der Gewissheit gestorben, ein grandioser Schachspieler zu sein. Immerhin.

Auch wenn ihm die entscheidende Partie versagt geblieben war.

Sie hatte seinen Gegner nicht gekannt. Sich nie für den Schachclub und deren Mitglieder interessiert. Danach war sowieso alles egal gewesen. Alle waren sie zur Beerdigung erschienen. Der Club hatte ein überdimensionales Gesteck gespendet. Daniel war einer der Hoffnungsträger gewesen. Ein schwerer Verlust.

Christl hatte nicht vergessen, in welcher Hochstimmung Daniel und sie in die Dunkelheit gefahren waren. Christl, weil die Untersuchung alle ihre Bedenken zerstreut hatte. Das Gespräch mit dem Arzt hatte sie überzeugt, dass nun der richtige Zeitpunkt gekommen war, um Tom und auch ihrer Mutter von dem Baby zu erzählen.

Daniel, weil er gewonnen hatte. Weil er sich unschlagbar gefühlt hatte, weil er frisch verliebt gewesen war und ihr endlich seine neue Freundin hatte vorstellen wollen, die sie in einem Club treffen wollten, der damals etwas außerhalb von Passau lag und noch Disco hieß.

Gut gelaunt und voller Übermut waren sie in dem alten Golf ihres Bruders bei weit geöffneten Fenstern mit lauter Musik über die kaum befahrene Landstraße durch die Nacht gebraust.

Plötzlich war das Auto stotternd liegen geblieben.

Der alte Golf hatte keine Tankanzeige gehabt.

Zwischen ihnen war es zu einem neckischen Streit gekommen. Christl hatte nicht verstehen können, wie Daniel hatte vergessen können zu tanken. Er hatte sich nicht erklären können, warum der Tank bereits leer gewesen war, und ihre Anschuldigungen weit von sich gewiesen.

Zufällig waren zwei Bekannte von Daniel vorbeigekommen. Sie konnten helfen.

Christl versuchte, sich an die beiden Männer zu erinnern, doch es gelang ihr beim besten Willen nicht. Beide hatten ihre Baseball-Caps tief ins Gesicht gezogen. Es war stockdunkel gewesen. Die drei Jungs hatten gescherzt und sich gegenseitig aufgezogen. Von wegen in den Schachhimmel aufsteigen und auf der Straße liegen bleiben.

Trotz aller Unbekümmertheit war Aggression mitgeschwungen.

Einer der beiden hatte einen Benzinkanister aus dem Kofferraum gezaubert. Während Daniel zum Pinkeln in den Wald gegangen war, hatten die beiden den Tank nachgefüllt. Sie hatten ihnen den gesamten Kanister überlassen und eine Cola spendiert, die Daniel angenommen und Christl abgelehnt hatte.

Keine zehn Minuten später war es dann passiert.

Sie hatten die Zeitverzögerung wieder hereinholen wollen und waren mit überhöhter Geschwindigkeit über die kaum befahrene Bundesstraße gerast. Glücklich und froh.

Fenster auf, coole Musik, laue Nachtluft. Das Leben war schön.

Christl hatte laut aufgeschrien, als Daniel auf die andere Straßenseite gekommen war. Das Auto schlingerte. Daniel, aufgeschreckt durch ihren Schrei, wich einem entgegenkommenden Fahrzeug aus.

Sie rasten durch einen Zaun hindurch und krachten gegen einen Baum. Der Fahrer des entgegenkommenden Fahrzeugs hatte gehalten und Christl aus dem Fahrzeug gezerrt. Damit hatte er ihr Leben gerettet, aber ihre Verletzung verschlimmert. Minuten später explodierte der Golf mit einem ohrenbetäubenden Knall.

Daniel war, zwischen Sitz und Lenkrad eingeklemmt, verbrannt.

Christl spürte kitzelnd heiße Tränen über ihre Wangen rinnen, als Einstein bellte. Der Hund wollte noch mal raus. Christl sah auf die Uhr. Tina hatte schon über eine Stunde Verspätung. Das sah ihr gar nicht ähnlich. Hatte sie vielleicht eine Nachricht hinterlassen?

Tatsächlich. »Sorry, Christl. Land unter. Prüfungsstress. Übernachte noch mal bei einer Freundin.«

Das war mehr als ungewöhnlich. Seit es Mia gab, hatte Tina nicht mehr auswärts geschlafen. Jetzt gleich zweimal hintereinander? Ob das wirklich an der Prüfung lag? Tina hatte weder Prüfungsangst noch war sie besonders ehrgeizig, was den Abschluss anbelangte. Sie spielte locker im oberen Mittelfeld mit.

Ob Felix und Tina Streit hatten? Ob sie einmal mit Felix reden sollte? Christl befragte ihren Ring. Er strahlte und funkelte wie eh und je.

Doch er blieb ihr die Entscheidung schuldig.

Sie wollte nicht aufdringlich sein und den Anschein erwecken, sich in Tinas Privatleben einzumischen. Und wie hätte sie Tina helfen können? Sie hatte ja selbst ein Problem.

KAPITEL 27

Tom las im Laufen Christls Nachricht. »Tina übernachtet bei einer Freundin. Hab ihr geschrieben, dass sie sich bei dir meldet. Bussi«

Tatsächlich hatte Tina ihm inzwischen auch eine Meldung geschickt. »Sorry, Tom. Melde mich morgen.«

Das war nicht Tinas Stil. Was war los? Sie wusste doch, dass wichtige Informationen bei ihm keinen Aufschub duldeten.

Tom versuchte, Tina direkt zu erreichen. Da das Handy ausgeschaltet war, schrieb er erneut. »Ich muss JETZT mit dir sprechen.« Dann trat er ins Büro, in dem Jessica an der Cappuccinomaschine stand und Mayrhofer gerade den Telefonhörer auflegte.

»Perfekt. Genau der richtige Zeitpunkt, Chef. Cappuccino gefällig?«

»Danke, Jessica. Im Moment nicht.« Irgendwie war Tom die Nachricht seiner Nichte auf den Magen geschlagen.

Obwohl der Duft der gerösteten Kaffeebohnen betörend war und Tom auf dem Höhepunkt seines toten Punktes. »Habt ihr den Bericht der Spusi gelesen?«

Mayrhofer tauchte hinter seinem Computer ab.

Jessica nahm einen Schluck von ihrem frisch gebrühten Cappuccino und setzte sich an ihren Schreibtisch. Sie hatte zwei Bildschirme vor sich. Den Computerbildschirm und ihren Laptop. »Im Wesentlichen sehe ich drei wichtige Ansatzpunkte.«

Tom musste lächeln. Sie sprühte wie immer vor Elan. »Nimm dir am besten gleich einen Stift und halte die Punkte

an unserem neuen Board fest. Lasst uns aber erst die Punkte von heute früh durchgehen.«
Jessica hatte sie bereits mit Anmerkungen versehen.

- Wer hat einen Vorteil vom Brand? ⇨ Noch offen.
- Wie hängt die Tote mit dem Brand zusammen? ⇨ Noch offen.
- Warum war Marianne Eichstätt so spät in der Schule? ⇨ Noch offen.
- Marianne Eichstätts Umfeld / Familie / Freunde / Kollegen ⇨ Elternbefragung folgt, Jackl Eichstätt kommt um 9.00 ins Präsidium.
- Spurensicherung Wohnung Marianne Eichstätt ⇨ morgen.
- Eltern-, Schüler-, Lehrerbefragung ⇨ Carla Anzinger, Fabian Brühl.
- Probleme an der Schule / Elterndemo / Elternsprecher ⇨ Demo heute Abend.
- Gespräch Schuldirektor ⇨ muss vertieft werden.
- Conny Bergmüller ⇨ nach wie vor vermisst. Fahrrad gefunden. Spuren gesichert. Handydaten in Arbeit.

Die Erkenntnis war ernüchternd. Von den wirklich brennenden Fragen war keine geklärt. Nicht einmal die Spuren in Marianne Eichstätts Wohnung waren gesichert. Schockierend, wie deutlich die neue Methodik vor Augen führte, wie weit sie wirklich gekommen waren.

Der Schlafmangel gab sein Übriges dazu. »Alle Punkte offen. Nicht einmal das Gespräch mit dem Schuldirektor hat bahnbrechende Neuigkeiten ergeben. Wir müssen sein Alibi überprüfen. Er war bis 24.00 Uhr bei seinen Eltern am Tegernsee. Gegen 1.30 Uhr ist er zurückgekehrt und hat in der Tiefgarage eine Nachbarin getroffen, die das bezeugen kann. Er sagt, der Anruf des Hausmeisters habe ihn zu Hause überrascht. Hier die Kontaktdaten der Nachbarin.«

Tom legte Mayrhofer einen Zettel auf den Tisch.

Jessica stand auf und ergänzte bei »Schuldirektor« in der Tabelle: – »Alibi überprüfen«.

»Außerdem sind wir bei den Eltern- und Schülerbefragungen weiter«, warf Jessica ein. »Es gibt eindeutig Probleme an der Schule. Carla Anzinger ist magersüchtig. Sie liegt im Krankenhaus und kämpft ums Überleben. Eine andere Schülerin hat vor zwei Wochen versucht, sich in der Umkleide mit Tabletten das Leben zu nehmen.«

Jessica rief ein Instagram-Profil auf ihrem Laptop auf und drehte es so, dass Tom und Mayrhofer das Porträt eines Mädchens sehen konnten. »Ich bin über Carla Anzingers Instagram-Profil auf sie gestoßen. Eine Mitschülerin von Carla und Fabian, die mehrfach wiederholt hat. Die Schülerin hat Carla bei ihrem letzten Post markiert. Sie hat eine ganze Reihe von Selbstmordseiten abonniert und wird dort immer wieder genannt. Das ist unglaublich! Das Mädchen ist ganz offen mit seinen Selbstmordabsichten umgegangen. Genauso wie Carla mit ihrer Magersucht. Aber niemand hat reagiert. Im Gegenteil. Auf den Seiten gibt es Tipps fürs gute Gelingen dazu! Das müsst ihr euch mal anschauen!«

Jessica klickte weiter. Tom war sprachlos. Er hatte vor Kurzem von einem Kollegen der Drogenfahndung gehört, dass Jugendliche inzwischen Drogen über die Sozialen Medien bestellen konnten, die per Post und Nachnahme nach Hause geliefert wurden. Dass sie aber auch offen mit ihren Selbstmordabsichten umgingen, war ihm neu.

Wie niederschmetternd musste es sein, wenn diese ganz offensichtlichen Hilferufe weder von den Eltern, den Freunden noch der Schule gehört wurden? Natürlich konnte man sich fragen, ob es Aufgabe der Schule war, sich um die Psyche der Kinder zu kümmern. Aber hatte die Schule nicht auch einen Erziehungsauftrag?

»Es braucht ein ganzes Dorf, um ein Kind zu erziehen«, sagte seine Mutter Magdalena oft. Tom war überzeugt, dass da etwas dran war. Die Kinder verbrachten zwei Drittel ihrer wachen Lebenszeit in der Schule. Das konnte nur gelingen, wenn man einen Rahmen schuf, in dem sie sich wohlfühlten. Ohne stetige Beobachtung.

Ohne den stetigen Anspruch, perfekt sein zu müssen.

»Aber wenn ihr jetzt glaubt, dass die Eichstätt schuld war, dann liegts ihr da falsch!« Mayrhofer hob den Finger, wie er es gerne tat, wenn er etwas zu sagen hatte. »Die Befragung der Lehrerkollegen und eines großen Teil des Elternbeirats war absolut positiv. Die Schule hat mir eine Liste der Personen zusammengestellt, die in nächstem Kontakt mit ihr standen. Ich hab alle durchtelefoniert. Marianne Eichstätt war sehr gewissenhaft und zuverlässig. Und überraschend beliebt.«

Tom schlug innerlich die Hände über dem Kopf zusammen. Seit wann führten sie so wichtige Gespräche am Telefon!

Mayrhofer zog seine Notizen zurate. »Sie hatte kaum Fehltage. Hat sich exakt an den Lehrplan gehalten. Ihre Stunden fielen nie aus. Ihre Klassen waren ausgesprochen leistungsstark. Ihr Unterricht sehr gut strukturiert. ›Ein echtes Vorbild‹, Zitat einer Mutter, die auch im Elternbeirat sitzt.«

Tom fragte sich, wie genau Mayrhofer wirklich nachgefasst hatte. »Und die Liste hast du von der Schule bekommen?«

»Aus dem Sekretariat. Sehr hilfreich und kooperativ! Mit einem sehr netten Dirndl hab ich da gesprochen.«

Die hübsche Praktikantin Melanie. Bestimmt hatte sie Mayrhofer mühelos um den kleinen Finger gewickelt.

Im Auftrag des Direktors.

»Zeig mir mal die Liste.«

Fünf fein säuberlich aufgelistete Namen standen da. Tom brauchte nur wenige Minuten, um die Namen zu googeln und dahinterzukommen, dass alle diese Kinder nicht nur begabte und ausgezeichnete Schüler waren, sondern zusätzlich auch in Musik oder Sport brillierten. Die Vorzeigekinder. Die Kinder, die so begabt waren, dass die Eltern keinen Grund hatten, sich in irgendeiner Weise zu beschweren. Eine seltene Spezies. Wohl aussortiert.

Aber was war mit den anderen?

Tom warf Mayrhofer die Liste wieder hin und konnte nicht anders, als ins Bairische zu verfallen. »Do host de aber schee pratzeln lassen.«

Mayrhofer hatte tatsächlich brav die Liste abtelefoniert. Ohne auf die Idee zu kommen, dass daran etwas faul sein könnte.

Er beugte sich über Mayrhofers Schreibtisch. »Schau dir die Klassenlisten genau an. Wie viele von Eichstätts Schülern haben die Schule verlassen? Wer hat schlechte Noten? *Das* sind die interessanten Eltern. Die brauchen wir nicht am Telefon. Die brauchen wir hier!«

Mayrhofer war auf seinem Stuhl nach unten gerutscht.

Jetzt schob er sich wieder hoch.

Jessica trug unbeirrt den Namen der Familie in die Liste ein, deren Tochter sich mit Tabletten das Leben hatte nehmen wollen.

»Überprüft, ob das Mädchen auch bei der Eichstätt war.« Tom hatte da so seine Vermutungen.

Mayrhofer machte sich eine Notiz. Tom fragte sich, ob zum Fall oder zu dem Rüffel, den er gerade eingesteckt hatte.

»Der Selbstmordversuch wurde wieder komplett unterm Deckel gehalten.« Tom konnte es kaum glauben.

Was hatte Weißbauer gesagt: Es darf kein schlechtes Licht auf die Schule fallen! Das gelang in geradezu beispielloser Form. Es machte Tom wütend, wenn ganz offensichtlich Informationen zurückgehalten und unter den Teppich gekehrt wurden.

»Genauso wie der Selbstmord von Fabian Brühl. Das ist doch der Wahnsinn! Warum greifen denn die Medien das nicht auf! Was ist eigentlich mit Sascha Brühl? Konnte der gefasst werden?«

Mayrhofer streckte den Rücken durch.

Eines musste man ihm lassen: Eine seiner positiven Eigenschaften war, dass er sich von Tiefschlägen schnell erholte. Allerdings war er nachtragend. Irgendwann würde die Retourkutsche aus einer Richtung kommen, mit der Tom nicht rechnete.

Mayrhofer zog die Informationen wie einen Trumpf aus dem Ärmel. »Ach ja, gegen den Sascha Brühl ist übrigens eine Anklage wegen Verleumdung gelaufen. Sie wurde ausgeweitet auf ein Kontaktverbot. Er darf sich weder der Schule noch der Eichstätt noch dem Direktor nähern. Er muss ein Riesentheater veranstaltet haben, behauptet haben, dass sein Sohn keinen Selbstmord verübt hat.«

Da schau her, dachte Tom. So etwas in der Art hatte er bereits vermutet. Auch deswegen konnte Sascha Brühl geflohen sein. Er hatte am Morgen gegen die Auflage verstoßen.

Mayrhofer fuhr fort. »Das Auto hat er in der Sonnenstraße stehen lassen und ist zu Fuß weiter. Ansonsten wie vom Erdboden verschluckt.«

»Gut.« Tom nickte. »Jemand von der Spusi soll sich das Auto vornehmen. Hat er einen Benzinkanister im Kofferraum? Wenn ja, bitte überprüfen, ob die Kanisterspuren mit denen an der Pergola übereinstimmen.«

»Meinst du, Sascha Brühl hat etwas mit dem Brand zu tun?«, fragte Jessica.

»Ausgeschlossen ist es nicht. Er könnte die Schule für den Tod seines Sohnes verantwortlich machen. Warum sonst ist er vor uns davongelaufen? Wir müssen schnellstmöglich mit ihm reden. Wenn er einer der Täter ist, dann ist er amokgefährdet.« Tom nahm sich die oberste Akte von dem Stapel neben Mayrhofers Schreibtisch. »Er wird über alte Freunde verfügen, bei denen er untertauchen kann. Ich schau mir die Akten zu Fabian noch mal an.«

Jessicas Handy klingelte. Sie hörte zu und griff sofort nach ihrem Cape. »Okay. Danke. Ich komme sofort.«

Zu Tom gewandt, sagte sie: »Petra Anzinger. Carla ist ansprechbar. Ihre Mutter meint, ich könne jetzt mit ihr reden.«

Tom hob den Daumen. Das war sehr gut.

Er trat an das Whiteboard und ergänzte den Punkt:

- **Abgeschnittene Haare, weitere Morde mit diesem Merkmal?**

»Bis später«, sagte er dann und zog sein Handy aus der engen Gesäßtasche.

Keine Antwort von Tina.

Er hatte gehofft, mehr zu dem Brief zu erfahren, der an Conny Bergmüller adressiert gewesen war und dessen Umschlag die tote Lehrerin in den Händen gehalten hatte. Der Brief, von dem Tina gemeint hatte, dass Conny irritiert über den Inhalt gewesen war.

War der Brief einer der Schlüssel zu Connys Verschwinden und Marianne Eichstätts Tod?

KAPITEL 28

Auch Jessica spürte inzwischen, dass sie heute Nacht keine Sekunde geschlafen hatte. Der Einsatz um 2.00 Uhr früh hinterließ seine Spuren. Und nach dem Liebesdesaster mit Benno hatte sie sowieso kein Auge zu bekommen. Sie würde unter keinen Umständen zu Fuß in die Nussbaumstraße laufen.

Sie brauchte dringend eine Stärkung, bevor sie die Befragung im Krankenhaus in Angriff nehmen konnte. Das Gespräch würde Kraft kosten. Jessica lief zu Rischart an der Ecke der Neuhauser Straße und erstand mit Wonne einen Topfenstreusel und eine Vanillebreze.

Weil ihr Gewissen sie ermahnte, etwas Gesundes zu essen, und es verführerisch nach Apfel roch, kam eine Apfeltasche hinzu. Und da Nüsse bekanntlich gut für die Nerven waren, erlag sie auch dem freundlichen Lächeln des Nusskipferls. Schließlich hatte sie heute Abend den Besuch der Demo vor sich und die versprach Bewegung. Da kam es jetzt auf ein paar Kalorien mehr oder weniger nicht an.

Mit vier Tüten bewaffnet, stieg sie in ihren froschgrünen Mini, der praktischerweise in der Ettstraße auf einem für die Einsatzwägen reservierten Parkplatz stand. Da sie im Gegensatz zu Tom selbst kleine Wege in der Innenstadt mit dem Auto zurückzulegen pflegte, kannte Jessica die befahrbaren Straßen innerhalb des Altstadtrings besser als den Inhalt ihrer überdimensionalen Umhängetasche. Außerdem war ihr das Glück meist hold und sie fand – wider aller Prognosen – einen Parkplatz direkt vor der Tür.

Als sie gerade einsteigen wollte, fiel ihr der Brief vom Kraftfahrtbundesamt wieder ein, der seit Wochen in ihrer Tasche lag. Sie wurde freundlich, doch eindringlich aufgefordert, ihr Dieselauto wegen der hohen Stickstoffdioxidbelastung abzugeben. Sie hatte zunächst an einen Witz geglaubt. Doch da sie von einer offiziellen Einrichtung noch nie etwas Erheiterndes erhalten hatte, hatte sie das Schreiben ein zweites Mal gelesen.

Im Anschluss hatte es ihr schlaflose Nächte beschert.

Der Mini war die größte Anschaffung, die Jessica in ihrem bisherigen Leben getätigt hatte. Sie hatte sich damit einen Traum erfüllt. Sie hatte sogar in einen Fünftürer investiert, weil sie so bequem ihre Einkäufe auf den Rücksitz stellen und jederzeit mehrere Leute mitnehmen konnte. Der Kredit würde über Jahre laufen. Das Auto war ihr zweites Zuhause und sie hätte sich kein neues kaufen können. Selbst mit Hilfe der großzügigen Subventionsprogramme der Autohändler nicht.

Beim Kauf hatte sie sich fest vorgenommen, einen Oldtimer daraus zu machen. Wer außer ihr wollte schon in Knallgrün fahren? Blieb zu hoffen, dass es in München zu keinem Fahrverbot für Dieselfahrzeuge kommen würde wie aktuell in Stuttgart. Für Jessica wäre es der Ruin. In Stuttgart waren sogar Gelbwesten nach französischem Vorbild auf die Straße gegangen. Ob sie sich das als Beamtin leisten konnte?

Rasant und wendig, doch ohne Blaulicht kurvte Jessica über die Maxburgstraße, den Lenbachplatz, die Sonnen- und die Schwanthaler- in die Nußbaumstraße. Dabei verdrückte sie genüsslich den Topfenstreusel und die Vanillebreze, ohne sich an den Krümeln im Auto zu stören. Sie parkte in einer Lücke vor dem Haupteingang, von der sie nicht wusste, wie sie jemals wieder herauskommen sollte, und eilte die Treppen in das oberste Stockwerk hoch. Carla lag noch immer auf der Intensivstation, war aber inzwischen aus dem Koma erwacht.

Der diensthabende Arzt erkannte sie gleich wieder, als Jessica schwer atmend im dritten Stock ankam. Der Fahrstuhl war belegt gewesen. Jessica ließ die Hygienemaßnahmen über sich ergehen und zog den Schutzanzug über. Diesmal souverän. Ohne die Angst, dass er nicht passen könnte.

Petra Anzinger erwartete Jessica vor dem Patientenzimmer ihrer Tochter. Sie hatte sich so gestellt, dass sie vom Zimmer aus nicht zu sehen waren.

»Danke, dass Sie gekommen sind, Frau Starke. Es geht Carla nicht gut. Aber mit mir will sie nicht sprechen. Irgendetwas scheint sie zu beunruhigen. Sie hat mitbekommen, was heute Nacht passiert ist. Dass die Schule gebrannt hat und Marianne Eichstätt tot ist. Vielleicht von den Schwestern. Sie macht sich furchtbare Sorgen. Als ich ihr von Ihnen erzählt habe, hat sie sofort mit Ihnen sprechen wollen.«

Petra Anzinger schnäuzte leise in ein Taschentuch.

»Danke, Frau Anzinger. Das ist lieb, dass Sie mich gleich angerufen haben.« Jessica öffnete leise die Tür.

Sie wollte keine Zeit verlieren.

KAPITEL 29

Tom hatte sich mit der dünnen Akte von Fabian Brühl in sein Büro zurückgezogen. Sehr ergiebig waren die Unterlagen nicht. Allerdings waren Marianne Eichstätt und Manfred Strebel die einzigen Zeugen. Sie hatten mit eigenen Augen gesehen, wie Fabian gesprungen war. Diese beiden Aussagen waren ausschlaggebend dafür gewesen, den Selbstmord nicht weiter infrage zu stellen und die Untersuchungen auf ein Nötigstes zu beschränken.

Tom wollte gerade zum Telefon greifen und den Schulleiter anrufen, als der Galerist und Freund von Conny Bergmüller, ein gewisser Georg Knopf, erschien. Ein dicklicher Mann mit langen Haaren, Vollbart, Anzug und senfgelbem Schal, der sich aufrichtig Sorgen um die verschwundene Kunstlehrerin machte.

So aufgeregt und besorgt er auch war, er blieb freundlich und ruhig. Da hatte Tom ganz andere Kaliber erlebt. Auch die Tatsache, dass er die Ausstellung nächste Woche absagen musste, ließ den Galeristen überraschend gelassen.

Conny hatte erst einen kleinen Teil der Bilder in die Galerie gebracht, die sie unter dem Motto »Kunst 5.0« als wesentlichen Bestandteil in ihre Installation hatte integrieren wollen. Das Bild mit dem Harlekin und dem nackten Mann, von dem Tina berichtet hatte, war nicht darunter. Die Bilder und Zeichnungen, die Marianne Eichstätt in ihrem Auto transportiert hatte, lagen in der Asservatenkammer und warteten auf Besichtigung.

Tom war der Mann auf Anhieb sympathisch, weil er deutlich spürte, dass dem Galeristen die Sorge um die junge Frau weit mehr zu schaffen machte als die Ausstellung. Er schien wirklich an Conny zu hängen, und ja, er war offiziell mit ihr liiert.

Der Mann hatte bereits sämtliche gemeinsamen Verwandten, Freunde und Bekannte durchtelefoniert. Keiner wusste, wo Conny war. Sogar Connys Mitbewohner, die Reisejournalistin und Schwester von Lars, sowie deren Freund, den Fotografen, hatte er erreicht. Sie konnten sich nicht vorstellen, dass Conny auf dem Weg zu ihnen war. Kurz vor der Reise hatte es wegen einer Nichtigkeit Streit gegeben. Immerhin so heftig, dass es absolut unwahrscheinlich war, dass Conny ihnen nachreiste. Zumal sie recht stur sein konnte.

Tom nahm den Besuch des Mannes zum Anlass, die Fahndung auszudehnen. Es gelang ihm, Weißbauer von der Unumgänglichkeit einer SOKO zu überzeugen. Zumindest fünf weitere Personen wurden ihrer Abteilung zugeteilt, obwohl Tom gerne zehn gehabt hätte. Sämtliche Lehrer der Schule wurden augenblicklich durchtelefoniert.

Tom nahm Kontakt zu Lars auf, der nach seiner Aussage im Präsidium in die Wohnung zurückgekehrt war. Sein Alibi war inzwischen bestätigt. Zwei Streifenpolizisten inspizierten mit Lars' Hilfe Keller, Speicher und alle unübersichtlichen Flure des Hauses, um sicherzugehen, dass Conny nicht irgendwo verletzt lag. Die Mieter der einzelnen Etagen wurden befragt. Alles ergebnislos.

Hatte man vorher bereits die Suchanfrage und Fotos von Conny über den internen Messenger an die komplette bayerische Streife geschickt und über die Innungsleitzentrale alle Krankenhäuser angefragt, so wurden nun auch die Zeitungen, Nachrichten- und Radiosender sowie Social-Media-Kanäle aktiviert.

Die Suche nach Conny Bergmüller wurde öffentlich.

Sie überschattete die Ermittlungen im Mordfall Marianne Eichstätt. Tom hatte fast ein schlechtes Gewissen, als er, kurz nachdem er den Galeristen verabschiedet hatte, den Eltern der Toten gegenüberstand. Deren Trauer um die einzige Tochter war grenzenlos. Dennoch mussten sie miterleben, dass die Suche nach der Vermissten ihr Leid an zweite Stelle rutschen ließ.

Aber schließlich ging es in Connys Fall darum, Leben zu retten. Jede Sekunde zählte. Das wog schwerer, als ein bereits begangenes Verbrechen aufzuklären, so wichtig das auch war.

»Hawedieehre«, der Vater von Marianne Eichstätt, ein eher distanziert wirkender Oberpfälzer, streckte Tom die Hand hin und deutete eine Verbeugung an.

Tom bat das Elternpaar, das er auf Anfang 60 schätzte, zu sich ins Büro und rief Mayrhofer dazu.

Die Mutter war die ältere Ausgabe der toten Marianne. Das gleiche abfallende Kinn, der volle Busen, das braune dicke Haar. Allerdings hatte sich ihre Knochensubstanz bereits merklich zurückgebildet. Sie wirkte geschrumpft.

Der Vater war mittelgroß, knochig und mit den strengen Gesichtszügen der Inbegriff dessen, was man als korrekt bezeichnen würde. Er kam gewissermaßen aus der Branche und hatte als Direktor einer Mittelschule in einer niederbayerischen Kleinstadt den Schuldienst frühzeitig verlassen. Die Mutter war als Sachbearbeiterin halbtags bei einer Behörde tätig. Marianne Eichstätt war das einzige Kind gewesen. Während die Frau sich immer wieder mit einem Taschentuch die rot geweinten Augen tupfte und ihr Mann kerzengerade Haltung bewahrte, begannen Tom und Mayrhofer so behutsam mit der Befragung, wie es ihnen nur möglich war.

Tom hätte sich Jessica an seine Seite gewünscht. Ihr gelang es mühelos, seine oft burschikose, direkte Verhörmethode zu mildern. Mayrhofer und er dagegen stachelten sich gegenseitig auf.

Trotz aller guten Vorsätze feuerten sie ansatzlos eine Frage nach der anderen los – aus Zeit- und Schlafmangel und weil sie sich zugegebenermaßen nicht sonderlich viel von der Befragung versprachen.

Tom: »Marianne Eichstätt war Ihre einzige Tochter?«

Mutter: »Ja.«

Mayrhofer: »Können Sie sich erklären, was sie um die Zeit noch in der Schule wollte?«

Vater: »Unsere Tochter war sehr gewissenhaft. Sie hat erledigt, was zu erledigen war. Egal um welche Uhrzeit.«

Mayrhofer: »Ihre Tochter war stark geschminkt. Wen könnte sie erwartet haben?«

Mutter: »Unsere Tochter war, wie Sie wissen, verheiratet.«

Tom: »Glücklich?«

Vater: »Normal.«

Mayrhofer: »Sie hat nicht mit ihrem Ehepartner zusammengelebt.«

Vater: »Sie ist nach München versetzt worden.«

Tom: »Auf ihr eigenes Gesuch?«

Vater: »Sie hatte die Möglichkeit, an diesem wunderbaren neuen Gymnasium anzufangen. Diese Chance wollte sie sich nicht entgehen lassen.«

Mayrhofer: »Nicht wegen eines Mannes?«

Mutter: »Unsere Tochter war eine anständige Frau.«

Tom: »Was man von Ihrem Schwiegersohn nicht unbedingt behaupten kann.«

Stille.

Tom spürte, dass sie Geschwindigkeit aus der Befragung nehmen mussten, wenn sie erfolgreich weiterkommen wollten.

Die Fronten drohten sich zu verhärten.

Er schenkte Wasser nach und lehnte sich auf seinem Stuhl zurück. »Schauen Sie, wir konnten inzwischen einiges zu Ihrem Schwiegersohn recherchieren. Er ist kein Unbekannter. Mehrfach vorbestraft. Kam schon als Jugendlicher mit Drogen in Kontakt. Hat gedealt. Er ist acht Jahre älter als Ihre Tochter. Als 1989 der Eiserne Vorhang fiel und 1990 die Grenzen nach Tschechien geöffnet wurden, war er ein Teenager. Er hat Kontakte geknüpft und sich an zwielichtigen Grenzgeschäften beteiligt.«

Tom machte bewusst eine Pause. Doch wenn er hoffte, Mayrhofer würde sich zurückhalten und die Eltern zu Wort kommen lassen, so hatte er sich getäuscht.

Mayrhofer fuhr sich mit der Zunge über die Lippen. »Ihr lieber Herr Schwiegersohn ist in den Import von Frischfleisch eingestiegen. Sprich: Er hat blutjunge Tschechinnen in den Straßenstrich integriert. Diesem Business ist er bis heute treu. Ehe hin oder her. Allerdings stagniert der Markt im Moment. Seine Antwort darauf: Das Angebot verbessern. An der Altersschraube drehen. Noch jünger. Um nicht zu sagen: Kinderhandel. Wenn Sie wissen, was ich meine.«

Das war deutlich gewesen. Mayrhofer hatte also fleißig weiterrecherchiert.

Die Augen der Mutter weiteten sich. Für einen Moment vergaß sie zu atmen. »Das ist nicht wahr.«

Der ehemalige Schuldirektor war robuster.

Er lenkte ein. »Sie haben recht, wenn Sie damit sagen wollen, dass unsere Tochter den falschen Mann geheiratet hat. Wir haben das von Anfang an gewusst. Der Jackl ist acht Jahre älter. Er ist mit seinen drei Brüdern in einem Reihenhaus in unserer Straße aufgewachsen. Die Marianne und er haben sich von klein auf gekannt. Jahrelang hat er sich lustig über sie gemacht. Trotzdem hat die Marianne sich mit 16 in ihn verguckt. Er hatte die Schule abgebrochen, mit Ach und Krach die Lehre geschafft und war arbeitslos. Da ging ihm auf, dass sie eine gute Partie ist. Als er plötzlich netter zu ihr war, waren wir machtlos.«

Der Vater schüttelte den Kopf. Vermutlich war er noch heute sprachlos über die Reaktion seiner Tochter.

Tom konnte den Mann verstehen. Das sah nach selbst gewähltem Masochismus aus. Es gab solche Frauen. Doch was waren die Ursachen dafür? Hatte der Herr Direktor etwa durch zu hohe Ansprüche das Selbstwertgefühl seiner Tochter gar selbst untergraben?

»Er war schon auch in sie verliebt«, warf die Mutter schnell zur Verteidigung der Tochter ein. »Und man kann nicht sagen, dass er aus schlechtem Haus kommt. Sein Vater ist ein erfolgreicher Mann. Saß für die SPD im Gemeinderat und war Geschäftsführer von einem der größten Arbeitgeber der Region. Baugewerbe. Beton-Großhandel.«

Die Mundwinkel ihres Mannes zogen sich streng nach unten, während er seiner Frau einen bitterbösen Blick zuwarf. »Ein äußerst charmanter Mann, dem sich die Weiber noch heute an den Hals schmeißen!«

Tom gab Mayrhofer zu verstehen, dass er jetzt um Gottes willen nicht eingreifen sollte. Das Ehepaar würde sich gleich warmstreiten.

»Was willst du jetzt damit sagen?« Die Mutter tupfte sich die Augen und sah mitleiderregend aus.

Jedoch nicht für ihren Ehemann.

Der warf ihr einen abfälligen Blick zu und verfiel von einem Moment auf den anderen in tiefsten Oberpfälzer Dialekt. »Dassnd du aa zu dir ins Bett nei lassn hättst, den scheena Herrn SPD-Gemeinderat. Wenn er woos von dir woin hätt!«

Auch seine Frau wurde augenblicklich zu einer anderen. »Ja so a Gemeinheit! Du spinnst ja goor! Mir trauern um unsere Dochter und du kimmst mit so am Schmarrn.«

»Weils doch dWahrheit is, warum sich die Marianne in den Jackl verschaut hat.«

»Fesch ausgschaut hat er freilich scho«, beharrte die Mutter.

Mayrhofer rollte mit den Augen, blieb aber ruhig.

Der ehemalige Mittelschulleiter schüttelte den Kopf, als wolle er die tief sitzende Eifersucht verscheuchen.

Er straffte den Rücken, schlüpfte ansatzlos zurück in die Rolle des besonnenen Schulleiters mit astreinem Amtsdeutsch. »Das Einzige, was der schon als Kind hat können wie kein anderer, unser werter Schwiegersohn, das war Schachspielen. Er hätte was aus sich machen können, der Bub. Aber wenn Sie mich fragen, und ich bin ja Pädagoge – also noch einer von der alten Sorte, wenn Sie wissen, was ich meine –, dann hat der Jackl immer im Schatten von seinem Vater gestanden.«

Tom horchte auf. »Jackl Eichstätt spielt Schach?«

»Er hat zahlreiche Turniere gewonnen. Und hilft heut noch im Verein aus.«

»Sagt Ihnen der Name Manfred Strebel etwas?«, fragte Tom.

Marianne Eichstätts Vater sah ihn an, als ob Tom weit minderbemittelter wäre als sein vorbestrafter Schwiegersohn. »Das ist – besser war – der Chef von unserer Marianne. Der Direktor vom Karl-Valentin-Gymnasium. Das sollten Sie besser wissen als ich.«

»Kennt Ihr Schwiegersohn ihn auch?«

»Soweit man sich in Schachkreisen kennt.« Marianne Eichstätts Vater bedachte Tom mit einem gespielt gleichgültigen Blick, während die Mutter aufgeregt ihr Taschentuch knetete.

Beide Ehepartner pressten fest die Lippen aufeinander. Sie mauerten. So war hier schwer weiterzukommen.

Tom stellte noch ein paar belanglose Fragen, bekundete sein herzliches Beileid, dann verabschiedeten sie das Elternpaar.

»Du weißt, was zu tun ist«, sagte Tom, kaum dass die Eltern das Büro verlassen hatten. Er schnappte sich seine Lederjacke und begleitete Mayrhofer in das angrenzende Büro, wo fünf Leute lebhaft durcheinandertelefonierten.

Jessica war noch nicht zurück.

Mayrhofer machte sich eine Notiz und schaltete seinen Computer aus. »Jaja, ich weiß schon. Sämtliche Verbindungen von Jackl Eichstätt und Manfred Strebel checken. Das muss allerdings bis morgen warten. Unsereins hat schließlich auch ein Privatleben. Ich bin seit zwei Uhr in der Früh da. Außerdem kommt Jackl Eichstätt morgen sowieso. Dann kann er uns höchstpersönlich Auskunft geben.«

Tom warf sich seine Lederjacke über und schluckte den Ärger herunter. Was sollte er tun? Mayrhofer war im Recht. Auch wenn sie mitten in einer Ermittlung steckten.

»Dann überansteng dich nicht. Mit deinem Privatleben! Pfiat di!«

Es war Tom neu, dass Mayrhofer ein Privatleben hatte. Das konnte nur bedeuten, dass seine stetigen Tummeleien auf den einschlägigen Singleplattformen endlich von Erfolg gekrönt waren.

Hungrig und müde machte Tom sich auf den Weg zum Hauptbahnhof, um seinen ehemaligen Freund Claas Buchowsky abzuholen. Tom war mulmig zumute.

Es fiel ihm schwer, einzuschätzen, in welcher Verfassung er Claas antreffen würde. War er inzwischen tatsächlich vom Paulus zum Saulus geworden, wie ausgerechnet Weißbauer angedeutet hatte?

Wodurch war Claas überhaupt auf den Fall aufmerksam geworden? Und was war so wichtig, dass er deswegen nach München kam?

KAPITEL 30

Denis von Kleinschmidt hatte sich fest vorgenommen, gleich am Morgen erste Erkundigungen im Zusammenhang mit dem Karl-Valentin-Gymnasium einzuholen. Doch er hatte bisher nur einen kurzen Blick auf die Pläne werfen können. Der hatte allerdings genügt, um ihn in reines Entzücken zu versetzen. Dieses Grundstück war wie ein Goldtalerbad in Dagobert Ducks Geldspeicher. Ideal für ein Kaufhaus à la Harrods, um schwarzes Geld blütenweiß zu waschen.

Im weiteren Verlauf des Tages war ständig etwas dazwischengekommen. Erst jetzt, in den Abendstunden, als die Büros sich geleert hatten, konnte Denis in Ruhe weiterrecherchieren. Er besah sich den Aktenberg, den er sich hatte bringen lassen.

Entschied sich dann aber, erst seinen Computer anzuwerfen.

Noch in der Nacht hatte er sich erinnert, dass es einmal einen Zwischenfall an ebendieser Schule gegeben hatte.

Einen, der jetzt ein Stolperstein auf dem steilen Weg seiner Karriere sein konnte, ohne die er für Maslov im Weiteren uninteressant wäre. Wenn nicht sogar überflüssig.

Denis konnte von Glück reden, dass es bisher keinem aufgefallen war. Und so sollte es bleiben.

Vielleicht war er damals ja einem Irrtum aufgesessen.

Im Rahmen der Ermittlungen um den Brand und den Tod von Marianne Eichstätt konnten die Dinge dennoch erneut ins Rollen geraten. Unter Umständen war es nur eine Frage der Zeit, bis jemand die Nase tief hineinstecken würde.

Wer, das war klar. »Die Nase« schlechthin. Tom Perlinger.

Das Ministerium war vor wenigen Monaten umgezogen. Sie waren nun nicht mehr interimsweise bei den Kollegen im Odeon untergebracht, sondern ganz in der Nähe der Bayerischen Staatskanzlei. Gegenüber vom Haus der Kunst, unweit des Eisbachs, der mit seiner auf der ganzen Welt bekannten »Eisbachwelle« das ganze Jahr von passionierten Surfern frequentiert wurde. Von der Prinzregentenstraße aus sah man täglich von morgens bis abends eine ganze Schar begeisterter Zuschauer.

Denis hatte sich angewöhnt, in der Mittagspause an der Eisbachbrücke vorbeizugehen, wenn er scharf nachdenken musste. Es entspannte ihn, die Surfer bei ihrem Tun zu beobachten.

Oder war es die Sensationslust, die ihn reizte?

Die ihm half, Lösungen zu finden.

Selbst für geübte Surfer hielt die Welle unvorhersehbare Gefahren bereit. Vor Kurzem noch war der Ritt auf dem Wasser illegal gewesen. Wohl auch deshalb, weil es immer wieder zu tödlichen Unfällen kam. Dank eines Grundstückstauschs zwischen der Stadt München und dem Bundesland Bayern war das Surfen inzwischen rechtmäßig erlaubt.

Auf eigene Gefahr.

Denis genoss die Anspannung in jeder Faser seines Körpers, wenn er in sein Käsebrot biss und darauf wartete, ob wirklich alle Surfer ans gegenüberliegende Isarufer kletterten. Wenn er im Anschluss das Nikotin aus seiner Zigarette sog, beobachtete er mit Argusaugen die sportlichen jungen Mädchen und Frauen.

Knackige Surferinnen in hautengen Anzügen.

Immer wieder stellte er sich vor, wie der enge Neoprenanzug im Notfall aufgerissen werden müsste. Der Busen hüpfte, während der Körper wiederbelebt wurde.

Heute war tatsächlich jemand gestürzt. Gerade als Denis den letzten Bissen Käsebrot hinunterschlucken wollte. Dabei hatte er schon befürchtet, seine Zeit verschwendet zu haben.

Doch genau in dem Moment, als die Frau plötzlich kippte, mit dem Rücken auf einen der Steine schlug und Denis wusste, dass sie nicht ohne Hilfe aus dem kalten Wasser kommen würde, waren in seinem Kopf zwei Puzzleteile ineinandergefallen.

Ausschlaggebend dafür war der Name gewesen.

Der Name der Toten, den er am Morgen in der AZ gelesen hatte.

Der Name, der seitdem in seinem Unterbewusstsein arbeitete.

Dieser Name war ihm aus einem anderen Zusammenhang bekannt.

Mit der Erkenntnis waren schlagartig grell-bunte Bilder vor Denis' geistigem Auge erwacht. Verrucht und eingehüllt in den schweren orientalischen Duft, der wie eine Droge in dem schummrigen Kellergewölbe gehangen hatte. Denis hatte die Einladung angenommen, die in Maslovs Namen ausgesprochen worden war.

Eine rauschende Party zur Wiesnzeit in einem der Clubs am Bahnhof. Im Sperrbezirk, den es offiziell gar nicht gab und nicht geben durfte. Die Gäste ausgewählt. Ausschließlich männlich. Alle mit Maske. Zuerst im offiziell nicht vorhandenen Untergeschoss. Champagner, Lichtmaschine, Table Dance, Mädchen vom Feinsten. Tschechinnen. Blutjung. Unschuldig.

Das Wenige, was sie am Körper trugen, ganz in Weiß. Im Anschluss zog man paarweise oder in Gruppen ins Hotelzimmer um. Denis in Begleitung zweier wunderschöner Mädchen, deren Alter und Bewusstseinszustand er sofort verdrängt hatte.

Die Hotelzimmer waren zuvor ganz offiziell über eine Bookingplattform gebucht worden. Piekfein. Denis hatte trotz der Maskerade einige der Männer auf Grund ihrer unverwechselbaren Körperform erkannt. Und still in sich hineingegrinst. Er hatte sich Notizen gemacht. Man wusste nie, wann man auf wen in einflussreicher Position zurückgreifen musste.

Die Handys waren ihnen gleich zu Beginn abgenommen worden. Denis war schlau gewesen. Er hatte seines erst gar nicht mitgenommen. Einige der gefürchtetsten russischen Cyber-Hacker standen auf Maslovs Paylist. Vielleicht war die ganze Party nur deshalb inszeniert worden. Um an diese Handys, die Kontakte und Informationen dieser einflussreichen Männer zu gelangen. Die im Übrigen nicht nur aus Bayern und Deutschland stammten. Sie waren aus der ganzen Welt angereist. Eine etwas andere Form des München-Tourismus. Trotzdem war Denis immer wieder bass erstaunt, wie naiv sich gerade die einflussreichsten Männer zeigten, wenn es um Sex ging.

Das konnte ihm nicht passieren.

Das Geschäft mit den Partys boomte. Seit der EU-Osterweiterung kamen immer mehr osteuropäische Frauen nach

München, aber wenige waren so schön und jung wie die auf dieser Party. Eine der Innovationen, mit denen Maslov die Branche überraschte.

Ein Geheimtipp. Just for friends. Topsecret.

In regelmäßigen Abständen.

Nur mit exklusiver und persönlicher Einladung.

In manchen Kreisen stand sie inzwischen für ein Statussymbol. Auch dank der einzigartigen Frauen. Die wiederum hatte Maslov seinem erstklassigen Lieferanten zu verdanken. Und genau das war das zweite Puzzleteilchen gewesen, das an seinen Platz fiel, als die Surferin aus dem Wasser gezogen wurde.

Jackl Eichstätt.

Es hatte Denis damals einiges an Geschick abverlangt, unbemerkt den Namen dieses Lieferanten herauszufinden. Jackl Eichstätt hatte diese einmaligen Kontakte nach Tschechien und Osteuropa.

Über Jahrzehnte gewachsen und höchst vertraulich.

Es kostete Denis nur wenige Klicks, um die Verbindung zwischen Jackl Eichstätt und der toten Marianne herzustellen.

Seine Frau.

Ob sie gewusst hatte, womit ihr Mann sein Geld verdiente?

Denis nahm ein Blatt Papier und entwarf ein Szenario.

Wenn es zu weiteren Nachfragen kam, galt es, gewappnet zu sein.

Es gab immer einen Weg, ein Spiel zu gewinnen. Der Einsatz war groß. Er musste nur schlau genug sein. Seine Gegner hatten schon ganz andere Spiele gewonnen als er. Doch seine Chancen standen nicht schlecht. Der Plan konnte gelingen.

Nachdem er die Skizze zum x-ten Mal durchdacht hatte, griff Denis zum Telefonhörer. Obwohl sein Plan noch kleine

Unebenheiten aufwies, war er hocherfreut, als sofort abgenommen wurde.

Die Akte jedenfalls würde er erst lesen, wenn der Moment gekommen war. Er schob sie auf dem Stapel ganz nach unten. Schließlich wollte er keine schlafenden Hunde wecken.

In dem Punkt war er abergläubisch.

Trotzdem hatte er das ungute Gefühl, dass er den Namen Jackl Eichstätt zusätzlich aus einem anderen Zusammenhang kannte.

KAPITEL 31

Carla war noch immer an zig Überwachungs- und Therapiegeräte angeschlossen. Jessica desinfizierte ihre Hände am Spender neben der Tür, bevor sie das Zimmer betrat. Auch hatte sie ihr Handy ausschalten müssen, damit die Funktion der Apparate nicht gestört wurde.

Das Mädchen lag müde und flach unter den weißen Krankenhauslaken. Im Gegensatz zum Mittag hingen die schweren Lider jetzt halb geöffnet im fahlen Gesicht. Doch Carlas Blick war schläfrig und matt. Die kühle Luft im Zimmer ließ Jessica frösteln. Es gab kein Fenster im Raum. Die Klimaanlage lief.

»Hallo, Carla. Ich bin Jessica. Ich freue mich, dass es dir besser geht.« Jessica zog sich einen Stuhl neben das Krankenbett.

Sie musste aufpassen, nicht versehentlich an eines der vielen Kabel zu stoßen, mit denen Carla verbunden war. Jessica fühlte den Blick der Mutter durch die Glasscheibe hinweg fest auf ihren Rücken fixiert. Jessica hatte sich extra so platziert, dass sie das Gesicht des Mädchens abschirmte, um Nähe und Intimität zu schaffen.

»Hallo.« Carlas Stimme klang so leise, dass Jessica sich instinktiv zu dem durchsichtigen Bündel Mensch vorbeugte.

Jessica erkannte, dass sie einen Großteil der Kommunikation würde bestreiten müssen. Carla war so schwach, dass sie wohl hauptsächlich mit Gesten und Kurzsätzen antworten könnte.

»Du hast mitbekommen, dass heute Nacht die Schule gebrannt hat?«

Carla nickte.

»Und dass Marianne Eichstätt tot ist?«

Wieder ein langsames Nicken.

»Mein Papa?« Carla zog ängstlich die Augenbrauen hoch.

»Was ist mit deinem Papa?«

Carla atmete schneller. »Ist er okay?«

Jessica verbarg ihre Überraschung. »Ja, warum?«

Carlas Lider flackerten. »Er war die ganze Nacht hier.«

Nun, Jessica wusste, dass das nicht stimmte. Es gab sehr wohl eine Anwesenheitslücke. Das fing ja gut an.

Hatte Carla sie rufen lassen, um ihrem Vater ein falsches Alibi zu verschaffen? Hatte das Mädchen Angst, dass ihr Vater etwas mit den Verbrechen zu tun hatte?

»Nun, im Moment geht es ja nicht um deinen Papa. Es geht vor allem um dich. Darum, was du über Marianne Eichstätt weißt. Wir suchen ihren Mörder.«

Carlas Augen spiegelten Angst und blanke Verachtung wider. »Sie war eine Hexe«, flüsterte sie.

»Du mochtest sie nicht?«

»Sie mochte *mich* nicht. Und den Fabi hat sie total fertiggemacht. Obwohl seine Mama kurz vorher gestorben ist. Es war ihr scheißegal.« Die Worte kamen wütend und leise über Carlas Lippen. Jede Silbe kostete sie große Anstrengung.

»Fabian Brühl?«, fragte Jessica. »Deine Schwester hat mir erzählt, dass du mit ihm befreundet warst. Es tut mir so leid, dass er Selbstmord begangen hat.«

Carlas große Augen in dem hohlwangigen Gesicht füllten sich mit Tränen. Wäre sie eine alte Dame und kein junges Mädchen gewesen, hätte man sie als hinfällig bezeichnet. Jessica betete in Gedanken, dass das Mädchen wieder zu Kräften kam. Selten hatte sie sich so hilflos gefühlt wie beim Anblick dieses sich zu Tode hungernden Geschöpfes.

Das Mädchen schüttelte langsam den Kopf und nahm einen neuen Anlauf. »Der Fabi hat sich nicht umgebracht. Schon wegen seinem Papa nicht. Dem Sascha. Der wäre doch dann ganz allein. Das hätte der Fabi nie getan!«

So hatte Jessica den Selbstmord von Fabi noch gar nicht betrachtet. Konnte sich ein Teenager mit Selbstmordabsichten im entscheidenden Moment in das Leid des allein zurückbleibenden Elternteils hineinversetzen? Jessica hätte ihre Mutter nie allein zurückgelassen. Tatsächlich war anzunehmen, dass Vater und Sohn nach dem Tod der Mutter noch enger zusammengerückt waren.

»Niemand hat mir geglaubt. Auch der Sascha nicht.«

Carlas Gesicht nahm einen panischen Ausdruck an. Sie schien Angst zu haben, dass ihr die Kraft ausgehen würde, bevor sie gesagt hatte, was ihr wichtig war.

»Ich glaube dir. Sag mir alles, was du weißt«, beteuerte Jessica und legte ihre Hand dahin, wo sie das Unterärmchen des Mädchens vermutete. Sie drückte ganz leicht zu.

Der Knochen, den sie unter der Bettdecke spürte, war so dünn, dass Jessica fürchtete, ihn mit ihren runden, kräftigen Fingern zu zermalmen.

Fühlten sich so Glasknochen an?

»Der Sascha tut mir so leid.« Jetzt rollten dem Mädchen dicke Tränen über die Wangen. »Fabi würde wollen, dass sein Papa weiß, dass er sich nicht umgebracht hat.«

Jessica nickte. Hinterbliebene von Selbstmördern wurden von furchtbaren Selbstvorwürfen gequält. Sascha Brühl musste davon regelrecht zerfressen werden. »*Glaubt* Sascha denn, dass Fabi sich umgebracht hat?«

Carlas Augen färbten sich schwarz vor Trauer und Mitgefühl. Das Mädchen musste über ein hohes Maß an Empathie verfügen. »Die Untersuchung war eindeutig. Und ich konnte nichts beweisen.«

»Was hättest du denn beweisen wollen?«

»Dass die Eichstätt ihn auf dem Gewissen hat.« Carla atmete schwer. Auf jedes Wort folgte eine Pause.

So würden sie Stunden brauchen, um weiterzukommen.

Carla schien die gleiche Idee zu haben.

»Handy«, stammelte sie.

Jessica verstand, doch es war auf der Intensivstation verboten, ein Smartphone zu nutzen. »Soll ich deine Mutter nach deinem Handy fragen?«

Dankbarkeit glomm in den matten Augen des Mädchens auf. Jessica hatte ein schlechtes Gewissen. Das Gespräch war extrem anstrengend für Carla. Es war nur eine Frage der Zeit, wann die Apparate losheulen und die Ärzte auftauchen würden.

»Alles gut. Ich komme gleich wieder.« Jessica verließ das Zimmer und fragte Petra Anzinger nach dem Handy ihrer Tochter.

»Ich kenne das Passwort nicht.« Die Mutter überreichte ihr das Gerät.

Wieder im Zimmer nahm Jessica mit Carlas Erlaubnis deren Zeigefinger und presste ihn auf den Power-Button. Der Bildschirm mit den Apps flackerte auf. Die Fingerabdruckerkennung hatte funktioniert.

»Fabian«, flüsterte Carla und schloss erschöpft die Augen.

Jessica ging schnell mit dem Gerät aus dem Zimmer und scrollte zurück. Hatte Carla sämtliche WhatsApp-Nachrichten auf ihrem Handy? Jessica war überrascht. Das Speichervolumen musste gigantisch sein. Sie selber löschte jeweils nach einem Monat alle Sprachnachrichten. Allerdings hatte Carla seit fast zwei Jahren so gut wie nicht mehr kommuniziert. Seit Fabian gestorben war, schoss es Jessica durch den Kopf. Das war am 24. Februar 2017 gewesen. Jetzt erst fiel es Jessica auf! Genau zwei Monate nach seiner Mutter.

Wie furchtbar!

Die Kommunikation mit Fabian hatte bereits am 20. Februar geendet. Fabian hatte gegen 17.00 Uhr versucht, Carla zu erreichen. Carla hatte geantwortet, er solle eine Sprachnachricht hinterlassen.

»geht nicht«, hatte Fabian geschrieben.

Carla: »kann grad nicht«

Fabian: »war auf dem friedhof. dann noch mal in der schule …«

Carla: »warum?«

Fabian antwortete erst einige Minuten später: »egal. hab was gesehen«

Carla: »was?«

Fabian hatte nicht geantwortet.

Carla: »was?«

Fabian: »es wird mir eh niemand glauben. alle werden denken, ich will sie fertigmachen.«

Fertigmachen? Wieso? Wen? Marianne Eichstätt? Was hatte Fabian beobachtet?

Carla: »foto?«

Fabian: »nein. bin im kunstraum. Male«

Carla: »wann sehen wir uns?«

Fabian: »weiß nicht«

Carla: »was ist mit ›alenja‹?«

Fabian: »kompliziert. Das greift alles ineinander …«

Danach war die Unterhaltung abgebrochen. Sehr ergiebig war das nicht. Jessica schaltete das Handy aus und gab es Petra Anzinger zurück. Dann betrat sie wieder das Krankenzimmer und desinfizierte erneut ihre Hände.

Carla lag mit geschlossenen Augen da. Jessica fürchtete schon, sie wäre eingeschlafen. Aber sie ruhte nur.

»Ich habe es gelesen«, sagte Jessica. »Hat Fabian dir erzählt, was er beobachtet hat?«

Langsam öffnete Carla die Augen. »Nein.«

Jessica verstand. »Hat er sich danach verändert?«

Carla nickte langsam. Wieder standen Tränen in den großen braunen Augen. Das Mädchen machte sich Vorwürfe. Sie gab sich die Schuld an Fabians Tod. War es Selbstschutz, dass sie sich wehrte, Fabians Freitod anzuerkennen?

»Habt ihr deshalb Streit gehabt? Weil Fabian dir nicht erzählen wollte, was er gesehen hat?«

Carlas Mimik sagte Jessica, dass sie ins Schwarze getroffen hatte.

Jessica konnte das Mädchen verstehen. Sie hatte es sicher als Vertrauensbruch empfunden, dass Fabian sie nicht in seine Beobachtung mit einbezogen hatte. So etwas konnte sich zu einem existenziellen Streit auswachsen, wenn zwei Sturköpfe aufeinandertrafen.

»Er ist bedroht worden. Er wollte mich nicht in Gefahr bringen.« Jede Silbe bahnte sich mühsam den Weg über Carlas Lippen. »Trotzdem! Wieso hat er mir nicht vertraut? Ich hab es nicht verstanden! Er war enttäuscht. Irgendwie tief enttäuscht. Er meinte, Erwachsene würden es sich so einfach machen. Liebe und Treue würden ihnen nichts bedeuten.«

»Liebe und Treue«, meinte Jessica. »Wie kam er denn darauf?«

»Er hat mir erzählt, dass seine Mama in Berlin einen ehemaligen Klassenkameraden getroffen hat. Sie war früher in ihn verliebt. Mit ihm war sie auch auf dem Christkindlmarkt. Die beiden hat man Hand in Hand gefunden. Sie wurden für ein Ehepaar gehalten.«

Jessica schluckte. Das Drama um die Familie Brühl wurde ja immer tragischer. »Woher hat Fabian das erfahren?«

Es schien Carla gutzutun, über die Dinge zu sprechen, die ihr auf der Seele lagen, auch wenn das Reden sie sichtlich anstrengte. »Die Polizei hat Sascha dazu befragt. Sie wollte wissen, in welchem Verhältnis die beiden zueinander standen. Hat sogar die Presse aufgegriffen.«

Jessica konnte es kaum glauben. »Wie taktlos.«

Carla grübelte. »Fabian muss irgendetwas beobachtet haben, was diese Wunde wieder aufgerissen hat. Er war richtig wütend. Ich war sauer auf ihn. Ich war mir sicher, dass es mit der Eichstätt zu tun hatte. Ich hab ihm vorgeworfen, dass er feige ist. Weil er es nicht gegen sie einsetzt. Und jetzt denke ich immer, dass die Eichstätt ihn über das Geländer gestoßen hat, damit er es sich nicht anders überlegt und doch noch sagt, was er gesehen hat.«

Jessica erinnerte sich, was sie bisher über Fabian gehört hatte. »Aber warum hat sie ihn dann durchfallen lassen? Sie hätte doch einfach einen Deal mit ihm aushandeln können.«

Carla schüttelte den Kopf. »Das hätte sie nicht mit ihrem Gewissen vereinbaren können. Sie war eine Hundertprozentige. Der Typ, der die Augen vor den eigenen Fehlern fest verschließt. Die Schule war ihr Leben. Da hatte sie ihre Prinzipien. Von denen ist sie nicht abgewichen. Nie. Und den Fabian hat sie gehasst. Ich glaube, er hat sie an jemanden erinnert, der ihr sehr wehgetan hat.«

Plötzlich fiel Jessica etwas ein. »Hat Fabian eigentlich ein Tagebuch geführt?«

Carla sah sie überrascht an. »Tagebuch nicht direkt. Aber er hat die Entwürfe und Ideen zu seinen Raps in ein kleines Büchlein geschrieben.« Sie musste plötzlich lächeln. »Fabian meinte, zu Karl Valentins Zeiten hätte das nicht Rap, sondern Couplet geheißen. Vom Prinzip her wär's aber ähnlich gewesen.«

Jessica lächelte mit.

Doch eine Frage musste sie noch stellen. »Wer war Alenja?«

Carlas Miene verschloss sich, ihre Augen füllten sich mit Tränen.

»Hat Fabian ein anderes Mädchen kennengelernt?«, fragte Jessica mitfühlend.

Carla senkte die Augen. »Eine Tschechin. Am Hauptbahnhof. Eine, die es richtig draufhatte. Sie hat voll auf Mitleid gemacht.«

Aha. Es war auch Eifersucht im Spiel gewesen.

»Wann war das?«, fragte Jessica.

»Ein, zwei Tage zuvor.«

Jessica wusste, wie schmerzhaft Eifersucht und gekränkte Eitelkeit waren. »Ich bin sicher, sie konnte dir nicht das Wasser reichen.«

Carlas große Augen blickten sie dankbar an, auch wenn das Mädchen nicht den Eindruck machte, dass es ihr glaubte.

»Wirklich«, bestätigte Jessica.

Dann berührte sie sanft Carlas Arm. »Wir finden heraus, warum Fabian wirklich gestorben ist, Carla. Ich danke dir für dein Vertrauen. Jetzt werde erst einmal ganz schnell wieder gesund. Ich melde mich, sobald ich mehr weiß. Aber wie auch immer, glaube mir, du bist nicht schuld an Fabians Tod.«

Obwohl die Worte aufmunternd gemeint waren, hörte Jessica ein unterdrücktes Schluchzen, als sie das Zimmer verließ.

Sie bat Mayrhofer, nach einer Tschechin namens Alenja zu suchen.

KAPITEL 32

Tom hatte sich beeilt, um pünktlich zu sein. Nun hatte Claas' Zug Verspätung. Wie gut, dass Tom daran gedacht hatte, sich den Obduktionsbericht aus der Akte »Fabian Brühl« in die Innentasche seiner Lederjacke zu stecken.

Er hatte ihn eigentlich vor dem Einschlafen lesen wollen. Nun kaufte er sich eine Coca-Cola, ließ sich auf einer Bank am Gleis nieder, versuchte erst ergebnislos, Direktor Strebel zu erreichen, und widmete sich dann, ungestört vom bunten Treiben am Bahnhof, der Lektüre.

Tom, der ein tiefes Interesse an medizinischen Zusammenhängen hatte, brauchte nur wenige Minuten, um herauszufinden, was »faul« an diesem Bericht war.

Der Bericht war wie erwartet nicht von Ehinger verfasst worden. Rechtsmediziner Theo Franzl war verantwortlich für die Untersuchung gewesen. Er würde bald pensioniert werden und hatte seit Jahren ein Alkoholproblem, was weit über die Abteilung hinaus ein offenes Geheimnis war. Doch Franzl hatte den Bericht nur gegengezeichnet. Die Obduktion selbst hatte ein junger russischer Assistenzarzt durchgeführt, an den Tom sich nicht erinnern konnte. Das war kein gutes Zeichen. Vielversprechende Leute prägten sich in der Regel fest in sein Gedächtnis ein.

Bei diesem Michail Smirnow war das nicht der Fall gewesen.

Tom wollte gerade eine Nachricht über den Messenger an sein Team versenden, als ihm jemand auf die Schulter klopfte. Er war so tief in den Bericht versunken gewesen, dass er gar nicht bemerkt hatte, dass der Zug inzwischen eingefahren war.

Claas stand hinter ihm.

Tom schlug den Bericht zu, steckte ihn zurück in die Innentasche seiner Lederjacke und umarmte den Freund.

»Hi! Den Karneval gut überstanden? Gut schaust du aus!«

»Das Gleiche kann man von dir sagen.«

Nachdem sie sich innig gedrückt hatten, schlugen sie die Handflächen auf Schulterhöhe gegeneinander, wie es über Jahre hinweg ihr Ritual gewesen war.

Tom betrachtete den alten Freund. Claas sah wirklich gut aus. Das war keine Übertreibung gewesen. Hatte Claas bei ihrer letzten Begegnung vor knapp einem Jahr noch hohlwangig und überarbeitet gewirkt, so hatte er nun zwei bis drei Kilo zugenommen, die ihm sehr gut standen.

Wie hatte Jessica ihn beschrieben: das perfekte Männer-Model für den Herbstkatalog. Ein paar Zentimeter kleiner als Tom, war Claas genauso sportlich, hatte braune Haare, ein männlich markantes Gesicht. Seine Augen, etwas zu eng zusammenstehend und das eine cognacfarben, das andere mit einem Touch ins Grüne, sprühten geradezu, als Claas seinen Blick jetzt über das quirlige Treiben am Hauptbahnhof gleiten ließ. Heute fiel der kleine Farbunterschied der Augen kaum ins Gewicht. Tom wusste, dass das anders war, wenn Claas unter Druck stand oder es ihm schlecht ging.

Bei ihren gemeinsamen Einsätzen hatte der Freund oft farbige Kontaktlinsen getragen, um den Makel in die eine oder andere Richtung auszupendeln.

»Tut dir sichtlich gut, nicht mehr als verdeckter Ermittler auf der Straße zu sein.« Tom griff wie selbstverständlich nach Claas' hellbeiger Reisetasche.

Doch ehe er sich's versah, hatte der Freund ihm sein Reisegepäck wieder entrissen. »Lass mal. Die trag ich lieber selbst.«

Da war er wieder. Der fremde Claas. Der alte hätte darüber gescherzt, endlich den perfekten Sherpa zu haben. Und dass er das nächste Mal dreimal so viel Gepäck mitnehmen würde, damit Tom seine Muskeln spielen lassen konnte.

»Transportierst du Goldbarren?«

Claas ging nicht weiter darauf ein. »Das liegt an den geregelten Arbeitszeiten.«

»Ehrlich? Davon kann ich nur träumen. Bin bereits seit 2.00 Uhr auf den Beinen.«

»Euer neuer Fall?« Claas nahm die Tasche auf die von Tom abgewandte Seite, während sie am Gleis entlang und durch den Bahnhof liefen.

»Kann man so sagen.« Tom wollte nicht gleich mit dem Beruflichen einsteigen.

»Mensch«, sagte Claas plötzlich, als sie in Richtung Hauptausgang liefen. »Es hat sich nichts verändert. Hier hab ich vor einem Jahr deinen alten Freund Sebastian Pohl verfolgt. Als er die Papiere in einem der Schließfächer im obersten Stock versteckt hat.«

Claas blieb stehen, blickte hoch zu den Schließfächern. »Wie geht es ihm? Sitzt er noch?«

»Im Moment schon. Ist aber in Berufung gegangen. Hat die besten Anwälte engagiert. Dabei muss er so gut wie pleite sein.«

»Tja, wer die wohl bezahlt?«

»Du bist immer noch überzeugt, dass Sebastian unter Maslovs' Flagge segelt?« Tom schüttelte den Kopf.

»Todsicher.«

»›Nur der Tod ist sicher. Totsicher.‹ Meinte schon Karl Valentin.«

»Ein weiser Mann, euer Karl Valentin. Genauso ist es. Und genauso hab ich es gemeint.«

Tom warf dem Freund einen Seitenblick zu. Claas hatte die Lippen fest aufeinandergepresst. War die Jagd nach Maslov für Claas wirklich zur Manie geworden? Oder hatte Claas das kleine Manöver lanciert, um Tom unterschwellig zu überzeugen, dass er immer noch auf der richtigen Seite stand?

»Du glaubst also nach wie vor, dass Iwan Maslov sein kriminelles Netzwerk über München ausbreiten wird wie eine Spinne ihr Netz. Und dass es uns bei dem letzten Fall nicht gelungen ist, einen entscheidenden Schlag gegen ihn auszuführen.« Tom beschleunigte seine Schritte.

Aus allen Richtungen strömten die unterschiedlichsten Gerüche auf ihn ein und erinnerten ihn daran, dass er seit Mittag nichts mehr gegessen hatte. Nahrung war bei ihm das Einzige, was gegen Schlafmangel half.

»So ist es. Ich war bass erstaunt, als heute früh der Brand der Schule über den Ticker lief und in diesem Zusammenhang sofort ein paar Namen aufgeleuchtet sind.« Claas hatte sich die schwere Reisetasche nun über die Schulter geworfen.

»Das kannst du mir alles in Ruhe beim Essen erzählen. Ich hab einen Bärenhunger. Lass uns erst einmal nach Hause gehen, das Gepäck abstellen und etwas essen. Christl hat das Gästebett für dich hergerichtet«, meinte Tom.

»Du bist nicht zufällig mit dem Auto da?«, fragte Claas, als sie auf dem Bahnhofsplatz standen. Er schaute verloren nach rechts und links.

»Ist ja nur ein Katzensprung«, gab Tom zurück. »Gib mir halt deine Tasche.« Er griff wieder danach.

Diesmal ließ Claas tatsächlich los. Tom wich einem hupenden Auto aus und balancierte die Tasche mit dem Einsatz seiner ganzen Muskelkraft elegant über dem Kopf.

Mit schnellen Schritten überquerte er den Bahnhofsplatz.

»Ich muss zuerst ins Präsidium!«, rief Claas und eilte ihm hinterher.

Zu Weißbauer, dachte Tom. »Unsere Wohnung liegt auf dem Weg.«

Es wäre fast wie früher gewesen, wenn da nicht ... Ja, wenn da nicht diese Nebelwand gewesen wäre.

Diese Nebelwand, hinter der sich die Ungewissheit verbarg.

»Immer noch kein Auto?« Claas lachte.

»Was soll ich damit in der Stadt?«

»Und wenn du in die Berge willst?«

»Dann leih ich mir eines aus.«

Claas hatte Mühe, mit Tom Schritt zu halten, der sich gekonnt durch den lebhaften Feierabendverkehr schlängelte und schon fast die gegenüberliegende Straßenseite mit der Postbankfiliale erreicht hatte.

Plötzlich quietschten Autoreifen und ein knallgrüner Mini kam nur wenige Zentimeter vor ihnen zum Stehen. Tom verlor das Gleichgewicht und stützte sich mit einer Hand auf der Kühlerhaube des Minis ab.

Er traute seinen Augen nicht, als ihn Jessicas erschrocken geweiteten Augen hinter der Windschutzscheibe anstarrten. Der Rest ihres Gesichtes wurde von einer Rischarttüte verdeckt, die jetzt, gefolgt von einem Nusshörnchen, in ihren Schoß fiel, als ihre beiden Hände zum Steuer schnellten.

Während Tom, Jessica und der dazukommende Claas die Situation erfassten, begannen die Autos hinter dem Mini wild zu hupen.

»Perfekt! Genau im richtigen Moment!« Claas erkannte die Chance und riss augenblicklich die Beifahrertür auf.

Das Hupkonzert steigerte sich zum Allegro.

Claas ließ sich auf den Sitz plumpsen und strahlte. »Ich wusste es: Marienkäfer bringen Glück!«

In dem grünen Auto mit den schwarzen Ledersitzen, ihren roten Haaren und dem nun knallrot anlaufenden Kopf hatte Jessica tatsächlich etwas von einem Marienkäfer im Gras. Claas hatte es schon immer verstanden, charmant zu Kolleginnen zu sein. So schüchtern er auch war, wenn es wirklich ernst wurde. Dann zog er sich zurück.

Jessica schien genauso überrumpelt wie Tom. Doch ihm blieb keine Zeit zum Überlegen. Am liebsten wäre er zu Fuß weitergelaufen. Er hatte in aller Ruhe beim Spaziergang durch die Stadt ein paar Worte unter vier Augen mit Claas austauschen wollen. Doch jetzt setzte ihn das wütende Hupen der anderen Autofahrer unter Druck. Er wollte Claas in jedem Fall ins Präsidium begleiten. Warum, konnte er sich nicht erklären. Es war nur ein Gefühl, besser in der Nähe zu sein, wenn Weißbauer und Claas aufeinandertrafen.

Also warf Tom sich samt Reisetasche auf den Rücksitz und quetschte seine langen Glieder zwischen Autodach und Boden. Jessica beschleunigte. Mit einem unsanften Ruck stieß Toms Kopf an das Dach, als sie mit Höchstgeschwindigkeit über den Asphalt ratterten und wild die Spuren wechselten, um als Erste an der Ampel zu sein. Sie hatte es ganz offensichtlich eilig, die anderen Fahrzeuge hinter sich zu lassen und der unangenehmen Situation zu entfliehen. Tom hatte nicht gewusst, dass Jessica eine so rasante Autofahrerin war. Er fuhr das erste Mal mit ihr.

»Zum Präsidium?«, fragte sie und drückte erneut aufs Gas.

»Bitte.« Claas lehnte sich wohlig in seinem Sitz zurück. »Na, alles klar auf den hinteren Rängen?«, lachte er, als er sah, welche Verrenkungen Tom machte, um dem Autodach auszuweichen.

Jessica wechselte die Spur, beschleunigte, raste über die Elisenstraße und preschte über die Ampel, als das Licht von Orange auf Rot sprang.

»Noch was vor heute Abend?«, fragte Claas und hielt sich am Haltegriff über der Tür fest, als das Auto über die Kreuzung am Lenbachplatz und in die Maxburgstraße schlitterte.

Jessica war ungewöhnlich still. Raste sie so, um sie möglichst schnell wieder loszuwerden? Sie drei könnten ein gutes Team abgeben. Das hatte Tom schon beim letzten Mal instinktiv wahrgenommen.

»Geht es Carla besser?«, fragte Tom.

»Noch immer auf der Intensivstation. Aber nicht mehr im Koma.«

»Wer ist Carla?«, schaltete Claas sich ein und blickte von einem zum anderen. Um Tom zu sehen, musste er ordentlich den Hals verdrehen.

»Geh du erst mal zu Weißbauer. Danach schauen wir, wo

und wie die Ermittlungen zusammenlaufen.« Tom atmete auf, als Jessica mit Schwung in einen reservierten Parkplatz in der Löwengrube setzte.

Sie hatte sich wieder im Griff. »So, die Herren. Wir sind am Ziel.«

Claas stieg als Erster aus. Tom öffnete die Tür und schälte seinen langen Körper aus dem Auto. Wieder spürte er den Stich im Brustraum, der ihm für einen Moment den Atem raubte. Claas reichte ihm die Hand und zog ihn samt Reisetasche heraus.

Sie lachten. Fast wie früher.

Jessica kramte eine weiß-blaue Rischarttüte vom Beifahrersitz, die Claas plattgesessen hatte. Mit einem heftigen Schwung warf sie ihren langen Pony zur Seite. »Geht schon mal vor, ich muss noch telefonieren.«

Wollte sie Claas bewusst aus dem Weg gehen? Hatte sie ihm sein Täuschungsmanöver vom letzten Mal noch nicht verziehen?

Als Claas und er Seite an Seite durch das Portal mit den zwei Löwen schritten, meinte Claas plötzlich: »Du brauchst übrigens nicht auf mich zu warten, Tom. Ich hab mir ein Hotel genommen. Ich bin noch nicht so weit. Ich hab es dir gesagt. Lass es uns langsam angehen.«

Tom war wie vor den Kopf geschlagen.

Er erinnerte sich daran, wie Claas im Alten Hof die Mündung der Waffe zuerst auf ihn gehalten hatte, bevor er den Killer erschossen hatte, der Tom töten wollte.

Er musste die Frage stellen, die ihn seitdem beschäftigte. »Hast du es eigentlich bereut, dass du damals den Killer und nicht mich in die Hölle geschickt hast?«

»Du bist ein Idiot, Tom.« Claas sprang genau im richtigen Moment in den Paternoster und glitt nach oben weg.

Tom ließ ihn von dannen ziehen.

»Was ist los?« Jessica stand plötzlich neben ihm.

Sie drückte ihm die weiß-blaue Rischarttüte in die Hand, die auf dem Beifahrersitz gelegen hatte.

»Du siehst aus, als ob du eine kleine Stärkung gebrauchen könntest, Tom. Hier! Etwas plattgedrückt, aber nicht minder lecker. Apfeltasche.«

»Was Gesundes«, murmelte Tom und biss hungrig hinein.

KAPITEL 33

Jessica war heilfroh, als sie ihr Büro betrat. Welch blöder Zufall, dass sie ausgerechnet Tom und Claas direkt in die Hände gelaufen war! Typisch. So etwas konnte auch nur ihr passieren.

Der absoluten Fettnäpfchenkönigin.

Jetzt wollte sie sich erst einen Überblick über die aktuellen Entwicklungen verschaffen und im Anschluss die Demo besuchen. Sie war spät dran. Gott sei Dank hatte Mayrhofer das Büro bereits verlassen. Jessica betrachtete das Whiteboard.

Sie erkannte an der Schrift, dass Tom zwei Punkte ergänzt hatte:
- Verbindung Jackl Eichstätt, Manfred Strebel.
- Wie und warum ist Fabian Brühl gestorben?

- Zeugenaussage Marianne Eichstätt, Manfred Strebel.

Hatte es hier neue Erkenntnisse gegeben? Jessica nahm den Schreiber und fügte ihrerseits einen Punkt hinzu:
- Notizbuch Fabian Brühl. Was hat er gesehen?
- Wo ist das Buch?

Jessicas Kopf brummte. Sie hatten so viele Spuren, die alle in unterschiedliche Richtungen zeigten. Und warum war Claas extra aus Wiesbaden beziehungsweise Düsseldorf angereist? Wo war die Verbindung zu ihrem aktuellen Fall? Jessica hatte bisher keinerlei Informationen. Überhaupt war die Stimmung zwischen Tom und Claas eigenartig reserviert gewesen.

Jessica wischte die Gedanken beiseite. Sie war todmüde. Es würde sie einiges an Überwindung kosten, nach diesem langen Tag die Demo zu besuchen. Sie ließ sich noch einen Cappuccino aus der Maschine und streckte den Kopf kurz zu Tom ins Büro.

Er bat sie herein.

»Ich hab den Obduktionsbericht von Fabian noch mal durchgekaut«, sagte Tom und hob die Akte hoch.

Er stand am Fenster und blickte in Richtung Sankt Michael. Er musste auch müde sein, doch man sah es ihm nicht an. Jessica war in dem Bericht nichts Besonderes aufgefallen.

Da sie nichts erwiderte, fuhr Tom nach einer Pause fort: »Fabian ist mit dem Kopf aufgeschlagen.«

Jessica verstand nicht, worauf Tom hinauswollte.

Er schien zu warten, ob sie etwas zu ergänzen hatte.

Als das nicht der Fall war, sprach er weiter. »Selbstmörder landen in der Regel auf dem Hintern und nicht auf dem Kopf.«

Tatsächlich hatte es Jessica in ihrem bisherigen Berufsleben noch mit keinem Selbstmörder zu tun gehabt. »Wieso?«

Tom drehte sich zu ihr. »Das ist ein Phänomen. Eigentlich hätte es bei der Obduktion auffallen müssen. Aber Ehinger war ja nicht da. Der damalige Rechtsmediziner, Theo Franzl, hat einen unerfahrenen Assistenzarzt drangelassen. Der hat die Dinge nicht hinterfragt, sondern einfach nur bestätigt.«

»Warum landen Selbstmörder auf dem Hintern?« Jessica bekam eine Gänsehaut.

»Tja. Wahrscheinlich wehren sie sich im Angesicht des Todes doch noch gegen ihre Entscheidung.«

»Das ist ja furchtbar!« Jessica ließ sich auf den nächsten Stuhl plumpsen. Was für ein schreckliches Gefühl musste es sein, eine unwiderrufliche Entscheidung über Leben und Tod getroffen zu haben, die man im allerletzten Moment bereute und rückgängig machen wollte. Doch es war zu spät. Der Körper kämpfte instinktiv gegen die Schwerkraft an, um den Tod abzuwenden.

»Also wollen sie gar nicht sterben?«

»Ich habe noch mit keinem gesprochen. Aber alle Selbstmörder, deren Fälle bei mir gelandet sind und die sich mit einem Sturz das Leben nehmen wollten, hatten Verletzungen, die durch das Aufkommen auf dem Hintern begründet waren. Ich würde mal sagen, es gibt schönere Arten zu sterben.«

»Und weil Fabian nicht auf dem Hintern aufgekommen ist, meinst du, es war kein Selbstmord?«

Tom nickte.

»Das würde Carlas Aussage bestätigen.« Jessica erzählte Tom, dass das Mädchen überzeugt war, dass Fabian etwas beobachtet hatte, was ihm zum Verhängnis geworden war.

»Das Gleiche hat auch meine Nichte Tina über Conny gesagt. Conny hat alte Zeichnungen und Bilder von Fabian gefunden, die gegen einen Selbstmord sprechen. Conny hat deswegen Kontakt zu Fabians Vater aufgenommen. Sie wollte die Bilder nicht einfach wegwerfen.«

»Also könnte Conny entführt worden sein, weil sie Fabians Tod hinterfragt hat.«

»So ist es.«

»Und Sascha könnte Marianne Eichstätt umgebracht haben, weil sie Fabian auf dem Gewissen hat?« Jessica dachte laut nach.

»Wie kommst du darauf, dass Marianne Eichstätt etwas mit Fabians Tod zu tun haben könnte?«, fragte Tom.

»Denkt Carla.«

»Eine Möglichkeit von vielen, die mir zu einfach erscheint. Ich glaube, der Fall liegt komplizierter.« Tom legte den Obduktionsbericht nachdenklich auf den Schreibtisch.

»Allerdings haben einzig Marianne Eichstätt und Manfred Strebel Fabians Selbstmord bezeugt.«

»Der Schulleiter könnte seine Stellvertreterin gedeckt haben«, meinte Jessica.

»Warum?«, fragte Tom.

»Weil sie seine Stellvertreterin ist? Weil sie ein Verhältnis hatten?«, antwortete Jessica fragend. Es erschien ihr selbst unglaubwürdig.

Der elegante Direktor hatte nicht gewirkt, als ob er eine Straftat für eine Frau wie Marianne Eichstätt verdecken würde. Er wirkte eher wie jemand, der im Sinne seines eigenen Vorteils handelte.

»Manfred Strebel soll morgen ins Präsidium kommen. Wir müssen ihn zu Fabians Tod nochmals verhören«, sagte Tom.

»Fabian hat ein Ideenbuch geführt. Hauptsächlich für seine Song- und Raptexte«, sagte Jessica.

»Das könnte uns weiterhelfen. Zu blöd, dass uns Sascha Brühl entwischt ist.«

»Meinst du, er weiß, wo das Buch ist?« Jessica erinnerte

sich, wie sie ihn durch ihren spontanen Besuch verschreckt hatten.

Tom hob die Schultern. »Ich denke, dass ein Vater, dessen Kind Selbstmord begangen hat, als Erstes nach so einem Buch sucht, um eine Antwort zu finden. Entweder er hat das Buch nicht gefunden. Oder es steht nichts Wichtiges darin.«

Tom rieb sich das Kinn. »Oder er hat den Hinweis erst vor Kurzem verstanden.«

»An dem Morgen nach dem Brand. Als er in die Schule gekommen ist und den Schuldirektor attackiert hat?«, fragte Jessica.

Tom schien noch eine andere Idee zu haben, die er aber nicht aussprach.

»Lass uns jetzt schnell gemeinsam einen Blick auf die Bilder in der Asservatenkammer werfen«, sagte er.

»Die Bilder, die Marianne Eichstätt im Auto hatte?«

»Aus irgendeinem Grund wollte sie die Bilder wegschaffen. Vielleicht war sie sogar deshalb noch so spät in der Schule.« Mit einem kräftigen Schwung warf Tom sich seine Lederjacke über.

Wollte er nicht gemeinsam mit Claas das Präsidium verlassen und den Abend verbringen? Jessica verkniff sich die Frage.

Stattdessen fragte sie, als sie die Treppe einen Stock tiefer in die Asservatenkammer hinabstiegen: »Was hat Claas eigentlich mit unserem Fall zu tun?«

Tom zuckte die Schultern und fasste in knappen Sätzen das Verhör von Marianne Eichstätts Eltern zusammen.

Jessica verstand. »Du meinst, es könnte eine Verbindung zwischen Mariannes Ehemann und Iwan Maslov geben?«

»Das Profil von Jackl Eichstätt passt perfekt in Maslovs Beuteschema.« Tom unterzeichnete den Präsenzzettel für die Asservatenkammer. »Und die Spur führt weiter nach München. Wir wissen bereits, dass Maslov die Kontrolle im stadtinternen Rotlichtmilieu übernommen hat.«

»Obwohl Prostitution dort offiziell verboten ist.« Das hatte Jessica bei ihrem letzten Fall gelernt.

Im Rahmen der Olympischen Spiele 1972 mussten alle »Nutten« vor die Stadt, wie es die Spider Murphy Gang in ihrem Song »Skandal im Sperrbezirk« eindrucksvoll besang. Trotzdem füllte sich die Innenstadt inzwischen wieder mit neuen Etablissements.

Wer heute erwischt wurde, musste beim ersten Mal mit einer Geldstrafe von 300 Euro rechnen. Bei Wiederholung handelte es sich bereits um eine Straftat. Trotzdem war es ein offenes Geheimnis, dass die Prostitution längst in die Innenstadt zurückgekehrt war.

Mit aller Macht. Die geheime Rotlichtszene, gefolgt von Alkoholmissbrauch, Drogen und Bettlerbanden.

Überall mischte Iwan Maslov mit und verdiente dort das Geld, das er in sicheren Immobiliengeschäften wusch. Sein besonderes Augenmerk galt solchen Investments, die möglichst mit staatlicher Hilfe über Jahrzehnte gefördert wurden.

Mehrheitlich karitative Projekte.

Jessica ließ diese Form der Scheinheiligkeit, der schwer beizukommen war, das Blut in den Adern gefrieren, während sie Tom zur Weißglut brachte.

Ein ausgeklügeltes System, bei dem sich Maslov gut fühlen konnte.

Sie wussten längst, dass sein politischer Arm parteienübergreifend bis in die Bundesregierung hineinreichte. Leider hatte ihn bisher selbst Tom noch nicht persönlich kennengelernt. Außer er hatte Maslov bei einem offiziellen Anlass die Hand gedrückt, ohne es zu wissen.

Da ihr Fall der momentan aktuellste war, waren die sichergestellten Gegenstände in der Asservatenkammer in der vordersten Reihe sofort zu finden. Neben diversen Zeitschriften, Decken, Brotboxen und CDs, die in Marianne Eichstätts Auto sichergestellt worden waren, fanden sich fünf in einen leeren A3-Block eingeschlagene Wasserfarbenbilder.

Die Bilder glichen sich. Sie zeigten den Versuch, eine einzige Szene möglichst detailgetreu in ihrer Wirkung auf den Künstler darzustellen. Es handelte sich zweifelsfrei um eine Art emotionale Verarbeitung.

»Diese Farbzeichnungen könnten eine Art Vorskizze zu dem Bild sein, von dem Conny Tina ein Foto gezeigt hat. Das Bild, das Conny mit zur Ausstellung nehmen wollte.« Tom breitete die Skizzen aus.

»Und von dem wir nicht wissen, wo es jetzt ist«, ergänzte Jessica.

Sie betrachteten beide eingehend die Wasserfarbzeichnungen. Schnell und impulsiv hingeworfene Striche in kräftigen und düsteren Farben. Obwohl nicht einfach darzustellen, war die Aussage ganz klar erkennbar. Auf einer Zeichnung beugte sich ein kräftiger nackter Mann mit Eselsmaske über einen üppigen weiblichen Akt mit Harlekinmaske. Das Motiv hatte etwas lächerlich Skurriles. Den Hintergrund füllten großformatige Glasfenster, durch die beide Türme der Frauenkirche schimmerten. Im Vordergrund war in geometrischer Strenge ein Schreibtisch angedeutet.

Auf einer anderen Farbzeichnung war der Hauptbahnhof zu sehen. Ein älterer Mann bedrängte ein junges blondes Mädchen.

Auf der dritten Zeichnung hatte sich der Künstler selbst verewigt. Er stand als Karl Valentin am Geländer und betrachtete die Szenerie. Das schmiedeeiserne Geländer reichte ihm knapp bis zur Hüfte. Es vollendete die Komposition des Bildes gekonnt und zeugte von Fabians Talent als Künstler. Irgendetwas irritierte Jessica. Irgendetwas war anders als in der Realität. Doch sie konnte nicht sagen, was. Wahrscheinlich war sie zu lange auf den Beinen, um sich zu konzentrieren.

Das Geländer.

Auch Tom fixierte es.

»Das Bild, das Tina mir beschrieben hat, war wie eine Collage dieser drei Farbzeichnungen. Siehst du das Geländer?«, sagte er. »Es ist mir schon in der Schule aufgefallen, weil es genau das gleiche schmiedeeiserne Modell ist wie im Polizeipräsidium. Die Gebäude stammen in etwa aus der gleichen Zeit. War damals üblich. Auf diesem Bild ist das Geländer in der Schule noch niedrig. Wir müssen wissen, wann es erhöht worden ist.«

»Ich kümmere mich darum.« Jessica machte sich eine Notiz.

»In flagranti«, entfuhr es ihr, als sie die Zeichnung weiter betrachtete.

»Im Schulhaus«, ergänzte Tom.

Jessica warf einen Blick auf die Signatur: *20.02.2017, Fabian Brühl.*

»An dem Tag endet die Kommunikation mit Carla. Die Masken sind nicht wirklich hilfreich. Leider kann man nicht erkennen, wen er da erwischt hat.« Jessica fragte sich, warum Fabian in dieser Beziehung so abstrakt geblieben war. Er hatte doch sicher erkannt, um wen es sich bei dem Pärchen gehandelt hatte.

Der weibliche Harlekin hielt eine Hand wie zufällig zum Betrachter hingestreckt. Ein 20-Cent-Stück großer Leberfleck leuchtete in Braun-Schwarz mit weißem Rand in dem Dreieck zwischen Zeigefinger und Daumen.

Tom deutete auf den Leberfleck.

Jessica erinnerte sich sofort. »Sieh mal einer an. Fabian wollte, dass man erkennt, um wen es sich dabei handelt.«

Tom nickte. »Vermutlich mussten die Bilder deshalb verschwinden.«

Marianne Eichstätt.

Eine Spur war dabei, sich zu vertiefen.

Jessica atmete hörbar aus. »Okay. Und wer ist der Mann mit der Eselsmaske?«

»Strebel?«, meinte Tom. »Eher nicht.«

In dem Fall fragte sich Jessica ernsthaft, über welche Eigenschaften eine Frau mit dem Aussehen von Marianne Eichstätt verfügen musste, um eine doch recht elegante Erscheinung wie Manfred Strebel dazu zu verführen, sich auf dem Schulboden mit Eselsmaske auf sie zu stürzen. Oder hatte es an der Maske gelegen? Am Fasching?

Den hatte Jessica mal wieder verpasst! Vermutlich blieb sie weit unter ihren Möglichkeiten. Dafür lag sie nun aber auch nicht erstickt und halb verbrannt im Edelstahl-Kühlfach der Rechtsmedizin, tröstete sie sich. »Oder sie war im Puff?«

»Das wäre ihr wahrscheinlich peinlich gewesen!«, gab Tom zu.

Die Motivlage überzeugte Jessica nicht. »Meinst du wirklich, diese Entdeckung kann der Grund dafür sein, dass Fabian sterben musste? Ich meine, wir leben ja nicht mehr im 16. Jahrhundert. Zu der Zeit, als sexuell aktive Frauen mit auffälligen Muttermalen als Hexen verbrannt wurden.«

»Ihr könnte es trotzdem unangenehm gewesen sein«, räumte Tom ein. »Sie kommt aus einem sehr konservativen Elternhaus. Es wurden hohe Anforderungen an sie gestellt.

Wir haben Jackl Eichstätt noch nicht persönlich kennengelernt. Aber gerade Männer mit seinem Hintergrund neigen dazu, Frauen als ihr Eigentum zu betrachten. Sie kann Angst vor ihm gehabt haben.«

Tom verstaute die Skizzen wieder zwischen dem leeren Block.

Jessica fotografierte die Zeichnungen mit ihrer Handykamera. »Und der Direktor? Mit Verlaub, ich kann mir nur schwer vorstellen, dass er auf Frauen wie Marianne Eichstätt steht. Sex-Appeal gleich null, oder was meinst du?«

Tom grinste. »Stille Wasser sind bekanntlich tief. Wir haben sie nicht live erlebt. Von der Statur her könnte der Mann durchaus Manfred Strebel sein. Auch die Aussage der Jungs spricht dafür. Wir müssen Lars dazu noch einmal genauer befragen und brauchen Beweise. Vielleicht befinden sich Spuren von ihm in Marianne Eichstätts Wohnung. Fabian hat sich jedenfalls nicht bemüht, ein besonderes Erkennungsmerkmal herauszuarbeiten.«

»Vielleicht hatte Fabian Angst, dass seine Lage noch aussichtsloser würde, wenn er sich mit dem Direktor anlegt.« Jessica dachte an die vaginalen Verletzungen, die darauf hingedeutet hatten, dass Marianne im Laufe des Nachmittags Sex gehabt hatte.

Tom packte den Block zum Rest der Asservate.

»Zumindest können wir uns jetzt denken, warum Marianne Eichstätt um diese Zeit im Kunstraum war.« Jessica sah in diesem Punkt relativ klar.

»Aus irgendeinem Grund hielt sie den Moment für gekommen, die Bilder wegzuschaffen«, stimmte Tom ihr zu. »Wahrscheinlich wegen der Ausstellung. Und weil Conny Bergmüller Kontakt zu Fabians Vater aufgenommen hatte. Sie hatte Angst, dass ihre Affäre auffliegt.«

Er verschloss die Tür zur Asservatenkammer und händigte dem Nachtdienst den Schlüssel gegen Unterschrift aus. »Sicher wollte sie auch verhindern, dass Conny das fertige Bild in ihrer Ausstellung zeigt.«

»Daher der Streit zwischen Conny und Marianne?«, fragte Jessica.

»Wäre Conny tot und Marianne am Leben, dann hätten wir einen leicht zu lösenden Fall.« Tom raufte sich durch die rotblonden Locken. Jessica beobachtete, dass seine Lider schwer wurden.

Sie hatte eine Idee. »Vielleicht wurde Conny gar nicht entführt, sondern sie ist längst tot. Und jemand hat ihren Tod gerächt.«

Tom wiegte abwägend den Kopf. »Du denkst an Lars?«

»Er ist in sie verliebt. Auch die anderen Jungs schienen in sie vernarrt. Wie weit würde man für seine Lieblingslehrerin gehen? Vielleicht hatten sie uns längst bemerkt und haben uns in der Aula nur etwas vorgespielt.«

»Das kann ich mir nicht vorstellen.« Tom klopfte ihr auf die Schulter, während sie durch das Löwenportal schritten. »Ich glaube, wir brauchen jetzt beide eine Pause, Jessi. Soll ich dich zu Ulrich Anzinger auf die Demo begleiten?«

Jessica schüttelte den Kopf. Sie wollte den Mann nicht verschrecken. »Triffst du dich nicht mehr mit Claas?«

Tom verneinte und begleitete sie bis zum Marienplatz. Dann bog er über die Rosenstraße und den Rindermarkt in die Sendlinger Straße ein und lief auf direktem Weg nach Hause.

KAPITEL 34

Tom ging wie üblich erst in die Gaststube, um unten am Stammtisch etwas zu essen. Es war ein langer Tag gewesen. Er war seit rund 34 Stunden auf den Beinen. In diesen Stunden war so viel passiert wie sonst in einer ganzen Woche. Trotzdem hatte er das Gefühl, dass die Ermittlungen sich wie Kaugummi zogen.

Adrenalin und Ungeduld puschten sich weiter in ihm hoch. Er war noch nicht zufrieden mit den Ergebnissen.

Die quirlige Stimmung im Wirtshaus lenkte ihn ab. Auch den Gedanken an Claas verdrängte er. Claas hatte ihm klar zu verstehen gegeben, dass er den Abend ohne ihn verbringen wollte.

Es war nun an Claas, auf Tom zuzugehen.

Jetzt, um 20.00 Uhr, waren alle Tische gefüllt, die Gäste hatten dampfende Teller und meist ein Bier vor sich stehen. Die Stimmung war heiter und gelöst. Hier und da erklang ein kehliges Lachen.

Deftiges Essen. Kühler Gerstensaft. Eine andere Welt.

Die Menschen wollten nichts weiter als gut essen, trinken, Freunde treffen und sich in lockerer Runde unterhalten. Der krasse Gegensatz zu der Welt, aus der Tom gerade kam. Sein Alltag im Präsidium. Die Konfrontation mit dem Bösen. Dem Grausamen. Dem Unerwarteten. Pure Boshaftigkeit und elementare Missverständnisse, die zu Unheil, Verbrechen und Tod führten.

Tom hatte auf dem Heimweg versucht, Jackl Eichstätt auf dem Handy zu erreichen. Ohne Erfolg.

Auch von Conny Bergmüller fehlte nach wie vor jede Spur.

Die Staatsanwältin hatte den Durchsuchungsbeschluss und die Entschlüsselung der Handydaten freigegeben, doch das Passwort hatte noch nicht geknackt werden können. Sie waren mit dem Handyanbieter in Kontakt. Mit etwas Glück würden sie bereits morgen früh wissen, mit wem die Kunstlehrerin als Letztes gesprochen hatte.

Tom hatte dazu nochmals mit Lars telefoniert. Er hatte sich gefragt, warum Conny ihr Handy in der Kommode zurückgelassen hatte, nachdem sie Lars über den Brand informiert hatte. Es war Tom unlogisch erschienen. Lars hatte gelacht.

Conny sei manchmal etwas »verpeilt«. Vermutlich hatte sie nicht in Versuchung kommen wollen, Bilder des Brandes zu schießen, die sie sich später als sensationslüstern hätte vorwerfen müssen. Conny befreite sich gerade von der stetigen Präsenz und Diktatur des Handys, nachdem sie sich noch vor wenigen Wochen täglich stundenlang auf den Sozialen Netzwerken getummelt hatte. Sie hatte sich Abstinenz verordnet. Der Umgang mit der digitalen, der virtuellen Welt war Teil ihrer Ausstellung.

Es war eine Erklärung. Sie war sogar nachvollziehbar.

Tina hatte wegen des Briefes noch nicht zurückgerufen und Tom schwankte zwischen Sorge und Wut. Seine sonst so anhängliche Nichte hatte lediglich ein »Sorry« via WhatsApp geschickt.

Was konnte er tun?

Tom wurde das Gefühl nicht los, dass etwas nicht stimmte.

Doch Tina war eine erwachsene Frau. Konnte es sein, dass sie Streit mit Felix hatte? Tom war sich wohl bewusst, dass seine Nichte leicht ablenkbar war. Noch immer. Obwohl sie sich in der Beziehung mit Felix und als junge Mutter stark gewandelt hatte. Trotzdem war es ihr durchaus zuzutrauen, dass sie ihre gerade gewonnene Freiheit genoss. Sie war immerhin erst 20 Jahre alt. Aber sie hatte besorgt um ihre neue Freundin Conny geklungen. Normalerweise würde sie Tom bei der Suche nach Conny engagiert unterstützen!

Hatte sie sich gar selbst auf die Suche nach Conny begeben?

Tom konnte nur hoffen, dass Tina sich nicht in Gefahr gebracht hatte. Bei jedem Gedanken an sie spannten sich seine Nerven aufs Äußerste an. Sollte er im Anschluss bei Felix vorbeischauen?

Außer Max saß heute Abend keiner von der Familie am Stammtisch. Hedi und Magdalena hatten sich nach einem arbeitsreichen Tag am Herd bereits zurückgezogen. Tom konnte sich gut vorstellen, dass die beiden Frauen erst einmal die Beine hochgelegt hatten. Einen Tag am Herd waren sie beide nicht mehr gewohnt. Nachdem alles vorbereitet und die meisten Essen draußen waren, kamen die beiden Hilfsköche nun allein zurecht. Obwohl die Küche bis 23.30 Uhr geöffnet war.

Froh über Max' Gesellschaft, hatte Tom, kaum dass er Platz genommen hatte, einen dampfenden Teller eines seiner Lieblingsgerichte vor sich stehen: Zwiebelrostbraten »Bierkutscher« mit Bratkartoffeln, Röstzwiebeln und einem kleinen gemischten Salat. Daneben ein Starkbier. Für starke Frauen und echte Mannsbilder. Das brauchte er jetzt. Er fühlte sich so überdreht, dass er befürchtete, nicht schlafen zu können.

»Das war ein Tag! Ich kann dir sagen!« Max saß über das dicke, in Leder gebundene Reservierungsbuch gebeugt. Den Hut hatte er nach hinten geschoben. Die Pfeife lag bereits gestopft neben ihm. Doch es war noch zu früh, als dass er die ersten Züge hätte genießen können.

»Sogar Christl hat sich bereits zurückgezogen. Sie hat dem Benno noch bei der Buchhaltung geholfen.«

»Was ist mit Hubertus' Geburtstag?«, fragte Tom.

»Scheint zu laufen.«

Sie grinsten sich an.

»Gut delegiert«, lachte Max verstohlen.

»Und die Einladungen?«, wollte Tom wissen.

»Ist ja heute mit den modernen Medien alles kein Problem mehr. Sind draußen.«

»Mit Karte wär es halt feierlicher gewesen.« Wenn Tom daran dachte, wie viele Einladungen ihn inzwischen per Mail und WhatsApp erreichten. Die meisten überlas er.

»Dafür hama jetz koa Zeit nimmer.« Max schob entschlossen seinen Hut nach hinten.

Wenn er in seinen Dialekt fiel, war das Thema für ihn erledigt.

Tom konnte sich schwer vorstellen, dass die Vorbereitungen an Hubertus vorbeilaufen konnten. »Und der Hubertus? Hat der nix mitbekommen?«

»Der ward den ganzen Tag nicht mehr gesehen.« Max korrigierte einen Eintrag.

Tom wurde hellhörig. Er konnte sich denken, warum Hubertus mit Abwesenheit glänzte. Der Journalist und Historiker hatte die Fährte aufgenommen. Wie sein Rauhaardackel Günther war Hubertus jetzt nicht mehr zu stoppen. Er würde zu Höchstform auflaufen! Sicher verfolgte er bereits alle möglichen Spuren, um im Anschluss an ihren Fall seinen nächsten Krimi zu schreiben. Der – und das hatte Tom jedes Mal erschreckt – mehr mit der Realität zu tun haben würde, als vielen Lesern bewusst war.

»Übrigens«, Max klappte sein Reservierungsbuch zu. »Der Hubertus fragt, ob dir die Psychotherapeutenpraxen aufgefallen sind, die sich rund um das neue Gymnasium angesiedelt haben.«

»Psychotherapeutenpraxen?« Tom legte satt und zufrieden sein Besteck auf die Seite und trank den letzten Schluck Starkbier aus. »Zu meiner Zeit haben sich Cafés und Bars um Schulen herum angesiedelt. Aber doch keine Psychotherapeutenpraxen!«

»Jaja, ich weiß schon. ›Gar nicht krank ist auch nicht gesund!‹«, grinste Max.

»Noch ein Karl Valentin?«, fragte Tom müde.

Max nickte und fügte hinzu: »Der Karl Valentin hat viele schlaue Dinge gesagt!«

»Was denn noch?«

»Bei dir macht der Spaß heut a Kurven, Kleiner. Lass mal!« Max klopfte Tom auf die Schulter. »Geh schon! Dir fallen ja gleich die Augen zu.«

Tom schleppte sich die Treppe hoch.

Als er Christl nicht wie üblich um die Zeit an ihrem Schreibtisch oder im Lesesessel fand, zog er sich aus und ließ sich der Länge nach aufs Bett fallen.

Als Christl wenig später zu ihm geschlichen kam, meldete sich augenblicklich das Ziehen in seinem Unterbauch zurück.

Er nahm sie sanft in den Arm.

Dann war er bereits eingeschlafen.

In der kommenden Nacht hatten sie keinen Bereitschaftsdienst. Eine Erkenntnis, die ihn in einen erholsam tiefen Schlaf ohne jede Vorahnung sinken ließ.

KAPITEL 35

Jessica war überrascht, wie viele Menschen sich auf dem Marienplatz versammelt hatten. Die beleuchtete Fassade des Rathauses tauchte die Szene in ein unwirkliches Licht. Auch dieser Abend war angenehm lau.

Jessica dachte daran, dass sie ihn eigentlich mit Benno hatte verbringen wollen. Wäre nicht diese vergangene Nacht so ernüchternd dazwischengekommen!

Um die 250–300 Personen standen vor dem Rathaus, teils mit Plakaten und Stellwänden ausgerüstet, teils mit bedruckten T-Shirts und Kappen. »Schule muss wieder menschlich werden!« / »Denkt an unsere Kinder!« / »Kinder sind Zukunft!« / »Unsere Kinder gehören uns!« / »Leute, wacht auf!«

Auch einige Zitate von Karl Valentin waren dabei. »Kinder brauchen nicht erzogen werden, sie machen uns eh alles nach.« / »Nieder mit dem Verstand, es lebe der Blödsinn.« / »Man soll die Dinge nicht so tragisch nehmen wie sie schon sind.« / »Früher war die Zukunft auch besser.« / »Es muaß was g'scheng, weil, wenn ned boid was g'schieht, dann passiert no was!«

Jessica schloss daraus, dass es sich bei den Eltern, die diese Plakate trugen, um Eltern aus dem Karl-Valentin-Gymnasium handelte. Sie bewegte sich in die Richtung und sah sich dabei nach Ulrich Anzinger um, als plötzlich aus einem Lautsprecher ganz in ihrer Nähe der Song der Band »Extrabreit« dröhnte. »Hurra, hurra, die Schule brennt!«

Neue Deutsche Welle 1982. Das war vor Jessicas Zeit gewesen.

Sie war Jahrgang 1990. Aber sie hatte das Lied zu zig Anlässen gemeinsam mit ihren Freundinnen gegrölt. Jessica fand es makaber – ja sogar respektlos –, ausgerechnet dieses Lied heute zu spielen. Selbst wenn es vorher festgelegt worden war, hätte man es angesichts der aktuellen Geschehnisse ändern müssen. Oder, durchzuckte sie ein Gedanke, war es andersherum? Man hatte sich in der Vorbereitung der Demonstration überlegt, das Lied zu spielen, und hatte sich entschlossen, die Idee in die Realität umzusetzen?

Die Schule hatte gebrannt. Es hatte eine Leiche gegeben.

Jessica rief sich die tote Marianne Eichstätt auf der kalten Edelstahlbahre der Rechtsmedizin ins Bewusstsein. Sie schaute in die Gesichter der mitsingenden Demonstranten und konnte sich sehr gut vorstellen, dass das gleiche Bild bei dem einen oder anderen durchaus für eine gewisse Genugtuung gesorgt hätte. Was musste geschehen, damit Menschen sich so weit voneinander entfernten?

In gebührendem Abstand umrundete die Bereitschaftspolizei die Gruppe der Demonstranten. Im Moment wirkte alles friedlich. Obwohl es seltsam anmutete, so durchweg gut gekleidete und ganz und gar in der Gesellschaft angekommene Menschen bei einer Demonstration zu sehen. Ulrich Anzinger. Da war er. Gerade dabei, auf ein Podest neben der Mariensäule zu klettern, ein Mikrofon in die Hand zu nehmen und zu einer Rede anzusetzen.

»Sehr geehrte Damen und Herren, liebe Eltern, liebe Freunde! Herzlichen Dank, dass ihr heute gekommen seid. Ich komme gerade aus dem Krankenhaus. Meine Tochter Carla liegt auf der Intensivstation. Magersucht. Ich sage euch das so offen und ehrlich, weil das ein Resultat des übertriebenen Schuldrucks ist, der heute auf unsere Kinder ausgeübt wird. Übertriebener Ehrgeiz, wie er an der Tagesordnung ist. Unsere Kinder dürfen keine Kinder mehr sein, sondern perfekte Menschen im Miniaturformat. Aber so geht das nicht! Es wird Zeit, dass wir aufstehen und etwas dagegen tun! Danke, dass ihr gekommen seid!«

Laute Zustimmung. Beifall. Die Plakate wurden hochgehievt.

Pfiffe. Es kam Bewegung in die Gruppe.

Anzinger sprach noch ein paar Worte, dann setzte sich der Trupp in Richtung Theatinerstraße in Bewegung.

Jessica schob sich durch die Menschenmenge hindurch, bis sie neben Ulrich Anzinger lief. Sie betrachtete die Menschen um sich herum. Eltern aus dem Karl-Valentin-Gymnasium. Sie alle konnten involviert sein. Manchmal war eine Mutter, manchmal ein Vater erschienen. Auch Paare waren vertreten.

Als Jessica über einen höher stehenden Pflasterstein stolperte, griff Anzinger ihr geistesgegenwärtig unter den Arm, bevor sie fiel.

»Danke.«

»Darum sind wir heute hier«, meinte er. »Damit Menschen, vor allem kleine Menschen, im Leben nicht stolpern.«

Er bemerkte die Doppeldeutigkeit.

Schließlich war sie gut eineinhalb Köpfe kleiner als er.

»Junge Menschen. Kinder«, korrigierte er sich.

»Das haben Sie nett gesagt, Herr Anzinger. Kommissarin Jessica Starke. Ich habe heute mit Ihrer Tochter gesprochen.«

Ulrich Anzingers dichte Augenbrauen zogen sich augenblicklich zusammen. Der Mann sah müde und abgekämpft aus. »Was wollen Sie von mir? Sagen Sie es am besten gleich. Ich habe keine Zeit, lange um den heißen Brei herumzureden.«

Gut. »Wo waren Sie gestern Nacht zwischen 21.00 Uhr und 2.00 Uhr früh?«

»Wieso wollen Sie das wissen?«

»Für diese Zeit haben Sie kein Alibi.«

»Wieso sollte ich ein Alibi brauchen?«

»Weil zu dieser Zeit der Brand in der Schule gelegt und Marianne Eichstätt ermordet wurde.«

»Sie sagen das so, als ob das eine mit dem anderen zusammenhängt.«

»Tut es das nicht?« Jessica hielt im Lauf an und schrie auf, als ihr Hintermann ihr aus Versehen in die Hacken trat.

»'tschuldigung.«

Sie nickte, biss die Zähne gegen den Schmerz zusammen. Müde, hungrig und jetzt noch eine offene Ferse.

»Ich war bei meiner Tochter im Krankenhaus.« Ulrich Anzinger lief unbeirrt weiter.

»Sie lügen, Herr Anzinger. Wir haben die Besucher-Protokolle gecheckt. Sie haben die Station um 21.00 Uhr verlassen. Um 1.30 Uhr wurde Ihre Tochter auf die Intensivstation verlegt und Sie waren um 2.00 Uhr wieder bei ihr. Wo waren Sie in der Zwischenzeit?«

Sie waren inzwischen hinter dem Rathaus am Marienhof angekommen, der nun zum Kurt-Eisner-Platz umbenannt worden war. Die Baustelle für die zweite Stammstrecke blockierte seit Monaten diesen zentralen Innenstadtplatz.

Ulrich Anzinger schien der Ernst der Lage bewusst zu werden. Er schob Jessica aus der Menge an den Bauzaun. Für einen Moment befürchtete sie, er könnte sie mit einem Faustschlag ins Jenseits befördern, so wild war sein Blick.

Doch seine Züge wurden plötzlich weich. »Sie sind noch jung, Sie haben keine Kinder. Sie wissen nicht, wie es sich anfühlt, wenn Ihnen das Kind unter den Fingern wegstirbt. Oder sogar schon gestorben ist.«

Jessica entspannte sich. Er wollte reden.

»Ja, da haben Sie recht.«

Anzinger trat mit dem Fuß gegen den Bauzaun, der scheppernd vibrierte. »Früher oder später werden Sie es erfahren ...«

Jessica schluckte die Frage »Was?« herunter. Eine Vernehmungstechnik, die sie von Tom gelernt hatte.

Wenn jemand bereit war zu reden, störte jedes fremde Wort.

»Ich habe es nicht mehr ausgehalten. Ich musste mit jemandem sprechen. Ich bin aus dem Krankenhaus und habe zufällig auf der Sonnenstraße einen Freund getroffen.«

Er schwieg.

Sie musste nachhaken. »Einen Freund?«

Jessica zückte ihr Notizbuch aus ihrer Umhängetasche. Erst jetzt spürte sie, wie schwer die Tasche war und wie verspannt ihr Rücken.

Anzinger schwieg. Er ließ sich bitten.

»Was haben Sie gemacht?« Vielleicht half ein kleiner Umweg.

»Wir haben uns ein paar Flaschen Bier am Bahnhof gekauft. Dann sind wir zum Maximiliansplatz gegangen und haben uns an den Wittelsbacherbrunnen gesetzt. Dort haben wir die Jugendlichen beobachtet und gequatscht.«

Der Maximiliansplatz unweit des Bahnhofs war als Drogenumschlagplatz bekannt.

»Drei Stunden?«, fragte Jessica.

»Drei Stunden«, antwortete Ulrich Anzinger. »Man hat sich viel zu sagen, wenn man sich lange nicht gesehen und eine Menge Gemeinsamkeiten hat.«

»Wer ist der Freund?« Jessica hielt ihren Stift parat.

Wieder eine Pause.

Schließlich sagte er: »Sascha Brühl.«

Jessica entwich ein pfeifender Atemzug. »Sascha Brühl. Der Schauspieler, dessen Sohn Fabian mit Ihrer Tochter Carla befreundet war und der im Februar 2017 Selbstmord begangen hat.«

Ulrich Anzinger fixierte sie scharf. »So ungefähr.«

Bier, schoss es Jessica durch den Kopf. Bierspuren.

Am Eingang der Schule. Bei der Statue von Karl Valentin. Im Materiallager. Im Kunstraum an der Streitstelle.

Allerdings hatte auch der Schüler Lars von Hohenlohe angegeben, mit einem Kumpel ein Bierchen getrunken zu haben. Lars' Alibi war jedoch bereits bestätigt. Im ersten Moment erschien es lückenlos. Die Tatsache, dass Sascha Brühl flüchtig war, blockierte dagegen nicht nur Ulrichs Alibi, sondern verstärkte den Verdacht gegen ihn.

»Nehmen Sie Antidepressiva?«, fragte Jessica unvermittelt und dachte an die Spuren von Serotonin in der Nähe von Marianne Eichstätts Fundort.

»Nein.«

»Sascha Brühl?«

»Nicht, dass ich wüsste.«

Jessica dachte daran, dass es bei den Schicksalsschlägen, die der Schauspieler innerhalb kürzester Zeit hatte ertragen müssen, kaum überraschend wäre, wenn er Medikamente nahm.

»Ich muss Sie bitten, Herr Anzinger, morgen früh um 9.00 Uhr aufs Präsidium zu kommen und sich einem DNA-Test zu unterziehen.« Jessica steckte ihr Notizbuch zurück.

Ulrichs Telefon vibrierte in der Brusttasche seines grünen Parkas. Mit zittriger Hand nahm er ab. Erst hörte er angestrengt zu, reagierte dann sofort. »Ja. Ja. Ich komme. Ich bin gleich da.«

Jessica hielt den Atem an.

Ulrichs Augen glänzten rot in dem stoppeligen und übernächtigt aussehenden Gesicht, als er sie wieder ansah.
»Carla geht es wieder schlechter. Ich muss sofort ins Krankenhaus.«

Panik stand ihm ins Gesicht geschrieben. Ohne ihre Antwort abzuwarten, drehte er sich um und rannte über die Theatinerstraße in Richtung Marienplatz.

Jessica dachte an das durchsichtige Bündel Mensch in dem weißen Krankenzimmer. Übernächtigt und ausgehungert, wie sie war, hätte sie weinen können. Ich muss Sie bitten, sich einem DNA-Test zu unterziehen, hallten ihre eigenen Worte in ihr wider.

Wie gestelzt sie sich ausgedrückt hatte.

Manchmal war es schon ein Scheiß-Job.

Von der Spitze der Demo am Odeonsplatz waren jetzt aggressive Schreie zu hören. Es war zu einem Streit gekommen.

Die Bereitschaftspolizei griff ein.

Passanten und Demonstranten waren aneinandergeraten.

Jessica überlegte, wie sie am schnellsten zu ihrem Auto kam. Sie wollte nur noch eines: nach Hause und schlafen.

Doch als sie um die Rathausecke bog, lief sie Claas direkt in die Arme.

KAPITEL 36

Es war stockfinster. Was auch an dem dicken Verband über ihren Augen lag. Doch zuvor hatte sie zumindest das Gefühl von Licht erahnt. Jetzt spürte sie auf jeder Zelle ihrer Haut die Dunkelheit.

Es musste Nacht sein. Außerdem hatte die Person, die zuvor bei ihr gewesen war, Jalousien hoch- und wieder heruntergelassen. Es musste also ein Fenster in diesem Raum geben. Ein Fenster mit Jalousie, durch deren Ritze jetzt nicht der Hauch von Tageslicht drang.

Obwohl sie jegliches Zeitgefühl verloren hatte, war Conny sicher, dass es Nacht war.

Sie war aus einem tiefen Dämmerschlaf erwacht. Fröstelte. Die Decke war verrutscht. Sie wurde sich wieder ihrer fast Nacktheit gewahr, als sie plötzlich ein leises Wimmern aus dem Nebenraum hörte. Sie fuhr wie elektrisiert auf, stieß sich den Kopf an dem Deckel.

Dieser vermaledeite Deckel. Der Ton drang gedämpft durch die Wand. Seltsam verstärkt durch einen hohlen Metallkörper. Wie wenn man mit dem Fuß gegen eine leere Badewanne trat. So zaghaft und deutlich, dass Conny das sichere Gefühl hatte, dass ein menschliches Wesen nebenan ihr Schicksal teilte. Sie sank zurück auf die Matratze.

Sie war nicht allein. Änderte das etwas an ihrer Lage?

Es kam darauf an.

Die Person, die Stunden zuvor hier gewesen war, hatte den Deckel geöffnet. Conny war sich nicht sicher gewesen, ob Mann oder Frau. Das menschliche Wesen hatte Conny ein Handtuch zwischen die Beine geklemmt und ihr ein Glas Cola zu trinken gegeben.

Conny hasste Cola.

Doch sie hatte das süße Getränk gierig heruntergeschluckt, weil sie gespürt hatte, dass sie den Kürzeren ziehen würde, wenn sie auch nur versuchen würde, sich zu wehren. Dann hatten die behandschuhten Finger über ihre Brust gestreift und einmal so fest zugepackt, dass es wehgetan hatte.

Sie war auf die Matratze zurückgefallen.

Die Finger hatten in ihr Haar gegriffen, eine Locke gelöst und fest daran gezogen. Sie hatte sich einen Aufschrei verbissen. Dann hatte sie das Schnippen einer Schere gehört und die Haarsträhne war zurückgeschnellt. Starr vor Angst, hatte Conny den Atem angehalten. Sie hatte an die Schere gedacht und daran, wie spitz sie war.

Der Deckel war zurückgeschoben und wieder festgezurrt worden. Kurz darauf hatte sie ein Feuerzeug schnappen hören. Es hatte bestialisch nach verbranntem Horn gestunken. Die Person hatte schniefend den Rauch eingesogen.

Conny war in einen tiefen Schlaf gesunken, der bis eben angedauert hatte. Vermutlich war ein Schlafmittel in der Cola gewesen.

Der Geruch nach Verbranntem stand noch immer im Raum. Mit einem Schlag wurde Conny ihre aussichtslose Lage wieder bewusst. Aus ihrer Kehle löste sich ein erstickter Schrei.

Kein Traum.

Sie warf sich auf den Rücken, presste die Fußsohlen gegen den Deckel ihres Gefängnisses, stieß ihn mit voller Kraft und Wut nach oben. Krachend donnerte er die wenigen Millimeter zurück auf die Umrandung. Es war kein Entkommen möglich. Die aufkommende Panikattacke bekämpfte sie, indem sie sich zwang, ruhig zu atmen.

Sie musste sich zusammenreißen. Das war ihre einzige Chance.

Wieder die unterdrückten Laute aus dem Nebenraum. Diese unverkennbare Panik, wenn jemand gegen einen Knebel anschrie.

Ein seltsames Echo.

Wer war das? Warum waren sie hier?

Wie konnte sie Kontakt aufnehmen?

Ihr Bett stand an keiner Wand. Sie hatte ihre verschnürten Füße und Hände bereits durch die Stäbe gebohrt, war nirgendwo an ein Hindernis gestoßen. Ob sie das Bettgestell verrücken konnte?

Ein Kinderbett. Aber wohin?

Conny gab ihrerseits Laute von sich. Konzentrierte sich auf die Richtung, aus der die Geräusche kamen. Vernahm jetzt wieder dieses hohle Klopfen. Es war ein metallisch widerhallender Ton dabei. Er erinnerte sie daran, wie sie sich vor geraumer Zeit das Knie in der Badewanne gestoßen hatte.

Die Laute kamen von rechts. Ob es ihr gelingen konnte, das komplette Bett zu verschieben? Näher an die Wand zu rücken? Sich mit dem Wesen auf der anderen Seite zu verbünden? Einen Plan zu schmieden? Connys Kreativität begann mit der aufkeimenden Hoffnung zu sprudeln.

Morsezeichen. Leider hatte sie das Alphabet nie gelernt.

Obwohl sie es sich fest vorgenommen hatte.

Conny klemmte sich schräg ins Bett. Verkeilte die Füße auf der einen, die Hände auf der anderen Seite der Stäbe. Dann begann sie sich rüttelnd und schubsend hin und her zu bewegen. Das Bett war erstaunlich schwer. Oder lag es an ihrem eigenen Gewicht? Oder an dem Holzdeckel. Eine Holztür?

Eine Holztür als Deckel auf einem Kinderbett?
Mit Riemen festgeschnallt?
Sie musste sich noch mehr anstrengen. Was konnte passieren? Das Bett war so schwer, dass es ihr nie gelingen würde, es umzuwerfen. Auch das wäre eine Chance gewesen. Trotzdem wäre es unmöglich, sich von diesem schweren Holzdeckel zu befreien.

Die Riemen hielten ihn eisern fest. Der Spielraum war gering.

Wut und Verzweiflung stachelten sie zu Höchstleistungen an. Es war nicht so, dass Conny eine begnadete Sportlerin gewesen wäre. Ihre schlanke Figur verdankte sie einzig ihrem Hang zur künstlerischen Muse denn sportlichem Training. Schon nach wenigen Minuten kam sie ins Schwitzen und an die Grenzen ihrer Kondition.

Sie musste weitermachen. Kämpfen.

Conny spannte alle Muskeln ihres Körpers an. Klemmte sich noch fester zwischen die Stäbe. Begann zu wackeln. So, dass sie der Bewegung eine bestimmte Richtung gab. Da, es funktionierte!

Zögerlich lösten sich die Beine vom Boden. Das Bettchen bewegte sich wenige Millimeter. Dem Geräusch nach zu schließen, stand es auf Parkett. Das war gut. Es würde rutschen. Conny sank erschöpft zurück.

Spürte nach, ruhte sich aus, um gleich weiterzuruckeln und dabei hoffnungsvolle Töne auszustoßen, die mit einem metallisch hohen Klopfen und gedämpftem Stöhnen quittiert wurden.

Tatsächlich kamen die Laute aus dem Nachbarraum nun in einem bestimmten Rhythmus.

Kurz, kurz, kurz. Lang, lang, lang. Kurz, kurz, kurz. SOS. Den Notruf hatte Conny auch gelernt. Sie gab ihn zurück.

Und jetzt? Nun wussten sie sicher, dass sie das gleiche Schicksal teilten. Ob es noch mehr außer ihnen gab?

Wie konnte sie in Erfahrung bringen, wer im Raum neben ihr lag? Sie hatte keine Ahnung, um wen es sich handeln könnte. Sie wusste nicht einmal, warum sie hier war. Wie sie hierhergekommen war.

Die Erinnerung daran war wie ein verschwommener Regentag. Kein Licht in Sicht. Sie war geradelt. Davor?

Sie hatte Besuch gehabt. Sie hatten auf der Terrasse gesessen. Eine junge Frau. Sie hatten geredet. Gelacht. Geraucht. Musik gehört. Wer war die junge Frau gewesen? Wie hatte sie geheißen?

Conny hatte sie noch nicht lange gekannt, aber sie hatten sich gut verstanden. Freunde auf den ersten Blick. Die junge Frau war bereits Mutter gewesen. Obwohl sie einige Jahre jünger als Conny mit ihren 27 gewesen war. Conny hatte sie bewundert. Sie hatte ihr von Fabian erzählt. Dem Schüler, der angeblich Selbstmord verübt hatte. Obwohl seine Bilder und Zeichnungen dagegensprachen.

Sie hatte das Urteil der jungen Mutter hören wollen.

Plötzlich fiel Conny der Song wieder ein, der ihnen beiden so gut gefallen hatte, dass sie ihn mehrmals wiederholt und mitgesungen hatten. Es war lustig gewesen.

Sie hatten die Töne kaum getroffen. Zu viel Rotwein im Blut.

Lana del Ray. Summertime.

In Vorfreude auf den Sommer, der sich an dem lauen Aprilabend bereits angedeutet hatte. Ob sie ihn erleben würde?

Conny begann zu summen. Die Töne lösten sich langsam aus ihrer Kehle. Sie traf sie besser als am Abend zuvor.

Der Knebel störte kaum.

Sie wurde lauter und lauter, als das menschliche Wesen nebenan in ihr Summen einfiel. Die Wand zwischen ihnen vibrierte. Die Kraft ihrer Stimmen war grenzenlos. Jetzt fiel Conny der Name der jungen Frau wieder ein, die sogar bei ihr übernachtet hatte.

Tina. Tina war die zweite Gefangene. Sie lag im Zimmer neben ihr.

Doch warum?

Mitten im Summen hörte Conny ein Klopfen.

Als ob jemand mit der Faust gegen eine Tür donnerte.

Eine Frauenstimme rief laut einen Namen aus.

Doch sie konnte ihn nicht verstehen.

Tina musste die Frau auch gehört haben.

Sie war verstummt.

KAPITEL 37

Freitag, 12. April 2019.

Tom erwachte früh am Morgen. Es dämmerte, musste also vor 6.00 Uhr sein. Sein Handy vollführte einen vibrierenden Tanz auf dem Nachttisch.

Laut und für diese Uhrzeit viel zu munter drang Mayrhofers hohe Stimme an Toms Ohr: »Wir haben zwar keine Bereitschaft. Aber es wird dich interessieren.«

»Was?«, fragte Tom und rieb sich die Augen.

Neben ihm lag Christl im Tiefschlaf. Sie hatte sich aufgedeckt. Eine dunkle, lockige Strähne klebte auf ihrer Stirn. Sie hatte unruhig geschlafen. Jetzt atmete sie tief und regelmäßig. Die restliche Haarpracht ergoss sich wie ein dunkler Vorhang über das weiße Bettlaken. Tom genoss den Blick auf ihren halbnackten, entspannt daliegenden Körper. Ihre vollen Lippen waren leicht geöffnet.

Augenblicklich meldete sich seine Lust zurück.

Doch Mayrhofers nächste Worte ließen ihn aufhorchen und verbannten jeglichen Gedanken an eine liebevolle Zweisamkeit in die Zukunft. Obwohl Mayrhofer ihn noch ein wenig zappeln ließ.

»Was meinst, wen die K 11 heut Nacht in einem völlig ausgebrannten Stundenhotel am Bahnhof sichergestellt hat?«

Wen sichergestellt?

»Einen Menschen sichergestellt?« Tom schälte sich verschlafen aus den Laken.

»A Leich.« Mayrhofer genoss es, die Spannung hochzutreiben.

Tom hielt die Stille, während er sich ins Badezimmer schleppte.

Schließlich sprach Mayrhofer weiter. »Jemand, den wir heute um 9.00 Uhr erwartet hätten.«

Tom brauchte keine zwei Sekunden, um hellwach zu sein. »Nein!«

»Doch!«

Toms Gedanken rasten. Das konnte nicht sein.

»Jackl Eichstätt?«, fragte er ungläubig.

Pure Genugtuung tropfte aus Mayrhofers Stimme, als ob er froh wäre, sich das geplante Verhör zu ersparen. »Jackl Eichstätt!«

Tom ließ sich auf den Toilettendeckel sinken und rieb sich über das Gesicht.

»Jessica ist schon auf dem Weg«, sagte Mayrhofer.

»Bis gleich.«

Die Verbindung brach ab.

Mayrhofer war der Frühaufsteher im Team. »Der frühe Vogel fängt den Wurm«, pflegte der Kollege selbstgerecht zu flöten, wenn Tom und Jessica meist nach 9.00 Uhr eintrudelten. Solange sie keinen Fall hatten. Damit ging Mayrhofer vermutlich davon aus, sein heutiges Tagwerk vollbracht zu haben.

Jackl Eichstätt tot.

Ohne weitere Details zu wissen, wurde Tom die Tragweite dieser Nachricht schlagartig klar. Er hatte von dem Moment an, als Claas sich eingeschaltet hatte, gewusst, dass der Fall größere Kreise zog.

Komplizierte und filigrane Kreise.

Jackl Eichstätts Verbindung zu Maslov war inzwischen offensichtlich. Vermutlich hatte Claas bereits gestern Abend Weißbauer umfangreiche Untersuchungsergebnisse und Details dazu vorgelegt.

Es war anzunehmen, dass Jackl Eichstätt zur Gefahr geworden war. Das Gleiche konnte für Marianne gegolten haben. Man hatte erst sie aus dem Weg geräumt. Dann ihren Ehemann. Wenn die Mörder in Maslovs Auftrag gehandelt hatten, war ihre Chance, den Fall aufzuklären, gleich null.

Nach einer kalten Blitzdusche war Tom hellwach.

Als sein Blick beim Zähneputzen in den Spiegel fiel, sprang ihn die hässliche Narbe auf seiner Brust direkt an. Sie zog sich vom Bauchnabel über seine linke Brustwarze. Die Wunde hatte im letzten Jahr – einige Zeit nach dem Showdown im Alten Hof – im Verlauf einer schweren Bronchitis erneut geöffnet werden müssen, da es zu einer Entzündung im Brustinnenraum gekommen war, die auf die alten Vernarbungen übergegriffen hatte. Der Gedanke an die Verwundung war unweigerlich mit Claas verbunden.

Und plötzlich fiel es Tom auf.

Sollte Claas auf der anderen Seite stehen, dann hatte er über Eichstätt Bescheid gewusst. Wahrscheinlich war Eichstätts Name die Verbindung, die Claas veranlasst hatte, nach München zu reisen. Auch wenn er offiziell von Tom noch nicht über den aktuellen Stand der Ermittlungen informiert worden war, so war es ein Leichtes für ihn, Einsicht zu nehmen. Er hätte wissen können, dass Eichstätts Verhör für heute früh geplant gewesen war. Als dazugerufener BKA-Ermittler hatte er vollständige Akteneinsicht. Eine Notiz auf einem Tisch. Eine herumliegende Unterlage. Wenn er auf der anderen Seite stand, dann konnte er derjenige sein, der einen unliebsamen Zeugen für Maslov aus dem Weg geräumt hatte.

Und was hätten Marianne und ihr Mann gegen Maslov und sein Netzwerk ausrichten können? Über welche geheimen Kenntnisse hatten sie verfügt, die nicht nach außen dringen durften? Tom war bisher davon ausgegangen, dass die Ehe der beiden kurz vor dem Scheitern gestanden hatte, und nicht davon, dass sie gemeinsame Sachen machten.

Oder war Mariannes Tod ein Warnschuss in Jackls Richtung gewesen, den er überhört und dafür gezahlt hatte?

Damit hätte der Fall keinerlei gesellschaftsrelevanten Ansatz, von dem Tom bisher ausgegangen war. Aufgebrachte Eltern, die sich an einem System rächen wollten.

An einer Lehrerin, die viel Leid über ganze Familien gebracht hatte. Warum hatte man sonst das Schild »Karl

Valentin ist tot« in der Nähe des Tatorts zurückgelassen? Das sprach eindeutig für Toms bisherige Theorie. Dass Marianne Eichstätt aus Rache sterben musste und dass der Täter aus ihrem beruflichen Umfeld kam.

Dagegen sprach allerdings die Tatsache, dass Conny Bergmüller so laut- und spurlos verschwunden war. Das wiederum war typisch Maslovs Handschrift. Auch für den Mord an Jackl Eichstätt gab es nach allem, was sie bisher wussten, keinen anderen triftigen Grund.

War es wirklich so einfach?

Eine diffuse, böse Macht, die Einfluss selbst auf private Sphären wie eine Schule nahm? War das möglich? Stand es mit der Kriminalität in München wirklich so schlimm? Gab es keinen Fall mehr, in den Maslov nicht hineinspielte? War der Russe mit seinen krakenähnlichen Armen auch bei Tom zur Manie geworden? Oder verfolgte der Mann ihn persönlich, weil Tom seinen einzigen Sohn für lange Zeit hinter Gitter gebracht hatte?

Beagle Einstein wedelte mit dem Schwanz, als Tom wenig später nach seiner Jacke griff. Der Hund wollte Gassi gehen und folgte ihm bis zur Tür. Tom sprach ihm liebevoll zu, streichelte ihn und gab ihm zum Abschied ein Leckerli.

Schweren Herzens lief er dann an der Wirtshaustür vorbei in den Keller und holte sein Rennrad. Er würde heute auf sein Frühstücksritual mit Max verzichten müssen.

Christl war nicht aufgewacht. Vermutlich, weil sie heute Nacht so unruhig geschlafen hatte. Sie hatte laut aufgeschrien, sich von einer Seite zur anderen geworfen, war ganz verschwitzt gewesen. Deshalb hatte sie sich auch aufgedeckt. Wehmütig dachte er daran, dass sie wieder in eine Phase kamen, in der sie zu wenig Zeit füreinander hatten, als er durch die um diese Uhrzeit nahezu menschenleere Hofstatt in den Färbergraben radelte.

Auch dieser Tag versprach überraschend warm für Mitte April zu werden. Das war schon in den frühen Morgenstunden spürbar. Höchstwerte bis zu 27 Grad hatte er beim Blick auf das Display seines Handys erhascht. Doch ein Blick zum Himmel verriet ein dramatisches Spiel zwischen Sonne und Wolken. Der aufkommende Wind sprach dafür, dass das Wetter schnell umschlagen konnte.

April.

Als Tom an dem Haus in der Färbergasse vorbeiradelte, in dessen Keller Sascha Brühl einen Escape Room einrichten wollte, stutzte er. Ein Mann in weißer Malerkleidung belud seinen Kleintransporter. Tom stellte das Rad an die Hauswand und huschte durch die Haustür, bevor der Maler den letzten Farbeimer verladen hatte.

Ein langer Hausflur. Eine Tür zum Keller.

Irgendwo musste Sascha Brühl die Nacht verbracht haben. Warum nicht da, wo man ihn am wenigsten vermutete? Um mehr Mitarbeiter auf die Suche nach Conny Bergmüller zu konzentrieren, hatten sie darauf verzichtet, das Haus zu bewachen.

Der Keller war stockfinster.

Tom tastete sich an der Wand entlang. Nutzte die Taschenlampe seines Handys. Der Boden war gefliest. Geschlossene Türen.

Tom tastete sich auf Zehenspitzen vorwärts. Es gelang ihm, völlig lautlos zu sein. Der Keller war ein kleines Labyrinth. Doch er roch überraschend luftig. Wenn Sascha Brühl ihn öffentlich machen wollte, dann musste es irgendwo einen direkten Zugang zum Escape Room geben. Aus einer Richtung kam Licht.

Tom steckte sein Handy zurück in die Gesäßtasche und orientierte sich dorthin. Eine Notausgangstür mit Sichtfenster, die über eine Treppe zu einem Innenhof führte.

Tom erkannte, dass der Innenhof mit der Tür verbunden war, durch die Sascha gestern geflüchtet war.

War der Zugang zum Escape Room über den Innenhof geplant?

Er verschaffte sich einen Überblick. Tatsächlich. Am linken anderen Ende des Innenhofs – durch einen Vorbau überschattet – war eine breite, weiß lackierte, doppelflügelige Holztür zu erkennen. Über die komplette Höhe einer Hälfte prangte der berühmte schwarze Scherenschnitt von Karl Valentin. Der Schriftzug des Namens in Gold daneben. Darunter in großen roten Lettern: »ESCAPE ROOM«.

Tom schlich über den Innenhof.

Seine Waffe hatte er gestern im Safe des Polizeipräsidiums zurückgelassen. Absichtlich. Wegen Claas. Ihre Beziehung war aktuell hochexplosiv. Claas hatte einmal mit dem Lauf der Mündung auf Tom gezielt und damit eine Grenze überschritten.

Tom wollte nicht in Versuchung geraten, Ähnliches zu tun.

Er zwang sich, seine Gedanke in eine andere Richtung zu lenken. Sascha Brühl.

Während Tom sich den Räumlichkeiten näherte, in denen er den flüchtigen Schauspieler vermutete, dachte er über den Mann nach und versetzte sich in dessen Lage. Was für ein Schicksal! Sascha war berühmt und ausgesprochen beliebt gewesen. Er hatte sich die besten Rollen aussuchen können. War auf der Sonnenseite des Lebens gestanden. Doch auf einmal hatte sich das Blatt gewendet.

Vermögen verloren. Frau tot.

Sie hatte ihn noch kurz vor ihrem Tod betrogen, wenn es stimmte, was Jessica in Erfahrung gebracht hatte. Tom hoffte für Sascha, dass er nichts davon mitbekommen hatte. Dann verübte sein Sohn Selbstmord. Der Mann hatte binnen weniger Jahre alles verloren. Er musste am Ende sein. Ein sensibler Künstler, der Schuldige suchte. Rache verlangte. Hatte ihm der Tod von Marianne Eichstätt nicht genügt, sondern hatte auch ihr Mann mit dran glauben müssen?

Ein vom Schicksal gejagtes Tier. So hatte Tom Sascha gestern erlebt, als er zu Fuß dem Auto hinterhergejagt war. Aber ein kaltblütiger Mörder, der gleich zwei Menschen in den Tod riss?

Leise drückte Tom den Griff der weiß lackierten Holztür herunter. Sie war nicht verschlossen. Vorsichtig öffnete er die Tür einen kleinen Spalt, um sofort erschrocken zurückzufahren.

Eine grau-gelb getigerte Katze schoss ihm entgegen.

Sie hatte darauf gelauert, ins Freie zu gelangen.

Eine Katze. Katzenhaare. Das Schild. Katzenhaare am Schild.

Nachdem er sich von seinem Schreck erholt hatte und die Katze über den Innenhof streifte, schob Tom sich durch den Türspalt. Auch hier war der Boden gefliest. Tom aktivierte erneut die Taschenlampe seines Handys, um etwas erkennen zu können. Er dämpfte den Schein des Lichtes mit der Hand.

Eine Theke, die später wohl zur Registrierung der Gäste dienen sollte. Tom stahl sich leise daran vorbei. Die Luft war verbraucht. Kalter Zigarettenrauch stand im Raum.

Und ja, jetzt hörte er leise Schlafgeräusche.

Der unruhige Atem kam aus dem hinteren Teil.

Die Hälfte eines Straßenbahnwaggons war in den Bereich eingebaut. »Von München nach Pasing und zurück«, entzifferte Tom im Schein der Taschenlampe. Hier sollte wohl die Reise ins Reich des Karl Valentin beginnen. Karl Valentin wäre sicher begeistert gewesen, dass sein Grusel- und Lachkeller, aus dem später die Ritterspelunke wurde, auf diese Art und Weise wiederbelebt wurde.

Auf der Rückbank des Waggons erkannte Tom eine zusammengekauerte männliche Gestalt.

Sascha Brühl.

Tom dimmte den Strahl der Taschenlampe weiter ab und betrachtete den Schlafenden einen Moment. Immer wieder durchzuckte den dünnen Körper ein Zittern. Der Schauspieler hatte sich nicht zugedeckt, er trug lediglich seine Straßenkleidung. Sicher war ihm kalt.

Das unrasierte und schwer gealterte Gesicht war Tom aus den Medien vertraut. Auch wenn er einst strahlend gesund und männlich gewesen war. Jetzt waren seine Fingerkuppen gelb von Nikotin. Selbst im Schlaf schien sein Gesicht schmerzverzerrt. Seine Kiefer rieben knirschend aufeinander. Tom wollte den Mann nicht erschrecken.

Er glaubte nicht, dass Sascha Brühl bewaffnet war.

Keines der bisherigen Opfer war mit einer Waffe getötet worden.

Tom musste in jedem Fall verhindern, dass Sascha wieder davonlief. Er wollte mit ihm reden. Dem Schmerz auf die Spur kommen. Einen Weg finden, ihn zu mildern.

Wie sollte er vorgehen?

Tom trat so an den Schauspieler heran, dass er ihm jede Fluchtmöglichkeit versperrte. Dann berührte er ihn sanft an der Schulter. Sascha schreckte zusammen. Schwang die dünn gewordenen Beine von der Bank. Wollte weg.

Doch Toms Hand blieb liegen. Fest und beruhigend.

So lange, bis Sascha Brühl aufgab.

Als seine Schultern herabsackten, ließ Tom sich langsam neben dem Mann auf der Bank nieder. »Ich möchte Ihnen helfen. Ich bin Tom Perlinger, der Bruder vom Max Hacker. Er hat mir erzählt, dass Sie Kontakt zu ihm aufnehmen möchten. Ihm gefällt Ihre Idee. Und ich kenne Ihre Geschichte.«

Tom schien der Mann vertraut. Ein Trugschluss aus den Medien, der umgekehrt nicht galt. Für den Schauspieler war Tom ein Fremder, wenn nicht gar ein Feind. Trotzdem schienen seine Worte eine beruhigende Wirkung zu haben.

Sie saßen einen Moment schweigend nebeneinander, starrten beide einen Punkt auf dem Boden an. Die Stille war drückend und schwer von den Gedanken, die Sascha durch den Kopf gehen mochten.

Schließlich fuhr Sascha sich mit beiden Händen übers Gesicht und durch die Haare. »Fabian wollte nicht sterben. Schauen Sie sich das an. Das haben wir gemeinsam aufgebaut. Hier wollten wir neu starten. Er hätte studieren können. Nebenher hätten wir den Escape Room betrieben. Gutes Geld verdient. Neu angefangen. Und jetzt?«

»Waren Sie wütend auf Marianne Eichstätt?« Tom hatte in der Akte die Kopie von Fabians letztem Zeugnis gefunden. Der Akte waren auch die letzten Schuljahresberichte beigelegen, aus denen hervorging, welche Lehrer Fabian in seinem letzten Jahr in welchem Fach gehabt hatte. Marianne Eichstätt war für die Note verantwortlich gewesen, die Fabian zum Verhängnis geworden war und zum Ausschluss vom Abitur geführt hatte.

»Zuerst nicht.« Sascha stand auf. »Kommen Sie, ich zeige Ihnen unser Reich. Dann werden Sie mich verstehen.«

Tom folgte Sascha. Er war sich der Gefahr bewusst. Escape Room. Fluchtraum. Ein Raum, aus dem es keine Flucht gab. Außer man fand die Lösung. Es wäre ein Einfaches für Sascha, ihn hier unten festzuhalten. Es würde Tage dauern, bis man ihn fand.

Tom nahm sein Handy zur Hand, um seinem Team eine kurze Nachricht zu schicken.

Da sah er, dass Felix schon vor einiger Zeit versucht hatte, ihn zu erreichen. Vermutlich wegen Tina.

Er rief zurück. Doch hier unten war kein Empfang.

Sascha Brühl wartete. Tom zögerte einen Moment. Dann folgte er dem Mann.

KAPITEL 38

»Zehn Krapfen, bitte!« Zwar war Fasching längst vorüber, doch glücklicherweise gab es bei Rischart durchgehend ihr Lieblingsgebäck. In Berlin hießen die Krapfen Pfannkuchen und sie hatte schon als Kind nicht genug davon bekommen können. Heute würde sie die ganze Abteilung beglücken. Jessica hatte das sichere Gefühl, dass es ein anstrengender Tag werden würde.

Ein zweiter Toter! Jackl Eichstätt!

Eine kleine süße Aufheiterung konnte sich nur positiv auf die allgemeine Stimmung auswirken, auch wenn Jessica noch satt vom Abendessen war.

Die Ereignisse überschlugen sich. Auch bei Jackl Eichstätts Ermordung war Feuer im Spiel gewesen. Von Conny

Bergmüller fehlte nach wie vor jede Spur. Sie mussten einen Durchbruch erzielen.

»Uns beide verbindet die Liebe zu Süßem.«

Jessica zuckte zusammen, als sie Claas' sonore Stimme dicht hinter sich hörte. Sie spürte, wie sie errötete, und zwang sich, weiter die Verkäuferin anzuschauen.

Sie hatte sich richtiggehend erschrocken, als Claas ihr gestern nach dem Besuch der Demo am Rathaus gegenübergestanden hatte.

Er hatte sich in einem Hotel um die Ecke einquartiert und sie gefragt, ob sie mit ihm zu Abend essen wolle. Nach anfänglichem Sträuben hatte sie zugesagt und es war ein kurzweiliger und überraschend unkomplizierter Abend geworden.

Sie hatten es beide vermieden, zu tief zu bohren, und entspannt über Nebensächliches geflachst. Das mochte auch am Wein gelegen haben, von dem Jessica so viel getrunken hatte, dass sie ihr Auto auf dem Parkplatz stehen gelassen und die U-Bahn genommen hatte.

»Mit dem Unterschied, dass es dir nichts anhaben kann«, gab sie schlagfertig zurück. Wenn sie an die Portionen dachte, die er am Abend verschlungen hatte!

»Für's Team«, beeilte sie sich dann zu sagen. Nicht, dass er dachte, die wären alle für sie. »Hast du das von Jackl Eichstätt schon gehört?«

Claas nickte.

»Ich nehme auch noch einmal zehn«, bestellte er und nahm charmant die Tüte entgegen, während Jessica auf ihn wartete.

»Und«, fragte sie vorsichtig, als sie nebeneinander die wenigen Meter von der Konditorei bis zur Löwengrube schlenderten.

Claas reagierte nicht gleich. Er schien seine Gedanken zu sortieren.

Der Fall hatte heute Nacht auch in Jessica weitergearbeitet.

Sie war zu dem Schluss gekommen, dass Jackl Eichstätt eine Schlüsselrolle in der Verbindung zu Maslov spielen musste.

Deswegen war Claas überhaupt nach München gekommen.

Ausgerechnet dieses Verbindungsglied war jetzt tot. Das vereinfachte die Situation in keiner Weise.

Tom hatte ihr erzählt, dass man im BKA davon ausging, dass Maslovs Arme bis in die eigenen Reihen hineinreichten. Was Jessica zu dem Punkt brachte, den sie gestern Abend erfolgreich beiseitegeschoben hatte. Konnte sie Claas vertrauen?

Obwohl er ihr persönlich mehr als sympathisch war.

Jessica fühlte sogar eine unerklärlich tiefe Verbundenheit mit Claas. Nicht nur, weil er Toms Freund war und Tom und sie von Anfang an auf einer Wellenlänge gefunkt hatten. Auch abgesehen davon, dass Claas ein ausgesprochen gut aussehender Mann war. Der ihr noch dazu mehr Aufmerksamkeit schenkte, als Männer seines Kalibers es sonst zu tun pflegten. Das irritierte sie.

Genau der Typ Mann, um den sie sonst einen großen Bogen machte. Ob es daran lag, dass ihr Vater einfach verschwunden war? Sie im Stich gelassen hatte? Ihr diesen Stempel mit der Frage »Warum?« auf die Seele gebrannt hatte?

Bei Claas hatte sie den Eindruck, dass er ihr ganz intuitiv und unverfälscht einen weit größeren Vertrauensvorschuss entgegenbrachte, als es sonst zwischen Kollegen üblich war.

Obwohl sie sich kaum kannten. Das schmeichelte ihr.

Aber sie spürte auch seine tiefe Trauer. Auch er musste einen schweren Verlust erlitten haben. Es war, als ob sie an dieser Stelle eine tiefe Seelenverwandtschaft verband, über die sie aber auch gestern Abend nicht gesprochen hatten. Die im Grunde keiner Worte bedurfte.

Sie war einfach da.

Endlich antwortete Claas: »Maslov war schneller als wir.«

»Bei Jackl Eichstätt?«

»Wer sonst sollte ihn auf dem Gewissen haben!« Claas schwang die Tüte mit den Krapfen auf die andere Seite, während sie über die Ettstraße zum Haupteingang liefen.

Jessica stimmte nicht mit Claas überein. »Alles spricht dafür, dass wir es bei ihm und seiner Frau mit dem gleichen Mörder zu tun haben. Ich habe mir den Tatortbericht im Messenger bereits angeschaut. Es gibt Parallelen. Ich meine, Parallelen, die nicht für einen Hintergrund aus dem Umfeld von Maslov sprechen. Sondern eher für ein persönliches Motiv.«

»Und welche Parallelen wären das?«

Mist! Jessica wurde bewusst, dass sie mal wieder dabei war, in ein Fettnäpfchen zu treten. Was und wie viel durfte sie Claas erzählen? Gestern Abend hatte sie höllisch aufgepasst. Berufliches locker umschifft.

Wie kam sie jetzt aus dieser Bredouille wieder heraus? Sie hatte bis heute ihre Probleme mit den hierarchischen Strukturen zwischen BKA, LKA und Polizeipräsidium. Erst recht mit der Politik dazwischen. Offiziell hatte Claas, da er nun vor Ort war, volle Ermittlungseinsicht und sie wollte ihn nicht vor den Kopf stoßen. Aber Toms Verhalten dem alten Freund gegenüber hatte ihr deutlich gezeigt, dass das Vertrauensverhältnis der beiden aktuell mehr als gestört war.

Da wäre es äußerst unklug, jetzt ihrerseits voranzupreschen. Sie wusste nicht einmal, ob Claas für den Messenger freigeschaltet war.

Sie lief schneller. Natürlich hielt Claas mühelos mit.

Jessica dachte an das, was Tom gestern auf dem Whiteboard ergänzt hatte.

»Abgeschnittene Haare, weitere Morde mit diesem Merkmal?«

Ja, auch Jackl Eichstätt, der ebenfalls halb verbrannt gewesen war, war eine Haarsträhne abgeschnitten worden.

Damit hatte der Täter einen Hinweis gegeben, ein eindeutiges Zeichen gesetzt, sich eine Trophäe geholt.

Entweder Maslov hatte bewusst den Auftrag dazu gegeben, um sie auf eine falsche Fährte zu führen, was ihm durchaus zuzutrauen war. Oder aber sie hatten es mit einem Menschen zu tun, der an einer so schweren psychischen Störung litt, dass sie anderen Menschen zum Verhängnis wurde.

Jessica hatte sehr lange mit ihrer Antwort gezögert. Sie musste jetzt kontern und entschied sich für eine Gegenfrage.

»Bist du heute bei unserer Besprechung dabei?«

»Ich gehe davon aus«, hielt sich nun auch Claas bedeckt. »War übrigens sehr nett gestern Abend. Danke, dass du dich hast breitschlagen lassen, mitzukommen.«

»Danke. Fand ich auch«, lächelte sie.

Sie waren am Paternoster angekommen.

Jessica nutzte die Chance und sprang gekonnt hinein. Nicht ohne Claas noch ein entschuldigendes Lächeln zuzuspielen. Es passte nur einer rein. Von ihrer Statur allemal.

Vor lauter Angst, dass es ihr im Kreis der Kollegen passieren konnte, den richtigen Zeitpunkt für den Einstieg zu verpassen und sich zum Gespött der ganzen Belegschaft zu machen, hatte Jessica ihre erste Nachtschicht dazu genutzt, den Absprung im idealen Moment einzuüben.

»Sportlich!«, kommentierte Claas, bevor er außer Sichtweite war.

Sie atmete tief durch.

Bestimmt war er in die nächste Kabine gesprungen. Jessica war heilfroh, als sie beim Ausstieg im dritten Stock Anna Maindl entdeckte.

Kurz entschlossen verwickelte sie Anna in ein kollegiales Morgengespräch und stellte Claas vor, als er vorbeikam. Er war taktvoll genug, nach ein paar lockeren Bemerkungen weiterzugehen. Er hatte wohl gespürt, dass Anna Neuigkeiten hatte, in die Jessica ihn nicht unbedingt einweihen wollte.

So erfuhr sie bereits erste brandaktuelle Erkenntnisse der Spurensicherung, die sie bei der Besprechung später einbringen konnte.

Sie wussten nun, mit wem Conny Bergmüller als Letztes telefoniert hatte. Doch so sehr Jessica sich auch bemühte, diese neue Information einzuordnen, sie brachte sie der Lösung nicht näher.

Sie würde wohl auf Tom und seine einzigartige Kombinatorik vertrauen müssen.

Hoffentlich kam er bald.

Sollte sie ihm von ihrem Abendessen mit Claas erzählen?

KAPITEL 39

Sascha Brühl führte Tom durch seine unterirdische Welt. Zunächst war Tom angespannt, rechnete jeden Moment damit, dass plötzlich eine Tür zufiel und er festsaß. Sollte Sascha Brühl der Feuerteufel sein, den sie suchten – und Tom ging inzwischen fest davon aus, dass sie es mit einem solchen zu tun hatten –, dann stand ihm ein ähnliches Schicksal bevor wie den fünf 15-jährigen Mädchen in diesem Escape Room in Polen, in dem ein Feuer ausgebrochen war.

Doch je mehr Sascha erzählte und zeigte, desto beeindruckter war Tom. Er hatte keine Vorstellung davon gehabt, wie sich ein Escape Room in der Realität präsentierte.

Saschas und Fabians Ehrgeiz war es gewesen, das Konzept von Karl Valentins Lachkabinett und Gruselkeller mit technischer Raffinesse zu neuem Leben zu erwecken. Sie hatten ganze Arbeit geleistet. Zwar waren die Installationen noch nicht ganz abgeschlossen und hier und da schauten noch ein Kabel oder eine unverputzte Leiste aus der Wand. Doch was man bereits erkennen konnte, war absolut überzeugend.

Obwohl Tom unter einer enormen inneren Spannung stand, ließ er sich auf Sascha ein.

Ziel der virtuellen Reise war es, ganz nach Karl-Valentin-Manier dem »Totlachen« zu entgehen, indem man die richtige Medizin fand, um wieder aufhören zu können. Dazu musste man in beiden Räumen Aufgaben und Rätsel lösen. Hatte man die Geheimnisse des ersten Raums entschlüsselt, so öffnete sich die Tür zum zweiten, der weit diffiziler in seinen Anforderungen war.

Unter dem Türgriff des ersten Raums, einem Löwenkopf, prangte ein Schild mit der Aufschrift: »Bitte nicht füttern«. Der Raum war gestaltet wie der Umkleideraum des Komikers. Mit dem obligatorischen Hut und Regenschirm.

An einer Wand befand sich eine historische München-Ansicht mit den Frauentürmen und dem Rathaus. Davor stand eine mit Inflationsscheinen beklebte Bank mit der Inschrift: »Deutsche Bank 1923«. Tom drängte sich unwillkürlich die Assoziation 2023 auf, doch er schob sie schnell beiseite. So schlimm würde es doch hoffentlich nicht kommen.

An die zweite Wand war mit wenigen Strichen ein Orchester geworfen. Auf der gegenüberliegenden Wand blickte man in die Gesichter eines teils erwartungsvollen, teils lachenden Publikums. Einige Figuren im Vordergrund wurden als Wachsfiguren geradezu erschreckend plastisch und lebendig. Darunter ein Liliputaner mit der Aufschrift: »Urenkel von Napoleon« sowie Herzog Heinrich XII., dessen Kinn abgeschmolzen und der Anzug mit Wachs vollgetropft war. Darunter stand: »Leider zu nahe an der Dampfheizung gestanden!«.

Die vierte Wand schmückte ein Zitat: »Trambahnschaffner, der auch mit Kindern umgehen kann, erteilt Unterricht im Schwammerlsuchen«. Daneben ein weibliches Korsett mit der Aufschrift: »Apparat zur Hebung der Milchwirtschaft«.

Tom musste unwillkürlich grinsen. Auch über Saschas welkes Gesicht huschte der Anflug eines Lächelns.

Fabian hatte die Wände gestaltet.

Sascha bat Tom, auf dem Stuhl vor dem Spiegel Platz zu nehmen.

Nichts geschah.

»Sie müssen die Aufgaben finden«, sagte der Schauspieler. Seine müden, matten grünen Augen bekamen einen leichten Glanz.

Tom suchte. Schließlich, um etwas zu tun, setzte er sich die Melone auf den Kopf und griff zum Regenschirm. Als er ihn aufspannte, verwandelte sich der Spiegel in einen Bildschirm und der berühmte Komiker begann zu sprechen …

Doch Sascha schaltete plötzlich den Ton aus. Sein Gesicht war schmerzverzerrt. »Sehr gut. Sie haben den Einstieg gefunden. So geht das weiter. Sie sind der Erste, der das hier zu sehen bekommt. Seit Fabians Tod habe ich kaum weitergebaut.«

Tom verstand.

Er erhob sich. »Ich bin begeistert! Machen Sie es fertig. Es wird der Hit!«

Saschas Blick schweifte ab. »Warum?«

Tom konnte sich denken, was in dem Mann vor sich ging. »Herr Brühl, ich möchte Ihnen helfen, herauszufinden, wie und warum Fabian wirklich gestorben ist. Wir haben inzwischen unsere Zweifel an seinem Selbstmord.«

Sascha lachte resigniert auf. »Ach? Plötzlich!«

Dann betätigte er einige Knöpfe.

Die Tür in den zweiten Raum öffnete sich.

War im ersten Raum das Lachkabinett untergebracht, ging es hier in das Gruselkabinett. Als Erstes mussten sie eine »Henkersbrücke« überschreiten. In einen Fels gehauen, blickte sie ein schauerlicher »Geist Gnom« an. Ein Lachen, das Tom eine Gänsehaut über den Rücken jagte, ertönte. Sie betraten den Raum mit der Aufschrift: ›Folterkammer aus dem Jahre 1600‹. Dort peitschte zur Begrüßung ein vermummter Folterknecht eine vermutliche Hexe aus.

Weitere Folterinstrumente standen an den Wänden. Originale. In einem aufgebauten Bett lag ein Taucher mit vorsintflutlicher Tauchmaske. ›Weil der Taucher seinen Schlüssel zerbrochen hat, muss er in voller Ausrüstung zu Bette gehen.‹ Eine leere Zuchthauszelle verwies darauf, dass der Häftling entsprungen war. Neben einem Loch im Boden stand: ›Blick in den fünf Meter tiefen Hungerturm‹. Daneben ein motorisierter Kinderwagen: ›Keine Mutter mehr nötig, Kind kann alleine ausfahren.‹ Nett war die eingebaute Tür mit Fenster und dem Schild mit der Aufschrift: ›Nur für Erwachsene! Blick ins Damenbad‹.

Tom wurde es anders, als er die funktionsfähige Streckmaschine sah. Allerdings würde der abgemagerte Schauspieler wohl körperlich keine Chance gegen ihn haben, wenn er keine ausgeklügelten technischen Raffinessen in petto hatte, um ihn zu überwältigen.

Sascha Brühl blieb mitten im Raum stehen. Seine Körpersprache verriet tiefe Resignation. »Die Untersuchungen waren unglaublich oberflächlich und dilettantisch! Nach der Zeugenaussage von Marianne Eichstätt und Manfred Strebel bestand kein Zweifel mehr. Niemand hat in Erwägung gezogen, dass sie lügen könnten! Ich bin gegen eine Gummiwand gelaufen.«

Er machte eine Pause.

Schüttelte den Kopf, sah alt und verbraucht aus.

Da konnte auch das schummerige Licht nicht helfen.

»Sie wollten, dass weiterermittelt wird?«, hakte Tom nach.

Brühl nickte.

Er hatte noch immer die Angewohnheit, den langen Pony auf die Seite zu werfen. Auch wenn die Haare dünner und grau geworden waren. »Hat mir ein Kontaktverbot eingebracht.«

Tom dachte an den Obduktionsbericht. Er nahm sich vor, herauszufinden, was aus dem damaligen Assistenzarzt geworden war, diesem Michail Smirnow, der den wichtigen Befund nicht weitergegeben hatte.

Ob Claas etwas mit dem Namen anfangen konnte?

»Und dann haben Sie sich damit abgefunden?«, fragte Tom.

»Was hätte ich tun sollen?«

»Fabians Freundin Carla glaubt auch nicht an Selbstmord.«

»Ich weiß.«

»Ich helfe Ihnen, herauszufinden, was damals wirklich geschehen ist, wenn Sie mir im Gegenzug die Wahrheit sagen.«

»Mögen hätt ich schon wollen, aber dürfen hab ich mich nicht getraut!«

»Auch ein Karl Valentin«, stellte Tom fest. Aber was wollte Sascha Brühl ihm damit sagen? War das ein Ja?

Bevor er nachhaken konnte, fiel Toms Blick auf ein Bild, das eine zentrale Stelle an der Wand einnahm und in einen aufwendigen Rahmen gefasst war.

Saschas Blick folgte seinem. »Skurril, nicht? Die neue Kunstlehrerin vom Karl-Valentin-Gymnasium hat mich vor ein paar Tagen angerufen. Conny Bergmüller. Eine nette Frau. Warum gibt es an dieser Schule nicht mehr Lehrer wie sie? Sie brennt für ihren Beruf. Sie will die Kinder begeistern. Leidenschaft für eine Sache bei ihnen wecken.

Sie hat aufgeräumt und ist dabei über dieses Bild von Fabian gestolpert. Er hat es kurz vor seinem Tod gemalt. Sie war ganz begeistert davon. Ich habe es ihr für ihre Ausstellung versprochen, nachdem ich einen Platz hier unten und einen passenden Rahmen gefunden habe. Conny Bergmüller hat Fabian gar nicht gekannt. Aber sie hat mir sofort geglaubt. ›Jemand, der so malt‹, hat sie gesagt, ›kann keine Selbstmordabsichten haben.‹«

Das Bild war eine gekonnte Collage der Farbzeichnungen, die jetzt in der Asservatenkammer lagen. Es musste das Original sein, von dem Tina erzählt hatte. Brillante Farben, mutige Striche. Der weibliche Harlekin. Der Mann mit der Eselsmaske. Beide Masken so grausam verzerrt, dass sie perfekt in das Gruselkabinett passten. Auch die Karl-Valentin-Silhouette und das schmiedeeiserne Geländer waren auf dem Bild. Der weiß-blaue Münchner Himmel. Die Frauenkirche. Im Hintergrund war neben dem Riesenrad der Wiesn das Bahnhofsgebäude zu sehen. Ein junges Mädchen und ein Mann schienen sich um das Bahnhofsgebäude herum eine Art Verfolgungsjagd zu liefern.

Tom fühlte sich einen Moment an die bunten Wimmelbilder von Ali Mitgutsch erinnert, die er als Kind in Bilderbüchern geliebt und stundenlang betrachtet hatte.

Ein buntes Potpourri, das trotzdem in eine geheimnisvolle Harmonie gebracht worden war. Wild und ausdrucksvoll. Die kräftigen Farben füllten den Raum mit Energie.

Doch es war wieder das Geländer, das Tom irritierte. Er musste unbedingt in Erfahrung bringen, wann es erhöht worden war.

Denn auf dem Bild war es noch tief.

Tom starrte es an und rekonstruierte Fabians Selbstmord aufgrund der Zeugenaussagen und Berichte, die in der dünnen Akte gestanden hatten.

Und wenn es anders gewesen war als bisher vermutet?

Wenn Marianne Eichstätt und Manfred Strebel sich gegenseitig gedeckt hatten? Wenn einer von beiden den Jungen gestoßen hatte?

»Wir sind auf der Suche nach Fabians Notizbuch. Können Sie sich vorstellen, wo er es aufbewahrt haben könnte?«

»Ich habe es auch schon gesucht. Ich dachte, es könnte beweisen, dass Fabian nicht selbst gesprungen ist.«

»Herr Brühl, ich will Ihnen helfen und deshalb muss ich Sie jetzt bitten, mich aufs Präsidium zu begleiten.« Obwohl eine positive Atmosphäre zwischen ihnen entstanden war, war Tom darauf gefasst, dass Sascha jeden Moment zur Seite springen, die Tür hinter sich verriegeln und ihn einsperren konnte.

Doch nichts dergleichen geschah.

»Warum?« Saschas Frage entsprang eher einem sprachlichen Impuls als der Absicht, sich zu weigern.

Innerlich hatte der Mann aufgegeben.

Sah so ein Doppelmörder aus?

»Wir wissen, dass Sie gestern Ulrich Anzinger getroffen haben. Von wann bis wann waren Sie zusammen und gibt es jemanden, der das bezeugen könnte?«

Sascha Brühl schwieg minutenlang, doch sein Gehirn arbeitete fieberhaft, das war der heftigen Bewegung seiner Pupillen anzusehen.

Seine Antwort kam unerwartet. »Wie heißt das im Film immer so schön: ›Ich möchte jetzt meinen Anwalt sprechen.‹.«

»Gut.« Das musste Tom ihm zugestehen.

Sie verließen den Keller.

Tom fiel noch eine Tür mit der Aufschrift auf: ›Nur für Personen, denen es hier nicht gefallen hat.‹ (Pfeil) ›Hinter dieser Tür sehen Sie diejenige Person, die über alles nörgelt, die alles besser weiß, aber leider nichts besser machen kann.‹

Ein ideales Schild für Weißbauers Bürotür.

Immerhin schien Sascha Brühl nun, anders als gestern, bereit, Tom zu begleiten. Der Schauspieler schloss gewissenhaft ab, nachdem er sich versichert hatte, dass die Katze nicht zurückgekehrt war.

Kaum waren sie im Innenhof, piepte Toms Handy.

Felix hatte x-Mal versucht, ihn zu erreichen, was im Keller nicht möglich gewesen war.

Tom rief augenblicklich zurück.

»Tom, Gott sei Dank!« Felix' Stimme hörte sich verzweifelt an. »Tina ist noch immer nicht da. Aber eben wurde ein Päckchen abgegeben. Von ihr.«

»Hast du reingeschaut?«, fragte Tom.

Felix' Worte brachen mit einem unterdrückten Schluchzen aus ihm heraus. »Ein Bündel Haare. Von Tina.«

Tom blieb für einen Moment die Luft weg. Haare. Abgeschnittene Haare. Er sah in Gedanken Marianne Eichstätt mit der kahlen Stelle am Kopf.

Felix fuhr leise fort. »Es ist ein anonymes Schreiben dabei.«

»Was steht darin?«

»›Wer tief gräbt, wird tief fallen.‹ Es ist an dich adressiert.«

Eine Drohung.

Eine Drohung, die auf Tinas Leben zielte.

Tom wurde schwarz vor Augen. Die Brust wurde ihm eng. Die Wunde in seiner Brust pochte. Er musste sofort raus hier. »Komm mit dem Päckchen ins Präsidium. Ist der Bote noch da?«

»Nein.«

»Weißt du, von welcher Firma er war?«

»Er hat es unten im Wirtshaus abgegeben.«

»Wer hat das Päckchen angenommen?«

»Eine der Bedienungen.«

»Bring sie mit.«

Ohne auf Sascha Brühl zu achten, rief Tom Weißbauer an, informierte ihn und verlangte eine Aufstockung der SOKO, die Weißbauer sofort genehmigte.

Die Suche nach Tina lief umgehend an. Allerdings so dezent, dass nichts nach außen dringen würde.

Tina entführt! Wie konnte das sein?

Sie hatte ihm gestern Abend noch geschrieben. Doch der Text war nicht in ihrem Stil verfasst gewesen! Mein Gott, wie dumm sie gewesen waren. Tina war gestern nicht zu Christl gekommen.

Wie leicht hatte jemand anderes die Nachricht verfassen können.

Jemand, der sich ihres Fingerabdrucks bediente. Er musste nur Tinas Daumen auf den Power-Button drücken. Weil sie in seiner Gewalt war!

Sascha Brühl hatte alles mitbekommen. »Sehen Sie! Gummiwände. Gummiwände, so dick, dass kein Laut hindurchdringt.«

»Kommen Sie.« Tom schwang sich auf sein Rennrad.

»Ich komm schon.« Aus Sascha Brühls Kehle drang der tiefe Husten eines chronischen Rauchers. »Aber wenn Sie mich lebend brauchen, dann lassen Sie mich in meinem Tempo gehen.«

KAPITEL 40

Die Stimmung war zum Schneiden. Das gesamte Team war informiert. Tom und Felix waren zu Weißbauer gerufen worden. Tom hatte Jessica gebeten, sie zu begleiten. Die Brisanz der Lage war allen bewusst. Alles ging so schnell, dass Jessica sich von den Ereignissen regelrecht überrollt fühlte.

Die Drohung war offensichtlich. Sie mussten vorsichtig vorgehen. Das Sicherste war, wenn Tom nach außen kaum in Erscheinung trat. Dabei war für 9.00 Uhr eine Pressekonferenz anberaumt.

Tom hatte vorgeschlagen, dass Jessica an seiner Stelle vor die Presse trat. Auch wenn Mayrhofer diese Aufgabe nur zu gern übernommen hätte. Für Jessica war die Situation nicht ganz einfach. Zum einen handelte es sich um ihren ersten Presseauftritt. Es war ihr nie leichtgefallen, vor einer Gruppe von Menschen zu reden. Zum zweiten war sie nicht vorbereitet. Und zum dritten würde Mayrhofer ihr das nie verzeihen. Doch welcher Ausweg blieb ihr?

Sie setzte sich also mit dem Pressesprecher zusammen und gemeinsam entwickelten sie in aller Kürze eine Strategie, wer was und wie viel sagen würde. Da noch etwas Zeit bis zur Konferenz blieb, trat sie dem Team bei, das inzwischen in einen Konferenzraum übergesiedelt und auf über 20 Leute angeschwollen war.

Normalerweise hätte Tom die SOKO geleitet. Doch in dem Fall hatte Weißbauer einen Kollegen, Kriminaloberrat Gastl, gebeten zu übernehmen. Das wurde auch nach außen hin kommuniziert.

Ohne Tinas Entführung zur Sprache zu bringen.

Tom blieb offiziell unsichtbar. Er war flexibler in seinem Tun und freier von Formalitäten. Weißbauer hatte in Erwägung gezogen, Claas die Leitung zu übertragen. Doch Tom hatte davon abgeraten. Er befürchtete, dass die Ermittlungsrichtung sonst zu einseitig auf das Netzwerk von Iwan Maslov ausgerichtet werden könnte. Tom vertrat inzwischen einen anderen Ansatz, der sowohl Weißbauer als auch Jessica ebenso realistisch erschien.

Während das Team zusammenkam und seine neuesten Erkenntnisse austauschte, waren parallel Ulrich Anzinger und Sascha Brühl eingetroffen. Letzterer hatte einen Rechtsanwalt mitgebracht, den Tom als Freund seines Bruders erkannte. Die beiden begrüßten sich mit einem kumpelhaften Schulterschlag.

Tom setzte den Anwalt in Jessicas Beisein in aller Kürze über die aktuellen Vorkommnisse in Kenntnis und dass es darum ging, mittels DNA und Befragung zu ermitteln, was Sascha Brühl und Ulrich Anzinger, die sich gegenseitig ein Alibi gaben, über die Brandstiftung und den Mord an Marianne Eichstätt wussten. Die drei wurden gebeten, zu warten, bis die Teambesprechung zu Ende war. Leider konnte man ihnen aktuell keinen Raum zur Beratung zur Verfügung stellen, da alle infrage kommenden Zimmer belegt waren.

Kriminaloberrat Gastl, ein gemütlicher Mann mit Bauchansatz, hatte gerade um Ruhe gebeten, als Tom und Jessica sich auf die von Claas frei gehaltenen Sitze schlichen. Auch Mayrhofer saß in ihrer Nähe.

Kriminaloberrat Gastl begann. »Liebe Kolleginnen und Kollegen, seit gestern sind Sie bereits in vollem Einsatz. Dafür herzlichen Dank! Wir alle wissen, dass bei einem

Fall, der eine derartige Dynamik entwickelt, Eile geboten ist. Seit einer Stunde wissen wir nun sicher, dass wir es zusätzlich zu zwei Morden und einer Brandstiftung mit mindestens einer Entführung zu tun haben. Wahrscheinlich sogar mit zweien. Aber dazu später. Ich fasse in aller Kürze die wesentlichen Punkte zusammen.

Gestern Nacht gegen 1.00 Uhr brach im Karl-Valentin-Gymnasium ein Brand aus. Gegen 2.15 Uhr rückte die Feuerwehr an. Kurz darauf wurde die Leiche der 37-jährigen Oberstufenleitung und stellvertretenden Schuldirektorin Marianne Eichstätt im Keller gefunden. Heute früh brach ein zweiter Brand aus. In einem Etablissement am Hauptbahnhof wurde eine weitere Leiche entdeckt. Die des Ehemanns von Marianne Eichstätt, Jackl Eichstätt. Er war heute früh zum Verhör geladen. Beide Leichen weisen ähnliche Verletzungen auf. Außerdem wurde beiden Opfern eine Haarsträhne abgeschnitten.

Seit Donnerstagnacht, laut Handyauswertung 1.45 Uhr, wird die Kunstlehrerin Conny Bergmüller vermisst. Sie war die Letzte, die mit Marianne Eichstätt sprach.

Außerdem erreichte uns heute früh die Nachricht, dass Tina Hacker, die Nichte von Hauptkommissar Tom Perlinger, entführt wurde. Sie hatte Kontakt zu Conny Bergmüller. Aller Wahrscheinlichkeit nach befindet sie sich seit gestern Nachmittag in den Händen der oder des Entführers.

Jackl Eichstätt hatte einschlägige Verbindungen zur osteuropäischen Mafia. Weswegen Kollege Claas Buchowsky vom BKA Wiesbaden bei uns ist. Was können Sie uns zu den Vorgängen sagen, Claas?«

Ein lautes Raunen machte sich breit. Bisher hatte Jessica an keiner so umfangreichen Ermittlung teilgenommen. Erst jetzt wurde ihr in voller Tragweite deutlich, wie wenig sie bisher wussten und wie dramatisch sich die Situation zugespitzt hatte.

Tom saß mit vollkommen versteinerter Miene da. Er hatte noch nicht einmal Zeit gefunden, mit Christl und seiner Familie zu telefonieren. Bisher wussten nur Max und Felix Bescheid. Felix war inzwischen zu Mia zurückgekehrt, die er in Magdalenas Obhut zurückgelassen hatte. Er würde zunächst unauffällig mit Tinas Studienkollegen Kontakt aufnehmen, um diskret Hinweise aus ihrem direkten Umfeld zusammenzutragen.

Tom erhob sich und begann zu sprechen, bevor Claas das Wort ergreifen konnte. »Es gibt einen weiteren Toten, der meiner Meinung nach in direktem Zusammenhang mit dem aktuellen Geschehen steht. Schüler Fabian Brühl. Verstorben am 24.2.2017. Angeblich Selbstmord. Aus dem dritten Stock des Gymnasiums in die Aula gestürzt. Einzige Zeugen sind die jetzt tote Marianne Eichstätt sowie Schuldirektor Manfred Strebel. Die Sichtung der Akten weist eindeutige Ermittlungsmängel auf.«

»Wurde Manfred Strebel erneut verhört?«, fragte Gastl.

»Die Vorladung läuft«, sagte Tom. »Im Moment recherchieren wir seinen Hintergrund. Kam es damals zur Falschaussage, dann wussten nur Marianne Eichstätt und der Direktor davon. Somit ist Manfred Strebel, wenn wir diese Spur weiterverfolgen, entweder in Gefahr oder selbst verdächtig. Fabians Vater sowie der Vater von Fabians Freundin, die mit Magersucht auf der Intensivstation liegt, sind zur Vernehmung anwesend. Sie kommen als mögliche Rächer für den Tod der Lehrerin infrage. Einen Bezug zum Ehemann gibt es aktuell nicht. Ebenso wenig zu den Entführungen.«

Tom nahm wieder Platz.

Die Kollegen machten sich eifrig Notizen.

Jessica bewunderte, wie Tom Haltung bewahrte.

Jetzt stand Claas auf. »Das ist eine Spur. Die andere kommt aus einer ganz anderen Richtung. Jackl Eichstätt war ein loyaler Gefolgsmann von Iwan Maslov. Eichstätt wurde bereits als Teenager rekrutiert und war maßgeblich verantwortlich für die Beschaffung von jungen Prostituierten aus Tschechien sowie die Organisation exklusiver und internationaler Sex-Partys. Es gibt enge Verbindungen nach München bis in die höchsten Kreise. Wir versuchen seit Jahren, an die Hintermänner zu kommen. Aus Gründen, die wir aktuell nicht kennen, kann Eichstätt in Ungnade gefallen sein. Der Mord an seiner Frau wäre damit als Warnschuss zu sehen.«

Jessica musste sich eingestehen, dass sie diese Idee auch schon gehabt hatte. Auch sie erhob sich jetzt, kämpfte gegen das Rotwerden an. Obwohl sie wusste, dass das sinnlos war.

Sie räusperte sich und gab ihrer Stimme einen festen Klang. »Nicht zu vergessen, dass sich das Schulgelände in prominenter Innenstadtlage befindet. Wir wissen von unserem letzten Fall, wie groß Maslovs Interesse an solchen Grundstücken ist. Ein solches Immobilieninvestment ist ideal zur Geldwäsche. Auch das könnte eine Rolle spielen. Der Brand wurde zufällig so früh entdeckt. Die Schule hätte komplett abbrennen können.«

Sie setzte sich wieder.

Claas warf ihr einen zustimmenden Blick zu.

Eine junge Frau erhob sich. Jessica kannte sie.

Die junge Kommissaranwärterin war sehr ambitioniert und unerschrocken und gefiel ihr. »Ich habe gestern mit Kolleginnen und Kollegen von Marianne Eichstätt gesprochen. Alle waren der Meinung, dass sie in letzter Zeit verändert war. Dass sie irgendwie unter Druck stand. Dass sie noch kompromissloser und unnahbarer gewesen wäre als sonst. Sie hätte eine richtige Mauer um sich herum errichtet. Nur das Verhältnis zum Direktor war überraschend eng. Ging aber eindeutig stärker von ihrer Seite aus. Es ist komisch!

Keiner traut sich, ein negatives Wort über ihn zu verlieren. Er gibt eine ganz klare Schulphilosophie vor und die heißt: Leistung. Leistung. Leistung. Das erzeugt Druck. Das komplette Kollegium ist extrem eingeschüchtert! Die Stimmung schlecht. Ich habe mich gefragt, wie dieser Direktor es geschafft hat, eine solche Schweigespirale aufzubauen.«

Sie machte eine bewusst gesetzte Kunstpause.

Insgeheim bewunderte Jessica die hübsche junge Frau für ihre Selbstsicherheit.

Als niemand dazwischensprach, fuhr die Kollegin fort. »Nun, er hat wohl sehr gute Drähte ins Kultusministerium. War selbst einige Jahre dort und sein Vater ist ein Mentor und alter Weggefährte des Ministers. Viele Lehrer kommen frisch von der Uni und haben gerade ihr Referendariat abgeschlossen. Die wollen es sich mit dem Ministerium nicht verderben. Die haben noch ihre Laufbahn vor sich. Bis auf einige wenige weichen alle schon bei den einfachsten Fragen sofort aus. Kommt einem vor wie eine Minidiktatur.«

Sie wollte sich wieder setzen, als ihr noch etwas einfiel. »Die Kollegin Höfling hat auf Toms Rat hin die Psychotherapeuten im Umfeld der Schule befragt und ist auf etwas Interessantes gestoßen.«

Kollegin Höfling hätte es vermutlich begrüßt, wenn die junge Kollegin ihr Rechercheergebnis direkt präsentiert hätte.

Vor der großen Gruppe zu sprechen war ihr augenscheinlich unangenehm, doch sie überwand ihre Scheu. »Ja, ich habe fast alle Praxen erreicht. In den letzten Jahren haben sich rund zehn Praxen um die Schule herum angesiedelt. Man hat fast den Eindruck, dass kein Kind ohne psychologische Betreuung ist. Aber auch Lehrer suchen Unterstützung.«

Sie atmete schwer. Ihre Wangen waren gerötet. »Also, Marianne Eichstätt war in Behandlung. Die Therapeutin hielt sich bedeckt und hat sich hinter dem Arztgeheimnis versteckt. Aber sie hat zumindest so viel verraten, dass es Situationen gibt, in denen Menschen entscheidende Schritte bereuen. Und so einer schien Marianne Eichstätt Probleme gemacht zu haben. Sie hatte eine Krise. Wurde von Gewissensbissen gequält. Fühlte sich verraten. Hatte aber auch Angst.«

Die junge Frau ließ sich in den Stuhl zurücksinken.

Die Kommissaranwärterin erhob sich erneut. »Ach ja, von Manfred Strebels Privatleben ist übrigens auch im Kollegenkreis wenig bekannt. Nur, dass seine Lebensgefährtin am 11.11.2017 bei einem Autounfall ums Leben kam. Das hat wohl eher Bedauern und Mitgefühl als Misstrauen ausgelöst.«

Wieso sollte es Misstrauen auslösen, wenn der Lebensgefährte bei einem Unfall verunglückte, fragte sich Jessica. Da schoss die Kollegin wohl etwas über das Ziel hinaus.

Kriminaloberrat Gastl erteilte einem weiteren Kollegen das Wort.

Der rundliche Mann stand auf. »Eine ältere Lehrerin, die sich nach eigener Aussage mit Marianne Eichstätt angefreundet hat, meinte, sie wäre nach der Lehrerkonferenz um 18.00 Uhr noch beim Direktor gewesen. Die Freundin hat gewartet. Sie hat laute Stimmen gehört. Danach hat die Eichstätt ihre Verabredung für den Abend abgesagt. Im Nachhinein hält die Freundin es durchaus für möglich, dass die beiden gestritten haben.«

Jetzt stand der Kollege, der gestern die SOKO koordiniert hatte, auf. »Wir haben den Ablauf im Direktorat am Tag vor dem Brand mit Hilfe des Sekretariats rekonstruiert. Noch vor Schulbeginn, gegen 7.45 Uhr, ist dieser Sascha Brühl überraschend in der Schule erschienen. Er wollte dringend Marianne Eichstätt sprechen. Das Sekretariat war wegen des Kontaktverbots angehalten, bei seinem Erscheinen umgehend die Polizei zu rufen. Brühl ist verschwunden, als die Sekretärin zum Telefonhörer gegriffen hat.

Gleich im Anschluss ist Ulrich Anzinger wütend ins Sekretariat gestürmt. Er hat sich aufgeregt, dass weder die Infoplakate zur Demo aufgehängt noch die Flyer an die Kinder verteilt worden waren.

Der Direktor und die Eichstätt haben dann am Vormittag Unterricht gegeben. Dazwischen haben sie diese Lehrerkonferenz am Nachmittag vorbereitet. Gegen 12.30 Uhr sind sie zum Mittagessen gegangen und gegen 15.30 Uhr zurückgekehrt. Danach war Conny Bergmüller eine Stunde bei Strebel. Um 17.00 Uhr hat die Lehrerkonferenz begonnen, die bis 18.30 Uhr angesetzt war. Es war eine Sonderlehrerkonferenz. Normalerweise sind diese Konferenzen nie so spät und dauern länger, aber es ging nur um ein paar besondere Schüler. Das Sekretariat hat gegen 17.00 Uhr das Gebäude verlassen.«

Die Spannung im Raum wuchs.

Jessica war überrascht, wie viel die Kollegen schon herausgefunden hatten. Wie ein Bienenschwarm, der ausgeschwärmt und mit reichlich Blütenstaub zurückgekehrt war. Nun musste es ihnen nur noch gelingen, daraus schmackhaften Honig herzustellen.

Also die richtigen Schlüsse zu ziehen.

Als Nächster hob Mayrhofer in der für ihn typischen Art den Finger, ohne aufzustehen. »Jetzt wird es erst richtig spannend! Manfred Strebel und Jackl Eichstätt sind nämlich alte Bekannte. Sie waren über Jahre hinweg im selben Schachverein. 2009 hat Strebel im zweiten Anlauf die Internationale Schachmeisterschaft am Tegernsee gewonnen. Nachdem er im Halbfinale in Passau schon ausgeschieden war. Der eigentliche Gewinner ist bei einem Unfall ums Leben gekommen. So kam Strebel im Finale zum Zug und hat gewonnen.«

Lautes Raunen. Bereits der zweite Unfall im Zusammenhang mit dem Direktor. Jessica nahm aus den Augenwinkeln wahr, wie Tom zusammenzuckte.

Er sprang auf und flüsterte ihr zu: »Sorry, Jessi. Ich muss telefonieren. Bis später!«

Sie stand ebenfalls auf. »Ich komm gleich mit. Mayrhofer hält die Stellung hier. Außerdem wird es eh gleich zu Ende sein.«

Tom nickte geistesabwesend.

»Pressekonferenz, schon vergessen? Da sollte ich zuvor wenigstens mal in den Spiegel schauen.«

Sie hätte auch gern einen Krapfen vertilgt.

Doch dafür blieb wohl keine Zeit.

KAPITEL 41

In seinem Büro griff Tom sofort zum Telefon. Er hatte einen Verdacht. Einen Verdacht, der so haarsträubend war, dass er einen eigentlich wichtigen Anruf verschob, weil es ihm unmöglich schien, noch mehr private Wunden aufzureißen.

Bevor er mit Christl reden konnte, musste er erst absolut sicher sein, dass er richtiglag, und seine Vermutungen mit Beweisen untermauern.

Aber im Moment ging es vor allem darum, Tina zu befreien.

Jetzt nach der Besprechung begann sich ein Puzzlestück nach dem anderen zusammenzufügen. Je früher Tom das komplette Motiv zusammensetzen konnte, desto eher würde sich ihre Spur verdichten. Eine andere Möglichkeit sah er nicht, um an Informationen über Tinas und Connys Aufenthaltsort zu kommen. Er konnte nur hoffen, dass die beiden Frauen sich an einem Platz befanden, an dem sie eine Chance zu überleben hatten.

Die Angst um Tina ließ alles andere nebensächlich werden.

Tom stand unter Hochspannung. Er dachte an seine Mutter, an Max, an Mia. Daran, was es für die ihm neben Christl wichtigsten Menschen bedeuten würde, die Enkelin, Tochter und Mutter zu verlieren.

Das durfte nicht passieren. Das Adrenalin pulsierte durch seine Blutbahnen und sein Gehirn fuhr zu Höchstleistung auf.

Er hatte Glück.

Sein Anruf wurde sofort angenommen. »Tom!«

»Max!«

»Tom, um Gottes willen! Gibt es Neuigkeiten von Tina?«

»Noch nicht. Max, du hast doch diesen alten Spezi im Bauministerium. Der, der für staatliche Bauabnahmen zuständig ist.«

»Den Rudi Brandl vom Fingerhakler-Stammtisch?«

»Ja. Ich brauch sofort seine Nummer.«

»Der ist grad im Urlaub.«

»Gib mir seine Handynummer.«

Tom hörte ein Brummen. Max hatte ihm den Kontakt direkt aufs Handy geschickt.

Tom prüfte die Daten. »Danke. Bis später.«

Sie schwiegen beide in stillem Einvernehmen.

Dann legten sie gleichzeitig auf.

Sie mussten nicht reden.

Jedem von ihnen war die Tragweite der Situation bewusst.

Wenn Tom ein Fehler unterlief oder das Schicksal es schlecht mit ihnen meinte, würde nach den nächsten Stunden kein Tag mehr sein wie zuvor.

Tom rief umgehend Rudi Brandl an und landete auf dem Anrufbeantworter. Er hinterließ eine Nachricht. Wann würde Brandl zurückrufen? Der Mann war im Urlaub.

Tom musste einen anderen Weg finden.

Er wählte die zentrale Nummer des neuen Ministeriums für Wohnen, Bau und Verkehr und ließ sich mit dem Stellvertreter von Rudi Brandl verbinden.

Der Mann wollte Tom zunächst vertrösten. Doch Tom hatte keine Zeit, auf seine Befindlichkeiten einzugehen. Er brüllte so laut los, dass der Stellvertreter unverzüglich in die Gänge kam. Er wollte sich nicht verantworten müssen, wenn das Leben zweier Frauen auf dem Spiel stand.

Tom blieb direkt am Telefon.

Fünf Minuten später wusste er mehr.

Ein Blick in den Computer hatte Gewissheit gebracht.

Ja, das renovierte Gebäude sowie die Außenanlagen des Karl-Valentin-Gymnasiums waren baulich vom Ministerium abgenommen, Sicherheit und Brandschutz von den entsprechenden Sachverständigen geprüft worden. Es gab ein Protokoll und zig Nachträge zu rückwirkend getätigten Ausbesserungen, die sich über mehrere Monate hingezogen hatten. Wegen Krankheitsausfall und Rentenbeginn hatten die Ansprechpartner mehrfach gewechselt.

Auch zu dem Geländer waren besondere Unterlagen vorhanden, denn es war Teil der Nachbesserungen gewesen, wie Tom erwartet hatte. Doch als er hörte, was Brandls Stellvertreter so langsam und sorgfältig vorlas, als ob er die Evangelien der Bibel verkündete, traute er seinen Ohren nicht.

Die Aufzeichnungen widersprachen Toms Vermutungen.

Er musste auf der Stelle die Originalunterlagen sehen!

Sie verabredeten, dass der Beamte die Akte umgehend ins Präsidium brachte.

»Ich muss nur noch meinen Vorgesetzten informieren, Denis von Kleinschmidt«, verkündete Brandls Stellvertreter pflichtbewusst.

Denis von Kleinschmidt? Dieser Name war Tom schon begegnet. Aber in welchem Zusammenhang?

Bevor er weiter darüber nachgrübeln konnte, wurde er von Jessica informiert, dass Sascha Brühl und Ulrich Anzinger im Verhörraum warteten. Tom bezweifelte, dass diese Befragung sie zu Tina bringen würde. Aber vielleicht könnte sie helfen, die Brandstiftung zu klären.

Bevor er sich auf den Weg machte, wies Tom Mayrhofer an, unverzüglich Manfred Strebel vorzuladen. Für Fabians angeblichen Selbstmord gab es zwei Zeugen. Einer davon war tot.

Wenn Fabian sich nicht selbst getötet hatte – und davon war Tom inzwischen überzeugt – und Marianne beispielsweise ihre dahingehende Aussage hatte widerrufen wollen, dann könnte das für den Direktor ein Motiv gewesen sein, sie zu töten. Wäre die Fehlaussage öffentlich geworden, so hätte das seinem unbefleckten Ruf geschadet. Er hätte unter Umständen sogar von seinem Posten zurücktreten müssen. So ehrgeizig, wie Tom den Mann einschätzte, hätte er das sicher zu vermeiden gesucht.

Aber wie war Fabian dann gestorben? Reichte die Vertuschung einer Fehlaussage als Motiv für einen Mord aus?

Aus welchem Grund hätte Marianne ihre Aussage ändern sollen?

Weil sie nicht mehr in Strebels Gunst gestanden hatte?

Konnte ihre Entscheidung etwas mit Conny Bergmüllers Besuch bei Strebel zu tun haben? War Marianne eifersüchtig auf Conny gewesen, wie es auch schon die Schüler angedeutet hatten? Hatte sie Strebel mögliche Avancen gegenüber der Konkurrentin heimzahlen wollen?

Welches weitere Motiv hätte Strebel haben können, Fabian aus dem Weg zu räumen? Die Tatsache, dass der Junge Marianne und ihn in flagranti erwischt hatte? Da musste Tom Jessica recht geben. Eine Affäre – auch zwischen Schuldirektor und Lehrerin – war in der heutigen Zeit kein ausreichendes Motiv für einen Mord. Marianne Eichstätt war eine erwachsene, gleichaltrige Frau gewesen. Anders hätte der Fall natürlich gelegen, wenn es sich um eine minderjährige Schülerin gehandelt hätte.

Das brachte Tom auf eine weitere Idee.

War Fabian eventuell hinter die Verbindung zwischen Manfred Strebel und Jackl Eichstätt gestoßen? Hatte Strebel sogar die Dienste seines Spezis in Anspruch genommen?

Hatte er nicht nur Sex mit Marianne, sondern auch mit blutjungen Tschechinnen gehabt? Mit Mädchen, die seine Schülerinnen hätten sein können? Wenn Fabian das aufgedeckt hätte, um vielleicht doch fürs Abitur zugelassen zu werden, hätte er dem Direktor den offiziellen Dolchstoß versetzt.

Hätte, hätte, Fahrradkette, unterbrach Tom seine Überlegungen.

Sie brauchten Beweise. Mutmaßungen waren nicht sein Ding. Aber in dem Fall war die Gefechtslage so unübersichtlich, dass Tom sich irgendwie einen Weg durch den Dschungel der Möglichkeiten bahnen musste.

Erschwerend für seine Theorie kam allerdings hinzu, dass Mayrhofer inzwischen das Alibi des Schuldirektors überprüft hatte.

Tom las erneut die Notiz. »Die Nachbarin hat bestätigt, dass sie Manfred Strebel um 1.30 Uhr in der Tiefgarage getroffen hat. Sie weiß das deshalb so genau, weil sie vom Nachtdienst kam und Strebel scherzhaft meinte: »Auch noch um halb zwei Uhr nachts unterwegs?« So wie sie gekichert hat, war sie ganz angetan von unserem lieben Herrn Direktor. Sie konnte nicht schlafen und hat später den Müll heruntergebracht. Da stand das Auto immer noch am selben Platz in der Tiefgarage. Zu Fuß ist der Zeitplan sehr eng. Ein Fahrrad hat er im Gegensatz zu dir nicht. Das habe ich überprüft.«

Tom dachte daran, dass so manchem auf diese Art und Weise schon ein Alibi untergeschoben worden war. Es konnte durchaus etwas früher oder später gewesen sein. Hatte die Nachbarin die Uhrzeit überprüft? Oder war das Gesagte als Wahrheit präsent geblieben? Wäre es früher gewesen, dann hätte er es zu Fuß ja vielleicht doch geschafft.

Wenn Manfred Strebel wirklich der Mann war, den sie suchten, dann konnte er nur in einem extrem engen Zeitkorsett gehandelt haben. Auf der anderen Seite war er ein hochintelligenter Mensch.

Es wäre ihm durchaus zuzutrauen.

Was hatte der Hausmeister zu Protokoll gegeben? Er habe den Direktor gegen 2.00 Uhr zu Hause erreicht. Woher hatte Akay Özdemir eigentlich gewusst, dass Strebel zu dem Zeitpunkt wirklich zu Hause gewesen war? Weil der das gesagt hatte? De facto waren die meisten Menschen nur noch via Handy erreichbar.

Toms nächster Anruf galt dem Hausmeister.

Özdemir war sofort am Apparat. »Ja.«

»Herr Özdemir, Tom Perlinger hier. Sie erinnern sich?«

»Freilich!«

»Eine Frage: Sie haben ausgesagt, dass Sie Manfred Strebel in der Brandnacht zu Hause erreicht haben. Haben Sie ihn auf dem Festnetz oder auf dem Handy angerufen?«

Akay Özdemir überlegte einen Moment. »Ich habe nur seine Handynummer. Warum? Spielt das eine Rolle?«

»Es war nur eine Frage.« Tom hielt sich bedeckt. »Danke.«

Als er aufgelegt hatte, fuhr er sich mit beiden Händen übers Gesicht und durch die Haare. Damit hatte sich seine Theorie zumindest in diesem Punkt bestätigt. Aber sie brauchten weitere Beweise.

Das Notizbuch! Wo konnte es sein?

Außerdem musste er wissen, ob sich Strebels DNA am Tatort befunden hatte. Ob Anna Maindl schon dazu gekommen war, die Analyse des Teelöffels durchzuführen?

Er verfasste eine kurze Notiz an die Chefin der Spurensicherung.

Dann begab er sich zum Verhörraum und bat, dass man ihn sofort rufen solle, wenn der Besuch aus dem Ministerium angekommen sei.

KAPITEL 42

Wo blieb Tom nur? Jessica warf einen ungeduldigen Blick auf ihre Armbanduhr. Seit einer guten Viertelstunde warteten sie nun auf ihn. Obwohl jede Sekunde zählte. Jessica dachte an Tina. Sie hatte das Mädchen lieb gewonnen wie eine jüngere Schwester und bangte inständig um ihr Leben!

Sascha Brühl und Ulrich Anzinger saßen gemeinsam mit dem Anwalt im Verhörraum. Sie mussten sich darauf geeinigt haben, dass Karl Egger sie beide vertrat. Der Anwalt war in seinen Fünfzigern. Gerade noch schlank, nicht übertrieben sportlich. Einer der Männer, die mit leicht angegrauten Schläfen attraktiver wurden und dessen Potenzial eine kluge Frau schon in jungen Jahren erkannt hatte. Er trug einen rotgold glänzenden Ehering und war vermutlich Vater von mindestens zwei wohlgeratenen, inzwischen erwachsenen Kindern.

Claas hatte sich zu Jessicas Überraschung zu ihr gesellt.

Gemeinsam beobachteten sie nun schweigend die drei Männer durch die Glasscheibe. Während sie hier draußen genau erkennen konnten, was drinnen vor sich ging, nahmen die drei im Raum statt einer Glasscheibe eine Wand wahr.

Die Mikrofone waren ausgeschaltet. Aber Jessica und Claas konnten sehen, dass der Anwalt beruhigend auf die beiden Männer einwirkte. Immer wieder hob Karl Egger beschwichtigend beide Hände. Sascha und Ulrich tauschten sich rege aus. Dabei wirkte es weniger so, als ob sie stritten, sondern eher, als ob sie gemeinsam nach einer guten Lösung suchten.

Die Mimik von Sascha spiegelte Resignation, die von Ulrich Verzweiflung wider. Je länger das Warten und damit das Gespräch andauerten, desto angespannter wurde auch die Miene des Anwalts.

Jessica fiel auf, dass Claas auffällig konzentriert an den Lippen der drei Männer hing. Sie traute sich nicht, ihn anzusprechen. Trotzdem war die Stille zwischen ihnen nicht unangenehm, sondern auf seltsame Weise konstruktiv.

Jessica lehnte sich in ihrem Stuhl zurück und plante gedanklich die nächsten Schritte, während sie warteten. Sie hatte das Gefühl, ein durcheinandergeratenes Knäuel Wolle vor sich zu haben, und suchte immer verbissener nach dem richtigen Anfang, der unauffindbar schien. Wann immer sie am Faden zog, verhedderte sich das Knäuel noch weiter. Es musste ihr irgendwie gelingen, Abstand zu gewinnen, eine Vogelperspektive einzunehmen.

Schließlich erschien Tom. Er sah angegriffen aus, wirkte abwesend und war sichtlich erstaunt darüber, Claas zu sehen.

»Willst du auch am Verhör teilnehmen?«, fragte er unwillig. »Das ist doch gar nicht dein Ansatz.«

Claas erwiderte Toms aggressiven Blick herausfordernd.

»Es war sehr aufschlussreich, die drei zu beobachten«, meinte Claas schließlich.

»Ach Gott ja, ich vergaß!«, Tom klang sarkastisch. Er schlug sich mit der flachen Hand auf die Stirn. »Du kannst ja von den Lippen lesen.«

»Von den Lippen lesen?«, fragte Jessica ungläubig.

Ohne Tom aus den Augen zu lassen, wandte Claas sich ihr zu. Sie sah ihm an, wie viel Mühe es ihn kostete, ihr mehr zu erzählen.

»Ich … ich … ich hatte …«, nahm Claas zögerlich Anlauf. Jessica wunderte sich, dass der sonst so selbstbewusst wirkende Mann plötzlich zu stottern begann. Doch dann hatte Claas sich wieder gefangen und fuhr entschlossen fort: »Ich hatte einmal eine taubstumme Freundin.«

Tom reagierte argwöhnisch. »Die große Unbekannte. Du hast mir nie Details erzählt. Ebenso wenig, warum ihr euch getrennt habt!«

Claas schloss die Augen, ballte die Fäuste und quetschte die nächsten Worte mühsam durch die Lippen. Als ob er sie lange in sich getragen hätte und sie nun endlich den Weg ins Freie gefunden hatten. »Eines Tages werde ich es dir erzählen, Tom. Aber glaub mir, du willst es nicht hören.«

Tom war völlig perplex ob dieses unerwarteten Ausbruchs.

Jessica hatte das Gefühl, dazwischengehen zu müssen. Die Stimmung zwischen den beiden war so geladen, dass sie befürchtete, sie würden gleich wie zwei Kampfhähne aufeinander losgehen.

Jessica packte sie beide am Unterarm. »Okay. Was immer zwischen euch steht, klärt es! Aber nicht jetzt! Jetzt steht Wichtigeres an!«

Sie wollte die Tür zum Vernehmungsraum öffnen, doch Claas hielt sie zurück.

»Warte.« Seine Stimme klang ruhiger. »Hört euch erst an, worüber sie gesprochen haben.«

Tom klopfte ungeduldig mit den Fingern auf die Tischplatte vor der Glasscheibe. »Wir werden nichts davon verwenden können, das weißt du genauso gut wie ich. Illegale Beschaffung von Beweismitteln. Anwalt und Klienten dürfen nicht unwissentlich abgehört werden. Darunter fällt auch ›von den Lippen lesen‹.«

Tom bewegte sich jetzt in Richtung der Tür.

»Warte! Trotzdem!« Claas' Stimme bekam einen bittenden Klang. Er sprach direkt weiter. »Die beiden haben gestanden.«

Tom und Jessica hielten inne.

»Was gestanden?«, fragte Jessica ungläubig.

»Okay. Ich merke schon, es ist schwer, euch zu helfen. Geht rein und schaut, was sie von sich aus erzählen.« Jetzt hielt Claas ihnen die Tür sperrangelweit auf.

»Besser so«, brummte Tom im Vorübergehen.

Jessica und er nahmen den drei Männern gegenüber Platz.

Tom schaltete das Aufnahmegerät an, sprach die einleitenden Sätze. Jessica spürte, wie sich Claas' Blicke in ihren Rücken bohrten. Kaum anzunehmen, dass mein breites Kreuz ihn entzücken wird, dachte sie mit einem Anflug von Selbstironie.

Karl Egger ergriff das Wort. »Was wird meinen Mandanten vorgeworfen?«

»Erst einmal sind die beiden zum Verhör hier. Wir wissen, dass sie sich am Donnerstagabend zufällig gegen 21.00 Uhr auf der Sonnenstraße getroffen haben, als Sie, Herr Anzinger, von Ihrer Tochter aus dem Krankenhaus kamen. Sie haben sich gemeinsam am Bahnhof mit Bier eingedeckt, sind zum Maximiliansplatz gegangen, haben sich an den Wittelsbacherbrunnen gesetzt und geredet. Uns interessiert jetzt, wann genau Sie sich getrennt haben und was jeder von Ihnen im Anschluss getan hat.«

»Gegen 2.00 Uhr«, sagte Sascha schnell, ohne dass der Anwalt ihn davon abhalten konnte. »Wir haben uns gegen 2.00 Uhr getrennt.«

»Sie haben fünf Stunden am Stück geredet?«, fragte Jessica ungläubig. Das kannte sie sonst nur von Frauen.

»Was werft ihr meinen Mandanten vor?«, unterbrach Karl Egger, bevor einer der beiden Männer antworten konnte.

Jessica spürte deutlich, dass der Anwalt einen versöhnlichen Kurs einschlug, was auch daran liegen konnte, dass er Tom und dessen Familie kannte.

Tatsächlich wandte sich Tom nun ihm zu. »Karl, wir haben an verschiedenen Stellen im Karl-Valentin-Gymnasium Katzenhaare und Bierspuren gefunden. Die Bierspuren sind im Zusammenhang mit zwei unterschiedlichen DNA-Spuren aufgetreten. Sascha Brühl hat eine Katze. Ich habe sie heute früh kennengelernt. Die Bierspuren haben sich unter anderem im Materiallager im Keller befunden. Dort, wo der Brand entstanden ist. Zum anderen aber auch im Umfeld der Leiche. Wobei ich einschränken muss: nicht direkt am Tatort. Du musst zugeben, das ist schon ein seltsamer Zufall!«

Tom legte eine kleine Pause ein, sprach aber gleich darauf weiter. »Wir gehen zum derzeitigen Zeitpunkt davon aus, dass Marianne Eichstätt vor ihrem Tod mit jemandem in einen heftigen Streit geraten ist. Der Brand ist erst später durch bewusste Sauerstoffzufuhr entfacht worden. Im Außenbereich ist zusätzlich Benzin als Brandbeschleuniger zum Einsatz gekommen. Sascha Brühl fährt einen alten Mercedes und ist im Besitz eines solchen Benzinkanisters. Fahrzeuge dieses Baujahrs verfügen nicht zwingend über eine Benzinanzeige. Wir prüfen gerade, ob die Spuren mit dem Kanister übereinstimmen. Dann hätten wir einen ersten Beweis.«

Sascha Brühl schüttelte heftig den Kopf.

Tom fuhr unbeirrt fort. »Es ist zu vermuten, dass deine beiden Klienten eine Stinkwut auf die Schule haben, Karl. Beide sind sie Väter von Kindern, die unter der rigiden Pädagogik in diesem Gymnasium gelitten haben. Sascha

Brühls Sohn ist tot. Ulrich Anzingers Tochter – ich klopfe auf Holz –«, Tom klopfte auf den Tisch, »kommt mit viel Glück knapp mit dem Leben davon. Willst du mir sagen, dass das kein Motiv ist? Zwei Väter, die sich an einer Schule rächen wollen, die ihrer Familie aus unerklärlichen Gründen übel mitgespielt hat?«

Karl Egger schien sich in einer emotional schwierigen Situation zu befinden und die Strategie seiner nächsten Sätze abzuwägen. Sascha und Ulrich beobachteten sich gegenseitig und pressten die Lippen aufeinander.

Aber Tom war noch nicht fertig. »Ich bin sicher, dass uns ein DNA-Test schnell Klarheit verschaffen wird. Wir werden die Spuren deinen beiden Mandanten zuordnen können. Interessant dabei ist allerdings, wer was getan hat. Wie weit die beiden gegangen sind. Ob sie auch Marianne Eichstätt und ihren Mann getötet haben. Aber weißt du, uns läuft verdammt noch mal die Zeit davon!« Tom sprang vom Sitz auf. »Ob ihnen die Kunstlehrerin Conny Bergmüller in die Quere kam und wo sie jetzt ist. Und was um alles in der Welt meine Nichte Tina damit zu tun hat!«

»Tina?«, fragte Karl Egger überrascht.

»Sie wurde ebenfalls entführt. Verbunden mit einer Drohung, dass ich aufhören soll, so tief zu bohren. Hat uns eben erreicht.«

Karl Egger seufzte schwer und fiel gegen seine Stuhllehne. »Tom, glaub mir, wir wollen dir helfen. Meine beiden Klienten haben weder etwas mit einem Mord noch mit einer Entführung zu tun.«

Karl Egger griff blitzschnell zum Ein- und Ausschaltknopf des Aufnahmegerätes. Er legte den Hebel um.

Das rote Aktivlämpchen erlosch. »Tom, lass es mich so sagen: Sascha ist alles egal. Aber Ulrichs Familie macht gerade eine schlimme Zeit durch. Er kann es sich nicht leisten, wegen einer unbedachten Dummheit erst monatelang in Untersuchungshaft und anschließend ins Gefängnis zu wandern. Seine Tochter kämpft ums Überleben. Seine Frau ist am Ende ihrer Kraft. Die kleine Tochter völlig überfordert. Sie braucht jetzt beide Eltern dringender denn je. Genauso wie Carla, wenn sie aus dem Krankenhaus entlassen wird.«

Die Tür wurde aufgerissen.

Claas trat ein.

»Ich denke, wir finden eine Lösung«, sagte er, setzte sich an den Tisch und begann zu sprechen.

Jessica musste Claas für seinen unbürokratischen Vorstoß bewundern. Sie hätte sich das nie getraut.

Und auch Tom konnte sich augenscheinlich für Claas' Plan erwärmen. Auch wenn er stetig auf die Uhr blickte und auf etwas zu warten schien.

KAPITEL 43

Denis von Kleinschmidt brauchte einen Moment, um zu verdauen, was ihm der Stellvertreter seines Freundes Rudi Brandl da gerade offenbart hatte. Wie hatte der Mann nur so blöd sein und sich auf diese Anfrage einlassen können!

Tom Perlinger wollte ausgerechnet die Originalakten zur Renovierung des Gymnasiums einsehen. Die Akte, die

Denis am Vortag weit nach unten geschoben und keines weiteren Blickes gewürdigt hatte.

Dieser »Prototyp eines Bullen« stach mit dem Finger gezielt in die Wunde, wie es von ihm nicht anders zu erwarten gewesen war.

Dieses unglaublich banale Treppengeländer, das Denis schon Stunden an Arbeit und Kilometer an Nervenbahnen gekostet hatte und das ihm jetzt um die Ohren zu fliegen drohte!

Ausgerechnet dafür hatte Denis keinen Plan.

Noch wartete er auf die Erleuchtung.

In den letzten Stunden war er so von Arbeit überrollt worden, dass er weder die Zeitungen hatte überfliegen können noch den Gedanken an Tom Perlinger und die herrliche Innenstadtlage des Gymnasiums hatte weiterverfolgen können.

Das war ein Fehler gewesen. Jetzt holte ihn die Zeit ein.

Es musste ihm etwas einfallen. Und zwar schnell.

»Kommen Sie mit den Unterlagen zu mir!«, fauchte er ins Telefon. »Ich werde sie dem Hauptkommissar höchstpersönlich übergeben.«

Der Beamte am anderen Ende der Leitung zögerte. »Er … er will die Akten sofort! Per Eilzustellung.«

Denis schnappte nach Luft. »Dann bewegen Sie Ihren Arsch und rücken Sie an, Mann!« Er schlug mit der Hand auf den Tisch.

Normalerweise pflegte Denis nicht in diesem Ton mit seinen Mitarbeitern zu kommunizieren. Er galt als konziliant. Doch seine Nerven lagen blank. Das wäre nie passiert, wenn Brandl nicht ausgerechnet jetzt im Urlaub wäre. Alle waren sie im Urlaub oder krank, wenn er in diesem Scheißladen jemanden brauchte, auf den er sich verlassen musste.

So war es immer.

Er dagegen war immer präsent. Anwesenheit bestimmte seinen Marktwert. Maslov hatte das gleich erkannt. Maslov wusste genau, dass Zuverlässigkeit und Loyalität unbezahlbar waren.

Doch konnten sie einen fatalen Fehler aufwiegen?

Seine Sekretärin klopfte und brachte ihm eine Postmappe.

»Von der Abteilung Brandl für Sie, Herr Kleinschmidt.«

Dieser Feigling. Hatte sich natürlich nicht selbst hereingetraut.

Denis schlug den Deckel des Aktenordners auf. Verfolgte die E-Mail-Korrespondenz. Las das Abnahmeprotokoll vom August 2013. Der betreuende Sachbearbeiter war kurz darauf in Rente gegangen.

Da stand es schwarz auf weiß. Das Geländer hätte laut Abnahmeprotokoll vor der Inbetriebnahme der Schule erhöht werden müssen. Es war noch einmal nachgefasst worden. Als Nächstes folgte zum Beweis dafür, dass die Maßnahme durchgeführt worden war, ein Foto des erhöhten Geländers sowie eine Handwerkerrechnung. Ein Unternehmen aus Weiden hatte die Arbeiten durchgeführt.

Unterzeichnet hatte der Projektleiter. Jackl Eichstätt.

Scheiße!

Das war der weitere Zusammenhang. Der Klang dieses Namens hatte eine tief schlummernde Erinnerung in seinem Hinterkopf freigesetzt. Jetzt war sie an die Oberfläche gespült worden.

Denis wusste noch ganz genau, wie die Sache vor circa zwei Jahren abgelaufen war. An einem Freitag. Das war noch zu Carolyns Zeiten gewesen. Doch Denis, ihrem Assistenten, hatte sie ausgerechnet die Beaufsichtigung dieses Bereichs anvertraut.

Er griff zum Telefon. Am 24. Februar 2017 hatte ihn der Notruf des Schuldirektors von dieser Nummer aus erreicht.

»Manfred Strebel, bitte!«, verlangte er bestimmt.

»Tut mir leid«, flötete eine unbedarfte Stimme aus dem Sekretariat. »Er hat das Haus soeben verlassen.«

»Ich muss ihn erreichen. Bitte geben Sie mir seine Handynummer!«

Die junge Frau hielt kurz Rücksprache. »Tut mir leid. Die dürfen wir nicht herausgeben. Datenschutz.«

»Glauben Sie mir, Ihr Chef reißt Ihnen den Kopf ab, wenn er erfährt, dass Sie mir seine Nummer nicht gegeben haben. Datenschutz hin oder her!« Denis beherrschte sich nur mühsam.

»Wer sind Sie denn? Vielleicht haben Sie das entsprechende Formular ja bereits unterzeichnet. Ich schaue gerne nach.« Die Frau war pflichtbewusst und gut organisiert.

Denis verbiss sich einen unflätigen Kommentar, legte grußlos auf.

Er erinnerte sich nur zu gut an den Anruf an jenem Freitag.

»Sie und wir, wir sitzen in der Patsche! Wir haben etwas versäumt! Nicht, dass es wirklich etwas am Tatbestand ändern würde. Aber man könnte uns eine Mitschuld einräumen«, hatte dieser ihm bis dahin unbekannte Manfred Strebel aufgeregt ins Telefon geraunt. »Da kommen wir nur gemeinsam wieder raus.«

Der Direktor hatte auch direkt eine Lösung parat gehabt. Und Denis hatte nur zu gern zugestimmt. Es hatte sich einfach angehört. So einfach, dass er es nicht einmal für nötig gehalten hatte, Carolyn darüber zu informieren. Das jedoch war jetzt sein geringstes Problem. Sie war tot. Er hatte ihren Posten inne. Sein Kopf würde rollen, wenn ans Licht käme, was er damals getan hatte.

Leichtfertig.

Es war so einfach gewesen. Er hatte nur ein Blatt in diesen Ordner eingefügt, einige herausgenommen. Bereits am darauffolgenden Montag. Alles war reibungslos und schnell gegangen. Und nie hatte jemand nach diesem Ordner verlangt. Die Untersuchung zum Tod von Fabian Brühl war dezent vonstattengegangen.

Eindeutig Selbstmord.

Bis heute. Bis *er* gekommen war. Tom Perlinger.

Und da jetzt ausgerechnet *er* danach verlangt hatte, war davon auszugehen, dass *er* kein Blatt auf dem anderen lassen würde. Er würde jeden einzelnen Satz, jeden Buchstaben so lange drehen und wenden, bis er etwas fand.

Und es gab etwas zu finden.

Sogar, und das wurde Denis siedend heiß bewusst, wenn er damals einem Irrtum aufgesessen war. Wenn es kein Selbstmord, sondern Mord gewesen war. Wenn er sich unwissentlich vor einen fremden Karren hatte spannen lassen.

Denis nahm sich noch einmal die Handwerkerrechnung vor. Die Handynummer von Jackl Eichstätt war ebenfalls angegeben.

Ob sie noch stimmte?

Zwei Jahre waren für einen Handyvertrag keine lange Zeit. Eine Geschäftsnummer änderte man nicht so oft.

Es konnte nicht schaden, sich der Loyalität dieses Jackl Eichstätts seinerseits zu versichern. Obwohl er mit dem Mann damals nichts zu tun gehabt hatte und der Direktor alles organisiert hatte. Ein seltener Zufall, dass Manfred Strebel und Jackl Eichstätt sich gekannt hatten.

So klein war die Welt manchmal. Woher?

Ach ja, der Schachclub. Vereinsmeier halt.

Denis lachte leise in sich hinein. Wieder zuversichtlicher.

Von einem Perlinger ließ er sich nicht so einfach auseinandernehmen!

Er würde Eichstätt an die Party in München erinnern. Ein solches gemeinsames Erlebnis schaffte Vertrauen. Zumal nur ein exklusiver Kreis von Gästen geladen gewesen war. Das Bundesverdienstkreuz im Kreise des Iwan Maslov. Eichstätt würde diese Verbindung sofort einzuschätzen wissen und auch von seiner Seite dafür sorgen, dass mögliche Unebenheiten geglättet wurden. Vielleicht konnte man ihn ja sogar diskret von Maslovs Plänen unterrichten, in zentraler Lage in der Innenstadt ein Luxus-Kaufhaus im Stil von Harrods zu errichten. Das stand für ein riesiges Potenzial an Baudienstleistungen.

Ganz legal.

Eine rückdatierte Rechnung war natürlich nicht ganz so einfach in die Buchhaltung einzuschleusen. Sie war im Jahr 2013 nicht real in der Steuer aufgetaucht. Aber wie viel Energie würde man darauf verwenden, eine einzige Rechnung aus der umfangreichen Buchhaltung eines Mittelständlers vor rund sechs Jahren herauszufischen?

Denis mochte nicht darüber nachdenken, welche modernen Methoden und Datenverknüpfungen es den Behörden inzwischen ermöglichten, Finanzgeschäfte bis ins Detail nachzuvollziehen.

Der gläserne Bürger.

Hier konnte ihm das, wofür Denis selbst rückhaltlos eintrat, weil es ihm das Leben erleichterte, zum Verhängnis werden. Wenn alle Stricke rissen, musste Jackl Eichstätt die Angelegenheit auf seine Kappe nehmen. Dann war der Auftrag eben gerade wegen der alten Bekanntschaft unauffällig über das Wochenende und schwarz ausgeführt worden. Nicht unüblich im Baugewerbe. Für Eichstätt würde sich eine Lösung finden. Es gab sicher einen Bauleiter, dessen Kopf er rollen lassen konnte.

Denis tippte entschlossen die Handynummer von Jackl Eichstätt ein. Er legte sich gerade seine ersten Sätze zurecht, als das Gespräch nach viermaligem Läuten auf der anderen Seite angenommen wurde.

»Anna Maindl, Spurensicherung Polizei München ...«

Denis wäre vor Schreck fast der Hörer aus der Hand gerutscht. Hektisch beendete er das Telefonat, um sich gleich darauf zu ärgern, dass er nicht souveräner reagiert hatte.

Diese Anna Maindl brauchte nur auf die Rückruftaste zu gehen!

Tatsächlich meldete sich keine Minute später sein Sekretariat, da alle eingehenden Gespräche dort landeten.

»Herr von Kleinschmidt, eine Anna Maindl vom Polizeipräsidium München möchte Sie sprechen. Außerdem hat die Abteilung Brandl nachgefragt, ob Sie mit den Akten unterwegs sind, da man im Präsidium bereits dringend darauf wartet.«

»Stellen Sie durch und rufen Sie mir ein Taxi«, brummte Denis.

Dann gab er seiner Stimme den charmanten Klang, dem damals auch Carolyn erlegen war. Er verlieh ganz offen seiner Verwunderung Ausdruck, Jackl Eichstätt nicht erreicht zu haben.

Nach ein paar freundlichen Floskeln und Komplimenten – »eine so wundervolle Stimme kann nur einer schönen Frau gehören« – schien sich diese Anna Maindl, Chefin der Spurensicherung, damit zufriedengegeben zu haben, dass er Jackl Eichstätt nur wegen einer im Grunde unwichtigen Nachfrage hatte sprechen wollen.

Denis googelte Jackl Eichstätt und las mit steigendem Unbehagen, dass der Mann in einem Zimmer eben des Etablissements, in dem damals die Party gefeiert worden war, einem Verbrechen zum Opfer gefallen war.

Musste er sich Sorgen machen?

KAPITEL 44

Sie saßen noch immer zu sechst im Vernehmungsraum. Die Luft war stickig und warm. Tom fühlte sich innerlich zerrissen. Obwohl sie einen kleinen Durchbruch erzielt und das meiste sich so zugetragen hatte, wie er vermutet hatte.

Diese Erkenntnis rauschte an ihm vorbei.

Seine volle Konzentration galt dem anderen Teil des Verbrechens. Dem größeren. Dem, der noch offenlag und in dessen Strudel Tina sich gerade befand. Und er hatte keine Ahnung, in welchem Zustand. Es war, als ob ein Feuer in ihm tobte. Ein Feuer, das nur einen Gedanken kannte: Tina.

Claas hatte kühl und überlegen wiedergegeben, was er den dreien von den Lippen abgelesen hatte. Die Mikrofone waren noch immer ausgeschaltet. Es war ungewöhnlich warm im Raum, der nicht für sechs Menschen in einer Extremsituation ausgerichtet war.

Nachdem sich Karl Egger von seiner Überraschung über Claas' Worte erholt hatte, meinte der Anwalt, an Tom gerichtet: »Öfter mal was Neues. Das ist mir in 30 Jahren Berufstätigkeit noch nicht untergekommen, dass man im

Vernehmungsraum sitzt und einem die Worte von den Lippen abgelesen werden! Aber, Freunde, ihr wisst genauso gut wie ich, dass euch das gar nix bringt. Alles nicht verwertbar.«

Tom erhob sich. Die Situation war verfahren. Da hatte Claas sich wohl getäuscht, wenn er angenommen hatte, die beiden Väter würden nun auch offiziell geständig werden.

Aber sie mussten irgendwie weiterkommen. »Also, Karl, ich verstehe, dass Sascha Brühl nicht aussagen will, weil er seinen Kumpel und Leidensgenossen Ulrich Anzinger nicht in Schwierigkeiten bringen will. Auf der anderen Seite wissen wir nun, wie es war. Vorausgesetzt, die beiden verschweigen uns allen nichts. Wir können sie nicht einfach gehen lassen. Du bist doch auch ein Mann, dem Recht und Gesetz etwas bedeuten.«

Karl Egger zog die Augenbrauen hoch.

Tom schaute die Männer prüfend an. Beide hielten die Augen gesenkt. Die Stille war zum Schneiden.

Tom stützte die Hände auf die Lehne des Stuhls und lehnte sich zu ihnen nach vorne.

»Gut. Ich schlage euch einen Deal vor. Wir nehmen jetzt euer voll umfängliches Geständnis auf. Zunächst einmal handelt es sich um keine schwere, sondern um eine zufällige Brandstiftung, da der Brand nachts stattfand und ihr davon ausgehen konntet, dass das Gebäude leer war. Ihr wolltet nicht, dass jemand zu Schaden kommt. Flucht- und Verdunklungsgefahr besteht nicht. Sie, Herr Anzinger, würden Ihre Familie jetzt nie verlassen. Vor allem aber zeigt ihr euch kooperativ und geständig. Dafür setzen wir uns im Gegenzug bei der zuständigen Staatsanwältin sowie dem Haftrichter dafür ein, dass die Untersuchungshaft ausgesetzt wird. Einverstanden?«

Nach anfänglicher Stille wirkte Karl Egger auf die beiden Väter ein.

»Sollen wir rausgehen?«, fragte Tom.

Der Anwalt lachte. »Warum?«

Er zeigte auf Claas. »Euer Wundermann hier liest uns ja sowieso jeden Wunsch von den Lippen ab. Geheimnisse gibt es keine mehr.«

Sascha Brühl und Ulrich Anzinger verständigten sich.

»Wir verlassen uns auf Sie!«, sagte Anzinger schließlich mit einer gewissen Drohung in der Stimme. Er trug noch immer seinen grünen Parka. Doch da er dem Aussehen nach auch diese Nacht kaum geschlafen hatte, war ihm wohl abwechselnd warm und kalt.

»Dass eines klar ist, Herr Anzinger«, sagte Tom. »So gut ich Ihr Verhalten und Ihre Wut verstehen kann, billigen kann ich sie nicht.«

Er drückte den Aufnahmeknopf.

In dem Moment klopfte es.

»Tom«, der Kopf einer Kollegin aus der SOKO erschien im Türspalt. »Dein Besuch aus dem Ministerium ist da. Ein Denis von Kleinschmidt.«

»Jessica«, bat Tom. »Übernimmst du hier weiter?«

Jessica nickte zurückhaltend.

Denis von Kleinschmidt, dachte Tom. Der Chef persönlich. Er bereitete sich innerlich auf ein schwieriges Gespräch vor.

KAPITEL 45

Heute kam es ja ganz schön dicke. Erst die Pressekonferenz alleine durchstehen und jetzt das Geständnis.

Mit Claas im Rücken. Ohne Krapfen.

Jessica richtete sich in ihrem Stuhl zu voller Größe auf. Die Aufnahme lief noch. Sie waren übereingekommen, in diesem Fall ausnahmsweise beide Männer samt Anwalt gemeinsam zu verhören.

Die Staatsanwältin, Dr. Gertrude Stein, stand hinter der Glasscheibe. Claas hatte sich auf die andere Seite der Wand zu ihr gesellt. Vielleicht war er aber auch Tom gefolgt. Irgendetwas stand zwischen den beiden. Wobei Tom über den Grund allerdings genauso ahnungslos zu sein schien wie Jessica. Sie konnte verstehen, dass Claas' Schweigen Tom verletzte und vor den Kopf stieß.

Jessica nickte Sascha Brühl und Ulrich Anzinger jetzt aufmunternd zu. Startklar. Der Anwalt war mit seinem Stuhl weit nach hinten gerutscht. Er würde sich heraushalten.

Die Formalitäten waren aufgenommen.

Sie konnte direkt in die Befragung einsteigen.

»Sie haben sich also am Abend des 11. April 2019 um 21.00 Uhr auf der Sonnenstraße getroffen, Bier am Bahnhof organisiert und bis circa 23.00 Uhr am Wittelsbacherbrunnen am Maximiliansplatz gesessen und sich unterhalten. Was ist dann passiert?«

Ulrich Anzinger begann zuerst zu sprechen. »Wir wurden beide immer wütender. Wütend darauf, dass diese Schule über Jahre hinweg unseren Alltag bestimmt hat. Wütend, weil man pädagogisch auf der ganzen Linie versagt hatte. Für ein normales Familienleben – einen Sonntagsausflug zum Beispiel oder gemeinsame Unternehmungen – blieb gar keine Zeit. Wütend, weil der Mensch in diesem System gar nichts zählt. Nur die Leistung.«

Sascha Brühl fiel dem Freund ins Wort. »Ich wollte mir die Stelle anschauen, wo mein Sohn gestorben ist. Um endlich zu begreifen ...« Die ehemals geübte Stimme des Schauspielers war brüchig geworden.

Jessica übernahm. »Sie sind also zur Schule gegangen. Ist ja nur einen Katzensprung vom Maximiliansplatz entfernt.«

»Wir sind erst noch bei Sascha vorbeigegangen«, sagte Ulrich.

Sascha übernahm. »Ich habe nach Fabians Tod ein Schild gebastelt. ›Karl Valentin ist tot.‹ Für mich war mit Fabian auch Karl Valentin gestorben. Das Schild habe ich ursprünglich an der Eingangstür zum Escape Room aufhängen wollen. Weil mit Fabian auch unser Projekt gestorben war. Letztendlich habe ich es aber an der Henkersbrücke am Eingang zum Gruselkeller angebracht. Wir wollten es holen und über den Eingang der Schule hängen. Weil es passte. Wir wollten ein Zeichen setzen ...«

Sascha Brühl suchte nach den richtigen Worten.

Er verstummte, warf seinen langen dünnen, grauen Pony zur Seite.

Dann begann er erneut, mit eindringlicher Stimme und Mimik zu sprechen. »Weil dort nicht nur mein Sohn ums Leben gekommen ist, sondern jetzt auch Carla im Krankenhaus liegt. Ein weiteres Mädchen hat erst vor Kurzem versucht, sich das Leben zu nehmen. Das ist doch nicht normal. Diese Schule hat all das mit Füßen getreten, wofür Karl Valentin steht. Verstehen Sie, was ich meine?«

Sascha Brühl hob die Hände und sah sie bittend an.

Jessica nickte. »Ja. Ich denke schon. Sie haben also das Schild mitgenommen und sind zur Schule gegangen.«

Ulrich seufzte. »Zugegebenermaßen waren wir beide nicht mehr ganz nüchtern. Jeder von uns hatte drei bis vier Bier intus.«

»Wie spät war es, als Sie an der Schule ankamen?«, wollte Jessica wissen.

Ulrich hob die Schultern. »Es muss gegen Mitternacht gewesen sein. Wir haben uns länger als gedacht bei Sascha aufgehalten. Die Escape Räume angeschaut. Fantasiert …«, sagte Ulrich. »Als wir bei der Schule angekommen sind, haben wir gesehen, dass die Eingangstür nur angelehnt war. Wir haben unser Glück kaum fassen können! In diesem Hochsicherheitstrakt. Die Kinder sind den ganzen Tag eingesperrt und und jetzt steht nachts plötzlich die Tür auf!«

Auf Saschas zerfurchtem Gesicht machte sich ein resigniertes Lächeln breit. »Wir haben nicht weiter darüber nachgedacht, warum das so ist. Wir haben einfach die Chance ergriffen.«

Er legte eine kleine Pause ein. »Wir sind rein, haben dem Karl Valentin am Eingang unser Schild um den Hals gehängt und uns tierisch gefreut, weil es so gut gepasst hat. Er fand das gut. Schien richtig erleichtert. Das können Sie jetzt glauben oder nicht.«

Ulrich grinste. »Darauf haben wir dann erst einmal angestoßen.«

Aha, deshalb die Bierflecken, dachte Jessica.

»Da ging dann wohl etwas daneben. Wir haben Bierflecken gefunden. Allerdings keine Fingerabdrücke«, sagte sie.

»Wir haben Arbeitshandschuhe aus dem Escape Room mitgenommen«, gab Sascha kleinlaut zu. »Wir haben sogar das Schild abgewischt. Es war laminiert. Wir wollten nicht, dass man die Spur zu uns zurückverfolgen kann. Schließlich hat Ulrich noch ein Kind an der Schule …«

Die beiden waren überlegt vorgegangen. Trotz Bierkonsum.

»Und dann?«, fragte Jessica. »Wieso sind Sie nicht einfach wieder verschwunden, nachdem Sie das Schild aufgehängt hatten? Schließlich hatten Sie Ihre Aufgabe erfüllt. Das Zeichen war gesetzt.«

Sascha Brühl seufzte.

»Conny Bergmüller hatte mir ein paar Tage zuvor ein Bild von Fabian gezeigt, das sie bei den alten Unterlagen gefunden hatte und in ihrer Ausstellung einsetzen wollte. Sie meinte, es gäbe noch weitere Zeichnungen. Sie wisse nicht, was sie damit anfangen soll. Ich wollte sie mir anschauen, wenn ich schon einmal hier war.«

»Deshalb sind Sie beide in den Keller gegangen?«, fragte Jessica nach. Die beiden taktierten noch immer und ließen sich jedes Wort aus der Nase ziehen. Vielleicht fiel es ihnen im Nachhinein aber auch selbst schwer, zu begreifen, was geschehen war.

»Ja. Wir wussten nicht, wo genau im Keller sich der Kunstraum befindet. Wir kamen am Materiallager vorbei. Die Tür zum Flur stand offen. Wir dachten erst, das wäre der Kunstraum.« Sascha sprach langsam. Sein Blick glitt Hilfe suchend zu Ulrich.

»Was soll's!« Der zuckte die Schultern und fuhr fort: »Ich kam auf die Idee mit dem Feuer. Ich bin auf dem Land aufgewachsen. Mein Vater war bei der Freiwilligen Feuerwehr. Ich habe ihn oft begleitet. Ich kenne mich mit Feuer aus. Ich habe gleich gesehen, dass der Raum und das Material ideale Bedingungen für einen Schwelbrand bieten. Ich war so wütend. Sascha meinte, wir müssen uns zusammenreißen. Dann haben wir plötzlich Schritte gehört.«

Als Ulrich verstummte, stellte Jessica fest: »Marianne Eichstätt.«

Sascha nickte. »Sie war so verbissen in ihrem Tun, dass sie uns gar nicht bemerkt hat. Aber ich bin ihr gefolgt. Sie ist in den Kunstraum nebenan gegangen. Hat einen Riesenschreck bekommen, als ich plötzlich hinter ihr stand.«

»Ist sie vor Schreck gestolpert und gefallen?« Jessica hoffte insgeheim, dass es so einfach war.

Sascha schüttelte reumütig den Kopf und tauchte in die Erinnerung ein. »Sie hat mich angebrüllt. ›Was wollen Sie hier?‹

›Die Zeichnungen meines Sohnes sehen‹, hab ich geantwortet.

Da hat sie gelacht. ›Die hab ich gerade weggeschafft.‹

›Warum?‹, habe ich gefragt.

›Weil sie Schrott waren, Herr Brühl! Schrott! Er hatte eine blühende Fantasie, Ihr Sohn. Aber die brauchen wir hier nicht. Er war so blöd! So blöd, dass er selbst schuld an seinem Tod ist!‹

Ich bin auf sie zu. Ich war außer mir. Wie konnte sie es wagen, Fabian zu beleidigen! Ich hab sie geschüttelt. Ich wollte wissen, wie es wirklich war. Hab sie angefleht, sie soll endlich die Wahrheit sagen. Sie war Zeugin. Sie hat gesehen, was damals wirklich passiert ist. Aber sie fing nur hysterisch zu lachen an. Da hab ich sie fester gepackt. Sie hat noch lauter geschrien, hat sich gewehrt. Plötzlich sind ihre Beine unter ihr weggeklappt. Ich hab sie losgelassen. Sie hat das Gleichgewicht verloren und ist nach hinten gestürzt. Auf so einen fahrbaren Wagen mit Bildern. Dabei hat sie sich den Kopf angeschlagen. Der Wagen ist weggerollt. Sie hat mit den

Armen gerudert und mitsamt dem Wagen einen hochgestellten Tisch umgerissen. Der ist auf ihren Fuß geknallt. Sie ist bewusstlos geworden. Ich habe sie angesprochen und gewartet, bis sie nach wenigen Minuten wieder zu sich gekommen ist. Dann wollte ich ihr aufhelfen. Aber sie hat mich angebrüllt, ich solle mich zur Hölle scheren.«

Er schwieg. Bedauern und Traurigkeit standen ihm ins Gesicht geschrieben.

»Sie hat also noch gelebt, als Sie gegangen sind?«, fragte Jessica.

Sascha nickte. »Ja. Eindeutig. Sie war so lebendig, dass ich keine Zweifel hatte, dass sie selbst wieder aufstehen und gehen könnte.«

»Trotz des Tisches auf ihrem Fuß?«

»Ich habe ihn hochgehoben und beiseitegeschoben. Sie hätte aufstehen können.«

Jessica glaubte ihm.

»Was geschah dann?«, hakte sie ungeduldig nach.

»Ich bin zurück auf den Flur, wo Ulrich mir entgegenkam.« Sascha nahm einen Schluck Wasser und lehnte sich zurück.

»Haben Sie von dem Streit etwas mitbekommen?«

Ulrich schüttelte den Kopf und räusperte sich. »Ich war ganz mit mir beschäftigt. Ich hatte Streichhölzer in einer Schublade gefunden. Ich war immer noch so wütend und wollte dem Direktor eins auswischen. Seit ich Elternbeirat bin, habe ich mehr mit ihm zu tun. Dieser Mann ist so etwas von gefühlskalt. Geradezu gestört! Ich hab mich gefragt, wie man einen so miserablen Pädagogen auf so einen Posten setzen kann. Er denkt nie an die Kinder. Er denkt nur an die Institution. Will man denn in Schulen keine Pädagogen mehr?

Alle Beschwerden gegen ihn sind von Anfang an abgeschmettert worden. Selbst die Tatsache, dass rund ein Drittel der Schüler jeden Jahrgangs die Schule verlässt, wird nicht berücksichtigt. Die verantwortlichen Stellen sind gehörlos und blind, wenn es um den Direktor geht. Ihm dagegen sind nur sein Ego und sein Konzept wichtig. Er zieht es durch. Geht über Leichen dabei.

Ich konnte genau vor mir sehen, wie Strebel in der Früh als Erster kommen und das Schild abhängen würde. Keiner würde etwas mitbekommen. Aber einen Brand, den kann man nicht so einfach vertuschen. Da musste etwas durchsickern! Ich wollte, dass endlich jemand merkt, dass in dieser Schule etwas nicht stimmt! Bevor noch mehr Familien- und Kinderseelen vom krankhaften Ehrgeiz eines gestörten Schuldirektors aufgefressen werden.«

»Sie haben also den Brand im Materiallager gelegt?«, fasste Jessica für das Protokoll zusammen.

Ulrich senkte den Kopf. »Ich hatte gar nicht bemerkt, dass das Krankenhaus versucht hatte, mich zu erreichen. Der Empfang unten im Keller ist schlecht. Irgendwann habe ich mich zufällig an einen Platz im Raum bewegt, wo er besser war. Da hab ich gesehen, dass in kurzen Abständen über zehn Anrufe aus der Klinik eingegangen waren.

Mir war sofort klar, dass Carlas Zustand sich verschlechtert haben musste. Als ich Saschas Schritte auf dem Flur gehört hab, hab ich schnell mehrere Streichholzer angezündet, in eine halb geöffnete Metallschublade mit eng gestapelten Papierbögen geworfen und die Tür geschlossen. Da das Feuer praktisch keinen Sauerstoff hatte, ging ich davon aus, dass es im schlimmsten Fall den Raum verwüsten, aber sich nicht ausbreiten würde.«

»Und Sie haben nichts von der Brandstiftung mitbekommen?«, fragte Jessica Sascha.

Der schüttelte den Kopf. »Nein.«

»Und dann haben Sie beide eilig das Gebäude verlassen?« Beide Männer nickten.

Ulrich sagte: »Ich habe mich gewundert, dass die Brandmeldeanlage nicht losheulte. Sie muss aus irgendeinem Grund ausgeschaltet gewesen sein.«

»Bauarbeiten im Lehrerzimmer«, sagte Jessica.

»Aha. Na ja, für mich war das ideal. Ich bin sofort zu Carla ins Krankenhaus«, sagte Ulrich.

»Und ich nach Hause«, antwortete Sascha. »Ich schlafe inzwischen im Keller. Nicht mehr bei meiner Schwester oben. Ich wusste, dass ich nicht würde einschlafen können. Deshalb bin ich im Innenhof sitzen geblieben. Es war ja überraschend warm an dem Abend. Als die Feuerwehrsirenen losheulten, war mir sofort klar, dass das etwas mit der Schule zu tun haben muss, und ich bin zurück.«

»Und was haben Sie gedacht, als Sie gesehen haben, dass die Schule brennt und eine Leiche herausgetragen wird? War Ihnen klar, dass Ihr Freund mit dem Feuer Ernst gemacht hat?« Jessicas Stimme wurde nun lauter. »Sie hatten immerhin Marianne Eichstätt verletzt dort zurückgelassen!«

»Ich weiß«, Sascha betrachtete seine Hände, die ehemals sehr feingliedrig gewesen sein mussten. Ob der Handwerksarbeiten in seinem Escape Room waren sie kräftiger geworden. »Ich hätte mich stellen müssen. Natürlich habe ich mich gefragt, ob Ulrich etwas mit dem Feuer zu tun hat und wer ums Leben gekommen ist. Aber glauben Sie mir, ich habe keinen Moment daran gedacht, dass es Marianne Eichstätt sein könnte. Sie war quietschfidel. Und auf ihre typische Art ganz und gar auf Krawall gebürstet, als ich sie verlassen habe.

Ich habe erst im Laufe des Tages erfahren, dass sie tot ist. Kurz bevor die Kriminalpolizei vor meiner Tür stand. Ich wollte erst mit Ulrich sprechen. Ich wollte wissen, wie es

Carla geht und ob er etwas mit dem Feuer zu tun hatte. Ich hätte mich in jedem Fall gemeldet, aber ich wollte Ulrich da raushalten.«

Auf gewisse Weise ehrte es ihn, dass er seinen Freund nicht hatte verraten wollen. Nach einem Blick auf den Anwalt, der ihr zunickte, wollte Jessica das Aufnahmegerät ausschalten.

Sie hatten nun in etwa das aufgenommen, was Claas aus der Unterhaltung der beiden geschlossen hatte. Mehr hatten sie nicht erwarten können. Nicht einmal die Brandstiftung war mit diesem Geständnis gelöst, denn Anna Maindl hatte eindeutig erklärt, dass der Brand erst durch eine bewusst zugeführte Sauerstoffzufuhr entfacht worden war. Die Türen zum Materiallager waren laut der Aussage der beiden geschlossen gewesen.

Wenn die beiden nicht logen, wovon Jessica ausging, musste also im Anschluss noch jemand ins Gebäude eingedrungen sein.

»Haben Sie beim Verlassen des Gebäudes die Tür hinter sich geschlossen?«, fragte sie. »Ist Ihnen sonst noch etwas aufgefallen?«

Sascha nickte. »Ich bin als Letzter raus. Da ich davon ausging, dass Marianne Eichstätt einen Schlüssel hat, hab ich die Tür zugezogen. Ich habe gehört, wie das Schloss eingerastet ist.«

Der Täter musste also im Besitz eines Schlüssels sein.

Ulrich kratzte sich am Kinn. »Als ich über die Sonnenstraße lief, hab ich einen Moment geglaubt, Manfred Strebel an mir vorbeirasen zu sehen. In einem älteren roten Golf. Ich hab das deshalb gleich wieder verworfen, weil er sonst ein anderes Auto fährt. Ein moderneres und größeres Modell.«

»Danke.« Jessica schaltete das Aufnahmegerät aus und stand auf.

Das war allerdings ein interessanter Hinweis. Das Alibi des Schuldirektors basierte zu einem nicht unerheblichen Teil darauf, dass sein Auto in der Tiefgarage gesehen worden war.

Jetzt betrat Dr. Gertrude Stein mit ihrer tiefen, kratzigen Stimme und einem lauten »Meine Herren, das sind ja Geschichten!« den Raum.

Sie schüttelte als Erstes dem Anwalt die Hand.

Jessica seufzte erleichtert auf, als die Staatsanwältin meinte, sie könne es durchaus mit ihrem Gewissen vereinbaren, die U-Haft in diesem Fall auszusetzen. Sascha Brühl und Ulrich Anzinger würden also ihr Geständnis sowie verschiedene andere Dokumente – wie die Erklärung, dass sie München nicht verlassen würden – unterschreiben, eine DNA-Probe hinterlassen und durften dann fürs Erste wieder gehen.

Jessica schlich in ihr Büro und machte sich umgehend über die große Tüte mit den Krapfen her. Als Mayrhofer hereinkam, hielt sie ihm großzügig die Tüte hin. Er nahm sich gleich zwei Krapfen, schielte auf einen dritten, den sie ihm aber entzog.

Den Rest der Krapfen verteilte Jessica auf einem Teller und klopfte an Toms Bürotür.

KAPITEL 46

Der Fremde war im kahlen Flur des Polizeipräsidiums betont freundlich auf Tom zugekommen. Übertrieben freundlich. Schon von Weitem hatte der Mann ihm die Hand entgegengestreckt.

Denis von Kleinschmidt hatte einen glänzend kahlen Kopf. Er war nicht klein, aber um einiges kleiner als Tom. Die Art, wie der seidige, graue Stoff seines teuren Anzugs fiel, ließ einen durchtrainierten Körper erahnen. Tom schätzte den Beamten auf Mitte 30. Er hatte es verstanden, innerhalb der Hierarchie des Ministeriums eine Blitzkarriere hinzulegen.

Die grauen Augen musterten Tom kalt und überlegen.

Wo war ihm dieser Denis von Kleinschmidt schon einmal begegnet?

Tom hatte nicht vor, sich in ein langes Gespräch verwickeln zu lassen. Er zog nicht einmal seine Lederjacke aus.

Jede Minute zählte.

Wäre es nach ihm gegangen, dann hätte auch ein Kurier die Unterlagen bringen können. Einzig die Tatsache, dass es so lange gedauert hatte und nun der Chef persönlich erschienen war, ließ darauf schließen, dass man ihm die Akte nicht ohne Weiteres überlassen wollte. Kleinschmidts nächster Weg würde vermutlich direkt in Weißbauers Büro führen.

Ohne von Kleinschmidt einen Platz an dem runden Tischchen in seinem Büro anzubieten, blieb Tom am Fenster stehen und streckte den Arm nach der Unterlage aus. »Danke, dass Sie persönlich gekommen sind, Herr von Kleinschmidt. Das wäre allerdings nicht nötig gewesen.«

Die Augen seines Gegenübers verengten sich zu schmalen Schlitzen. Der Mann war nicht zu unterschätzen. Trotz des aristokratischen Namens hatte er etwas von einem aggressiven Bullterrier.

Von Kleinschmidt warf die schmale Mappe auf den Tisch, statt sie Tom zu überreichen. »Darf ich fragen, Herr Perlinger, was Sie an diesen Protokollen interessiert? Sie sind Jahre alt. Tagesgeschäft. Ich war damals noch gar nicht im Hause, habe mich aber inzwischen persönlich davon überzeugt, dass alles seine Richtigkeit hat.«

Tom ging auf den Tisch zu. »Dann haben Sie sicher größtes Verständnis dafür, dass auch ich mich davon überzeugen möchte.«

Er griff nach der Mappe.

Von Kleinschmidt war schneller.

Er überreichte sie Tom nach einem Zögern.

Tom begab sich ungeduldig zurück ans Fenster. »Sie erhalten die Unterlagen zurück, sobald wir sie durchgesehen haben. Wie gesagt, Sie hätten sich wirklich nicht extra herbemühen müssen.«

Von Kleinschmidt ignorierte Toms freundlichen Rausschmiss und scannte den Raum.

»Eine Sache ist zugegebenermaßen komisch«, gab der Mann schließlich zu und setzte sich unaufgefordert. »Sie haben sich doch speziell für das Geländer interessiert. Ich habe heute versucht, den Projektleiter zu erreichen, der damals die Erhöhung betreut hat.«

»Warum?«, fragte Tom.

»Ich war irritiert, dass Sie sich dafür interessieren, und wollte ihn zu Details befragen, um Ihnen besser Auskunft erteilen zu können. Als ich seine Handynummer wählte, bin ich bei der Spurensicherung gelandet. Später habe ich im

Netz gesehen, dass er heute Nacht ermordet wurde. Interessieren Sie sich deshalb für die Akte?«

Warum erzählte der Mann ihm das?

»Ich interessiere mich dafür, Herr von Kleinschmidt, weil ein 17-jähriger Junge namens Fabian Brühl im Februar 2017 angeblich Selbstmord begangen hat. Er fiel über genau dieses Geländer. Es gibt überzeugende Indizien, die gegen einen Selbstmord sprechen. Ich bin vielmehr davon überzeugt, dass man in Ihrer Behörde Mist gebaut hat. Geschlampt hat. Genauso wie im – ach so perfekten – Karl-Valentin-Gymnasium!«

Tom schlug die Seite mit der Rechnung über die Erhöhung des Geländers auf. »Unsere Spurensicherung wird sich dieses Geländer jetzt ganz genau vorknöpfen. Ich bin sicher, dass sie feststellen wird, dass es – anders als uns diese Rechnung hier glauben machen möchte – nicht bereits vor Jahren, sondern erst vor Kurzem erhöht wurde. Um genau zu sein: nach dem Tod von Fabian Brühl! Und wenn wir das Finanzamt darauf ansetzen, diese Rechnung hier zu prüfen, dann wird sie in keiner Buchhaltung existieren. Weder damals noch heute. Und weiter bin ich sicher, dass Sie genau das bereits wissen, Herr von Kleinschmidt. Dass Sie genau deshalb heute versucht haben, Jackl Eichstätt zu erreichen, und dass Sie genau deshalb persönlich erschienen sind. Um sich vor Ort ein Bild zu machen und Ihre Behörde und vor allem sich selbst zu schützen. Genau wie Manfred Strebel sich und seine Schule schützen will.«

Tom sah immer klarer.

Fast konnte er dem Mann dankbar sein, dass er persönlich erschienen war. Er trat dicht an von Kleinschmidt heran. »An diesem Punkt verbinden Sie und den Direktor gleiche Interessen. Weder Sie noch er wollten, dass die Schule und die Behörde wegen Fahrlässigkeit in Verruf geraten. Weder Sie noch er konnten ein Interesse daran haben, dass Marianne Eichstätt gesteht. Ebenso hatten Sie beide ein Motiv, Jackl Eichstätt zu töten und Conny Bergmüller aus dem Verkehr zu ziehen, weil auch sie entweder informiert waren oder Verdacht geschöpft hatten. Was aber hat meine Nichte damit zu tun? Hat sie zu viel gewusst? Hatten Sie Angst, dass Conny Bergmüller ihr an dem Abend zu viel anvertraut hat?«

Denis von Kleinschmidt sprang auf. »Sie sind ja vollkommen übergeschnappt! Das ist ein hausgemachter Schmarrn, den Sie da von sich geben!«

Er riss die Tür auf und warf sie hörbar hinter sich zu.

Tom war bereits in die Akte vertieft, als er wahrnahm, dass erneut jemand eintrat.

»Wer war denn das?«, wollte Claas wissen.

»Denis von Kleinschmidt. Bauministerium.«

»Dann mal viel Spaß! Er hat den direkten Weg zu Weißbauers Büro gewählt.« Claas grinste.

»War eh klar.« Tom warf die Akte auf den Schreibtisch. »Und?«

»Wir wissen, dass es irgendwo einen Maulwurf geben muss. Einmal im BKA. Einmal auch hier bei euch. Jemanden, der Maslov die entscheidenden Hinweise zuspielt, wann und wo sich welche Immobilienchancen ergeben. Wann und wo welche Razzien geplant sind. Wie gut kennst du eigentlich euren Mayrhofer?«

»Naa, bitte!!! Schmarrnalarm! Komm mir bitte nicht mit so einem Unsinn daher! Dafür haben wir jetzt wirklich keine Zeit! Mayrhofer ist bestimmt nicht die hellste Kerze auf der Torte. Und er ist intrigant. Aber so verschlagen und falsch ist er definitiv nicht.« Tom kannte Mayrhofer seit der Schulzeit.

Er hätte nie der Belastung einer Doppelrolle standgehalten.

»Die Sache ist die, Tom. Ich will deine Sorge um Tina nicht noch anheizen, aber nachdem die beiden Väter die Brandstiftung gestanden haben, ist die Wahrscheinlichkeit, dass Maslov hinter den Morden und den beiden Entführungen steckt, gestiegen. Ich habe inzwischen eindeutige Informationen, dass Jackl Eichstätt seit Jahren Maslovs Mann im Osten war. Das macht Tinas Entführung nicht einfacher, aber logischer. Maslovs Art, sich an dir zu rächen, Tom! Überleg doch mal! Er zahlt Gleiches mit Gleichem zurück. Du hast seinen Sohn hinter Gitter gebracht. Er lässt deine Nichte entführen. Wenn wir seine einschlägigen Adressen abklappern, dann werden wir Tina mit etwas Glück finden.«

»Das glaube ich nicht!« Tom drehte sich zu Claas. »Kennst du sie denn, Claas? Maslovs einschlägige Adressen? Hast du überhaupt ein Interesse daran, Tina zu finden? Du, Claas! Du könntest der Maulwurf sein! Seit du hier bist, hat sich die Situation rasant verschärft. Vorher hatten wir es mit einer klaren Motivlage zu tun, die für private Rache sprach. Inzwischen ist ein zweiter Mord geschehen. Und glaub mir, auch wenn der Tote auf Maslovs Payroll stand, sein Job war nicht der springende Grund dafür, dass er sterben musste. Höchstens ein indirekter Verstärker. Er wusste einfach zu viel. Nicht über Maslov, sondern über jemand anderen.«

Toms Blick glitt zu Sankt Michael. Er würde Claas nicht an seiner Vermutung teilhaben lassen. Er war noch nicht fertig mit seinem ehemals besten Freund, da klingelte Toms Handy.

»Tom«, Anna Maindl klang aufgeregt. »Wir sind jetzt endlich in der Wohnung von Marianne Eichstätt. Wir haben dort im Bücherregal in einem Schutzumschlag versteckt ein Notizbuch gefunden. Von Fabian Brühl. Das solltest du dir ansehen.«

Marianne Eichstätt hatte das Notizbuch gehabt!

»Fotografier die relevanten Seiten und stell sie in den Messenger, wir schauen sie uns gleich an«, sagte Tom und wollte auflegen.

Wenn das Notizbuch hielt, was Tom sich davon versprach, hatten sie endlich einen handfesten Beweis für seine Theorie. Irgendwo im Umfeld des Täters würden sie auch Tina und Conny Bergmüller finden. Vielleicht hatte Claas recht und es tat sich hier tatsächlich eine Querverbindung zu Maslov auf.

Doch nicht zwangsläufig.

»Warte!«, stieß Anna hervor. »Noch etwas! Das Labor hat gerade angerufen. Du hast doch gestern Nachmittag den kleinen Teelöffel abgegeben. Die Auswertung ist da. Stell dir vor, die DNA stimmt mit der am Tatort überein! Mit der, die im Zusammenhang mit dem Antidepressivum in unmittelbarer Nähe der Leiche gefunden wurde.«

»Heiliger!«, entfuhr es Tom.

Endlich nahm die Ermittlung Fahrt auf.

Und das Beste war: Wenn alles planmäßig lief, würde ihnen der Täter direkt ins Netz gehen. Sicher schöpfte Strebel noch keinen Verdacht, dass er auf der Verdächtigenliste stand. Aber die Indizien verdichteten sich. Sie hatten genug in der Hand, um ihn festzuhalten.

Tom dachte an den Schuhabdruck. Es war ein Leichtes, ihn mit Strebels Schuhen abzugleichen.

Er würde den Mann nicht aus den Fingern lassen, bevor er nicht wusste, wo er die beiden Frauen versteckt hielt. Tom konnte nur hoffen, dass sie beide noch am Leben waren.

Er riss die Verbindungstür zum Büro von Jessica und Mayrhofer auf und wäre fast mit Jessica zusammengeprallt, die einen Teller voll Krapfen in der Hand hielt, der nun gefährlich ins Wackeln geriet.

»Manfred Strebel«, fragte Tom. »Wo ist er?«

Jessica stellte den Teller ab und gab die Frage an Mayrhofer weiter, der auf den Gang trat und dort nach Strebel fragte, während Tom einen sichtbar verärgerten Claas in seinem Büro zurückließ.

Nach einigen Minuten kehrte Mayrhofer zurück. »Der Direktor lässt auf sich warten. Sascha Brühl war aber noch hier. Kann sich wohl gar nicht von uns trennen. Ich bin ja der Meinung, dass wir den Mann zu früh haben ziehen lassen. So wie der herumgeschlichen ist, hat der noch etwas auf dem Kerbholz. Aber, deine Entscheidung, Tom. Den Manfred Strebel hat er auf jeden Fall auch nicht gesehen.«

Mayrhofer hob den Finger.

»Ich habe übrigens einiges zu unserem vorbildlichen Herrn Schuldirektor recherchiert.«

Jessica fuhr dazwischen. »*Wir, wir* haben einiges recherchiert!«

»Äh, wir, ja.« Mayrhofer ließ sich nur kurz irritieren. »Also, schon ein komischer Zufall, dass er ausgerechnet gegen Daniel Meixner Schach gespielt hat. In Passau. Das war doch Christls Bruder? Oder, Tom? Der, der nach dem Sieg im Halbfinale tödlich verunglückt ist? Ging ja damals durch die Presse.«

Ja, Tom hatte es eben bei der großen Besprechung auch registriert.

Sofort an Christl gedacht.

An die Narbe, die sich über ihren Oberschenkel zog.

Auch am Bauch war noch etwas zu sehen, obwohl Christl darüber nie mit ihm gesprochen hatte. Es fiel ihr schwer, sich die schrecklichen Momente des Unfalls in Erinnerung zu rufen. Sie sprach nicht gern darüber. Aber die Übereinstimmung war zu groß. Es gab wohl nicht viele Schachspieler, die vor rund zehn Jahren nach einer Meisterschaft bei einem Unfall ums Leben gekommen waren. Tom wusste, dass er früher oder später mit Christl darüber sprechen musste, so weh es ihr auch tun würde.

Aber erst mussten sie Tina und Conny aufspüren.

Die Lebenden retten.

Dann den Toten Gerechtigkeit widerfahren lassen.

Plötzlich durchfuhr Tom ein Gedanke. Hatte er eben richtig gehört? Mayrhofer hatte Sascha Brühl gegenüber erwähnt, dass der Schuldirektor im Präsidium erwartet wurde? Sascha hatte vermutlich genau wie Tom kombiniert, dass Strebel der Mann war, den sie suchten.

Das war nicht gut.

Das war gar nicht gut.

»Wir müssen Strebel finden! *Er* ist unser Mann. Schreibt ihn zur Fahndung aus. Schickt jemanden in seine Wohnung. Sie sollen sich Zutritt verschaffen, egal, wie. Versucht herauszubekommen, ob er weitere Wohnungen, ein Ferienhaus oder sonst einen Platz hat, an dem er jemanden verstecken kann. Die Keller in seinem Wohnhaus sollen durchsucht werden.«

»Sollen wir seine Eltern am Tegernsee anrufen? Die sind zwar schon älter, aber vielleicht wissen sie mehr.«

»Unbedingt.« Tom stürmte aus dem Zimmer.

Er musste Sascha erwischen, bevor der eine Dummheit beging.

»Tom, warte!«, rief Jessica ihm hinterher. »Der Empfang hat sich gemeldet. Manfred Strebel ist auf dem Weg zu uns.«

Tom kehrte zurück ins Büro.

Er hätte wissen sollen, dass das ein Fehler war.

KAPITEL 47

Manfred Strebel! Der Name pochte in Saschas Kopf wie ein schlagendes Herz. Er hatte vollkommen richtiggelegen, als er am Tag nach dem Brand in die Schule gestürmt war und den Direktor beschuldigt hatte. Sein Gefühl hatte ihn nicht getrogen.

Jetzt sah auch sein Verstand klar.

Dieser aalglatte Direktor war schuld an Fabians Tod. Er hatte ihn über das Geländer gestoßen. Aber warum? Was hatte Fabian gewusst, das Strebel hätte schaden können?

Vielleicht hing es mit diesem seltsamen tschechischen Mädchen zusammen, das Fabian einige Tage vor seinem Tod angeschleppt hatte und das nach wenigen Stunden völlig verängstigt wieder verschwunden war. Fast noch ein Kind. Viel zu aufreizend gekleidet für ihr Alter. Fabian hatte ihr helfen wollen, seinem Vater aber keine Details verraten. Sascha hatte allerdings mitbekommen, dass es deswegen zum Streit mit Carla gekommen war.

Er hatte die Begegnung verdrängt.

Manfred Strebel hatte auch Marianne Eichstätt auf dem Gewissen. Er hatte die Chance genutzt, den Mord mit dem Brand zu kombinieren und jemand anderem unterzujubeln. Ulrich und ihm.

Wären die Ermittlungen genauso halbherzig durchgeführt worden wie damals bei Fabians Tod, dann säßen Ulrich und er jetzt hinter Gittern. Sie hätten nicht nur mit einer Anklage wegen Brandstiftung, sondern mit einer wegen Mord zu rechnen gehabt. Die Eichstätt hatte sterben müssen, weil sie Zeugin gewesen war.

Sie hatte auspacken wollen.

Sascha hatte den Schuldirektor in der Brandnacht während der Löscharbeiten gesehen. Aber er musste schon zuvor in der Schule gewesen sein. Kurz nach ihnen. Ulrich hatte ihn auf der Sonnenstraße in einem fremden Auto erkannt. Strebel war in diesem Moment auf dem Weg zur Schule gewesen. Er hatte nicht etwa den Schwelbrand gelöscht und Marianne geholfen, sondern sie getötet und den Brand zu einem lodernden Feuer entfacht. Wahrscheinlich hatte Strebel auch Eichstätts Ehemann ermordet. Aber das war Sascha egal.

Er wollte nur eines: Vergeltung. Wiedergutmachung war nicht möglich. Sascha hätte laut losbrüllen können.

Fabian könnte noch am Leben sein!

Als Sascha gerade aus dem Paternoster springen wollte, verharrte er einen Moment zu lange und geriet ins Stolpern. Wenn man vom Teufel sprach beziehungsweise an ihn dachte!

Ausgerechnet Manfred Strebel wollte auf der anderen Seite einsteigen. Er hatte bereits den Empfang passiert.

Sascha packte Strebel am Ärmel. »Das würde ich jetzt nicht tun!« Sascha trat näher an Strebel heran, flüsterte und tat, als ob er sich umschaute. »Warten Sie! Sie sollten da jetzt auf keinen Fall hochfahren!«

Der Paternoster glitt in seinem immer gleichbleibenden Tempo an ihnen vorbei.

»Warum?«, fragte Strebel überrascht. »Hat man Sie etwa wieder freigelassen?«

»Jetzt stehen *Sie* auf der Liste, Strebel! *Sie* sind der Hauptverdächtige.« Es kostete Sascha eine schier unmenschliche Kraft, sich gegenüber dem Mörder seines Sohnes zu beherrschen.

Täuschte er sich oder flackerte in Strebels stahlblauen Augen für den Bruchteil einer Sekunde blanke Angst auf? Wenn ja, dann hatte sich der Mann sofort wieder unter Kontrolle.

Ein spöttisches Lächeln machte sich jetzt auf Strebels Lippen breit. »Und ausgerechnet Ihnen soll ich vertrauen, Brühl? Gestern haben Sie mich aufs Heftigste attackiert.«

Sascha hatte nicht umsonst als Schauspieler brilliert. Er mimte den Mitfühlenden, den, der »im gleichen Boot saß«.

Obwohl er wusste, dass ihm nicht viel Zeit blieb, stellte er den Kragen seiner abgetragenen Sportjacke hoch und vergrub gelangweilt die Hände in den Taschen. »Wenn Sie da jetzt hochgehen, Strebel, werden Sie den Rest Ihres Lebens in geschlossenen Räumen verbringen. Wollen Sie das? Lassen Sie uns reden. Dann können Sie immer noch entscheiden, was Sie tun.«

Sascha ertastete den spitzen Schraubenzieher, der sich in der Ritze seiner Jackentasche verborgen hielt. Seit er gelegentlich an seinem Escape Room bastelte, trug er immer ein Werkzeug bei sich.

Der Direktor trat den Rückzug an.

Er legte Sascha beruhigend eine Hand auf die Schulter, als ob er ihm helfen wollte und nicht umgekehrt. »Kommen Sie, Brühl! Ich weiß, es war keine einfache Zeit für Sie. Sie haben ja recht. Es ist sicher gut, wenn wir beide reden. Alles andere wird sich finden.«

Geschickt, dachte Sascha.

Er hat den Spieß einfach umgedreht.

»Lassen Sie uns den Ausgang auf der anderen Seite nutzen«, schlug Sascha vor. »Um den Dom herum findet sich sicher ein ruhiges Plätzchen.«

In Wahrheit hatte Sascha keine Ahnung, wie er weiter

vorgehen sollte. Aber ein Gefühl sagte ihm, dass man zuerst in der Ettstraße und dann auf der Neuhauser Straße nach ihnen suchen würde.

Wohin sollte er mit Strebel verschwinden? Wie lang würde es dauern, bis der Mann Verdacht schöpfte? Er würde ihm nicht lange freiwillig folgen. Strebel war nicht dumm. Außerdem hatte er sich bereits am Empfang angemeldet. Es war nur eine Frage der Zeit, wann Perlinger und sein Team Himmel und Hölle in Bewegung setzen würden, um ihnen auf die Spur zu kommen. Schließlich hatte man sie gemeinsam das Präsidium verlassen sehen.

Saschas Finger umschlossen den Plastikgriff des Schraubenziehers fester, während der Direktor unverändert elegant vor ihm herschritt und an seiner Geschichte zu basteln schien.

Wie auch immer! Irgendwie musste es Sascha gelingen, zu verhindern, dass Strebels Geschichte ein Happy End fand.

Saschas Blick glitt in Richtung Frauenkirche.

Im Südturm waren die Bauarbeiten noch nicht abgeschlossen. Während die Uhr im nördlichen Turm ordnungsgemäß ihren Dienst verrichtete, zeigten die Zeiger im gegenüberliegenden beharrlich auf 12.00 Uhr.

Sascha kannte den betreuenden Architekten des Planungsbüros der Großbaustelle. Erst kürzlich hatte er den Mann auf ein Bier getroffen, weil er eine technische Frage hinsichtlich seines Escape Rooms nicht alleine hatte lösen können. Der Bekannte hatte ihm erzählt, dass er in etwa 80 Metern Höhe, gleich bei den Glocken, eine neue Treppe konstruiere, da die alte Treppe aus Holz sehr ausgetreten sei und nicht mehr den aktuellen Brandschutzanforderungen entspräche. Sie würde durch eine Stahltreppe ersetzt werden. Die führe dann bis zu einer neuen Zwischendecke aus Beton. Dort entstünde auf der Höhe des Dachstuhls ein Zwischenaufenthalt für den Aufzug.

Diesen kleinen Raum gab es bereits.

Und sein Bekannter hatte Sascha noch ein kleines Geheimnis verraten. »Weißt du«, hatte der Architekt gesagt. »Es ist so schön da oben. Manchmal übernachte ich sogar dort.«

»Aber die Kirche ist doch nachts zu«, hatte Sascha gesagt.

»Zuerst habe ich mich einschließen lassen«, hatte der Freund geantwortet und ihn mit einem mitleidvollen Blick bedacht. »Aber dann hab ich mir einen Schlüssel nachmachen lassen. Das muss unter uns bleiben. Ich sag es nur dir. Glaub mir, du kommst auf andere Gedanken, wenn du von da oben auf den Sternenhimmel siehst.«

Ein idealer Ort für eine ungestörte Unterhaltung. Mit einem einzigartigen Ausblick. Wie geschaffen für den Moment der Wahrheit. Für die Buße. Die Reue, die doch nichts ändern konnte. Was geschehen war, war geschehen. Fabians Leben war unwiderruflich erloschen.

Sascha blickte nach oben.

Er spürte bereits erste Ausläufer des eisigen Windes, der die Frauenkirche umgab. Der sogenannte Teufelswind. Entstanden aus der Wut des Teufels, als er gesehen hatte, dass das riesige Gotteshaus, anders als zunächst gedacht, sehr wohl Fenster besaß. Der Teufel hatte sich in diesen eisigen Wind verwandelt, um die Kirche zu zerstören.

Sascha wollte dieses unerschütterliche, immer gleichbleibende aalglatte Selbstbewusstsein von Manfred Strebel zerstören, das ihn gegen eine federnde Gummiwand prallen ließ. Er wollte mit seinem spitzen Schraubenzieher ein Loch hineinstechen, bis die Luft pfeifend entwich und die Wand in sich zusammenfiel.

Neben all den Sonnyboy-Kreuzfahrt-Rollen hatte Sascha einmal einen Psychopathen gespielt. Er hatte damals gelernt, dass Psychopathen sich menschliche Regungen, die sie selbst nicht zu empfinden in der Lage waren, bei ihren Mitmenschen abschauten und kopierten.

Psychopathen waren die besten Schauspieler überhaupt.

Es gelang ihnen, Emotionen wie Mitgefühl, Trauer, Freude, Angst, Verzweiflung, Ärger und Wut überzeugender darzustellen als Menschen, die diese Gefühle tatsächlich empfanden. Weil sie sie tausendmal beobachtet und immer wieder neu eingeübt hatten.

Sascha beobachtete Strebel.

Er rief sich dessen Verhalten, seit er ihn kannte, ins Gedächtnis zurück. Hatte er es mit einem Psychopathen zu tun?

Sascha spürte den eisigen Wind auf seinen Wangen.

Er wollte nur eines: Mit Manfred Strebel nach oben in diesen kleinen Raum, wo sie ungestört sein würden.

Wo Strebels Schreie ungehört bleiben würden.

Übertönt vom teuflischen Wind.

Zwischen Himmel und Hölle.

Sascha umklammerte den Griff des Schraubenziehers noch fester.

KAPITEL 48

»Also, Tom. Willst du ein paar Hintergrundinfos hören, bevor Strebel gleich vor uns steht? Wie gesagt, wir haben Wichtiges recherchiert.« Jessica blickte von ihrem Computerbildschirm auf.

Tom sah auf das Ziffernblatt seiner Armbanduhr. Strebel musste sich bereits auf dem Weg zu ihnen nach oben befinden.

Die Maus auf dem Weg in die Klauen der Katze.

Mayrhofer grapschte sich den letzten Krapfen vom Kuchenteller in der Mitte des Tisches. Jessica betrachtete ihn dermaßen konsterniert, dass Tom davon ausging, dass es nicht sein erster war.

»Der fünfte Krapfen innerhalb von einer Stunde?«, fragte Jessica ungläubig. »Wie schaffst du das nur?«

»Je größer das Gehirn, desto höher der Energieverbrauch.« Mayrhofer biss in den Krapfen und klopfte selbstzufrieden den Puderzucker von seiner Hühnerbrust.

Bevor Jessica zurückschießen konnte, ging Tom dazwischen. »Also los! Je mehr wir haben, desto besser! Wir müssen ihn packen. Wer weiß, in welchem Zustand sich Tina und Conny befinden.«

Tom hätte keinen Bissen herunterbekommen.

Die Angst um Tina raubte ihm jeglichen Appetit. Im Hintergrund lief der komplette Polizeiapparat auf Hochtouren. Doch ohne konkrete Anhaltspunkte konnten sie wenig ausrichten.

Jessica griff nach ihren Aufzeichnungen. »Manfred Strebel wurde wie die beiden Eichstätts in der Oberpfalz geboren. Er stammt aus einem hochgebildeten Elternhaus. Ein Nachzügler. Die Eltern waren bei seiner Geburt beide über 40. Strebel senior lehrte Jura erst an der Uni Regensburg, dann an der LMU in München. Er hat zahlreiche politische Studien, Gutachten und Projekte betreut, ist bis in höchste Kreise vernetzt und besetzt bis heute verschiedene Aufsichtsratsposten. Die Mutter ist promovierte Chemikerin und war Vorstandsvorsitzende in einem Pharmakonzern in München.«

Tom erinnerte sich an Strebels Alibi.

Der 80. Geburtstag des Vaters am Tegernsee.

Jessica fuhr fort. »Strebel hat im Gegensatz zu seiner Schwester schulisch nicht ganz so funktioniert. Sie ist acht Jahre älter als er. Heute Topmanagerin in einem amerikanischen IT-Unternehmen. Verwitwet. Haltet euch fest: Zweitletzte auf der aktuellen Forbes-Liste! Ich habe gerade eine Suchanfrage gestellt. Vielleicht hat sie noch einen Wohnsitz in München.«

Tom nickte. »Oder die Eltern!«

Die Idee einer Spur zu Tina und Connys Versteck.

Das Adrenalin raste durch Toms Blutbahnen. Jede Nervenfaser war bis zum Zerreißen gespannt.

Jessica machte sich eine Notiz. Mayrhofer und Jessica lieferten sich ein Kopf-an-Kopf-Rennen wie bei einem Tennismatch.

Jessica ergriff wieder das Wort. »Strebel war erst auf der Waldorfschule. Hat dann aber bereits in der Grundschule auf eine Privatschule gewechselt. Da muss etwas vorgefallen sein.«

Mayrhofer unterbrach. »Die Mutter taucht in einem Interview über antiautoritäre Erziehung auf. Wie wichtig es sei, dass Kinder sich ohne Grenzen entwickeln. Man solle auch Krabbelkinder mit Messern und Streichhölzern spielen lassen.«

Tom dachte an das Märchen »Das kleine Mädchen mit den Schwefelhölzern« von Hans Christian Andersen, das seine Mutter ihm als Kind vorgelesen hatte und das auch Mia von ihrer Oma zu hören bekam. Das volle Kontrastprogramm.

Jessica fuhr fort. »Ich habe eben seinen Mathelehrer aus der Privatschule an der Strippe gehabt. Strebel war ein Mathegenie. Er hat früh an Wettbewerben teilgenommen und super abgeschnitten. Er hätte eine Klasse überspringen sollen. Allerdings war er in allen anderen Fächern außer Naturwissenschaften unterdurchschnittlich begabt. Das Abi hat er mit einer Punktlandung von 4,0 absolviert und dann ohne Übergang begonnen, in Passau Mathematik zu studieren. Er war einer der jüngsten Doktoranden. Man hat ihm eine große Karriere vorhergesagt. Aber während der Doktorarbeit ist er plötzlich ausgestiegen. Aus heiterem Himmel.«

Mayrhofer spülte mit einem Schluck Latte Macchiato. »Sein ehemaliger Doktorvater hat eben zurückgerufen. Er meinte, Strebel wäre an seine Grenzen gestoßen. So etwas hätte er während seiner gesamten Laufbahn noch nicht erlebt. Die meisten brechen im ersten Semester ab. Nicht so Strebel. Ein hochbegabter Mathematiker. Aber bei seiner Doktorarbeit hätte er sich übernommen. Hat sich an ein Nobelpreisthema herangewagt. Blackout. Absoluter Stillstand. Von heute auf morgen. War zu der Zeit, als die Schwester in die USA ging. Kamen dann ganz schnell Versagensängste hinzu. Er hat eine richtige Phobie entwickelt. Der Professor hat Strebel geraten, nach einem anderen Weg zu suchen, um seine ›PS auf die Straße zu bringen‹.«

Mayrhofer schob das letzte Stück Krapfen in den Mund. Ein dicker Tropfen Aprikosenmarmelade blieb an seiner Unterlippe hängen.

Tom beobachtete den Sekundenzeiger.

So langsam schaute er hinter die professionelle Fassade des Schuldirektors. Da war es, das »Schwarze Loch« in Strebels Biografie. »Anstatt Verständnis für seine Schüler zu zeigen, treibt er die Kinder seinerseits an ihre Grenzen.«

»Wie Versuchskaninchen«, warf Jessica ein. »Indem sie seine Situation nacherleben, kann er beobachten, was das mit ihnen macht.«

»Interessanter Ansatz. Also ein Sadist. Er will, dass die anderen genauso leiden, wie er gelitten hat.« Tom dachte an Strebels stahlblaue, kalte Augen, seine professionelle, distanzierte Art.

Und an Tina und Conny Bergmüller!

»Auf jeden Fall hatte er eine schwere Krise, nachdem er die Uni verlassen hat. War mehrere Monate in Haar in psychologischer Behandlung«, fuhr Jessica fort.

So langsam wurde das Bild rund.

Mayrhofer hob den Zeigefinger. »Und jetzt haltet euch fest: Seine Mutter hat zu der Zeit an einer ganz groß aufgehängten Studie mitgewirkt, in die die Pharmaindustrie Millionen investiert hat. Thema: Wirkung und Einsatzgebiete von Serotonin. Es gilt als Glückshormon und Heilmittel bei Depressionen.«

Jessicas Augen weiteten sich. »Bestandteil des Antidepressivums, das am Tatort gefunden wurde!«

»Schon der zweite Treffer! Auch seine DNA war am Tatort. Da kommt er nicht mehr raus!« Tom lief ungeduldig zwischen den Tischen hin und her. »Die Indizien, Motive und seine Persönlichkeitsstruktur verdichten sich zu einem stimmigen Bild.«

Selten hatte er so gut nachvollziehen können, wie Täter und Tat zusammenpassten. Extremer Leistungsdruck, antiautoritäre Laissez-faire-Erziehung ohne Grenzen, Persönlichkeit mit Emotionsstörung, Scheitern in der eigentlichen Domäne. Da kam einiges zusammen.

»Und solche Menschen lässt man auf Kinder los!«, sagte Jessica gerade. »Hat das denn niemand bemerkt?«

Sie waren nah dran, Tom spürte es genau.

Aber wo blieb Strebel? Er konnte doch nicht über fünf Minuten für drei Stockwerke brauchen!

Jessica war nicht zu bremsen. »Strebel war fast ein Jahr in Behandlung. Hat weiter Schach gespielt. Kurz nachdem er diese Internationale Bayerische Schachmeisterschaft gewonnen hat, ist er wie Phoenix aus der Asche im Ministerium wiederauferstanden. Er hat diverse Kurse und ein zweites Fach belegt sowie sein Referendariat absolviert. Und schon hat man ihm Konzept und Aufbau des Gymnasiums anvertraut.«

»Er müsste doch längst hier sein, verdammt noch mal!« Tom öffnete die Tür zum Gang.

Da war niemand.

»Großfahndung!«, rief er in den Raum.

Dann lief er, einer schlechten Vorahnung folgend, durch den Gang und rannte die Stufen bis zum Empfang zu Fuß hinunter.

»Aber sicher doch! Diesen Herrn Strebel habe ich zu euch hochgeschickt.« Karin, die Tochter eines Polizisten, die Tom schon als Kind gekannt hatte, saß hinter dem Schalter. »Ist er noch nicht da? Dann hat er am Paternoster jemanden getroffen. Hab so was in den Augenwinkeln mitbekommen.«

»Scheiße!« Tom schlug mit der Faust in die offene Handfläche. Es gab kein anderes Wort für das, was er empfand, als das, das er eigentlich hatte vermeiden wollen.

Am liebsten hätte er es durch das gesamte Gebäude gebrüllt.

Sascha Brühl hatte Strebel abgefangen. Er hatte kombiniert, was sie inzwischen wussten. Vermutlich hielt er ihn für den Mörder seines Sohnes. Aber ganz so war es nicht gewesen.

»Feuer fängt mit Funken an.«

Der Funke war nichts weiter als eine banale Fahrlässigkeit. Ein Missgeschick. Ein Versäumnis. Erst die Verkettung einer Reihe von krankhaften Persönlichkeitsstrukturen, unglücklichen Beziehungen und tragischen Ereignissen hatte daraus ein Feuer entfacht.

»Wo sind sie hin?«, fragte Tom atemlos.

»Hier sind sie nicht vorbeigekommen. Also müssen sie Richtung Frauenkirche sein.«

Tom informierte Jessica, bat um Verstärkung und rannte auf den Frauenplatz. Weit konnten Sascha Brühl und Manfred Strebel noch nicht gekommen sein.

Tom tastete durch die Lederjacke nach seinem Holster.

Vergeblich.

Die Dienstwaffe lag in der Schublade seines Nachttischchens. Er hatte Christl nicht wecken wollen und die Schublade hatte geklemmt.

Sch…!

KAPITEL 49

Er hatte es geschafft. Im Grunde war es ganz einfach gewesen. Sascha hatte sich dicht hinter Strebel gestellt, ihm die Spitze des Schraubenziehers fest durch die dünne Frühlingsjacke und das Sakko zwischen die Rippen gedrückt und ihn mit eisernem Griff am Oberarm gepackt.

Es war nicht ganz leicht, da Strebel größer war als er. Doch das führte dazu, dass sich Strebels Wirbelsäule leicht nach hinten bog und seine Bewegungsfreiheit eingeschränkt war.

Zuerst hatte Strebel weiter auf seine arrogante Art reagiert. Versucht, Sascha zu beruhigen. Klassische Fehlwahrnehmung!

Sascha hatte ihm langsam und deutlich ins Ohr geflüstert, was die Polizei bereits wusste. Wie die Indizienlage aussah. Aus den Fragen, die Sascha gestellt worden waren, hatte er sich den Ablauf zusammenreimen können.

Er hatte Strebel in die Frauenkirche und vorbei an den Besuchern in Richtung des Südturms bugsiert. Vorbei am Fußtritt des Teufels. Man hatte ihnen wenig Beachtung geschenkt.

Zwei Männer, die dicht hintereinander liefen.

Strebel war gefasst geblieben.

Obwohl Sascha nicht wirklich fit war, war er dem Direktor trotz dessen Größe körperlich haushoch überlegen. Als Schauspieler hatte er jahrelang im Fitness Center trainiert. Seine Muskeln waren hart und zäh. Strebels Körper dagegen fasste sich an wie Pudding. Der Mann, obwohl nicht sehr übergewichtig, musste sein Leben lang ein Stubenhocker gewesen sein.

Ein Stubenhocker mit zwei linken Händen.

Nur so war es zu erklären, dass Strebel sich nicht Saschas festem Griff entzog. Dass er nicht versuchte, Sascha zu überwältigen.

Sascha rechnete jeden Moment damit. Doch Strebel schien auf seine Chance zu warten. Er checkte die Lage. Blieb ganz der coole Schachspieler, der auf die Kraft seiner Strategie, weniger auf die seiner Muskelkraft vertraute.

Noch verdaute er seinen Schock.

Strebel befand sich außerhalb seiner eingeübten Strukturen, in denen er sich sicher und souverän zu bewegen wusste. Sein Konzept war durcheinandergebracht. Die neue Situation überforderte ihn.

Jetzt an der Absperrung und der Bauplane vorbei. Da war die Tür.

Die Tür zum Südturm, von der sein Bekannter erzählt hatte. Unbeachtet von der Öffentlichkeit, betraten sie die Baustelle, schlichen durch die Tür. Die Treppenstufen waren steil. Strebel begann zu schwitzen.

Strebel zerdrückte eine kleine weiße Tablette, die er locker in der Jackentasche aufzubewahren schien, zwischen den Fingern und schob sich die feinen Krümel zwischen die Lippen. Das schien ihm zu einer unbewussten Gewohnheit geworden zu sein.

Aber Sascha presste ihm entschlossen die Spitze des Schraubenziehers fester gegen die Rippen. Wie ein Reiter, der ein träges Pferd mit den Sporen antrieb.

Einige weiße Krümel fielen zu Boden.

Mit jedem Schritt schien sich der Direktor der Ausweglosigkeit seiner Situation bewusster zu werden. Die Anstrengung tat ihr Übriges. Schließlich waren sie auf der Höhe des Dachstuhls angelangt.

Da war er, der Zwischenraum für den Aufzug. Zugig und kalt.

Doch ein ideales Versteck.

Sascha blickte sich um, ob es etwas gab, womit er Strebel fesseln konnte. Sein Handy klingelte. Nicht jetzt.

Da.

Ein Stück altes Kabel. Sobald er Strebel gefesselt hatte, würde er die SIM-Karte aus seinem Handy nehmen. Er wollte nicht geortet werden. Er wollte hören, was der Mann zu seiner Verteidigung zu sagen hatte.

»Hände auf den Rücken.«

Strebel nutzte den Moment, als Sascha sich den Schraubenzieher zwischen die Zähne klemmte, um das Kabel fest um Strebels Handgelenke zu schlingen. Er drehte sich und wollte Sascha einen Stoß versetzen. Doch der schlug so heftig zurück, dass der Direktor der Länge nach auf den Boden krachte. Sascha schmiss sich neben ihn und verknotete Strebels Hände fest auf dem Rücken, bevor der Mann wieder richtig bei Bewusstsein war.

Dann band er ihm auch die Füße zusammen.

»Nennen Sie *das* Unterhaltung?«, fragte Strebel. Blut tropfte aus seiner Lippe, die in Sekundenschnelle angeschwollen war.

»In Ihrem Fall ja.«

»Glauben Sie mir, Brühl, ich habe Ihren Sohn nicht ermordet.« Da war er wieder. Dieser unvergleichbar kalte und arrogante Blick aus Strebels stahlblauen Augen.

»Es war ein Unfall. Er ist gestürzt.«

Dann begann Strebel zu sprechen. Er bat Sascha zwischendurch um eine weitere runde, weiße Tablette aus seiner Jackentasche, die er, bevor er sie ohne Wasser herunterschluckte, zwischen den Zähnen zu einem feinen Pulver zermalmte.

Als Strebel geendet hatte, liefen Sascha heiße Tränen über die Wangen. Irgendwann stopfte er Strebel ein Stück herumliegende Bauplane in den Mund und schnürte sie mit Kabel fest.

Er konnte die Stimme des Mannes nicht mehr ertragen.

Jetzt, da Sascha wusste, dass sein Sohn nicht freiwillig aus dem Leben geschieden war, übermannte die tiefe Trauer ihn ungebremst.

Über Stunden blieb Sascha bewegungslos und wie betäubt sitzen, während Strebel immer wieder Anläufe nahm, sich zu befreien.

Als Sascha beschloss, den Standort zu ändern, war es bereits tiefe Nacht.

KAPITEL 50

Er musste Brühl und Strebel finden! Nur Strebel wusste, wo Tina und Conny waren. Brühl war nicht erreichbar. Strebels Handy hatten sie in einer der Mülltonnen vor dem Dom entdeckt.

Tom überblickte den Frauenplatz.

Brühl und Strebel waren wie vom Erdboden verschluckt.

Wo hielt Strebel die beiden Frauen versteckt? Inzwischen wuselten zahlreiche Kollegen über den Platz, folgten den schmalen Gassen, die von dort aus sternförmig in alle Richtungen strahlten. Durchsuchten Kaufhäuser, Restaurants, Keller, Toiletten.

Sogar die Kirche.

Ein großer Teil der Mannschaft nahm sich die Großbaustelle am Marienplatz vor, wo die S-Bahn-Stammstrecke ausgebaut wurde. Sogar die Lastwagen mit Bauschutt hatte man kontrolliert.

Tom war über jede Maßnahme informiert.

Zwei Männer im Zentrum einer Millionenstadt.

Die Nadel im Heuhaufen, wie Mayrhofer sagte.

Tom ließ sich auf die Stufen des Doms sinken. Es war aussichtslos. Die Spurensicherung hatte versucht, Brühls Handy zu orten.

Doch gerade hatte Anna sich gemeldet. »Sorry, Tom. Kein Signal.«

Natürlich hatte Sascha Brühl die SIM-Karte aus seinem Handy genommen.

Tom begann, durch die Straßen zu streifen. Ziellos.

Dem Zufall und dem aussichtslos erscheinenden Vertrauen auf ein Wunder geschuldet. Schließlich begab er sich in den Färbergraben. Ohne jeden Glauben daran, dass Brühl mit seiner Geisel dorthin gegangen war.

Er rief Ulrich Anzinger an.

Der war, wie nicht anders zu erwarten, bei seiner Tochter im Krankenhaus. Carla kämpfte weiterhin um ihr Leben. Der ausgemergelte Körper nahm keine Nahrung an. Nein, er wusste nicht, wo Sascha Brühl mit Manfred Strebel hingegangen sein könnte. Strebel! Strebel, das Schwein! Der war also verantwortlich! Er hatte es gleich gewusst. Anzingers

Wut sprang Tom durch die elektromagnetischen Wellen der Funkverbindung an.

Doch sie half ihm nicht weiter.

Wie in Trance lief Tom über die Hacken-, Brunn- und Josephspitalstraße in Richtung des Gymnasiums. Er umging absichtlich die Sendlinger Straße. Er wollte jetzt keinem aus der Familie begegnen. Er fühlte sich mitschuldig und verantwortlich für Tinas Entführung.

Inzwischen war es früher Nachmittag. Normalerweise wäre Tom verhungert. Doch jegliches Hungergefühl hatte sich in Adrenalin verwandelt. Felix hatte sich bereits zweimal völlig aufgelöst gemeldet.

Tom hatte Christl informiert und sie gebeten, sich um Felix und Mia zu kümmern. So erschrocken Christl auch gewesen sein mochte, sie war der belastbarste Mensch, den er kannte. In solchen Momenten arbeitete bei ihr nur noch der Verstand. Aufkommende Panik und Angst schob sie beiseite wie einen Packen Papier auf einem überfüllten Schreibtisch, um zu tun, was nötig war.

In dieser Beziehung waren sie sich sehr ähnlich.

Max hatte Hubertus informiert, der Magdalena ablenkte. Sie waren übereingekommen, die zwar sehr rüstige, aber inzwischen bald 80-Jährige zu schonen. Max hatte vorübergehend drei weitere Hilfsköche engagiert, die Hedi zur Hand gingen. Sie war bisher ebenfalls ahnungslos, vermisste ihre Tochter aber bereits.

Die Hinhaltetaktik würde nicht mehr lange funktionieren.

Tom konnte nur hoffen, dass tatsächlich Manfred Strebel das Drohpaket mit Tinas Locke geschickt hatte. Denn wer immer ihn sonst beobachtet hätte, hätte sofort erkannt, dass er sehr wohl weiterbohrte. Und weiterbohren würde.

Er würde nicht ruhen, bis er den Finger in den Bauchnabel des Entführers trieb.

Claas versuchte permanent, Tom zu erreichen. Bisher hatte er kein Gespräch angenommen. Nicht der beste Stil, das war ihm bewusst. Jetzt, kurz vor der Schule, entschied er sich, dranzugehen.

Vielleicht hatte Claas Neuigkeiten.

»Tom! Endlich!«

»Was gibt's?«

»Ich habe diesen Denis von Kleinschmidt durch den BKA-Computer laufen lassen.«

»Und?«

»Verdächtig.«

»Inwiefern?«, fragte Tom.

»Er war die rechte Hand von Carolyn Wallberg. Alles deutet darauf hin, dass er ihren Posten übernommen hat. Nicht nur im Ministerium, sondern auch bei Maslov.«

Maslov, Maslov, Maslov!

Claas machte ihn noch wahnsinnig mit dem Mann!

»Beweise?«, fragte Tom. Sicher, von Kleinschmidt war ihm nicht sonderlich sympathisch gewesen. Er war direkt zu Weißbauer gerannt.

Tom stöhnte auf.

Weißbauer hatte ihn beim letzten Fall reingeritten. Trotzdem wehrte Tom sich zu glauben, dass sein Chef ein Überläufer war.

Er kannte den Mann seit Jahrzehnten!

»Beweise!«, äffte Claas ihn nach. »Seit wann arbeitet ein Mann wie Ivan Maslov so, dass es Beweise gibt? Von Kleinschmidt war bei einer der Partys, die Jackl Eichstätt organisiert hat. Das ist Beweis genug. Ich habe mir die Akte zu dem Geländer auf deinem Schreibtisch zu Gemüte geführt.

Du gehst davon aus, dass Fabian über das Geländer gestolpert ist, weil es zu niedrig war. Ein Unfall. Ein ganz banaler Unfall. Weil Strebel und der zuständige Sachbearbeiter im Ministerium fahrlässig waren. Strebel wollte verhindern, dass das rauskommt, denn es hätte nicht nur seine Position gefährdet, sondern auch einen Rückfall für ihn bedeutet. Jessica hat mich inzwischen über seine Vita auf den neuesten Stand gebracht.«

Jessica, dachte Tom wütend. Wie konntest du nur!

Claas sprach weiter. »Strebel hat in seinen und in den Augen seiner Familie schon immer versagt. Er war monatelang in Behandlung, schluckt heute noch Tabletten. Er wollte auf keinen Fall den Job verlieren, bei dem er es zu bescheidenem Ansehen gebracht hat. Noch mal in Haar landen. Eine solche Blamage hätte er nicht überlebt. Jessica hat Strebels Psychiater erreicht. Der hat das bestätigt. Die ganze Familie top erfolgreich. Nur der Stammhalter in der Klapse! Der Horror für seine Persönlichkeitsstruktur! Also hat Strebel seinen alten Freund Jackl Eichstätt um Hilfe gebeten. Der hat das Geländer nachträglich erhöht. Strebel musste Jackl im Gegenzug Marianne vom Hals schaffen. Im Klartext: Er sollte sie vögeln. Im Auftrag ihres eigenen Ehemanns.«

»*Was?*«, fragte Tom. »Wie kommst du denn da drauf?«

Tom verschlug es glatt die Sprache. Er hatte schon einiges erlebt. Aber dass Prostitution auch so herum funktionierte, war ihm noch nicht untergekommen. Er musste an Jessicas Bemerkung denken. Wie hatte Marianne es geschafft, Strebel herumzukriegen?

War das die Erklärung? Die Branche war durchaus kreativ.

Aber wenn es so gewesen wäre und Marianne dahintergekommen war, dann hatte sie verständlicherweise eine Stinkwut gehabt. Das stützte Toms Theorie, dass sie Strebel auffliegen lassen wollte und ihm ein Mordmotiv geliefert hatte.

»Ich habe auch meine Kontakte. Das weißt du doch. V-Männer. So wie ich einmal einer war. Einige sind noch dicht an Maslovs Netzwerk dran. Zumindest in den unteren Rängen.«

»Oder *du* hast die Seiten gewechselt!« Tom beobachtete, wie die hübsche Praktikantin Melanie jetzt die Schule verließ.

Die haselnussbraunen Haare fielen ihr bis weit über die Schultern. Sie trug auch heute ein aufreizend körperbetontes kurzes Kleid. Dazu Boots, die ihre langen, schlanken Beine betonten, und eine Jeansjacke.

Ihr Dienst war wohl beendet.

Während er Claas weiter zuhörte, folgte Tom, einem spontanen Impuls nachgebend, dem jungen Mädchen in Richtung Stachus.

»Was muss ich tun, damit du mir endlich wieder vertraust?« Claas schrie fast ins Telefon.

»Mir endlich die Wahrheit sagen.«

Melanie lief nun schneller.

Vermutlich wollte sie die nächste U-Bahn nicht verpassen.

»Hör zu«, sagte Claas. »Marianne war als Ehefrau wichtig für Jackls Tarnung, deswegen wollte er sich nicht scheiden lassen. Mein V-Mann meint, Jackl hat Strebel schon vor Jahren gebeten, Marianne eine Stelle in München anzubieten. Jackl muss sich damit gebrüstet haben. Und als Marianne trotzdem ungemütlich wurde, musste Strebel sie ablenken. Als Gefälligkeit für das Geländer.«

Melanie verschwand in der U-Bahn-Station.

»Sorry, ich muss Schluss machen.« Tom wollte unbedingt mit dem Mädchen sprechen. Vielleicht hatte Strebel ja ein geheimes Liebesnest.

Eines, das Marianne nicht gekannt hatte.

Eines, wo er auch Tina und Conny versteckt hielt.

»Eins noch!«, rief Claas. »Dieser von Kleinschmidt muss die Unterlagen im Ministerium frisiert haben. Das bedeutet, er gehört auch dazu. Pass auf dich auf, Tom. Was man so hört, war er sehr dicke mit Carolyn. Könnte sein, dass er dir nicht verzeiht, dass sie demnächst beerdigt wird, nachdem man die Maschinen nun abgestellt hat …«

Tom lief die Treppe zur U-Bahn hinunter.

Die Verbindung brach ab.

Im letzten Moment erhaschte er einen Blick auf Melanie, die die U 5 in Richtung Neuperlach nahm. Er sprang in den Waggon, bevor sich die Tür automatisch schloss.

Sie fuhr nur eine Station und stieg am Odeonsplatz aus.

Mit langen Schritten lief das Mädchen in ihrem kurzen Kleid an den Luxusgeschäften der Brienner Straße vorbei. Tom dachte einen Moment, sie gehe zu einer Verabredung im Literaturhaus, und stellte sich darauf ein, dass sie gleich ihren Freund umarmen würde und seine Verfolgung eine Sackgasse war.

Doch Melanie lief an den Tischen und Stühlen der Brasserie am Salvatorplatz vorbei bis zur Salvatorkirche. Tom hatte in der heute griechisch-orthodoxen Kirche einmal eine wunderschöne Hochzeit von Freunden miterlebt. Direkt hinter der Kirche verschwand Melanie im Hauseingang eines nobel renovierten Altbaus.

Die Tür war unverschlossen. Tom folgte ihr.

Sie hatte ihren Verfolger bisher nicht bemerkt.

Melanie nahm den Fahrstuhl.

Tom rannte die Treppe hoch.

Er hielt das Tempo. Sie stieg im fünften Stock aus und klopfte an eine elegante weiße Wohnungstür. »Manfred?«

Tom schlich sich hinter sie. »Manfred Strebel werden Sie hier heute nicht finden, Melanie!«

Sie fuhr herum. Ihre saphirblauen Augen weiteten sich. »Was machen *Sie* denn hier?«

»Ist das hier Ihr Liebesnest? Sie und der Herr Schuldirektor?« Tom hatte gleich das Gefühl gehabt, dass zwischen der jungen Praktikantin und dem eleganten Strebel mehr war.

»Was geht es Sie an?« Das hübsche Gesicht des jungen Mädchens verzog sich zu einer zickigen Grimasse.

»Wir vermuten, dass Strebel hier zwei Frauen gefangen hält.«

»Was? Wie reden Sie denn von ihm?« Auf Melanies Wangen bildeten sich hellrote Flecken.

Tom drängte sich zur Tür durch.

Melanie begann zu schreien. »Lassen Sie das!«

»Haben Sie einen Schlüssel?«, fragte er.

Sie schüttelte den Kopf.

Tom warf sich gegen die Tür und brüllte: »Tina!«

Melanie drehte sich um und wollte davonstürzen. Doch Tom hielt sie fest. Sie begann, hysterisch um sich zu treten.

Er umklammerte sie, bis sie aufgab, sich zu wehren.

Ohne Aussage würde sie ihm nicht davonkommen.

KAPITEL 51

Sie hörte Stimmen. Eine junge Frau – oder war es ein Mädchen – schrie! Ein Mann hielt dagegen. Halt! Die Stimme der jungen Frau kam Conny bekannt vor. Woher? Es konnte nur aus der Schule sein.

Jetzt weinte sie! Laut. Hysterisch.

Der Mann brüllte und pochte gegen eine Tür.

Die Haustür?

Im Nebenzimmer bollerte Tina gegen die Wand. Dieser Badewannenton hallte zwischen ihnen. Tina musste die Stimmen auch hören. Das war keine Einbildung. Tina versuchte, Conny irgendetwas zu signalisieren. Zu blöd! Conny hätte das Morsealphabet lernen sollen. Sie schwor sich, es zu tun, falls sie jemals lebend hier herauskam.

Ein dumpfes Geräusch. Als ob sich jemand mit der Schulter gegen die Tür warf. Mehrmals. Wieder laute Rufe.
»Tina!«

Rief der Mann Tinas Namen?

Tina im Nebenraum gebärdete sich jetzt so wild, dass sie sich dabei wehtun musste. Ihre Schreie drangen in hohen, verzweifelten Tonlagen durch den Knebel.

Conny konnte nichts verstehen. Trotz aller Aufregung fiel sie zurück in den leichten Dämmerschlaf, in dem sie nun seit Stunden döste. Inzwischen war ihr richtig kalt. Die Decke half nicht gegen die Blöße der Nacktheit. Der Durst war übermächtig.

Seit wann war niemand mehr hier gewesen?

Wer stritt da draußen?

Conny hatte jegliches Zeitgefühl verloren. Wie lange konnte ein Mensch ohne Wasser überleben? Als medizinische Faustregel galt: drei Tage ohne Flüssigkeit, drei Wochen ohne Nahrung.

Wie lange war sie schon hier? Sie fühlte sich völlig dehydriert.

Conny zitterte. Die Person, die ihr die Cola gereicht und die Locke abgeschnitten hatte, war nicht zurückgekehrt.

Das süße Getränk hatte sie noch durstiger werden lassen.

Noch immer war es stockfinster im Raum.

Trotz Tinas wildem Poltern fielen Conny die Augen erneut zu. Ihre Gedanken schwirrten durcheinander. Drehten sich im Kreis.

Was ging da vor sich?

Sie schreckte auf, als sie laute Feuerwehrsirenen näher rücken hörte.

Das dumpfe Poltern schwerer Stiefel auf einer Treppe.

Schreie. »Polizei! Öffnen Sie die Tür!«

Tina schrie durchgehend.

Ein Krachen.

Die Rufe kamen näher. Ungeduldiges Rütteln am Türgriff. *Ganz nah.* Conny atmete schneller. Sie traute sich nicht zu rufen. Die Tür war verschlossen. Jemand warf sich gegen das Türblatt.

Holz knirschte. Das Klicken des Lichtschalters.

Hinter Connys Augenbinde wurde es ein bisschen heller.

Sie blieb bewegungslos liegen. War mit ihrer Kraft am Ende.

»Hier!«, rief eine Männerstimme. »Hier ist jemand. Wir brauchen einen Bolzenschneider, um die Riemen zu zerschneiden!«

»Das geht auch so«, sagte eine tiefe, besonnene Stimme.

Es ruckelte. »Alles gut. Polizei. Wir helfen Ihnen.«

Conny hörte, wie der Deckel über das Kinderbett schabte und vorsichtig abgenommen wurde.

Sie begann zu wimmern wie ein Kind. Wurde sich ihrer Blöße bewusst. Zog die Decke höher. Musste an sich halten. Dachte an den Gestank im Zimmer. Schämte sich. Obwohl sie nichts dafür konnte, dass sie hier in diesem Zimmer lag.

Starke Männerarme hoben sie aus ihrem Gefängnis. Ihre Augen wurden von der Binde, ihr Mund vom Knebel befreit.

Conny öffnete den Mund, schluckte, atmete durch.

Sie starrte die Gestalt in der schwarzen Schutzkleidung an, die sich über sie beugte. Suchte hinter dem Helm nach einem Gesicht. Freundliche Augen erwiderten ihren Blick. Dahinter tauchten weitere behelmte Gesichter auf.

Die Männer legten sie auf eine Trage.

Befreit!

Ein erleichtertes Schluchzen löste sich aus ihrer Kehle. »Danke.«

Wie kraftlos ihre Stimme klang. Sie blickte sich im Zimmer um. Ein leeres Kinderzimmer. Blaue Farbe an den Wänden. Keine Bilder.

Ja, sie hatte in einem Kinderbett gelegen. Ein Türblatt hatte als Deckel gedient. Festgezurrt mit schweren Lederriemen.

»Nichts zu danken.« Ein Arzt tastete nach ihrem Puls, während sie aus dem Zimmer in einen hellen Flur gefahren wurde.

Alle Anspannung fiel von ihr ab. Ein Arzt suchte nach einer Vene. Ein kurzer Stich, dann tropfte eine helle Flüssigkeit in ihre Blutbahnen. Es tat so gut, sich wieder ganz ausstrecken zu können.

Sie tauchte in eine herrliche Geborgenheit ein.

Tina kam zerzaust und mit Decke umhüllt aus einem dunklen Raum gehumpelt. Ein großer Mann mit rotblonden Locken und schwarzer Lederjacke stützte sie. »Conny!«

»Alles gut!«, krächzte Conny.

Tina beugte sich weit über sie und umarmte sie so fest, dass der Arzt dazwischenging. »Sorry, sie muss erst wieder zu Kräften kommen. Die letzten 48 Stunden haben sie doch sehr mitgenommen.«

Tina drückte fest Connys Hand.

Unter Tinas Augen lagen dunkle Schatten. Sie war leichenblass.

»Wir haben es geschafft!«, flüsterte Tina. »Dank Tom.«

Sie zeigte auf den Mann neben sich, der sehr erleichtert wirkte.

Er berührte vorsichtig Connys Arm. »Alles gut.«

Diese Stimme hatte zuvor Tinas Namen gerufen.

Bevor Conny etwas erwidern konnte, glitt sie in einen sanften, aus tiefstem Herzen erleichterten Schlaf.

Im Wegdösen fiel ihr ein, woher sie die hysterische Stimme der jungen Frau kannte. Sie gehörte zu Melanie Knaabe, der hübschen Praktikantin im Sekretariat.

KAPITEL 52

Tinas Stimme war aus dem Zimmer mit der schmalen Tür gekommen. Das Badezimmer. Tom hatte sich so heftig gegen die Tür geworfen, dass sie aus den Angeln gesprungen war.

Ein topmoderner, eleganter Raum. An der Wand eine frei stehende Badewanne, über die mit dicken Lederriemen ein Eisengitter gespannt war. Darin hatte Tina gelegen. In Unterwäsche. Einen Knebel im Mund. Die Augen verbunden.

Hand- und Fußgelenke mit Kabelbindern verschnürt.

Tom hatte in Windeseile die Riemen gelöst, das schwere Gitter heruntergehievt, Tina befreit und sie überglücklich an seine Brust gedrückt. Er hatte sie so fest umarmt, dass sie sich weinend und lachend bedankt und protestiert hatte.

Tina war in einem weit besseren Zustand als Conny, die sofort vom Notarzt versorgt werden musste. Tina wollte direkt nach Hause. Sie konnte es kaum erwarten, Mia und Felix in die Arme zu schließen.

Da sie jedoch seit über zwölf Stunden ohne Flüssigkeit und Nahrung gewesen war, hatte der Notarzt darauf bestanden, auch sie zuerst mit einer stärkenden Infusion zu versorgen.

Dann wurden sie und Tom vom SEK-Leiter persönlich nach Hause gefahren. Tom fühlte sich wie aus einem furchtbaren Alptraum erwacht. Die letzten Stunden hatte er wie in Trance erlebt. Jetzt spürte er, was für einen Bärenhunger er hatte.

Auch wenn Sascha Brühl und Manfred Strebel noch irgendwo da draußen herumliefen und Tom wusste, dass sein Job nicht beendet war, so musste er jetzt erst einmal für einen kurzen Moment durchatmen und sich stärken.

Jessica war informiert. Sie hatte am Telefon vor Erleichterung geweint, dass Tina und Conny wohlbehalten gerettet worden waren.

Die SOKO konzentrierte sich jetzt voll und ganz auf die Suche nach Sascha Brühl und Manfred Strebel.

Während der Fahrt erzählte Tina, dass der Schulleiter sie am Donnerstagnachmittag von der Uni beim Hauptgebäude der LMU auf der Ludwigstraße abgeholt hätte. Er hatte direkt am Springbrunnen vorm Hauptportal auf sie gewartet und sie unter dem Vorwand, noch etwas wegen des Praktikums mit ihr klären zu müssen, gebeten, ihn zu begleiten. Daraufhin war sie in den roten Golf eingestiegen.

Dieses Auto hatte das SEK-Team in der Tiefgarage am Salvatorplatz sichergestellt. Es gehörte ebenso wie die exklusive Wohnung Strebels Schwester. Neben Tinas hatte man auch Connys und Mariannes Handtaschen im Kofferraum gefunden.

Strebel hatte Tina im Auto einen Coffee-to-go zur Stärkung angeboten, den sie gern angenommen hatte. Sie war völlig arglos und schwer beeindruckt gewesen, dass der Schulleiter sich persönlich um eine Praktikantin kümmerte, und hatte das als positives Zeichen gewertet. Kurz darauf, während sie über den Altstadtring kurvten, hatte Tina das Bewusstsein verloren. Es lag auf der Hand, dass der Kaffee mit K.-o.-Tropfen versetzt gewesen war.

Trotzdem konnte sich Tina an den Hergang noch genau erinnern.

Conny würde vermutlich eine ähnliche Geschichte erzählen, sobald sie sich richtig ausgeschlafen hatte.

Tom vermutete, dass nicht Marianne, sondern Strebel Conny von Mariannes Handy aus angerufen hatte, bevor er das Gerät bei der Pergola zerstört hatte. Deshalb hatten sie dort Fragmente von Mariannes Handy sowie Reste von Serotonin mit Strebels DNA sichergestellt. Und deshalb war der letzte Anruf auf Connys Handy von Marianne gewesen. Er musste sie am Stachus abgefangen haben.

Genau wie Tina war sie ahnungslos eingestiegen und hatte vorab das Rad abgeschlossen.

Im Grunde war Tom der Tathergang nun klar. Der extrem detailliert ausgeklügelte und auf einem engen Zeitkorsett beruhende Mordplan eines hochintelligenten Psychopathen, der seine Mitmenschen steuerte wie Schachfiguren.

Wer sein auf einem fragilen Fundament stehendes Leben zu gefährden drohte, wurde kompromisslos vom Brett und aus dem Spiel gestoßen. Er hatte selbst vor seinem langjährigen Mentor und Freund Jackl Eichstätt nicht haltgemacht.

Marianne und Strebel hatten am Nachmittag erst Sex und dann Streit gehabt. Ob wegen Conny oder Melanie, musste sich mit Hilfe von Connys Aussage noch herausstellen. Marianne hatte Strebel daraufhin gedroht, ihr Vorhaben wahrzumachen und ihre Aussage zu Fabians Selbstmord zurückzunehmen. Sie hatte die Bilder beiseiteschaffen wollen, weil sie verhindern wollte, dass ihr Verhältnis zu Strebel publik wurde. Sicher hatte sie die Verhöhnung durch die Schüler befürchtet.

Ihre Angst, dass ihre professionelle Fassade Brüche bekam, hatte sie erpressbar gemacht. Ihre Herkunft aus einem extrem strengen und prüden Elternhaus hatte sie ebenso wenig ablegen können wie Strebel seine ganz auf Leistung gepolte, grenzenfreie Erziehung.

Bei einem Charakter, bei dem jegliches Gespür für Emotionen und Empathie fehlte, ähnlich wie bei einem Autisten, hatte sich diese Konstellation in Verbindung mit seinem Versagen gerade in dem Gebiet, in dem er seine Domäne hatte, auf ganz fatale Art und Weise ausgewachsen.

War Marianne dennoch am Abend sentimental geworden?

Warum sonst hätte sie Strebel angerufen, sich schick für ihn gemacht. Ihr Anruf musste ihn kurz nach seiner Rückkehr vom Tegernsee erreicht haben. Hatte er da schon vorgehabt, sie zu töten? In jedem Fall hatte er für ein Alibi gesorgt, indem er seinen eigenen Wagen in der Garage stehen gelassen und sich für den Golf seiner Schwester entschieden hatte.

Als Strebel auf die vom Sturz und Streit mit Sascha Brühl lädierte Marianne gestoßen war, hatte er ihr nicht etwa geholfen, sondern sie mit der präparierten Cola so weit sediert, dass er nur noch das Fenster im Flur sowie die Tür zum Materialraum hatte öffnen müssen, um das Feuer zu entfachen.

Ein eleganter Mord, der seine Handschrift trug.

Marianne war ohne sein weiteres Zutun erstickt, dann von den Flammen erfasst worden.

Dann hatte Strebel von Mariannes Telefon aus Conny angerufen, weil er befürchtet hatte, dass sie zu viel wusste.

Tom war noch tief in seine Gedanken versunken, als sie zu Hause ankamen. Die ganze Familie hatte sich vor dem Eingang in der Hackenstraße aufgebaut, um sie zu begrüßen.

Felix hielt die kleine Mia auf dem Arm, die sofort die Ärmchen nach ihrer Mutter ausstreckte und laut »Mama! Mama!« rief.

Die Erleichterung fiel wie eine schwere Last von den

Schultern der Familie. Tom gab Christl einen kurzen Überblick über die Ereignisse.

Als sie den Namen Melanie Knaabe hörte, stieß sie einen leisen Pfiff aus. »Die hübsche Tochter von Feinkost Knaabe?«

Dann knuffte sie Tom schelmisch in die Seite. »In dem Fall hatte es ja direkt etwas Gutes, dass man dich nicht lange bitten muss, hübschen Mädchen mit kurzen Röcken unauffällig zu folgen. Sonst läge Tina noch immer in der Badewanne.«

Hubertus winkte ihnen aus seiner Schreibstube zu. »Noch zwei Sätze, dann bin ich bei euch.«

Hedi und Magdalena nahmen Tom beiseite.

»Mensch, Bub, was machst du wieder für Sachen! Wie konntest du uns nur Tinas Entführung verheimlichen?«, schimpfte Magdalena ihn.

Doch Tom legte seine Arme glücklich um die Schultern der beiden Frauen. »Ich überrasche euch einfach lieber mit guten als mit schlechten Nachrichten, Mama.«

Zehn Minuten später waren alle am Stammtisch versammelt und nahmen ein verfrühtes Abendessen ein, bevor Tom sich wieder auf den Weg ins Polizeipräsidium machte.

KAPITEL 53

Polizeipräsident Xaver Weißbauer hatte ihn freundlich, aber routiniert abtropfen lassen. Im Sinne von: *Schön, dass Sie einmal bei uns vorbeischauen, Herr von Kleinschmidt. Aber in die laufenden Ermittlungen kann ich in diesem Fall leider nicht eingreifen, das werden Sie verstehen.* Über den Mann war ihm anderes berichtet worden. Hatte Weißbauer kalte Füße bekommen?

Oder hatte man Denis bewusst fehlinformiert?

Denis musste sich eingestehen, dass er mit seinem Besuch im Präsidium nicht viel erreicht hatte. Tatsächlich hätte er die Unterlagen auch per Kurier schicken können. Es stand außer Zweifel, dass dieser Tom Perlinger seinen Verdacht bestätigt sehen würde. Es war nicht zu ändern, Denis hatte die Rechnung de facto ausgetauscht.

Nun galt es, dieses Vergehen auf andere Schultern zu verteilen.

Ein Bauernopfer musste her.

Denis verließ das Polizeipräsidium in Richtung Frauendom. Er würde nicht direkt in sein Ministerium und an seinen Arbeitsplatz zurückkehren. Er brauchte noch einen Moment zum Nachdenken, denn er spürte sehr deutlich, dass sein Leben an einem Wendepunkt stand.

Im Grunde hatte er zwei realistische Möglichkeiten. Erstens: weitermachen wie bisher. Sich tarnen wie ein Chamäleon und darauf hoffen, unentdeckt zu bleiben. Zweitens: verschwinden. Doch für Letzteres reichten seine finanziellen Möglichkeiten aktuell bei Weitem nicht aus. Die dritte

Möglichkeit, Angriff, schloss er von vornehrein aus, weil sie zum Scheitern verurteilt war.

Scheitern duldete Maslov nicht. Das Risiko war zu groß.

Denis würde sich gedulden müssen. Er war noch nicht lange genug in der »Familie«, um wirklich dazuzugehören. Aktuell stand er unter Beobachtung. Solange war sein Platz in der Hierarchie auf sandigem Boden gebaut. Außerdem hatte er bisher noch keinerlei »Personalverantwortung«.

Sein Weg ging über Maslov direkt. Es war noch nicht der Zeitpunkt, das »rote« Telefon zu wählen. Ein Anruf zu viel konnte gleichbedeutend mit dem Rauswurf aus der Champions League sein.

Es war dumm gelaufen.

Dabei hatte er keine andere Option gehabt, als die Rechnung auszutauschen. Die Fahrlässigkeit des Mitarbeiters wäre Denis auf die Füße gefallen, denn letztendlich war er für ihn verantwortlich. Denis hatte damals das Referat erst kurz zuvor übernommen. Seine Karriere wäre beendet gewesen, bevor sie begonnen hatte.

Denn so gut Strebels Kontakte auch ins Kultusministerium waren, ein tödlicher Unfall wegen Fahrlässigkeit in einem prämierten Gymnasium wäre ein gefundenes Fressen für die Presse gewesen. Denis wäre in den Fokus gerückt. In dem Fall wäre es nur eine Frage der Zeit gewesen, bis seine Verbindungen zu illegalen Immobiliengeschäften an die Öffentlichkeit gelangt und vor allem im BKA aufgefallen wären. Es grenzte sowieso an ein Wunder – war es ein Zeichen seiner Kompetenz? –, dass das noch nicht geschehen war.

Denis lief über den Frauenplatz, als er plötzlich ein bekanntes Gesicht nur wenige Meter vor sich sah.

Schuldirektor Manfred Strebel. In Begleitung eines Mannes. Des Schauspielers Sascha Brühl.

War das nicht der Vater des unglücklichen Jungen, dessen Tod sie überhaupt erst in diese missliche Lage gebracht hatte?

Der Vater, der ehemals erfolgreiche Schauspieler, sah nervös und heruntergekommen aus.

Denis hatte eigentlich vorgehabt, in Reminiszenz an seine schönen Tage mit Carolyn über den Alten Hof zu schlendern. Sie hatten dort leidenschaftliche Stunden in Carolyns Luxusapartment verbracht. Doch jetzt entschied er sich um.

Er folgte den beiden Männern, die sich in den Frauendom bewegten. Täuschte er sich, oder ging der Direktor nicht freiwillig mit?

Brühl folgte Strebel eine Spur zu dicht auf den Fersen.

Was hatte der Schauspieler vor?

Noch während er den beiden Männern hinterherlief, verstand Denis, was im Vater des Jungen vor sich gehen mochte. Er hatte vermutlich nie an den angeblichen Selbstmord seines Sohnes geglaubt.

Jetzt wollte er die Wahrheit wissen.

Bisher hatte Strebel eisern geschwiegen.

Es lag in Denis' Interesse, dass das auch weiterhin so blieb.

Denis folgte den beiden.

KAPITEL 54

Jessica war einfach nur erleichtert. Die beiden Frauen waren gerettet. Sie hätte sich nicht ausmalen wollen, was es für Tom und seine Familie bedeutet hätte, wenn Tina etwas zugestoßen wäre.

Schade, dass kein einziger Krapfen übrig geblieben war. Jetzt hätte sie ihn so richtig genießen können. Claas' Krapfen waren sang- und klanglos verschwunden, ohne dass sie etwas davon mitbekommen hätte. Sicher hatte Mayrhofer wieder kräftig zugegriffen. Sie warf dem Kollegen hinter dem Bildschirm einen missbilligenden Blick zu.

Überhaupt ward Claas seit Stunden nicht mehr gesehen. Jessica ging davon aus, dass er sich bei den Kollegen der K11 aufhielt, die im Mordfall Jackl Eichstätt ermittelten. Die Kollegen hatten den Joker gezogen. Der Fall war im Grunde so gut wie gelöst. Wenn er auch nicht das Ergebnis gebracht hatte, das Claas sich sicherlich erhofft hatte.

Und der vermeintliche Täter weiter abkömmlich war.

Nachdem man die DNA- und sonstigen Spuren in der Schule mit denen am Fundort des toten Jackl Eichstätt abgeglichen hatte, war man trotz der in diesem Etablissement vielfältigen Spurenlage auf eindeutige Übereinstimmungen gestoßen. Auffallend waren beide Male die Spuren von Serotonin, die wiederum zu Strebel führten.

Inzwischen hatte man auch Strebels Wohnung durchsucht. Tatsächlich befanden sich dort Medikamente in großer Zahl und in unterschiedlichen Zusammensetzungen mit diesem Botenstoff, der Glückseligkeit versprach. Er musste süchtig sein nach dem Zeug. Obwohl eine Abhängigkeit umstritten war, wie Jessica gelesen hatte. Außerdem hatte sie inzwischen gegoogelt, dass sich eine Überdosierung in Unruhe- und Angstzuständen bemerkbar machte und sich damit gegenteilig auswirken konnte.

Außerdem hatte man ein ganzes Arsenal an K.-o.-Tropfen sichergestellt.

Auch ein Paar zu dem Schuhabdruck bei der Pergola passende Schuhe hatte sich in seinem Schuhschrank gefunden.

Sogar der Leiter der Waldorf-Grundschule hatte sich gemeldet. Er hatte einige Zeit herumgedruckst, bis er mit der Wahrheit herausgerückt war. Dann hatte er ausdrücklich darum gebeten, dass seine Aussage nicht veröffentlicht wurde.

Es hatte Ärger mit der Familie Strebel gegeben, weil der kleine Manfred – der, ganz nebenbei bemerkt, ein fast autistisches Kind gewesen wäre, wovon die Eltern aber nichts hätten hören wollen – während des Unterrichts mit Streichhölzern gespielt und dabei ganz bewusst die Haare einer Mitschülerin entzündet hatte.

Erschreckend, so meinte der Mann, wäre die Reaktion der Eltern gewesen. Obwohl sich die Mitschülerin schwere Verbrennungen im Nacken zugezogen hätte, hätten die Eltern jegliche Konsequenz strikt verweigert und auch einer psychologischen Untersuchung des kleinen Manfred nicht zugestimmt. So hatte man sich schließlich zu einem Schulausschluss gezwungen gesehen.

Jessica sah sich gerade die Fotos von Fabians Notizbuch genauer an, die Anna, wie von Tom gewünscht, in den Messenger gestellt hatte. Den Aufzeichnungen nach hatte Fabian tatsächlich über Marianne recherchiert, nachdem er sie und Strebel in flagranti erwischt hatte. Er hatte ihren Mann ausfindig gemacht und war über das tschechische Mädchen, das er bewusst angesprochen hatte, dahintergekommen, dass Jackl Eichstätt im Nebenjob Zuhälter war.

Jessica wollte gerade das Protokoll der Geständnisse von Sascha Brühl und Ulrich Anzinger gegenlesen, als ihr die von Tom angekündigte Melanie Knaabe gemeldet wurde.

Es hatte in der Wohnung am Salvatorplatz noch einen unangenehmen Zwischenfall gegeben. Während der Befreiung von Tina und Conny hatte Melanie einen hysterischen Anfall bekommen. Sie war ins Schlafzimmer gerannt und hatte dort versucht, Fotos aus einer Schublade zu entwenden.

Die Fotos waren im Schlafzimmer über dem Bett mit Fernauslöser von einer Deckenkamera fotografiert worden, die die Spurensicherung im Anschluss direkt auseinandergenommen hatte. Die eingelegte Speicherkarte brachte zunächst keine weiteren Erkenntnisse, da sie noch keine neuen Bilder enthielt. Aber die Fotos von Strebel und Melanie waren sehr aufschlussreich.

Sie lagen Jessica inzwischen vor.

Strebel hatte sie wohl als Andenken entwickeln lassen. Es war nur zu gut zu verstehen, dass dem Mädchen die Situation peinlich war und es deshalb mit aller Macht versucht hatte zu verhindern, dass jemand die Bilder zu sehen bekam.

Außerdem waren weitere Speicherkarten der Kamera gefunden worden, die nun von der SOKO und Claas ausgewertet wurden. Wie es aussah, hatte Strebel die Wohnung seiner Schwester als Liebesnest genutzt. In welchem Ausmaß er sich dabei aus Jackl Eichstätts Fundus bedient hatte, würden die weiteren Ermittlungen ergeben.

Mit etwas Glück würde es doch noch gelingen, ein paar Hintermänner festzunehmen. Denn Strebel hatte die Wohnung recht freizügig zur Verfügung gestellt. Vermutlich hatte vieles auf Geschäft und Gegengeschäft basiert.

Tom hatte Jessica gebeten, mit der Befragung von Melanie zu beginnen, sobald sie da war. Das junge Mädchen sah verweint aus. Schwarze Mascara war um die Augen herum und über die Wangen verlaufen. Eine dicke Haarsträhne war auf der Höhe des Ohres willkürlich abgeschnitten worden.

Trotzdem bekam Mayrhofer Stielaugen, als die knapp 20-Jährige mit den haselnussbraunen Haaren und den saphirblauen Augen in ihrem aufreizend körperbetonten kurzen Kleid, mit knapper Jeansjacke und Boots eintrat.

»Ich bin dann bei der Befragung dabei!«, murmelte er, stand auf und versetzte seinen Computer in den Ruhezustand.

Es war doch immer wieder faszinierend, welche Wirkung eine junge Frau mit dem Aussehen dieser Melanie Knaabe auf Männer wie Mayrhofer erzielen konnte.

Also gingen sie zu zweit in den Verhörraum.

Die Ereignisse hatten Melanie überrollt. Sie saß wie ein Häufchen Elend vor ihnen auf der anderen Seite des Tischchens. Eine Welt musste für das Mädchen zusammengestürzt sein, als sie damit konfrontiert worden war, dass Manfred Strebel ein Mörder war, dachte Jessica. Doch sie wurde eines anderen belehrt.

Jessica dachte, sie kannte den Mädchentyp.

Eine naive junge Frau mit Vaterkomplex, die ihre ersten sexuellen Erfahrungen mit einem weit älteren und erfahrenen Mann erlebt hatte. Er war vermutlich der allmächtige Herrgott für sie. Seine Autorität hatte sie willig werden lassen. Das belegten die Fotos, die Jessica nun mitleidslos auf das Tischchen knallte.

Das Mädchen zuckte zusammen. Blieb aber stumm.

Die Bilder hatten Jessicas bisherige Vermutungen bestätigt. Strebel war ein Sadist. Er hatte eine Vorliebe für Feuer und Haare. Melanie war ihm ganz und gar verfallen.

Jessica verstand mehr und mehr, warum es für den Mann besser gewesen war, Fabians Tod als Selbstmord zu tarnen. Eine umfassende Untersuchung zu einem Unfall aus Fahrlässigkeit hätte so manche dunkle Seite von ihm ans Licht gebracht. Dieses Risiko hatte er zu vermeiden gesucht. Zumal Fabians Selbstmord wegen des Todes der Mutter kurz zuvor absolut logisch geklungen hatte und ohne viele Fragen akzeptiert worden war.

»Sie haben ein Verhältnis mit Manfred Strebel.« Es war eine Feststellung, mit der Mayrhofer Jessica zuvorkam.

Er nahm die Fotos zur Hand und betrachtete sie eingehend.

Jessica hatte die Bilder bereits sorgfältig studiert. Sie zeigten das hübsche Mädchen in knappen Dessous und mit offenen Haaren. Die Haarsträhne war noch nicht abgeschnitten.

Sie saß angekettet und mit weit gespreizten Beinen auf dem großen Doppelbett, während der nackte Strebel, vor ihr kniend, ein brennendes Streichholz gefährlich nah an ihren halb geöffneten Mund, ihre saphirblauen Augen, ihre vollen Brüste und ihre leicht bedeckte Vagina hielt.

Mayrhofer leckte sich unbewusst über die Lippen. »Liebt der Herr Direktor solche Spielchen?«

Melanie schlug die Augen nieder. »Ich bin über 18. Das geht niemanden etwas an. Ich gehe davon aus, dass diese Fotos nicht an die Öffentlichkeit gelangen.«

Plötzlich schluchzte sie laut auf. »Meine Eltern! Sie würden mir das nie verzeihen! Wenn das bekannt wird …«

»Knaabe?« Mayrhofer kräuselte die hohe Stirn. »Kommen Sie aus der Familie mit dem Feinkostimperium?«

Melanie nickte stumm, während Jessica unvermittelt dachte: Feinkostimperium, bei der Figur?

»Und Ihnen hat das auch Spaß gemacht?«, fragte Mayrhofer interessiert. Eine Frage, die sich aus seinem Mund sehr persönlich anhörte.

Das Mädchen hatte jetzt Aufwind und reagierte entsprechend. »Das geht Sie gar nichts an.«

Jessica entriss ihm die Fotos. »Hören Sie, uns geht alles etwas an, was etwas mit dem Mord an Marianne Eichstätt und den Entführungen sowie dem Selbstmord von Fabian zu tun hat.«

»Ich war ja selbst noch Schülerin, als der Fabian gestorben ist.«

Jessica übernahm nun die Befragung. Ihr fiel auf, dass Melanie die Knie fest zusammendrückte.

Sie verbarg irgendetwas vor ihnen.

»Hatten Sie zu der Zeit schon ein Verhältnis mit Direktor Strebel?«

»Nein!«

»Seit wann dann?«

»Seit etwa einem halben Jahr.«

»Wussten Sie, dass Manfred Strebel auch ein Verhältnis mit Marianne Eichstätt hatte?«

»Zu dem Zeitpunkt nicht mehr.«

»Seit wann nicht mehr?«

»Seit wir zusammen sind«, sagte Melanie mit großen Augen.

Denkste, dachte Jessica. Man hatte nämlich inzwischen Strebels DNA auch in Mariannes Apartment gesichert. Zwar war die Bettwäsche in die Waschtrommel einer kleinen Waschmaschine im Bad gesteckt worden, doch Marianne hatte vergessen, die Maschine einzuschalten. Sie hatte am Nachmittag vor der Konferenz Sex mit Strebel gehabt. Sein letzter Einsatz, um sie davon abzuhalten, ihre Aussage zu ändern.

»Frau Eichstätt hat nicht mitbekommen, was zwischen Ihnen und Herrn Strebel lief?«, fragte Jessica.

»Nee.« Melanie lachte hässlich auf. »Hätte sie mir nie zugetraut. Ich war eine ihrer Lieblingsschülerinnen.«

Diese Fehleinschätzung hatte auf Gegenseitigkeit beruht. Frauen, dachte Jessica. Die konnten ganz schön hinterhältig sein.

»Und Conny Bergmüller?«, fragte Jessica. »Wir wissen, dass Marianne Eichstätt eifersüchtig auf die Kunstlehrerin war. Waren Sie das auch?«

Melanie schnaubte verächtlich. »Die kam sich als was ganz Besonderes vor!«

Aha. Daher wehte der Wind.

»Sie waren eifersüchtig auf Conny Bergmüller!«, stellte Jessica fest.

Während sich Mayrhofer wieder den Bildern widmete, entschloss sich Jessica, aus der Hüfte zu schießen. Das hatte sie bei zahlreichen Verhören mit Tom gelernt. Sie erinnerte sich an den zerknüllten Briefumschlag in der leblosen Hand von Marianne Eichstätt.

Der Brief war an Conny Bergmüller adressiert gewesen.

»Sie haben den Brief gelesen, den Herr Strebel an Frau Bergmüller geschrieben hat.«

Das Mädchen sah sie überrascht an. Dann gewann sie offenbar den Eindruck, dass Leugnen ihr nicht weiterhelfen würde. »Er hat ihn offen liegen lassen. Als ob er wollte, dass ich ihn lese.«

Langsam sah Jessica klar. »Herr Strebel wollte Sie wegen Frau Bergmüller verlassen.«

Jessicas unverblümte Aussage riss Melanies anfänglichen Widerstand ein. »Ich weiß nicht, was er an ihr fand. Er war vom ersten Moment an ganz hin und weg von ihr. Seit sie im vergangenen September an die Schule gekommen ist. Dabei war ganz offensichtlich, dass die Bergmüller nichts von ihm wollte. Sie ist ihm ausgewichen. Wahrscheinlich hat ihn genau das gereizt.«

»Sie haben Marianne Eichstätt diesen Brief in die Hände gespielt, weil Sie wussten, dass sie noch immer an Manfred Strebel hing«, erkannte Jessica. Erst daraufhin hatte Marianne beschlossen, ihre Aussage zu ändern, und es war zum Streit gekommen.

Marianne war eifersüchtig auf Conny gewesen, aber von Melanie Knaabe hatte sie nichts geahnt.

»Nicht direkt.« Melanie drehte den Kopf zur Seite.

»Was stand denn in dem Brief?«

»Er hat sich für einen schönen Abend bedankt. Dass er sie gern wieder treffen will. Wie toll sie das mit der Ausstellung macht. Dass sie ihn an seine Schwester erinnert. Dass sie ein ganz anderer Typ ist als alle Frauen, die ihm bisher begegnet sind. Dass sie so stark ist. Dass er alles für sie tun würde.« Melanie schluchzte laut auf.

Sofort zog Mayrhofer eine Packung frische Papiertaschentücher aus der Hosentasche und bot dem Mädchen eins an.

»Danke!«, schnäuzte sie und schenkte ihm ein Lächeln. »Dabei ist die Bergmüller eine alte Schachtel und herrische Emanze.«

Alte Schachtel fand Jessica mehr als übertrieben. Immerhin war die Kunstlehrerin gerade einmal zehn Jahre älter als das Mädchen.

Mayrhofer nickte brav.

»Trotzdem hat er sich ihr zu Füßen geworfen, während er Sie gequält und mit Ihrer Liebe gespielt hat.« Jessica wusste, wie gemein einem das Leben mitspielen konnte.

Selbst Familienmitgliedern von einem Feinkostimperium.

»Ja.« Melanie tupfte sich die Nase.

»Waren Sie denn überhaupt noch zusammen?«, fragte Jessica.

»Er ist mir seit etwa zwei Monaten ausgewichen.«

Aha, dachte Jessica. Seit Jackl Eichstätt den Druck auf ihn erhöht hatte, damit er sich wieder mehr um Marianne kümmerte, bevor sie ungemütlich wurde.

»Wann genau hat Manfred Strebel Frau Bergmüller den Brief überreicht?«

»Überhaupt nicht.«

»Wie?«

»Ich habe ihn bei der Eichstätt ins Fach geschmuggelt. Schon ein paar Tage, bevor sie starb. Ich wollte Manfred eins auswischen. Er war stinksauer, als der Brief weg war. Hat mich aber nicht verdächtigt.«

Jessica schluckte.

Die hübsche Melanie war nicht so harmlos, wie sie sich gab.

Sie hatte das Spiel ins Rollen gebracht! Sie hatte die beiden Rivalinnen geschickt aufeinandergehetzt. Feinkostimperium!

»Und dann?«

Melanie lachte. »Die Eichstätt hat den Brief der Bergmüller persönlich übergeben. Er war ja an sie adressiert. Die Eichstätt hat wie eine Schlange beobachtet, wie die Bergmüller darauf reagiert. Sie hat gedacht, Manfred hätte der Bergmüller endlich die verdiente Abmahnung geschickt. Die Eichstätt hat die Bergmüller seit Wochen angeschwärzt. Sie hatte herausbekommen, dass die Bergmüller mit einem Schüler zusammen in einer Wohnung lebt.«

Dieser Lars von Hohenlohe, von dem Tom erzählt hatte.

»Und dann?«, fragte Jessica.

»Die Eichstätt ist misstrauisch geworden, als die Bergmüller anders als erwartet reagiert hat. Sie ist zu Manfred und wollte wissen, was in dem Brief steht. Er hat es ihr natürlich nicht gesagt. Die beiden haben sich tagelang angekeift.«

»Und die Bergmüller?«

»Die hat um ein Gespräch mit Manfred gebeten. Wär gestern gewesen.« Melanie hob die Schultern, als ob sie völlig unbeteiligt wäre. Das Mädchen wurde immer undurchsichtiger.

»Da war sie bereits in Strebels Gewalt«, stellte Jessica fest.

Das siegesbewusste Lächeln, das jetzt ganz leicht um Melanies Mundwinkel spielte, gefiel Jessica nicht.

In dem Moment streckte Tom den Kopf zur Tür herein. »Kommst du mal, Jessica?«

Bevor sie sich nach Tinas Befinden erkundigen konnte, sagte Tom: »Tina ist sich ziemlich sicher, dass Strebel eine Gehilfin hatte.«

»*Was?*« Jessica betrachtete das Mädchen hinter der Glasscheibe. Feinkostimperium!

»Sprich sie darauf an.« Tom nickte ihr aufmunternd zu.

Jessica trat in den Raum zurück. Mayrhofer hatte sich inzwischen um eine entspannte Atmosphäre bemüht. Die beiden lachten.

»Wann haben Sie eigentlich erfahren, dass der feine Herr Direktor zwei Geiseln in seiner Gewalt hat?« Jessica war wütend, weil Melanie versucht hatte, ihr etwas vorzuspielen.

»*Ich?*« Melanie war eine schlechte Schauspielerin.

»Geben Sie es zu! *Sie* haben ihm geholfen!« Jessica war sich jetzt ganz sicher.

Mayrhofer schaltete sich ein. »Geh, Jessica. Das Dirndl...«

Jessica ließ sich nicht beirren. »Spätestens seit gestern Abend. Seit Tina da war! Seitdem haben Sie es gewusst!«

Um dem Ganzen noch mehr Nachdruck zu verleihen, fügte sie hinzu: »Tina hat Sie erkannt, Melanie.«

Jessica hätte vermutet, dass Melanie in Tränen ausbrechen würde. Die Rolle der vom Eis gestoßenen Prinzessin beherrschte sie gut.

Doch weit gefehlt.

Ihre saphirblauen Augen wurden eiskalt. »Ich wollte Manfred gestern Abend in der Wohnung am Salvatorplatz besuchen. Es war mein Geburtstag! Aber er hat ihn vergessen. Wir haben den Abend ursprünglich gemeinsam dort verbringen wollen. Als ich vor der Tür gestanden habe, habe ich von drinnen Geräusche gehört. Ich hab mein Ohr an die Tür gedrückt. Frauenstimmen. Sie haben ein Lied gesummt. Lana del Ray. Summertime. Ich war stinkwütend und habe Manfred angerufen. Ich hab ihm auf Band gesprochen, dass es eine Sauerei ist, dass er sich an meinem Geburtstag mit anderen Frauen vergnügt. Er hat sofort zurückgerufen und ist gekommen. Er meinte, dass die Bergmüller das von ihm und mir wüsste. Dass das eine Katastrophe sei! Dass sie es meinen Eltern sagen will. Dass sie es ihrer Freundin erzählt hat. Dass ich ihm helfen soll, die beiden erst einmal ruhigzustellen, bis wir eine Lösung gefunden haben ... Und dass alles wieder so wird, wie es war.«

Jetzt weinte Melanie doch.

Mayrhofer bekam große Augen.

Jessica schluckte. »Und die Haarsträhne?«, fragte sie. »Hat Strebel Ihnen die gestern Abend abgeschnitten?«

Das Mädchen nickte.

»Und dann hat er sie vor Ihren Augen verbrannt«, stellte Jessica fest und ließ ihren Gedanken freien Lauf.

Im Grunde war auch Melanie schon totgeweiht gewesen.

Wieder ein ahnungsloses Nicken.

»Sie sollten sich einen Anwalt nehmen«, riet sie dem Mädchen und erhob sich.

»Gibt's eigentlich noch Krapfen?« Mayrhofer rieb sich die Hände, kaum, dass sie den Raum verlassen hatten. »Mit einer Frei-Haus-Lieferung von Feinkost Knaabe können wir jetzt wohl nicht mehr rechnen.«

»Witzbold!« Jessica schüttelte den Kopf. Wie konnte er nur so abgebrüht sein. Selbst ihr war jeglicher Gedanke an Essen angesichts der Kaltschnäuzigkeit des jungen Mädchens vergangen.

»Gut gemacht, Jessi!« Tom klopfte ihr auf die Schulter.

»Danke.« Die Anspannung der Befragung fiel langsam von ihr ab.

»Jetzt muss Strebel ins Netz, Freunde«, sagte Tom.

Jessica nickte zaghaft. Dann könnte sie nächste Woche wie geplant ihre Mutter in Berlin besuchen.

Außerdem hatte Benno auf die Mailbox gesprochen. Sie freute sich darüber und schob die warme Erinnerung an das kurzweilige Abendessen mit Claas beiseite.

Im Büro notierte Jessica ihre Gedanken auf das verwaiste Whiteboard.

Haare. Abschneiden = Abschied, Veränderung.

Feuer. Energie und sexuelle Leidenschaft.

Verbrennen. Auslöschen. Überlastung.

Der Geruch von verbranntem Haar. Seine Trophäe.

Ein Geruch als Trophäe.

Hatte nicht auch Jean-Baptiste Grenouille in »Das Parfum« der Duft der Frauen als Erinnerung an seinen Triumph gedient?

KAPITEL 55

Inzwischen war es stockdunkel draußen. Von seinem kleinen Refugium aus konnte Sascha die Uhr des nördlichen Kirchturms erkennen. Die goldenen Zeiger bewegten sich auf Mitternacht zu.

Der Frauenplatz unten hatte sich geleert.

Strebel war eingeschlafen. Der schwere Duft des Weihrauchs zog aus dem mächtigen Mittelschiff des Gotteshauses bis zu ihnen hoch in den zugigen Turm.

Sascha wusste nun, wohin er mit dem Direktor gehen würde. Dorthin, wo alles angefangen hatte. Nein, nicht zur Schule.

Zum Karl-Valentin-Brunnen am Viktualienmarkt!

Dorthin, wo er, Sascha Brühl, als kleiner Junge seine Liebe zu dem Komiker entdeckt hatte. Er hatte oft mit seiner Mutter Obst, Gemüse, Käse und Wurst auf dem Markt gekauft. Sie hatten in der Wohnung im Färbergraben gelebt, die jetzt Saschas Schwester gehörte.

Als kleiner Junge hatte Sascha einen guten Freund gehabt. Den Sohn des Blumenstandbetreibers neben dem Karl-Valentin-Brunnen, der einige Jahre vor Saschas Geburt erbaut worden war.

Er und sein Freund hatten ihre Papierschiffchen im Brunnen kreisen lassen, während die Mütter geratscht und gelacht hatten. Manchmal hatte seine Mutter sogar am Stand ausgeholfen. Später hatte Sascha sich mit dem Werk des Komikers befasst, seine Stücke selbst gespielt. Schließlich hatte er seinen Sohn auf die Karl-Valentin-Schule geschickt, weil er geglaubt hatte, dass man dort gar nicht anders könnte, als die »richtige« Philosophie zu lehren. Was immer das auch heißen mochte …

Diese Schule jedenfalls hatte sich als Fehlschlag erwiesen. Ulrichs und Saschas erster Warnschuss war an Strebel abgeprallt wie Regen an einer frisch polierten Limousine. Nun sollte der Direktor seine Lektion am Viktualienmarkt lernen.

Seit 20.30 Uhr war die Kirche geschlossen. Sascha kannte die Sommeröffnungszeiten. Unter normalen Umständen hätten sie festgesessen. Doch sein Bekannter hatte Sascha erzählt, wo er den nachgemachten Schlüssel deponiert hatte, den Sascha wie erwartet zwischen zwei Betonsteinen gefunden hatte. »Weißt«, hatte der Freund gesagt, »nachdem ich einige Male spontan dort übernachten wollte und den Schlüssel nicht dabeihatte, hab ich mich entschlossen, ihn vor Ort zu lassen.«

Außerdem hatte Sascha für wenige Minuten die SIM-Karte wieder eingesetzt, Ulrich Anzinger angerufen und um Hilfe gebeten. Ulrich würde jeden Moment mit dem Auto auf dem Frauenplatz vorfahren.

Et voilà. Da war er.

Sascha löste widerwillig das Kabel um Strebels Fußgelenke und weckte ihn auf. Er drückte dem Direktor unmissverständlich fest die Spitze des Schraubenziehers zwischen die Rippen und bugsierte ihn die steile Treppe hinunter. Strebel unternahm keinen weiteren Fluchtversuch und Sascha war froh, dass der Direktor wegen der Plane im Mund stumm bleiben musste. Strebel hätte sich hinschmeißen und die Treppe herunterrollen können. Doch der Mann wusste nur zu gut, dass er mit seiner Unsportlichkeit schlechte Karten hatte.

Außerdem war er von Saschas Schlag noch immer lädiert.

Der Schlüssel passte tatsächlich perfekt zu einem der kleineren Nebenausgänge. Was für ein Gefühl, dieses gewaltige Gotteshaus auf- und zuzusperren. War es Ehrfurcht, die Sascha wie kalter Wind um die Nase wehte, kaum dass sie die Kirche verlassen hatten?

Die Restaurants um den Dom herum waren bereits geschlossen. Ein paar Betrunkene lärmten zwischen den Terrassenstühlen herum.

Niemand nahm Notiz von ihnen.

Ulrich öffnete die hintere Tür seines Cayennes. Sascha stieß Strebel hinein. Alles ging schweigend vonstatten, bis sie schließlich nebeneinandersaßen und der Cayenne gemächlich über das Kopfsteinpflaster rollte.

Schließlich meinte Sascha: »Es war ein Unfall.«

Ulrich nickte stumm, während Sascha dem Freund erzählte, dass Fabian über das niedrige Geländer gestürzt war.

»Dich trifft keine Schuld, Sascha. Gut, dass du das jetzt weißt.«

»Wie geht es Carla?«, wollte Sascha wissen, während Ulrich den Wagen verbotenerweise und im Schritttempo über die Filserbräugasse, die Wein-, Theatiner-, Schrammer- und schließlich über die Pfisterer- und Sparkassenstraße bis Ins Tal lenkte.

»Besser.«

Sascha genoss das Schweigen zwischen ihnen. Es war Ausdruck ihrer tiefen Verbundenheit. Ihres gemeinsamen Ziels.

An der Heiliggeistkirche entlang fuhren sie schließlich über die engen Marktgassen an den mit orangefarbenen Plastikplanen für die Nacht geschützten Ständen vorbei bis hin zum Karl-Valentin-Brunnen.

»Und jetzt?«, fragte Ulrich und hielt den Wagen an.

»Hast du das Seil?«, fragte Sascha.

Ulrich nickte. »Im Kofferraum. Wollen wir nicht lieber zur Schule fahren?«

»Nein!« Sascha stieg aus, holte das Seil und suchte nach einer geeigneten Stelle.

Am Denkmal direkt konnten sie Strebel nicht festbinden. Aber unweit des Brunnens standen zwei Bäume. Der eine war von einer runden Bank umgeben, der andere von einem Geländer zum Absperren von Fahrrädern.

Zu bequem wollte Sascha es Strebel nicht machen.

Er entschied sich für den Baum mit dem Geländer, der fast in einen Stand mit Trockenblumen, Gewürzen, Bambus- und Holzdekorationen hineinwuchs. Es war der Nachbarstand von Saschas kleinem Freund, der inzwischen mit seiner Familie auf Mallorca lebte.

»Weißt du, was gerade über den Ticker ging?«, fragte Ulrich, der jetzt das Seil schleppte.

»Was?«

»Conny Bergmüller und die Nichte von Tom Perlinger wurden aus der Wohnung von Strebels Schwester befreit. Halb nackt. Er hat sie entführt, weil sie zu viel wussten. Conny Bergmüller liegt bei Carla im Krankenhaus. Strebel wird gesucht. Genau wie du.«

Sascha drängte Strebel hinter das Geländer an den Baum. Der begann sich zu wehren.

»Hilf mir!«

Der kräftige Ulrich nahm Strebel in den Schwitzkasten, während Sascha den sich sträubenden Mann bis auf die Unterhose auszog und ihm die Hände fest hinter dem Baum verschnürte. Dann schlang er das Seil Runde um Runde von oben bis unten um den halb nackten Mann.

»Er wird dafür büßen.«

»Was hast du vor, Sascha? Du willst ihn doch nicht etwa umbringen? Er wird seine verdiente Strafe bekommen.«

Sascha sagte keinen Ton, bis er das Ende des Seils an Strebels Waden mehrmals eng verknotet hatte.

Sascha richtete sich auf. »Glaub mir, Ulrich. Noch vor einer Stunde habe ich mir vorgestellt, ihn vom Turm der Frauenkirche herunterzustoßen. Ich wollte sehen, wie er unten auf das Pflaster aufschlägt. So wie Fabian auf dem Boden der Aula. Aber jetzt will ich das nicht mehr. Ich will nur verhindern, dass wieder nichts passiert. Dass er durchkommt, obwohl sie ihn jetzt suchen. Ich will ein Exempel statuieren. Der Mann ist ein Psychopath. Ein Psychopath, den man auf unsere Kinder losgelassen hat. Er ist kein Einzelfall. Solche wie ihn gibt es zuhauf. Er soll leiden. So wie wir gelitten haben.«

»Es kommt jemand, befreit ihn, er verschwindet und alles war umsonst!«, sagte Ulrich.

»Nein, das wird es nicht sein. Gib mir dein Handy.«

Ulrich gab es ihm.

Mit geübtem Blick suchte Sascha den richtigen Winkel. Schoss ein paar Fotos. Sah sich um.

Schließlich lief er hinter das Karl-Valentin-Denkmal, aktivierte die Zoomfunktion und fotografierte Strebel so, dass die Silhouette des Komikers im Vordergrund stand.

Genau in dem Moment, als Sascha auf den runden Punkt drückte, gaben die Wolken den Mond frei, sodass sein helles Licht die Szenerie in ein gespenstisches Licht tauchte.

Dieses Foto schickte Sascha zuerst an seine eigene E-Mail-Adresse.

Leider hatte er die Visitenkarte mit den Kontaktdaten von Tom Perlinger nicht dabei. Er hätte ihm gern den Joker zugespielt.

Wenn jemand, dann würde Tom Perlinger ihn verstehen.

Dann erinnerte Sascha sich an die E-Mail-Adresse von Max Hacker, die seine Schwester ihm wegen der Kooperation gegeben hatte.

Sie war einfach. Sascha hatte sie sich gemerkt.

Wirte waren oft bis spät in die Nacht hinein wach.

Mit etwas Glück fand seine Nachricht rechtzeitig Gehör.

KAPITEL 56

Stundenlang hatte Denis auf der Kirchenbank in dem riesigen Kirchengewölbe des Frauendoms gesessen, ohne dass etwas passiert wäre. Er hatte sich an den inneren Rand des Ganges gesetzt und den Duft des Weihrauchs eingesogen.

Obwohl er seit Jahren in München lebte, war er das erste Mal im Dom. Zunächst war er von der Dimension so beeindruckt gewesen, dass er unwillkürlich die Gesetze der Gotik studiert hatte, die hier meisterhaft umgesetzt waren und zu einem sich stetig ändernden Lichtspiel führten. Dann hatte er an den nach oben strebenden weißen Dompfeilern vorbei durch die Glasfenster des Frauendoms geblickt und auf die erleuchtende Idee gewartet.

Ein, zwei, drei Stunden.

Denis hatte beschlossen, sein rotes Telefon nicht zu aktivieren. Es hätte bedeutet, dass Maslov ihm aus einer Notsituation hätte helfen müssen. Keine vorteilhafte Ausgangsposition.

Denis' Trumpf bestand darin, dass er wusste, wo sich das Duo befand, nach dem der gesamte Polizeiapparat suchte.

Er würde warten, bis die beiden herunterkamen.

Er hatte den Joker im Spiel gezogen.

Als die Kirche sich geleert hatte und ihm bewusst geworden war, dass er bald aufgefordert werden würde zu gehen, war er aufgestanden und in eines der Restaurants umgezogen.

Von hier hatte er die Eingänge perfekt im Blick.

Irgendwann mussten sie herauskommen. Bloß wie? Oder hatte dieser Brühl vor, mit Strebel dort zu übernachten?

Schließlich wurde Denis aufgefordert zu zahlen.

Er beobachtete ein paar Betrunkene, die sich zwischen den Terrassenstühlen zu schaffen machten. Gerade als er überlegte, wie er doch einen Vorteil aus der Situation ziehen könnte, wenn er bereits jetzt einen Tipp an die Polizei gäbe, fuhr ein Porsche Cayenne vor.

Um die Uhrzeit in der Ladezone? Seltsam.

Denis drückte sich in einen Hauseingang. Hatte der Schauspieler sich einen Gehilfen organisiert? Mist! Wie sollte er den beiden folgen? Er musste auf ein Taxi hoffen, sobald der Wagen die Fußgängerzone verlassen hatte. Seine Kondition war gut.

In der Innenstadt würde er mithalten können.

Denis machte sich auf einen Lauf gefasst, als der Schauspieler tatsächlich mit dem Direktor aus der Kirche trat.

Sie stießen den gefesselten Strebel auf den Rücksitz.

Das Auto fuhr an.

Denis setzte sich in Trab.

Er kam mühelos hinterher.

Der Cayenne schlängelte sich im Schritttempo durch die schmalen Gassen der Altstadt bis zum Viktualienmarkt und schließlich bis zum Karl-Valentin-Brunnen.

Atemlos verfolgte Denis das Geschehen von einem sicheren Standort aus. Seine größte Sorge bestand darin, entdeckt zu werden.

Er hätte erwartet, dass der Schauspieler Rache üben würde. Dass er Manfred Strebel an diesem Baum wie an einem Marterpfahl foltern würde. Dass er ihm ein Messer zwischen die Rippen, eine Kugel in den Kopf treiben würde. Dass Blut floss.

Doch nichts dergleichen geschah.

Sascha Brühl und sein Freund banden den Mann halb nackt an einen Baum. Sie diskutierten. Brühl fotografierte. Schließlich setzten die beiden sich ins Auto, fuhren weg, ließen den Direktor zurück.

Denis überlegte fieberhaft.

Er könnte ihn befreien. Doch warum?

Der Mann konnte ihm nur gefährlich werden.

Strebel würde Denis verraten.

Nachdenklich betrachtete Denis den mit einer orangefarbenen Plastikplane bedeckten Stand. Die Enden der Plane wehten im Wind. Der Baum stand so nah, dass der Stamm fast in den Stand hineinwuchs. Trockenblumen, Gewürze, Holz- und Bambus-Dekorationen erkannte Denis hinter den Plastikfenstern.

Hatte man nicht im Zusammenhang mit dem Tod von Jackl Eichstätt und dem Brand in dem Etablissement – einen Tag nachdem das Gymnasium in Flammen gestanden hatte – von einem Feuerteufel in München gesprochen?

Ein Feuerteufel?

Denis wusste, was ein Feuerteufel war.

Bestimmt war Maslov wütend, dass der Direktor mit Jackl Eichstätt einen seiner besten Männer aus dem Verkehr gezogen hatte. Wer würde nun die Partys organisieren?

Denis kramte nach dem Feuerzeug in seiner Anzugtasche. Gut gefüllt. Spielerisch ließ er mehrere Male den Deckel über dem Zündstein aufschnappen.

Maslov würde ihm dankbar sein, wenn er Jackl rächte.

Er würde den Direktor mit seinen eigenen Waffen schlagen.

Feuer frei!

Denis sah sich um.

Um diese Zeit eine der ruhigsten Ecken der Innenstadt.

Da. Ein trockener Ast schlängelte sich am Boden unter der Folie hindurch.

Denis hielt das Feuerzeug daran und beobachtete, wie sich die Flamme gierig daran hoch und in den Innenraum fraß.

Trockenblumen. Gewürze. Holz- und Bambusdekorationen.

Der aufkommende Wind stand günstig.

Denis lachte leise in sich hinein. Nun würde Manfred Strebel doch noch am Marterpfahl schmoren.

Der Direktor saß mit dem Rücken zum Feuer.

Obwohl er Denis nicht entdeckt hatte, drehte und wand er sich in dem Seil und suchte sich zu befreien. Seine Kleidung lag einige Meter entfernt. Aus der Jacke der Anzugtasche war ein Stück Kreide gerollt, das weiß im Mondlicht schimmerte.

Die plötzliche Hitze würde eine Überraschung für Strebel sein. Blieb zu hoffen, dass das Feuer nicht zu früh entdeckt und gelöscht wurde. Nach Regen jedenfalls sah es nicht aus.

Der Wind peitschte die Flammen an.

Als Denis sah, wie zügig sie um sich griffen, ließ er das Feuerzeug zurück in seine Hosentasche gleiten und klopfte sich zufrieden die Hände sauber.

Der Moment für das rote Telefon war gekommen.

Maslov würde entzückt sein zu hören, welch ideales Ziel Tom Perlinger im gleich entstehenden Tohuwabohu abgeben würde. Sollte Denis sich ein ruhiges Plätzchen suchen, um den Showdown zu genießen? Besser verschwinden.

Aber halt.

Das Stückchen weiße Kreide ging Denis nicht aus dem Sinn. Er band seine Krawatte ab und krempelte sie über die Finger seiner linken Hand. Dann angelte er nach der Kreide, ohne dass Strebel ihn sehen konnte.

In weißen ungelenken Druckbuchstaben schrieb Denis eine kurze Nachricht in den schwarzen Teer ein Stück vom brennenden Stand entfernt, sodass die Nachricht die sicher zeitnah eintreffende Feuerwehr überleben würde. Ein Schlichtes:

›Es geht weiter! Gruß an TP ☺‹

Dann schlich Denis im Schatten der Häuser hochzufrieden in Richtung Sonnenstraße. Kurz vor 1.00 Uhr. Er musste sich sputen, wenn er die letzte U-Bahn erreichen wollte. Ein, zwei Stationen in die nächstbeste Richtung, dann konnte er sich ein Taxi nach Hause nehmen. Vorsichtshalber stülpte Denis die schwarze Baumwollmütze über, die er immer bei sich trug.

Mal sehen, wie man im Kultusministerium auf seinen Vorschlag reagieren würde, das Karl-Valentin-Gymnasium in eine Privatschule umzuwandeln, weil der Ruf nun unwiderruflich beschädigt war.

Ein Investor stand bereit.

Bestlage Innenstadt. Erst Privatschule. Dann Kaufhaus. Eigentlich ein Ding der Unmöglichkeit. Aber Maslov war ein Meister darin, Menschen von seinen Plänen zu überzeugen. Auch solche, für die das Wort Korruption bis zu Maslovs Auftauchen ein Fremdwort gewesen war.

Es konnten alle nur gewinnen.

Sein Anruf wurde angenommen.

»Gnade jedem, der keinen guten Grund für einen Anruf um diese Uhrzeit hat.« Tiefe Stimme. Harter russischer Akzent.

Denis grinste. Er hatte einen.

Es lief!

Denis nahm es als positives Zeichen, dass die Feuerwehrsirenen erst losheulten, als er die Treppe am Sendlinger Tor zur U-Bahn hinabstieg.

Sein Plan schien aufzugehen.

Seine Zukunft in München sah rosig aus.

KAPITEL 57

Kurz nach 24.00 Uhr. Christl konnte nicht einschlafen. Sie sehnte sich nach Tom. Er war noch immer nicht da. Die Ereignisse des Tages ließen ihr keine Ruhe. Die Aufregung um Tina.

Die Erleichterung, dass sie wohlbehalten zurück war.

Als Christl das Piepen einer Nachricht hörte, war sie mit einem Schlag hellwach. Sie griff nach dem Handy auf ihrem

Nachttisch. Ihre Mutter hatte die Fotos geschickt. Nachdem Christl sich durch die Bilder gescrollt hatte, ließ sie sich erschöpft und innerlich zerrissen auf das Kopfkissen fallen.

Ihr Alptraum und Daniels Unfall hatten Christl den ganzen Tag nicht losgelassen. Sie hatte nach alten Unterlagen gesucht. Vor zehn Jahren hatte man noch nicht jedes Ereignis per Handy dokumentiert. Doch von Daniels letztem Schachspiel schien es kein einziges Foto zu geben.

Irgendetwas an dem Titelbild der AZ über den Brand im Gymnasium hatte Christls Aufmerksamkeit erregt. Immer wieder waren ihre Gedanken abgeglitten und bei dem Foto verharrt.

Sie hatte den Artikel in der AZ längst gelesen und die Beiträge im Internet verfolgt. Manfred Strebel hatte nicht nur Tina und die Kunstlehrerin entführt, sondern auch Marianne Eichstätt und ihren Mann ermordet. Er war inzwischen flüchtig. Irgendwo hatte Christl gelesen, dass Strebel 2009 die Internationale Bayerische Schachmeisterschaft gewonnen hatte.

Die Meisterschaft, bei der Daniel angetreten wäre, wäre es nicht zu dem Unfall gekommen.

Christl hatte davor zurückgeschreckt, Kontakt mit Daniels altem Schachclub aufzunehmen. Die verantwortlichen Personen dort hatten längst gewechselt. Wem war der Name Daniel Weixner nach zehn Jahren noch ein Begriff?

Schließlich hatte Christl schweren Herzens ihre Mutter angerufen. Daniels Tod war ein heikles Thema zwischen ihnen. Manchmal hatte Christl fast den Eindruck, dass ihre Mutter ihr eine Mitschuld an Daniels Tod zuschrieb. Anstatt einfach nur dankbar dafür zu sein, dass zumindest eines ihrer Kinder überlebt hatte.

Also hatte Christl einen unverfänglichen Gesprächseinstieg gesucht und sich nach dem Hotel erkundigt, in dem sie vor einiger Zeit ein gemeinsames Wochenende verbracht hatten. Ein Wellnessaufenthalt dort wäre das ideale Geschenk für Hubertus zum Geburtstag!

Christl hatte sich nach ein paar Details erkundigt und ihre Mutter hatte bereitwillig Auskunft erteilt.

Schließlich hatte Christl sich ein Herz gefasst und nach Fotos von Daniels letzten Schachturnieren gefragt. Wie erwartet, hatte die bloße Erwähnung von Daniels Namen in einer Stille gemündet, die so schwer war, dass sie sich anfühlte, wie alleine in einer dunklen Höhle verschüttet zu sein.

Christl hatte sich auf die Lippen gebissen.

Ihre Mama hatte den Schmerz über Daniels Tod selbst nach zehn Jahren nicht verwunden. Trotzdem hatte ihre Mutter nach längerem Zögern schließlich eingewilligt, danach zu suchen.

Jetzt hatte sie die Fotos geschickt. Christl scrollte sich durch fünf Fotos. Das letzte war untertitelt mit »Manfred Strebel«.

Ihre Mutter, eine Frau, die regelmäßig Zeitung las, war durch ihre Tätigkeit in ihrer Apotheke in der Passauer Altstadt immer auf dem neuesten Stand. Wie Christl sie kannte, war sie auch über die Vorkommnisse in München bestens informiert.

Auch wenn noch keine Details publiziert worden waren, so war der Name »Strebel« in der Region durchaus ein Begriff.

Das aus einem Album abfotografierte Foto mit dem Hinweis »Manfred Strebel« zeigte einen vollschlanken Endzwanziger mit langen Haaren, speckiger Haut, einfacher Kleidung und dicker Brille. Der Schuldirektor auf dem aktuellen Zeitungsbild dagegen wog sicher 20 Kilo weniger, trug die Haare kurz und legte Wert auf ein elegantes Äußeres. Trotzdem konnte man bei genauem Hinschauen die Ähnlichkeit erkennen.

Die stahlblauen Augen blickten unverändert kalt.

War er einer der beiden Männer, die ihnen damals mit Benzin ausgeholfen hatten? Christl berührte instinktiv die lange Narbe an ihrem Oberschenkel. Dann glitt ihre Hand auf ihren Bauch und sie spürte einen tiefen Schmerz.

Sie unterdrückte die aufkommenden Tränen.

Und wenn ja, was würde das bedeuten?

Christl zog das Bild auf dem Handy größer. Die beiden jungen Männer damals hatten Baseballcaps getragen.

Doch Größe und Haltung kamen durchaus hin.

Und nun? Half ihr das weiter?

Christl bekam eine Gänsehaut.

Tina hatte erzählt, dass sie auf der Fahrt über den Altstadtring das Bewusstsein verloren hatte. Strebel hatte ihr ebenso wie Conny Bergmüller K.-o.-Tropfen verabreicht. Tom hatte beim gemeinsamen Essen erzählt, dass Strebel und Jackl Eichstätt sich gekannt hatten. Christl googelte Jackl Eichstätt.

Ja, er konnte durchaus der zweite Mann von damals sein.

Und wenn auch in der Cola, die Daniel begeistert angenommen hatte, K.-o.-Tropfen gewesen waren? Sicher, die Tropfen waren zu der Zeit noch nicht en vogue gewesen wie heute. Doch Strebel konnte sie gekannt haben.

Er war Naturwissenschaftler. Seine Mutter Chemikerin.

Aber warum?

Wegen des Schachturniers? Aus Ehrgeiz? Aus Wahn? War der Sieg ihm wissentlich das Leben eines Menschen wert gewesen?

Daniels Leben?

Christl kämpfte gegen die aufsteigenden Tränen an. Sie dachte an ihr verlorenes Baby und daran, dass sie der Schulmedizin nach mit hoher Wahrscheinlichkeit kein Kind mehr bekommen konnte.

Sie musste mit Tom sprechen. Ihr Kopf schien zu zerplatzen.

Sie hielt es allein in der Wohnung nicht mehr aus.

Tom stand sicher unter Starkstrom, bis Strebel gefasst war.

Aber war ihre Entdeckung nicht eine Störung wert?

Einstein schlief brav in seinem Körbchen. Der inzwischen acht Jahre alte Beagle schnarchte so laut, dass er nicht hörte, wie Christl vorsichtig die Tür hinter sich zuzog.

Als sie am Wirtshaus vorbeischlich, sah sie, dass drinnen Licht brannte. Max. Er ließ es sich nicht nehmen, die Tür persönlich hinter dem letzten Gast zu schließen. Oftmals beantwortete er bis spät in die Nacht hinein E-Mails für den kommenden Tag.

Christl stieß die Schwingtür auf und trat ein.

Max stand am Computer. Er hatte seinen Hut weit nach hinten geschoben. Die Pfeife in seinem Mund war aus.

»Christl!«, rief er überrascht. »Gut, dass du kommst. Schau, was ich grad bekommen hab!«

Er drehte Christl den Monitor hin.

Sie starrte auf das Foto.

Manfred Strebel.

Halb nackt an einen Baum gebunden.

Auf dem Viktualienmarkt.

Am Karl-Valentin-Brunnen.

»Wir müssen sofort Tom verständigen!«, sagte sie tonlos.

KAPITEL 58

Seit Stunden brüteten sie über der Frage, wo Sascha Brühl mit seiner Geisel hingegangen sein konnte. Die komplette Sonderkommission kämpfte sich seit Stunden durch die Stadt. Man ging längst davon aus, dass es Brühl gelungen war, mit seiner Geisel ins Umland zu flüchten. Trotzdem war es einer der Momente, in dem jeder damit rechnete, dass sie kurz vor dem Durchbruch standen.

Oder jede Sekunde eine Katastrophe losbrach.

Nicht ausgeschlossen, dass Sascha Brühl Amok lief.

Mitten in die angespannte Arbeitsatmosphäre hinein klingelte Toms Handy. Christl.

»Tom! Ich schick dir parallel ein Foto. Schau es sofort an! Strebel ist am Karl-Valentin-Brunnen! Max und ich sind auf dem Weg.«

»Christl! Bist du des Wahnsinns? Ihr bleibt, wo ihr seid! Hörst du!«

»Bis gleich!«

»Christl!«

Sie hatte aufgelegt.

Tom leitete das Bild sofort an das Team weiter, gab Anweisung, das SEK zu informieren, und stürmte los.

Wie gut, dass er am Morgen sein Rennrad genommen hatte.

Er sprintete in einem höllischen Tempo durch die immer wieder vom Mond beleuchtete Nacht, über die unbelebte Fußgängerzone am Rindermarkt und Stadtmuseum vorbei bis zum Viktualienmarkt.

Schon von der Prälat-Zistl-Straße aus sah er große Stichflammen im hinteren Teil des Marktes. Dort, wo der Karl-Valentin-Brunnen stand.

Als er mit quietschenden Reifen zum Stehen kam, bot sich ihm ein gruseliges Bild.

Der Stand hinter dem Baum brannte lichterloh.

Teile der glühenden Plastikplane hatten sich gelöst und in den Ästen des Baumes verfangen, wo die Flammen hungrig um sich griffen.

Manfred Strebel war halb nackt mit einem Seil fest an eine Kastanie gewickelt. Ein Mann hatte sich zwischen die Umrandung geklemmt und versuchte, das Seil zu lösen. Claas!

Wie kam Claas hierher?

Wie durch einen dichten Nebel hörte Tom Feuerwehrsirenen aufheulen. Die Hauptwache war nur wenige Minuten entfernt. Doch das Feuer hatte bereits ein Bild des Grauens hinterlassen.

Brennende Äste, Blätter, Trockenblumen und Dekoartikel trieben wild durcheinander und fielen auf Strebel und Claas herab wie ein unbezwingbarer Feuerregen. Jetzt rächte es sich, dass es seit Tagen nicht geregnet hatte. Selbst die noch jungen Blätter boten willkommenes Futter.

Der Wind trieb die hungrigen Flammen an.

Die Kraft des Direktors war bereits am Schwinden. Haare und Augenbrauen waren angesengt, die stahlblauen Augen quollen aus den Höhlen hervor. Sein Kopf hing zur Seite. Unverständliche Laute drangen durch seinen verschnürten Mund.

Sicher bekam er kaum noch Luft durch die Nase.

Claas zerrte am Seil.

Die ersten Flammen züngelten an Armen, Rücken und Haaren.

Tom zögerte keine Sekunde.

Er warf das Rad beiseite und sprang in die Flammen. Die Absperrung um den Baum herum kam erschwerend hinzu. Der Bewegungsspielraum war minimal.

Die Hitze schier unerträglich.

Tom spürte, wie das Futter seiner Lederjacke Feuer fing.

Er riss sie sich vom Leib, schlug damit auf die Flammen auf Claas' Rücken ein. Der Freund röchelte, während er versuchte, den Knoten des Seils um Strebel weiter zu lösen.

Hinter sich hörte Tom Christl schreien.

Dann ein ohrenbetäubendes Knarzen.

Tom schaute nach oben. Sekunden nur, dann würde der morsche, glühende Ast auf sie herunterkrachen.

Rufe. Die Feuerwehr war da. Der Schlauch wurde ausgerollt.

Toms Lungen zerbarsten. Seine Nase glühte.

Strebels Augen brachen. Claas' Körper sackte in sich zusammen.

Tom packte den Freund. Zerrte ihn über die Brüstung. Aus dem Feuer. Schnappte gierig nach Luft, bevor sie beide in einen kalten Wasserstrahl getaucht wurden, der augenblicklich die Hitze nahm.

Der knarzende Ast krachte glühend nach unten.

Begrub den Direktor unter sich.

Tom sank auf das harte Pflaster.

Der Notarzt fasste nach Claas' Puls.

»Tom!«, Christl beugte sich über Tom.

Max reichte ihm ein Glas Wasser, das er von den Feuerwehrleuten organisiert hatte. »Chateau de la Fontaine.«

Nie hatte Tom kaltes Wasser so gut geschmeckt. Trotzdem kratzte der heiße Rauch weiter in seiner Kehle.

Seine Handrücken brannten.

Auch Claas kam langsam zu Bewusstsein.

Der Freund lächelte ihn schief an.

»Chateau de la Fontaine!« Tom reichte ihm sein noch halb volles Glas Wasser.

Claas trank gierig.

Die kalte Flüssigkeit schien ihm augenblicklich gutzutun. Er richtete den Oberkörper auf und schüttelte sich.

Tom nickte dem Freund zu. »Jetzt sind wir quitt. Diesmal hab ich dir das Leben gerettet!«

Claas wollte lachen, doch es kam nur ein Husten dabei raus.

Er hob Mittel- und Zeigefinger. »Peace.«

»Du schuldest mir was!« Tom ließ nicht locker.

Statt einer Antwort zog Claas die Augenbrauen hoch.

»Die ganze Geschichte!« Tom tippte Claas leicht auf die Brust.

Claas ließ den Oberkörper zurück auf das Kopfsteinpflaster fallen.

Tom kannte den Freund gut genug. Claas war ein hervorragender Schauspieler. Theatralik sein Metier.

»Ich meine es ernst«, sagte Tom.

Und an den Notarzt gewandt: »Päppeln Sie ihn auf! Er hat heute noch was vor.«

KAPITEL 59

Jessica hatte das Foto von Strebel am Baum auch an Claas weitergeleitet. Claas wohnte im Louis Hotel am Viktualienmarkt. Ein Blick aus dem Fenster und Claas hatte die aufsteigenden Flammen bemerkt.

Er war sofort losgestürmt. Als er den Mann an dem brennenden Baum gesehen hatte, war es keine Frage für ihn gewesen, dass es galt, dessen Leben zu retten.

Dann war Tom gekommen, hatte Claas aus dem Feuer gezogen.

Ja, Claas verdankte Tom sein Leben.

Wie Tom umgekehrt seines ihm.

»Quitt!«, hatte Tom soeben gesagt.

Konnten sie jemals »quitt« sein?

Claas dachte an Nastasja. Ihre tiefgründigen, dunkelgrünen Augen. Ihren vollen Mund. Ihre Gesten. Den Moment, in dem sie gestorben war. Als ihre Lippen lautlos die Worte »Ich liebe dich!« geformt hatten.

Ganz nach Art der Taubstummen.

Nastasja war in Folge einer Hirnhautentzündung im Alter von fünf Jahren zunächst taub geworden. Dann hatte sie nach und nach ganz aufgehört zu sprechen. Ihr Vater hatte sie wegen dieses körperlichen Gebrechens aus seinem Leben verbannt.

Nastasja, Ivan Maslovs schöne Tochter, die Claas' große Liebe gewesen war. Zur falschen Zeit am falschen Ort. Weil Claas ihr hatte die Augen über ihre Familie öffnen wollen.

Getötet durch eine Kugel, die ein Querschläger war.

Toms Kugel.

Der Schusswechsel damals in Düsseldorf, bei dem Tom lebensgefährlich verletzt worden und nach dem Claas verschwunden war, hatte ihrer beider Leben auf einen Schlag vollständig verändert.

Jetzt wollte Tom wissen, warum.

Warum Claas damals verschwunden war.

Er hatte ja keine Ahnung.

Tom hatte keine Ahnung, wie es war, von dem einzigen Menschen, den man wirklich jemals geliebt hatte, Abschied zu nehmen. Unbemerkt von den Klauen einer hochkriminellen Familie, die nach einem Schuldigen suchte.

Während Claas darüber nachdachte, wie er Toms ultimativer Forderung nach der »ganzen Geschichte« begegnen sollte, trafen Jessica und Mayrhofer mit dem SEK ein.

Der Einsatzleiter meldete sich umgehend bei Tom zur Lagebesprechung. Sascha Brühl war nicht mehr vor Ort. Manfred Strebel tot. Die Truppe konnte im Grunde abziehen.

Plötzlich rief Jessica laut nach Tom.

Claas rappelte sich gegen den Willen des Notarztes auf.

»Sie haben ein Riesenglück gehabt. Verbrennungen ersten Grades. Aber trotzdem würden wir Sie gerne im Krankenhaus durchchecken.« Der Arzt verstaute das Blutdruckmessgerät in seinem Koffer.

»Sorry.« Claas ließ den Mann stehen und folgte Tom noch etwas benommen.

Jessica stand unweit des übel zugerichteten Standes und zeigte auf große Kreidebuchstaben am Boden.

»Schaut mal!«, rief sie atemlos.

›Es geht weiter! Gruß an TP ☺‹

»TP«, meinte Mayrhofer und kratzte sich am Kinn, »dürfte wohl für Tom Perlinger stehen.«

Dann ging alles ganz schnell.

Plötzlich schlug eine Kugel direkt zwischen Claas und Tom ein.

»In Deckung!« Die Männer vom SEK waren sofort zur Stelle. Während sich ein Teil des Sondereinsatzkommandos als schützender Wall aufstellte, stürmte der andere in die Richtung, aus der der Schuss gekommen war. Sie orteten das gegenüberliegende Dach eines Hauses in der Blumenstraße als den Standort des Schützen.

Claas und das Team vom K 12 wurden in den kugelsicheren SEK-Transporter in Sicherheit geleitet.

Kaum saßen sie im Transporter, meldete sich das Präsidium bei Tom. Minutenlang war es mucksmäuschenstill im Wagen, bis Tom schließlich sagte: »Sascha Brühl und Ulrich Anzinger haben sich gestellt. Angeblich haben sie den Brand nicht gelegt, sondern Strebel nur am Baum festgebunden.«

»Die Botschaft«, meinte Claas. »Die Botschaft trägt Maslovs Handschrift.«

Von draußen hallten laute Schreie herein.

Die Männer vom SEK hatten den Schützen gefasst.

Claas traute seinen Augen nicht. »Ich kenne den Mann. Einer der Männer von der Baustelle am Königsplatz aus meinem verdeckten Einsatz im letzten Jahr.«

»Warum sollte Maslov Strebel töten wollen?«, fragte Tom.

»Aus Rache?«, fragte Claas zurück. »Weil er einen seiner besten Männer umgebracht hat?«

»Nicht zu vergessen, dass auch Denis von Kleinschmidt mit drinhängt«, ergänzte Jessica.

Claas nickte ihr zu. Jessica hatte verstanden.

»Von Kleinschmidt könnte Brühl und Strebel auf dem Präsidium begegnet sein«, meinte Tom plötzlich. »Er und Strebel haben Fabians Unfall gemeinsam vertuscht.«

»Bingo«, grinste Claas und wollte gehen.

Tom packte Claas am Arm. »So nicht, Alter!«

Claas sah ein, dass er Tom diesmal nicht vertrösten konnte.

Der Moment der Wahrheit war gekommen.

Tom musste seine bittere Schuld erfahren.

Es wurde eine lange Nacht. Die Freunde saßen bis zum Morgengrauen in Tom und Christls Dachgeschosswohnung mit Blick auf den Frauendom und redeten. Christl war zu Bett gegangen.

Claas schonte Tom nicht.

Er erzählte, wie Nastasja und er sich bei einem Einsatz begegnet waren. Was sie für ihn bedeutet hatte. Wie das Leben mit ihr gewesen war. Wie sie ihre Liebe geheim halten musste, da Maslov nie geduldet hätte, dass seine Tochter sich mit einem Polizisten einließ. Auch wenn er sie längst von sich gestoßen hatte.

Deshalb hatte Tom nie von der Beziehung erfahren. Am Tag des Schusswechsels allerdings hätte er Nastasja kennenlernen sollen.

Doch es war anders gekommen.

Den fassungslosen Blick des Freundes würde Claas nie vergessen, als er zu der Querschlägerkugel kam.

Minutenlang war es still im Raum.

»Du glaubst, dass *ich* Nastasja getötet habe?«, fragte Tom schließlich. »*Deshalb* hast du im Alten Hof erst auf mich gezielt.«

Tom stand auf und trat ans Fenster. Dann legte er Claas in allen Einzelheiten dar, warum das ein Irrtum war.

Wieder und wieder erlebten sie den unheilvollen Morgen nach, gingen jedes Detail durch. Stritten und erkannten schließlich, dass ihnen beiden ein entscheidendes Puzzleteil fehlte.

Dass noch jemand vor Ort gewesen sein musste.

Der Maulwurf?

Genau einmal hatte Tom damals in Düsseldorf geschossen. Ein Schuss, der getroffen hatte. In das Knie von Maslovs grobschlächtigem Sohn, den sie Monate später festgesetzt hatten.

Es hatte bereits zu dämmern begonnen, als Tom und Claas sich geschworen hatten, Nastasjas Grab zwischen Moskau und Sankt Petersburg zu besuchen und dem Geheimnis ihres Todes gemeinsam auf die Spur zu kommen.

KAPITEL 60

Samstag, 13. April 2019, 18.00 Uhr.

Wie gravierend sich das Lebensgefühl von einem auf den anderen Tag verändern konnte! Vor wenigen Stunden hatten sie am Rand der Hölle gestanden. Jetzt saßen sie alle glücklich vereint an den festlich mit weißen Tischdecken und Blumen geschmückten Tischen im Innenhof des Wirtshauses und warteten auf das Geburtstagskind.

Die Frauen – Christl, Hedi und Magdalena – hatten ganze Arbeit geleistet. Sogar ein Geburtstagsgeschenk für Hubertus hatten sie organisiert.

Die Ereignisse der letzten Stunden saßen Tom noch tief in den Knochen. Er betrachtete seine Handrücken. Die Verbrennungen waren doch tiefer als gedacht. Auch seine Lederjacke hatte etwas abbekommen. Sie wird zum Sammelstück deiner Verletzungen, hatte Christl gesagt, als sie mit Max und Claas den Rückweg vom Viktualienmarkt angetreten hatten.

Tom war unglaublich erleichtert, endlich zu wissen, was wirklich zwischen Claas und ihm gestanden hatte. Warum der Freund verschwunden war. So sehr er auch mit Claas litt, weil er seine große Liebe verloren hatte, so sicher war Tom, dass Nastasja nicht durch einen Schuss aus seiner Hand getötet worden war.

Tom sah in die Runde.

Er hätte sich gefreut, wenn Claas jetzt bei ihnen gewesen wäre. Doch er musste wohl akzeptieren, dass der Freund in aller Früh die Wohnung verlassen hatte. Immerhin hatte Claas einen Zettel zurückgelassen. Ganz in der Manier ihrer Kommunikation. SY! *See you!* Claas wollte seine Freiheit leben.

Das war in Ordnung so.

Das Band zwischen ihnen war wieder elastisch und weit.

Es würde nicht mehr reißen.

Tom hatte ein schlechtes Gewissen, weil er bisher nicht den Mut gefunden hatte, mit Christl über Daniel und Manfred Strebel zu sprechen. Dabei hätte es durchaus eine Gelegenheit gegeben.

Doch statt langer Gespräche hatten sie voller Leidenschaft zu Ende geführt, was sie vor drei Tagen begonnen hatten.

Glücklich darüber, beide am Leben zu sein.

Einen Moment hatte ihn sogar das Gefühl beschlichen, dass Christl längst Bescheid wusste. Sie hatte ihn mit seltsam belegter Stimme gefragt, ob ihm aufgefallen wäre, dass Manfred Strebel das Turnier gewonnen habe, an dem Daniel nicht mehr hatte teilnehmen können.

Nachdenklich beobachtete Tom, wie Christl gerade mit Hedi langstielige Gläser mit sprudelndem Prosecco füllte und an die Gäste verteilte.

Christl würde mit der Gewissheit leben müssen, nie zu erfahren, wer die Schuld am Tod ihres Bruders trug. Auch wenn sie Jackl Eichstätt und Manfred Strebel eindeutig als die beiden Männer wiedererkennen würde, die ihnen damals mit dem Benzin ausgeholfen hatten, so würde man dennoch Fremdeinwirkung selbst mit den ausgeklügelten Methoden der modernen Kriminaltechnik nicht mehr beweisen können.

Das galt im Übrigen auch für die verstorbene Lebensgefährtin des Schuldirektors. Sowohl ihres als auch Daniels Auto waren längst der Autopresse zum Opfer gefallen. Die chemischen Stoffe Gammahydroxybuttersäure und Gamma-Butyrolacton ließen sich bereits nach mehreren Stunden nicht mehr nachweisen, geschweige denn nach einem oder sogar zehn Jahren.

Christl würde also ebenso wenig wie die Eltern von Strebels Lebensgefährtin jemals die Wahrheit erfahren. Aber bestand nicht der eigentliche Schmerz darin, dass Daniel jetzt nicht unter ihnen war?

An diesen Verlust hatte sie sich gewöhnt.

Auch wenn es etwas Tröstliches hätte, anzunehmen, dass all das Leid, das über sie gekommen war, nicht auf Daniels Leichtsinn begründet gewesen war.

Ebenso wie es für Sascha Brühl eine tiefe Erleichterung gewesen war, zu erfahren, dass Fabian den Weg in den Tod nicht freiwillig gewählt hatte. Christl war eine starke Frau.

Ihr gesunder Pragmatismus würde ihr dabei helfen, mit der Ungewissheit zu leben.

Lachend begrüßte sie gerade die letzten Gäste, überreichte ein Glas mit Prosecco und wies in ihrer herzlich burschikosen Art einen der letzten Sitzplätze zu. Die Sitzordnung hatte sie mit viel Liebe und Bedacht zusammengestellt. So gut wie jeder Stuhl war inzwischen besetzt. Die meisten Freunde hatten sich trotz der Spontanität der Einladung die Zeit genommen zu kommen.

Tina und Conny hatten die Entführung gut überstanden.

Conny war aus dem Krankenhaus entlassen worden und sogar mit unter den Gästen. Tina hatte darauf bestanden, sie Hubertus und seiner Freundin, der Kunsthistorikerin Dr. Konstanze Mühlbauer, vorzustellen. Die beiden Frauen waren gerade in ein kongeniales Gespräch vertieft.

Auch Sascha Brühl hatte die Einladung zögernd angenommen.

Die Strafe für die Entführung an Manfred Strebel war bis zur Verhandlung gegen Kaution außer Vollzug gesetzt. Es stand außer Zweifel, dass er den Brand am Viktualienmarkt nicht gelegt hatte. Auch Flucht- beziehungsweise Verdunklungsgefahr waren ausgeschlossen. Seine Schwester hatte die Kaution übernommen. Max wollte sich den Escape Room gerne einmal anschauen, um über Synergien und Kooperationen nachzudenken.

Die Ermittlungen um Denis von Kleinschmidt liefen bereits an. Tom ahnte, dass das ein dickes Brett war, das es zu bohren galt. Aktuell suchten sie nach Zeugen. Bisher hatte sich keiner gemeldet.

Maslovs Schütze jedenfalls leugnete hartnäckig den Brand.

Plötzlich wurde es still im Raum.

Auf der legendären Biertonne mit dem Gedenkschild an

Ludwig Thoma in der Mitte des Innenhofs stand eine riesige, von goldenen Lorbeeren umrankte 70.

Als Hubertus sich jetzt ganz bescheiden, aber bis über beide Ohren strahlend, an seinen Platz schleichen wollte, wurde das Geburtstagskind mit einem lauten »Hallo« begrüßt. Die Gäste standen auf, klatschten in die Hände, erhoben ihre Gläser. Mehr laut als melodisch stimmte die ganze Gesellschaft zu singen an: »Zum Geburtstag viel Glück …« und »Wie schön, dass du geboren bist …«

Hubertus wischte sich verstohlen ein paar Tränen aus den Augen, bevor er das Geschenk der Familie entgegennahm. Ein Gutschein für ein Wellnesswochenende zu zweit im Posthotel in Achenkirch am Achensee. Nur eine Stunde von München entfernt. Mit legendärem Wellnessbereich und kulinarischer Erlebniswelt.

»Eine Quelle der Inspiration!« Hubertus strahlte über das ganze Gesicht und bedankte sich überschwänglich.

Hubertus, der täglich an seinen Krimis schrieb, zahlreiche Lesungen hielt und seine Social-Media-Kontakte sorgfältig pflegte, hatte sich wirklich eine ganz besondere Auszeit verdient. Er bedankte sich von ganzem Herzen.

Anschließend wurde mit fliegenden Dirndlröcken serviert.

Tom lächelte Jessica zu. »Wieder mal Glück im Unglück gehabt.«

»Ich sag nur: hübsche Beine im kurzen Kleid«, prostete Christl Jessica zu, die zwei Plätze weiter saß.

Ihr gegenüber war Benno platziert. Jessica und Benno unterhielten sich ganz unbeschwert. Wahrscheinlich hat es nie ein Problem zwischen den beiden gegeben, dachte Tom.

Sogar Mayrhofer war gekommen. Allerdings ohne Begleitung. Das »Unsereins-hat-auch-ein-Privatleben« war wohl doch noch nicht ganz spruchreif.

»Glaubt's mir, ich bin auch froh, dass ihr den Fall so schnell gelöst habt. Sonst hätt ich ja noch mehr Seiten schreiben müssen. ›Karl Valentin ist tot‹ wird eh schon mein längster Krimi!«, rief Hubertus von der Stirnseite des Tisches und schob sich eine Gabel Obatztn in den Mund.

»Bist du etwa schon fertig?«, neckte Christl ihn.

»Freilich! In Echtzeit mitgeschrieben!«, grinste Hubertus spitzbübisch.

Es war klar, dass der Freund übertrieb. Er würde noch Monate an seinem Krimi sitzen.

Alle lachten und genossen das Essen.

Nachdem der Nachtisch verspeist war, hüpfte die kleine Mia vom Stuhl und drehte sich singend einmal im Kreis. Dabei vergaß sie, den Zipfel der Tischdecke loszulassen, sodass Geschirr und Gläser mit lautem Gepolter ineinanderpurzelten.

Oma Magdalena hob schelmisch den Zeigefinger.

Doch Tom nahm die kleine Mia auf den Arm und drückte ihr zwei Küsschen auf die verschmierten Wangen. »So sind sie, unsere Münchner Kindl!«

Max schob seinen Hut nach hinten und zog kräftig an seiner frisch gestopften Pfeife. »Und so sollen s' bittschön bleiben!«

EPILOG

18. Mai, 2019

Sascha Brühl stand vor dem Karl-Valentin-Springbrunnen am Viktualienmarkt. Er hatte einen üppigen Blumenstrauß an dem Stand nebenan gekauft, der jetzt nicht mehr seinem ehemals besten Freund gehörte. Er legte die Blumen Karl Valentin in den Arm.

Fabian war tot.

Doch das Werk des großen Komikers lebte weiter.

»Es muaß was g'scheng, weil, wenn ned boid was g'schieht, dann passiert no was!«, hatte Karl Valentin einst gedichtet. Es war etwas geschehen. Weit mehr als das, was sie sich vorgestellt hatten. Denn *Feuer fängt mit Funken an.*

Die Funken hatten zu einem Flächenbrand geführt.

Sascha strich sich das lange Haar auf der einen Seite zurück und zog Bilanz. Sowohl Ulrich als auch er waren aus dieser Sache halbwegs heil herausgekommen. Sie hatten auch nur eine Nebenrolle besetzt. Die Hauptrolle hatte Manfred Strebel gespielt.

Sein letztes Stück.

Saschas Leben ging weiter. Er wusste jetzt, dass Fabian ihn nicht im Stich gelassen hatte. Es war diese Botschaft, die ihm die Kraft verlieh, weiterzuleben. Bis es von selbst zu Ende ging.

Carla war auf dem Weg der Besserung. Eine Zentnerlast war von ihren mageren Schultern abgefallen, als sie erfahren hatte, dass sie keine Schuld an Fabians Tod traf. Sie würde morgen aus dem Krankenhaus entlassen und direkt zu ihrer Familie zurückkehren.

Die zuständige Ermittlungsrichterin hatte den Strafvollzug bis auf Weiteres ausgesetzt. Dafür hatte Dr. Gertrude Stein gesorgt. Natürlich würde es eine Verhandlung geben. Ulrich und Sascha hatten mit einer angemessenen Strafe zu rechnen. Aber mit etwas Glück würde sie auf Bewährung ausgesetzt.

Einem plötzlichen Einfall nachgebend, zog Sascha eine Blüte aus dem Blumenstrauß. Er steckte sie in das Knopfloch seiner Jacke, nahm die Haltung von Karl Valentin an und sprach: »Heute ist die gute alte Zeit von morgen.«

Passanten blieben stehen. Die neue Besitzerin des Blumenstandes lachte. Sascha verbeugte sich.

Weitere Menschen hielten an.

Sascha blickte zu Karl Valentin, der ihm ermutigend zuzwinkerte.

Die Mittagssonne tauchte den Platz in ein warmes und helles Licht. Sascha begann, bekannte Stücke des Komikers zu spielen. Die »Berufsberatung« fiel ihm als Erstes ein. Bei den »Semmelknödeln« begann die Menschentraube, herzlich zu lachen und zu klatschen. Eine Gruppe von Schülern blieb stehen. Sascha dachte an Fabian. Er spielte für ihn, während die Menschen die Zeit vergaßen und den Moment genossen.

Sascha bemerkte gar nicht, dass sich Christl und Tom zu den Zuschauern gesellten. Sie hielten sich an den Händen.

Beide lachten, als Sascha mit einer tiefen Verbeugung als Karl Valentin endete. »Des is wie bei jeder Wissenschaft, am Schluss stellt sich dann heraus, dass alles ganz anders war.«

»Hoffen wir mal.« Christl betrachtete lachend ihren funkelnden Verlobungsring und gab Tom einen dicken Kuss.

Es war ein Moment der Zuversicht und Freude.

Einer, aus dem Wunder entstehen konnten …

DANKSAGUNG

Mein herzlicher Dank gehört allen voran meiner Familie. Den Kindern, die es in Kauf nehmen, wenn Mama mit dem Laptop das Wohnzimmer blockiert. Meinem Mann Ralf, der gar kein Krimifan war und sich jetzt doch ab und an dazu hinreißen lässt, den einen oder anderen Krimi anzuschauen. Sein besonderer Ehrgeiz besteht inzwischen sogar darin, den Täter vor mir zu entlarven. Wenn es gelingt, ihm in einer ruhigen Minute die Hauptstränge des Plots zu skizzieren und er positiv darauf reagiert, dann weiß ich: Okay, dieser Plot wird funktionieren!

Unserer Beaglehündin Lilly, deren Gassirunde manchmal warten muss, auch wenn sie dann doch auf einer Pause besteht.

Meiner besten Freundin Beate und ihrem Mann Jochen. Liebe Beate, danke, dass du deinen Urlaub mit Lesen für mich verbracht hast, obwohl Krimis sonst nicht an erster Stelle deiner Präferenz stehen. Lieber Jochen, es war eine große Hilfe, den Text einzulesen, damit du ihn hören konntest. Deine Kommentare haben mich zu Höchstleistung motiviert. Liebe Steffi, du als versierte digitale Schnellleserin und Kennerin der Zeitgeschichte warst wie immer trocken und klar auf dem Punkt. Und hattest auch gleich Lösungen parat! Danke! Liebe Uti, du hast ein absolut sicheres Gespür dafür, was gut ist, und es ist immer wieder schön, wenn wir telefonieren. Danke! Liebe Kristina, hätte ich eine versiertere Testleserin bekommen können? Wohl kaum! Als stellvertretende Schuldirektorin und Deutschlehrerin hast du auch die letzte Unklarheit aus dem Skript gezogen und warst mitten im Thema. Du bist ein positives Beispiel dafür, wie Schule funktionieren kann. Danke für deine Hilfe! Liebe Sabine, freu mich riesig, dass du diesmal inhaltlich kaum etwas zu beanstanden hattest. Dafür hast du noch so manchen Ausdruck »glattgezogen«. Danke! Auch für unsere Hundespaziergänge. Liebe Annette, herzlichen Dank für deine aufmerksame Lektüre, die wertvollen Gespräche, deine Kürzungsvorschläge und deine professionellen Hinweise als echter Krimifan! Liebe Eva, dir ein lieber Dank für die Infos zu aktuellen Projektleitungsmethoden.

Und dann wären da noch:

Der Gmeiner-Verlag und meine Lektorin Claudia Senghaas. Liebe Claudia, danke, dass die Zusammenarbeit mit dir so herrlich unkompliziert ist und dass du so unglaubliche Adleraugen hast. Liebes Verlagsteam: Danke, dass ihr so positiv auf meine auch mal unkonventionellen Ideen reagiert.

Gunter Fette mit der Kanzlei KE-Recht, der die Rechte von Karl Valentin und seiner Urenkelin vertritt und sich von der Idee begeistern ließ, obwohl der Titel »Karl Valentin ist tot« zunächst allem widersprach, wofür Sie seit Jahren arbeiten. Karl Valentin lebt! Danke, dass Sie das komplette Manuskript gelesen haben. Danke auch an Karl Valentins Urenkelin Rosemarie Scheitler, die nach der Lektüre des Exposés sagte: Der Krimi muss her!

Danke an meinen Nachbarn und ehrenamtlichen Feuerwehrmann Markus, der mein Verständnis für Feuer und Brand bereits bei den ersten Ideen in die richtige Richtung lenkte.

Danke an Klaus Heimich von der Branddirektion München, der mir bei Detailfragen auch zur Hauptwache I zur Seite stand.

Danke an Ludwig Waldinger vom Landeskriminalamt, der bereits zum zweiten Mal geduldig alle meine Fragen beantwortet hat und auf seine liebenswerte Art beteuerte, dass es keine dummen Fragen gibt.

Danke an Werner Kraus vom Polizeipräsidium München, der mir als Experte der Spurensicherung half, meine Aussagen mit fundiertem Fachwissen zu hinterlegen.

Danke an das bayerische Schulamt zur Stützung der Kenntnis der Abläufe.

Danke an den bekannten Autor und Präparator Alfred Riepertinger, der mir mit dem wichtigen Hinweis half, dass Selbstmörder in der Regel mit dem Hintern aufschlagen. Gerade erschien sein neues Buch: »Mumien«. Spannende Todesfälle, geheimnisvolle Leichname – mit einem Präparator auf Spurensuche in alten Grüften. Erschienen im Heyne Verlag. Natürlich liegt es als Gute-Nacht-Lektüre auf meinem Nachttisch!

Danke an Professor Dr. med. Randolph Penning vom Institut für Rechtsmedizin München der Universität München, der mir gerade in Bezug auf Brandleichen sehr weiterhalf.

Einen großen Dank an Strafrechtler Mathias Grasel, Fachanwalt für Strafrecht, www.strafverteidiger-grasel.de, der mir in aller Kürze eine wunderbare Einweisung in die hohe Kunst des Strafrechts zuteilwerden ließ und Wege aufzeigte, wie ich Sascha Brühl und Ulrich Anzinger vorerst der Haft entziehen kann, sodass Sascha sein Werk vollenden kann.

Einen ganz herzlichen Dank an Ulrich Münzinger, der mir bereits beim zweiten Band zur Seite stand und mein Wissen über die Bairische Sprache stetig verfeinert. Lieben Dank für Ihre spontanen Simultanübersetzungen, Herr Münzinger! Ihr Buch und Ihre Veranstaltungen kann ich euch, liebe Leser/-innen, nur ans Herz legen. Mich hat beides begeistert. »AUF DEN SPUREN DER BAIRISCHEN SPRACHE – Bairisch leicht erklärt – Herkunft, Entwicklung und Gegenwart.« Autor: Ulrich Münzinger, Nachwort: Professor Dr. Ludwig Zehetner.

Einen lieben Dank auch an eines meiner Lieblingshotels, nur eine Stunde von München entfernt. Das »Posthotel« in Achenkirch am Achensee. Immer eine Quelle der Inspiration. So traumhaft, dass ein Zwei-Wellness-Tage-Gutschein auch das ideale Geschenk für Hubertus' 70. Geburtstag wurde. Lieber Herr Reiter, danke für unsere inspirierenden Gespräche.

Einen herzlichen Dank an die Münchner Traditionskonditorei Rischart dafür, dass Sie Jessica immer mit frischen Backwaren versorgen.

Und last but not least einen überwältigenden Dank an euch, liebe Leserinnen und Leser. Was wäre ein Buch, wenn es ungelesen bliebe. Meine kleine Geschichte lebt durch euch. Ihr seid es, die sie durch eure Lektüre erst real werden lasst. Viel Spaß beim Lesen! Danke, dass ihr mit Tom und seinem Team rätselt, bangt, weint und lacht. Mögen euch meine Protagonisten ans Herz wachsen und unterhaltsame Stunden bescheren.

Eure Sabine

PS: Nicht zu vergessen: Einen großen Dank an die Journalisten, Rezensenten, Verlage und Blogger! Eure Rezensionen und Beiträge helfen, dieses kleine Werk unter die Leute zu bringen. DANKE ☺

PPS: Und ein letzter Dank an Karl Valentin. Dafür, dass er so wunderbare Werke geschaffen hat, die bis heute leben. Ich hätte ihn gern kennengelernt.

PERSONENREGISTER

Für die tatsächliche Handlung spielt nur eine überschaubare Zahl an Personen eine Rolle. Damit Sie sich in Toms persönlichem und beruflichem Umfeld zurechtfinden, finden Sie anbei einen Überblick.

Tom & sein Team
Tom Perlinger: Hauptkommissar K12, Polizeipräsidium München
Jessica Starke: Kommissarin K12, Berlinerin
Korbinian Mayrhofer: Kommissar K12, Münchner
Xaver Weißbauer: Polizeipräsident
Anna Maindl: Kommissariatsleiterin der Spurensicherung
Dr. Peter Ehinger: Toms liebster Rechtsmediziner
Dr. Gertrude Stein: Staatsanwältin, Cousine von Mayrhofer
Claas Buchowsky: Toms ehemaliger Kollege und Freund, BKA

Tom & seine Familie
Christiane Weixner, genannt Christl: Toms Verlobte
Einstein: Tom und Christls geerbter Beagle-Rüde
Max Hacker: Wirt und Toms Halbbruder
Hedi Hacker: Wirtin und Max' Frau
Magdalena Hacker: Altwirtin und Mutter von Tom und Max
Hubertus Lindner: Journalist, Historiker, Krimiautor
Tina Hacker: Max' und Hedis Tochter

Felix: Tinas Lebensgefährte und Vater von Mia
Mia: Tinas und Felix' Tochter

Personen, die bei diesem Fall eine Rolle spielen:
Fabian Brühl: Schüler
Alexander Andreas Brühl, genannt Sascha: Fabians Vater
Marianne Eichstätt: Lehrerin
Jackl Eichstätt: Mariannes Ehemann
Manfred Strebel: Schuldirektor
Conny Bergmüller: Kunstlehrerin
Ulrich Anzinger: Vater
Petra Anzinger: Mutter
Carla Anzinger: magersüchtige Tochter
Leonie Anzinger: kleine Schwester
Lars von Hohenlohe: Schüler
Melanie Knaabe: Exschülerin und Praktikantin im Sekretariat
Denis v. Kleinschmidt: hoher Beamter im Innenministerium
Iwan Maslov: Russischer Oligarch
Weitere Schüler und Lehrer, Hausmeister, Ärzte

Willkommen in der

TOM PERLINGER
Hauptkommisssar
Schießt manchmal
übers Ziel hinaus...

EINSTEIN
Beagle
Käsefan

CHRISTL WEIXNER
Restaurantleiterin, BWL
Dank Köpfchen, Mut
und Liebe zu Tom stets
mit am Ball...

Familie und Freunde — Konkurre

Mutter | Halbbruder | Väterlicher Freund | Extreund

MAGDALENA HACKER
Altwirtin
gern auf Kreuzfahrt

Mütterliche Freundin | Mutter

HUBERTUS LINDNER
Historiker & Krimiautor
versorgt Tom mit
Geschichtswissen

HEDI HACKER
Wirtin
resolut und zupackend

MAX HACKER
Wirt
innovativer Dickkopf

GÜNTHER
Rauhhaardackel
Weißwurstfan

Töchter | Tochter

SANI HACKER
Studentin
in Australien

TINA HACKER
Studentin
experimentell

FELIX BLEIBTREU
Medizinstudent
geduldig

BENNO STADTLER
Restaurantleiter
gutmütig

MIA HACKER
Kleinkind
lebhaft

Münchner Altstadt

Die lieben Kollegen

POLIZEIPRÄSIDENT XAVER WEISSBAUER
geschickt taktierend

KORBINIAN MAYRHOFER
Kommisssar
hypergenau und spitzfindig

JESSICA STARKE
Kommisssarin
schlagfertig und emotional

ANNA MAINDL
Leiterin Spurensicherung
ausgleichend und vermittelnd

Cousine

DR. GERTRUDE STEIN
Staatsanwältin
staubtrocken und knallhart

DR. PETER EHINGER
Leiter Rechtsmedizin
erfahrener Stratege

Bahnt sich Beziehung an?

Exkollegen

Freund?

CLAAS BUCHOWSKY
BKA
geheimnisvoll

FINDUS LINDSTRÖM
Ballistikexperte
Freak
*kommt beim aktuellen Fall nicht vor

Auch als Download unter: www.sabine-voehringer.com

*Weitere Titel finden Sie auf den
folgenden Seiten und im Internet:*
WWW.GMEINER-VERLAG.DE

Cold Cases

Sabine Vöhringer
Das Ludwig Thoma Komplott
Kriminalroman
342 Seiten, 12 x 20 cm
Paperback
ISBN 978-3-8392-2294-2
€ 13,00 [D] / € 13,40 [A]

Die Verlegerin Julia Frey findet im Nachlass ihres Großvaters ein Manuskript des bayerischen Schriftstellers Ludwig Thoma. Sie will das Werk neu herausgeben. Doch dann entdeckt sie Hinweise auf eine Mordserie im Vorfeld der Olympischen Spiele 1972. Als sie kurz darauf bedroht wird, bittet Julia ihren Jugendfreund Tom Perlinger um Hilfe. Wurde damals der Falsche verurteilt? Das Komplott scheint Kreise bis tief in die Münchner Politik zu ziehen und fordert weitere Opfer …

GMEINER SPANNUNG

WWW.GMEINER-VERLAG.DE
Wir machen's spannend

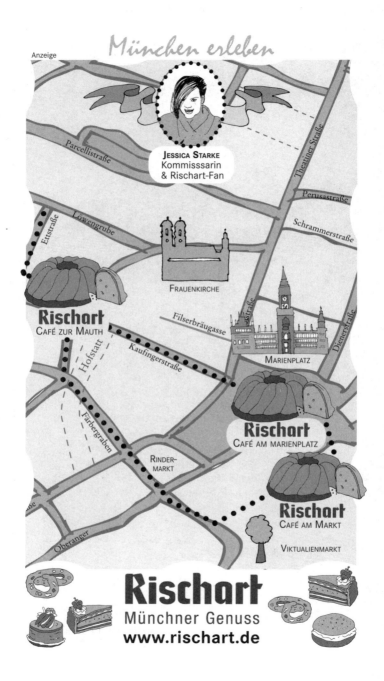